UN AIR D'ÉTERNITÉ

De la même autrice :

Sous un ciel étoilé, Charleston, 2022
Le Souffle des rêves, Charleston, 2022 ; Pocket, 2023
À la lumière de nos jours, Charleston, 2021 ; Pocket, 2022
Et nous danserons sous les flocons, Charleston poche, 2021
La Femme au manteau violet, Charleston, 2020 ; Pocket, 2021
La vie a plus d'imagination que nous, Charleston poche, 2020
Ceux qui voulaient voir la mer, Charleston, 2019 ; Pocket, 2020
La vie est belle et drôle à la fois, Charleston poche, 2019
Le Jardin de l'oubli, Charleston poche, 2019
La Plage de la mariée, Charleston poche, 2018
Les Lettres de Rose, Charleston poche, 2017

10, place des Cinq-Martyrs-du-Lycée-Buffon
75015 Paris – France
www.editionscharleston.fr

ISBN : 978-2-36812-954-8
Maquette : Patrick Leleux PAO

Clarisse Sabard

UN AIR D'ÉTERNITÉ

Roman

CHARLESTON

À mon père, qui a su me transmettre son amour
pour notre terre natale, le Berry.
À ces héroïnes et ces héros si courageux,
souvent anonymes, qui ont œuvré pour notre liberté.

« On ne sait jamais ce que le passé nous réserve. »
Françoise Sagan

« On ne peut comprendre la vie qu'en regardant en arrière ; on ne peut la vivre qu'en regardant en avant. »
Lucinda Riley, *La Sœur du Soleil*

PROLOGUE

Vallée du Neckar, Allemagne, 1931.

Assise à l'arrière de l'automobile, Marie resserra autour d'elle les pans de son long manteau au large col de fourrure, puis jeta un coup d'œil inquiet à l'extérieur. En cette froide soirée d'octobre, la température ne devait pas excéder les six degrés. La nuit était complètement tombée sur la forêt sombre et silencieuse. Les pâles rayons de la lune, à moitié dissimulée derrière un voile de nuages, conféraient à la cime des arbres un aspect menaçant.

— Si au moins je pouvais allumer ma lampe de poche ! souffla-t-elle en sentant le contact de la Wonder en métal chromé contre ses doigts.

Devant, côté passager, Arielle se retourna brusquement. Dans la pénombre, ses épais cheveux bouclés formaient une masse opaque autour de son visage.

— Hors de question ! coupa-t-elle. Tu as entendu la consigne : on n'utilise les lampes qu'en cas de nécessité absolue.

— Peut-être, mais je ne suis pas rassurée… On attend depuis plus de vingt minutes, maintenant. Qu'allons-nous faire, s'ils se font prendre ?

Elle frissonna. Les cinq hommes avaient beau être entraînés, l'opération qu'ils avaient à mener était incroyablement dangereuse.

— Je suppose que nous nous en tiendrons au plan de départ, répondit Arielle avec placidité. Les instructions sont claires : s'ils ne sont pas revenus au bout de trois quarts d'heure, on doit filer.

— Et les abandonner à un sort incertain ? S'il arrivait quoi que ce soit à Dominique…

— Ton père est plein de ressources, je ne me fais pas de bile.

Les mains de la jeune femme se mirent à trembler. Elle les passa dans ses cheveux blonds afin de se donner une contenance. À entendre Arielle, tout semblait si simple et millimétré ! Pourtant, le moindre instant d'inattention pouvait les perdre. Elle n'aurait jamais dû accepter l'implication de son père dans cette périlleuse affaire. Se résigner aurait sans doute été plus sage.

— Rolf est capable du pire, reprit-elle, désespérée.

Rolf. Le prénom de la trahison et de l'humiliation. Elle ne pouvait plus le prononcer sans ressentir une sorte de venin envahir sa bouche.

Arielle lâcha un rire sec.

— Ça, ma jolie, tu aurais dû y penser plus tôt. Voilà où ça mène, de désobéir à son paternel.

Piquée, Marie encaissa le coup. Se laisser séduire par un homme marié avait été une terrible sottise, elle en avait douloureusement conscience. Plus d'une fois elle avait trompé la vigilance de son père, pour le revoir. Endormie par les belles paroles et les promesses d'avenir, elle n'avait rien vu venir. Comment aurait-elle pu soupçonner que sa femme et lui étaient en réalité deux monstres sans scrupule qui avaient planifié à l'avance leur cruel dessein ?

Se redressant, elle avala sa salive et murmura, la gorge serrée :

— Ne vous est-il donc jamais arrivé de commettre des erreurs, Arielle ?

Son interlocutrice se tourna à nouveau et la considéra un instant d'un air plus indulgent. L'ombre d'un sourire un brin mélancolique ourla le coin de ses lèvres.

— Bien sûr que si… Un sacré paquet, si tu veux tout savoir, surtout en amour.

Elle se tut, perdue dans ses pensées. Marie ne put s'empêcher de s'interroger sur la relation qu'entretenait Arielle avec son père. À l'évidence, leurs liens allaient au-delà de leurs missions d'espionnage pour les services de renseignement français. Leurs missions d'espionnage… Dire que sept jours plus tôt, elle ignorait tout de ces activités ! Il avait fallu ce séisme pour qu'elle apprenne que son père n'était pas qu'un simple chansonnier à succès. Quel choc ! Et pourtant, cela expliquait beaucoup de choses, comme cette tournée d'un an en Allemagne alors que les scènes parisiennes réclamaient à cor et à cri le retour de Léandre Moreau.

Un hurlement lugubre s'éleva soudain du bois, les faisant sursauter toutes les deux.

— Mon Dieu…, gémit Marie, la main sur le cœur.

Arielle se retourna pour regarder à travers le pare-brise.

— Ce n'est qu'une chouette, rit-elle, la tête tournée vers le ciel. Un bruit a dû la déranger… Je ne serais pas étonnée que les gars nous rejoignent sous peu.

Une poignée de secondes plus tard, elles les virent en effet émerger du sentier par lequel ils étaient partis. Ils marchaient très vite, courant presque. Au milieu, son père serrait précieusement un paquet contre lui. Marie poussa un soupir de soulagement : ils avaient réussi !

Elle ouvrit vivement la portière afin qu'il puisse monter dans la voiture, tandis qu'Arielle se glissait derrière le volant, prête à démarrer. Les quatre autres s'engouffrèrent dans le second véhicule, stationné près du leur.

— On y va ! lança Léandre en s'asseyant à côté de sa fille.

Celle-ci posa aussitôt son regard bleu sur le nourrisson enroulé dans une épaisse couverture qu'il tenait sur ses genoux. Le bébé était d'une immobilité saisissante. Doucement, elle lui caressa le front de l'index.

— Dominique..., murmura-t-elle.

— Allons, tu sais que tu ne dois plus prononcer ce nom, désormais. C'est dangereux.

— Si c'était si facile...

Léandre soupira.

— Je suis navré de ce que tu as subi, ma chérie. Je regrette de ne pas t'avoir laissée à Paris, où rien de tout cela ne serait arrivé... Mais il faut tourner la page.

Sentant les larmes affluer, la jeune femme détourna les yeux vers la vitre, alors qu'Arielle fonçait dans la nuit noire pour l'emmener vers un nouveau départ : un poste d'institutrice l'attendait, quelque part dans la campagne française. Au fond, ce ne serait peut-être pas si mal, d'enseigner aux enfants.

— Ça va aller, ma jolie ? s'enquit la conductrice en lui jetant un coup d'œil soucieux à travers le rétroviseur.

Marie hocha lentement la tête, et céda malgré elle à l'irrépressible tentation d'observer le bébé dont elle ne serait jamais plus la mère. C'était s'enfoncer des épines dans le cœur, mais elle ne pouvait pas s'empêcher de graver dans sa mémoire les moindres détails de son visage d'ange, tout en pensant à ce qu'aurait pu être leur quotidien, ensemble. Rolf ne lui avait pas seulement volé son enfant, il lui avait pris sa vie tout entière. Elle déglutit et reporta son attention sur son père.

— Est-ce que tu les as... tués ?

Nouvelle œillade d'Arielle. Léandre secoua la tête.

— Non, c'était impossible. Rolf est un membre éminent du parti nazi, ces sales types nous auraient traqués sans relâche. Mais on leur a fait passer l'envie de recommencer, crois-moi.

Certes, Rolf était brutal et calculateur, mais il était avant tout soucieux de l'évolution de sa carrière au sein de l'armée. Convaincue que les nazis seraient un jour aux commandes de l'Allemagne, sa femme mettait tout en œuvre pour l'aider à avancer ses pions sur l'échiquier du pouvoir. Les Karlinger ne risqueraient pas un scandale susceptible de nuire à leurs ambitions. Toutefois, aucune précaution n'était superflue, c'est pourquoi Léandre avait pris cette décision lourde de conséquences. Briser le cœur de sa fille lui en coûtait affreusement, mais cette option était, de loin, préférable à toutes les autres.

— Tu ne devras en parler à personne, ajouta-t-il. Sous aucun prétexte.

— Je n'en avais pas l'intention.

Il lui pressa la main, dans un élan de compassion.

— Je le sais. Dis-toi que tu as dix-neuf ans, ta vie n'est pas finie. La maison est confortable, ta sœur et moi te rendrons visite aussi souvent que possible. Il te faudra être forte, j'ai confiance en toi, Marie.

La mâchoire serrée, la jeune femme opina bravement du chef. Il lui faudrait du temps, mais elle surmonterait la peur, le malheur et l'injustice. Elle apprendrait à vivre avec ce chagrin qu'il lui serait interdit de nommer. Et elle prierait, oui, elle prierait pour que Rolf subisse les foudres de l'enfer.

Alors elle promit, d'une voix assurée :

— Je serai forte, oui.

1

Lisa, 2018.

— Alors ? C'est grave ?…

Je déglutis en entendant le son étranglé de ma propre voix. Ôtant le tensiomètre enroulé autour du bras de Loulou, mon grand-père, le docteur Bellanger, notre médecin de famille, relève la tête et me fixe par-dessus ses lunettes. Son expression insondable ne calme pas vraiment mon angoisse. Loulou n'est plus tout jeune, je n'en suis que trop consciente !

— C'était juste un malaise vagal, affirme-t-il dans un sourire tranquille. Un peu de repos et tout rentrera dans l'ordre.

Soulagée, je souffle un bon coup.

— Ouf ! J'avoue que je n'en menais pas large.

Visiblement amusé d'être ainsi le centre de l'attention, mon grand père prend le parti d'en plaisanter :

— Je vous l'avais dit, que je n'allais pas y passer aujourd'hui ! Merci pour le sucre à l'alcool de menthe, ajoute-t-il en regardant Annette, qui se trouvait avec lui au moment de sa syncope.

La vieille dame lâche le rebord de la table auquel elle était cramponnée et se met à le sermonner.

— Fi de coco, tu nous as fichu une de ces trouilles ! Si ton cœur s'était arrêté, ce n'est pas l'alcool de menthe qui l'aurait fait repartir.

Le médecin la considère avec bienveillance.

— Ne vous tourmentez pas avec ça, madame Lecomte, c'est un vrai dur à cuire, notre Louis. Son cœur se porte à merveille.

En dépit de ces mots apaisants, je trouve mon grand-père encore un peu pâle.

— Tu devrais peut-être monter t'allonger, lui dis-je, une main posée sur son épaule.

— Penses-tu ! me répond-il. Un bon café fera aussi bien l'affaire, pas vrai, doc ?

Le médecin émet un petit rire.

— Ça ne vous fera pas de mal, en tout cas, votre tension est un peu basse. Ménagez-vous, ce n'est pas le moment d'aller courir un sprint.

— Bah ! Usain Bolt n'a qu'à bien se tenir ! réplique mon grand-père.

Une fois la consultation réglée, je raccompagne le docteur Bellanger dans le vestibule.

— Merci de vous être déplacé. Je suis contente de savoir qu'il va bien.

Le médecin marque un arrêt sur le seuil et se tourne vers moi.

— Justement, Lisa, je voulais t'en toucher deux mots.

Mon cœur a un raté. Finalement, c'est peut-être moi qui vais la faire, cette crise cardiaque.

— Ah…

Je dois être livide, car il s'empresse de me rassurer :

— Ne t'inquiète pas, le malaise vagal en soi est sans gravité. Mais il aurait pu mal se réceptionner en tombant. Heureusement qu'Annette était là.

— Je vois. Est-ce que d'autres malaises de ce type pourraient survenir, d'après vous ?

— Eh bien, avec les rénovations de sa maison, je redoute un léger surmenage.

— Qu'est-ce qu'on peut faire pour le soulager ?

— Si c'est possible, tu pourrais peut-être l'héberger chez toi durant les travaux ?

Je manque de m'étrangler.

— Chez moi ?! Vous le connaissez, il n'acceptera jamais de quitter sa maison, lui qui a la hantise de devenir dépendant !

— Je sais, Lisa. Mais s'il venait à se blesser en chutant, je ne suis pas certain qu'un séjour à l'hôpital l'enchanterait davantage. Dis-toi que c'est un mal pour un bien.

Je grimace.

— Bon, je vais lui proposer, mais c'est loin d'être gagné. C'est un vrai lion, quand il se fâche.

Le docteur Bellanger a un nouveau petit rire.

— Je te souhaite bon courage, alors ! Et n'hésite pas à m'appeler si le lion a besoin d'une bonne engueulade !

La mine sombre, je regagne la cuisine où Annette s'active à préparer du café. Voilà qui fera sans doute mieux passer la nouvelle. J'attrape les tasses rangées en hauteur et les dépose sur la toile cirée ornée de citrons. Assis en bout de table, mon grand-père me scrute sous ses sourcils broussailleux, qui me font penser à deux grosses chenilles. Son visage solide a retrouvé un peu de couleurs et, hormis une mèche rebelle échappée de ses cheveux blancs coiffés en arrière qui lui barre le front, tressautant au rythme de sa respiration, on ne devinerait pas qu'il vient d'avoir un malaise.

— Tu es bien silencieuse, me fait-il remarquer.

— Je pense aux travaux. Je suppose que ça va prendre un certain temps.

— Une bonne partie de l'été, oui, déplore-t-il. Ma maison vieillit plus mal que moi.

Pour le coup, je ne peux qu'acquiescer. Rien que dans la cuisine, les peintures s'écaillent, le plafond est zébré de petites fissures et les robinetteries couinent d'une affreuse façon à la moindre occasion. Il faut dire que la maison ne date pas d'hier, puisqu'elle a été bâtie à la fin du XIXe siècle près du gué de la rivière par un riche industriel qui désirait une résidence secondaire à la campagne. Selon la légende familiale, le grand-père de Loulou, fils de paysans, passait devant durant ses promenades dominicales lorsqu'il était petit et restait émerveillé face à cette coquette demeure bourgeoise, s'imaginant l'habiter un jour. Après avoir travaillé très dur, il avait pu réaliser son rêve de jeunesse en la rachetant à la mort du premier propriétaire, à l'aube de la Grande Guerre. Hélas, mon grand-père ayant décidé de la vendre en viager, elle ne restera plus longtemps dans notre famille. Il aurait aimé me la léguer après son décès, mais je ne me sens pas capable d'entretenir des murs si vastes et anciens, alors j'ai décliné. Oh, bien sûr, je n'ai pas pris cette décision de gaieté de cœur ! Je nourris une réelle affection pour cette bâtisse dans laquelle j'ai passé chaque été de mon enfance, mais j'ai déjà ma propre maison. En outre, si mon activité de traductrice littéraire me permet de vivre de façon tout à fait correcte, je ne peux pas me permettre ce genre d'extravagance. En attendant, il n'est pas question que mon grand-père y laisse sa santé.

Rassemblant mon courage, je profite qu'Annette verse le café dans nos tasses pour aborder le sujet qui fâche :

— Il faut que je te parle, Loulou. Ça risque de ne pas te plaire, mais c'est sérieux.

Annette suspend son geste.

— Je ferais peut-être mieux de vous laisser, déclare-t-elle, mal à l'aise.

— Oh, non, reste. À l'évidence, je vais avoir besoin d'une alliée.

Et l'amie d'enfance de mon grand-père, Nénette comme il la surnomme, me paraît être la personne tout indiquée. Du haut de son mètre cinquante, ce petit bout de femme ressemble à la parfaite mamie gâteau avec sa silhouette rondelette et les rides creusées au coin de ses yeux par des années de sourires, mais elle n'est pas du genre à se laisser marcher sur les pieds, au contraire. Ne s'étant jamais mariée, elle entretient toute seule sa vieille Peugeot 104, qu'elle refuse obstinément de troquer contre un modèle plus récent, a un béguin assumé pour Yannick Noah, fume autant qu'une locomotive à vapeur malgré son âge avancé et, aux dernières nouvelles, elle a même claqué la porte du club du troisième âge – une institution ! – parce que la directrice a osé supprimer l'atelier créatif du jeudi au profit du Scrabble. Rien ni personne ne lui fait peur.

— Bon, comme tu veux, répond-elle, intriguée.

Loulou plonge un morceau de sucre dans son café tout en me lançant un regard soupçonneux. Je n'ai encore rien dit que je le sens déjà sur la défensive. Autant trancher dans le vif.

— Le docteur Bellanger pense que tu devrais quitter la maison pendant les travaux.

Il cesse aussitôt de touiller son café.

— Et pourquoi donc ? se rebiffe-t-il. Les plafonds ne vont pas me tomber sur la tête.

— Il ne s'agit pas de ça…

— Bah quoi, alors ? insiste-t-il en croisant résolument les bras contre son torse.

Histoire de fourbir mes arguments, je bois une gorgée, que je manque de recracher ; le café d'Annette est infect, fort à réveiller un mort.

— Hum… Comme tu le sais, les travaux feront pas mal de boucan, ça peut vite devenir stressant. Sans compter le va-et-vient des ouvriers ; on ne se sent plus complètement chez soi, dans ces cas-là, non ?

Il renifle, guère convaincu.

— Bizarre, le doc ne m'a rien dit, à moi.

— Parce que depuis trente ans qu'il te suit, il a compris que tu es une vieille tête de mule ! s'exclame Annette en allumant une Marlboro. Moi je dis qu'il a raison, on n'a pas envie de te retrouver les quatre fers en l'air tous les matins.

— C'était juste un malaise vagal, faut pas en faire tout un foin.

Son air insouciant me fait lever les yeux au ciel.

— Si Nénette n'avait pas été là, l'issue aurait pu être dramatique, j'espère que tu t'en rends compte. C'est arrivé comment, d'ailleurs ?

Quand Annette m'a téléphoné, vers dix heures, pour m'annoncer que mon grand-père venait de s'évanouir, j'étais tellement affolée que j'ai raccroché sans poser davantage de questions, afin de foncer chez lui.

— Je ne sais plus trop, prétend-il, les yeux rivés sur sa tasse. J'ai eu chaud, la tête m'a tourné, et puis voilà.

— Il était dans le jardin d'hiver, à brasser des cartons pour les travaux, intervient Annette. Je passais lui déposer de la confiture de groseilles quand je l'ai trouvé là. J'ai à peine eu le temps de lui dire bonjour qu'il a tourné de l'œil. Ça l'a pris comme la colique.

Mon grand-père lui coule un regard en biais mais ne moufte pas. J'en profite pour renchérir :

— Tu vois, le docteur n'a pas tort. C'est trop de choses à gérer pour toi, tu devrais lever le pied.

— C'est pas possible, dès que tu vieillis on t'enterre ! rouspète-t-il. Tu ne vas pas me mettre dans un de ces mouroirs pour vieux, non ? Je l'aime, ma baraque. Elle est peut-être délabrée, mais elle est pleine de caractère, comme moi.

Je pose une main sur son poignet.

— Ce serait temporaire, Loulou. Et puis, j'estime que ma maison n'a rien d'un mouroir.

Un ange passe. Les sourcils un peu moins froncés, mon grand-père réalise ce que je suis en train de lui proposer.

— Attends, tu voudrais que je vienne chez toi ?

— Ça me paraît être un bon compromis. Je ne suis qu'à dix minutes, ça te permettrait de superviser les travaux dès que tu en aurais envie. Qu'en dis-tu ?

Toujours hésitant, il tente de protester :

— Hum... Faut pas que ce soit une obligation. Tu n'as certainement pas besoin de t'encombrer de ton vieux pépé.

— C'est ça ou je te traîne de force jusque chez moi, tranche Annette. Le quotidien sera plus drôle avec ton petit Tim.

À l'évocation de mon fils, qui fêtera bientôt ses dix ans, le visage de Loulou se métamorphose. Ses yeux bleus se mettent à pétiller. Tous les deux s'entendent comme larrons en foire, partageant un goût immodéré pour les tartines de rillettes à l'heure du goûter et les balades au bord de la rivière.

— Je ne sais pas si ça lui plairait trop de m'avoir en permanence sur le dos, objecte-t-il malgré tout.

Je sors alors mon dernier atout, celui qui devrait faire mouche :

— Ça fait des mois que tu lui promets de l'initier au jardinage... Mon potager tire la tronche, tu sais. Tu es le seul à pouvoir y remédier.

Ce qui n'est pas un mensonge. Je n'ai absolument pas hérité de la main verte de mon grand-père, au grand dam de Tim, qui adorerait que l'on puisse récolter nos propres fruits et légumes. Au lieu de quoi, chacun de mes essais reste stérile.

— Et Pauline ? rétorque Loulou. Elle ne peut pas t'aider ?

Son allusion à mon amie et voisine me fait sourire. Pauline me taquine souvent à cause de mes déboires avec mon jardin, prétendant que je trouverais encore le moyen de faire crever une plante en plastique si j'en avais une.

— Pauline a des journées très chargées, Loulou. Elle a déjà la gentillesse de me donner des légumes, je ne vais pas en plus lui demander de s'occuper des miens.

— Bon, finit-il par capituler, on dirait que je n'ai pas le choix, de toute façon. Si c'est vrai que je peux m'occuper du jardin, au moins je serai utile à quelque chose.

Rassurée, Annette nous embrasse et repart chez elle. Je suggère à mon grand-père de préparer sa valise sans attendre.

— Les ouvriers ne commenceront que jeudi, ce n'est pas si pressé, rechigne-t-il pour la forme.

— Tu es capable de changer d'avis d'ici là, je te connais. Pense un peu à la joie de Tim quand il te verra !

— Tu es dure en affaires, hein ? dit-il en riant.

Je lui retourne son sourire.

— On se demande de qui je tiens... Tu veux que je monte avec toi t'aider à rassembler tes affaires ?

— Eh, oh ! fait-il mine de s'offusquer. Je ne suis pas encore grabataire !

D'un geste sûr, il empoigne la rambarde en fer forgé de l'escalier, et je le suis du regard tandis qu'il gravit les marches. Une fois seule, je ne peux réprimer un soupir en songeant que sa bonne humeur risque d'être de courte durée quand il découvrira ce qui l'attend.

J'aurais mieux fait de lui dire...

Non, ce n'était certainement pas le moment d'en ajouter une couche, pas tant qu'il ne sera pas complètement remis de son malaise. En soupirant, je traverse le salon et me glisse dans le jardin d'hiver, surmonté d'une véranda à l'ancienne et de fenêtres ornées de vitraux, à travers lesquelles le soleil du matin projette des couleurs vives sur le sol. Quand j'étais gamine, je n'aimais rien tant que m'y blottir, dans l'un des fauteuils en osier, avec un livre du

Club des cinq. Depuis la mort de ma grand-mère, emportée par une leucémie l'année de mes quatorze ans, Loulou s'en sert principalement pour entreposer sa paperasse. Des cartons, qui n'étaient pas là la dernière fois que je suis venue, sont alignés contre une bibliothèque. Dessus, l'écriture de mon grand-père indique pêle-mêle, au feutre rouge : « Vêtements Nicole » (ma grand-mère), « Livres », « Affaires Cécile » (ma mère). Pourquoi les avoir laissés ici alors que cette pièce constitue l'un des points forts de la maison ? Un détail qui ne sera pas à négliger lorsqu'il se mettra en quête des futurs acquéreurs ! D'ici là, il y a du pain sur la planche : des pans entiers du papier peint façon roses anglaises se détachent des murs et les rebords des fenêtres sont fortement endommagés par la corrosion. Mon regard tombe sur un exemplaire de *La Nouvelle République* négligemment replié sur l'un des cartons. En me penchant, je constate que c'est celui du jour. Bizarre. Loulou n'est pas le roi du rangement, mais pas non plus le genre à laisser traîner ses affaires n'importe où. Je m'apprête à emporter le journal dans la cuisine, quand un titre attire mon attention :

« Châtillon : Des ossements humains découverts sur un chantier de construction »

C'est si rare de voir notre bourgade de deux mille cinq cents âmes à la une des journaux que je m'empresse de lire l'article. J'apprends ainsi que ces ossements ont été trouvés dans un champ situé peu après la sortie du village, sur lequel doivent être érigés des logements sociaux. Selon le journaliste, c'est une grue qui a mis au jour « des lambeaux de vêtements couleur de boue » et un insigne militaire « complètement rouillé et à demi-cassé, laissant penser qu'il s'agit des restes d'un soldat allemand de 39-45 ».

— Qu'est-ce que tu fabriques ?

Plongée dans ma lecture, je sursaute et fais brusquement volte-face.

— Loulou ! Tu es déjà redescendu ?

— Je t'ai appelée deux fois, tu n'as pas répondu. J'ai cru que tu étais partie.

— Désolée, je n'ai pas entendu. Tout va bien ?

— Oui, c'est juste que ma valise avait du mal à fermer. Mais c'est bon, j'y suis arrivé.

— D'accord. Que font tous ces cartons ici, au fait ? J'aurais pensé que tu les stockais au grenier.

Mon grand-père se gratte le haut du crâne.

— Non, tout ça c'était dans les chambres. Je compte les donner à Emmaüs, ça prend de la place pour rien, ajoute-t-il en regardant ailleurs. Bon, on y va ?

Je comprends combien ce doit être difficile pour lui de se débarrasser de ces fragments de passé. Chaque vêtement, chaque disque, chaque objet qu'il a décidé de donner le ramènent au souvenir des jours heureux, quand sa femme était en vie, quand sa fille lui parlait encore. Son malaise n'est sans doute pas un hasard.

Je replie le journal que je tiens toujours entre mes mains et le lui tends.

— Tiens, je l'ai trouvé sur l'un des cartons.

— Ah, oui. Merci, j'ai dû l'oublier ici, avec le bazar de ce matin.

Il n'a pas l'air dans son assiette.

— Ça n'a aucune importance, ne t'inquiète pas. Tu as vu l'article sur les ossements ? C'est incroyable !

— J'y ai jeté un œil, oui.

— Je me demande s'ils parviendront à identifier ce soldat. Après plus de soixante-dix ans, c'est dingue !

— Ils ne s'embêteront pas à chercher, va. La plaque d'immatriculation est illisible, à ce qu'ils disent.

— C'est dommage, cet homme avait sûrement une famille… Ses descendants sont en droit de savoir ce qui lui est arrivé, tu ne crois pas ?

Mon grand-père hausse les épaules avec dédain.

— Ce n'était qu'un Boche, marmonne-t-il. Des comme lui, il y en a eu des centaines.

Son ton est sec, je le sens agacé. J'aurais dû me souvenir que Loulou tient en horreur tout ce qui se rapporte à l'époque de son enfance. Sujet tabou, dont il ne parle jamais. L'ombre dans son regard les rares fois où il l'a évoquée m'a fait comprendre qu'il ne fallait pas insister. Une fois, ma grand-mère m'a confié qu'il avait perdu des proches durant la guerre et que c'était encore douloureux. C'est tout. Personne n'a jamais pris la peine de m'expliquer les détails, et je n'ai pas osé les demander. Peut-être est-ce l'une des raisons qui m'ont conduite à m'intéresser au passé. L'espoir de saisir des bribes de ma propre histoire et ses zones d'ombre. Les romans que je traduis sont essentiellement historiques et se déroulent, la plupart du temps, durant la première moitié du XXe siècle. Il n'y a pas de coïncidence.

— On peut partir, maintenant ? me presse-t-il. J'aimerais me reposer un peu.

— Bien sûr, allons-y, dis-je en attrapant sa valise tandis qu'il ferme la porte à clé.

Avant de s'installer dans ma New Beetle bleu métallisé, Loulou m'attrape le bras.

— Tu sais, je bougonne, mais ça me fait plaisir d'aller chez toi.

— Évidemment que je le sais, dis-je en souriant.

— Tu as un cœur en or, ma Lisa. C'est de famille.

Mon sourire tremblote légèrement.

— On va te dorloter, tu vas voir.

— Oh, je n'en doute pas.

Je m'assois derrière le volant avec l'impression d'être une ignoble menteuse, indigne de cette confiance qu'il place aveuglément en moi. *Mais pourquoi je ne lui ai pas tout dit, alors qu'il suffirait de trois ou quatre mots bien choisis ?* Ces mots, je suis incapable de les prononcer. J'ai peur de le blesser, peur de déclencher sa colère en lui annonçant que ma mère, sa fille, avec laquelle il est en froid depuis des années, va enfin rentrer au bercail et poser ses bagages chez moi, elle aussi.

Il me reste moins de quarante-huit heures pour trouver le cran de le faire.

2

— RALENTIS, TU VAS NOUS TUER ! s'exclame Loulou, cramponné à la poignée au-dessus de sa vitre, alors que je m'engage sur la route étroite et tortueuse qui mène jusque chez moi. Cahoteuse et creusée de nids-de-poule, elle nous secoue comme un rallye, mais elle est bordée de frênes majestueux qui forment une superbe voûte de verdure aux beaux jours.

Vérifiant mon compteur de vitesse, je ne résiste pas à la tentation de le taquiner.

— Relax, je ne dépasse pas les soixante-dix ! Dis donc, ce n'est pas toi qui avais été pris en gros excès de vitesse sur cette même route ?

— Tu étais sur le point d'accoucher ! Il fallait bien que j'appuie sur le champignon pour t'emmener à la maternité. Ça ne s'est pas si mal terminé, en plus, ils m'ont fait sauter l'amende…

— En échange d'une bonne bouteille ! Allez, respire, on arrive, dis-je en voyant apparaître les contours de ma petite maison aux volets verts.

Il s'agit en réalité d'un ancien corps de ferme, flanqué de deux autres habitations. Mon amie Pauline occupe l'une d'elles avec Mehdi, son compagnon. Quant à la troisième, elle a été achetée par un couple de Parisiens retraités qu'on ne voit que l'été, où ils viennent profiter du calme de notre campagne. Pour atteindre ce petit bout de Berry encore sauvage et préservé, il faut d'abord quitter la grande route, puis traverser des lieux-dits aux noms pittoresques : La Goupillière, La Guichonnerie, Les Reineries, ou encore, le favori de mon fils, La Pétonnière. Le nôtre s'appelle L'Oasis, parce qu'un ruisseau sinue dans la parcelle de forêt qui débute aux confins de notre terrain et se déploie au-delà des prés. La légende raconte qu'autrefois, des sorcières protégées par des loups s'y réunissaient les soirs de pleine lune, et récitaient leurs incantations, dissimulées à l'abri des arbustes et des fougères. Certains vieux y croient encore et se méfient. Pour ma part, je n'ai jamais croisé ni loups ni sorcières, et on pourrait me décrocher la lune, je n'irais jamais m'installer ailleurs que dans ce havre de paix.

Je n'ai pas toujours vécu ici, pourtant. Après avoir grandi à Tours, je suis partie à Angers pour suivre des études de langues. Au bout de quelques mois, j'ai rencontré Bastien, lors d'une soirée. Étudiant en médecine, il m'a tout de suite attirée, avec ses cheveux noirs et bouclés qui lui donnaient un petit air rebelle, et ses grands idéaux humanistes. Après trois ans d'une relation tranquille, Bastien a eu envie de passer à l'étape supérieure. Il voulait qu'on prenne un appartement ensemble, qu'on se marie dès que nous aurions terminé nos études. Je me dérobais systématiquement. De mon point de vue, il n'y avait pas d'urgence. Pourquoi précipiter les choses alors que nous étions bien comme ça ? J'étais jeune. Les rares fois où je me projetais, je rêvais des milieux littéraires parisiens, ambitionnant d'être cette fille libre et branchée, à la conquête de la capitale. Ce que j'ignorais alors, c'est qu'un terrible accident allait se charger de me le ravir, mon beau brun. Un soir de janvier, Bastien rentrait du fast-food dans lequel il bossait à mi-temps lorsqu'il s'est fait percuter de plein fouet par un type qui avait trop bu pour se souvenir de s'arrêter au feu rouge. Il a déboulé si vite que mon amoureux n'a eu aucune chance. Il est mort sur le coup. C'est quand mon cœur s'est perforé que j'ai compris à quel point je l'aimais. J'avais vingt-quatre ans et plus aucune envie de continuer à vivre. Bastien, lui, n'aurait plus jamais l'opportunité de vieillir, de refaire le monde avec ses potes, de se régaler de ses plats préférés, de respirer… alors à quoi bon ? Tout était trop difficile, je ne supportais plus le moindre éclat de vie, encore moins la sollicitude compassée des gens qui murmuraient sur mon passage. Je n'avais plus qu'une volonté : me recroqueviller dans mon chagrin. J'allais mal, très mal. Et puis un matin, après trois semaines d'une douloureuse torpeur, je me suis réveillée avec une atroce envie de vomir. D'instinct, j'ai su que cette nausée n'était pas liée au choc du décès, mais plus probablement à un oubli de pilule. Avant de tirer sa révérence, Bastien m'avait laissé un ultime cadeau qui bourgeonnait et grandissait dans mon ventre. J'ai fondu en larmes quand ma gynéco m'a confirmé mes soupçons, mais cette grossesse a agi sur moi comme un électrochoc. J'ai décidé d'accueillir ce bébé comme l'occasion inespérée de réparer ce que je n'avais pas su construire entre nous. Les parents de Bastien m'ont traitée d'inconsciente et ne m'ont plus jamais donné de nouvelles. Ma mère venait de demander le divorce et mon père, professeur en histoire des arts audiovisuels, noyait dans le travail l'échec de leur mariage, alors je me suis naturellement réfugiée chez mon grand-père. Au lieu de me juger, celui-ci a su m'apporter le réconfort nécessaire en me laissant faire mon deuil à mon rythme. Il a respecté mes mutismes aussi bien que mes crises de larmes, qui surgissaient parfois au milieu de la nuit. Sans un mot, il me rejoignait dans la chambre d'adolescente de ma mère, où j'avais élu domicile, et me caressait doucement le dos jusqu'à ce que mes sanglots s'apaisent. Le jour où il a senti que j'étais de nouveau prête à affronter l'avenir, il m'a fait monter dans sa voiture et a roulé sur les routes de campagne. C'était un bel après-midi de mars où le soleil reprenait ses droits sur la nature, Charles Aznavour chantait *Désormais* dans l'autoradio et je me retenais pour ne pas m'effondrer, tant ses paroles faisaient écho à la cicatrice épaisse qui me cousait le cœur.

« Désormais on ne nous verra plus ensemble / Désormais mon cœur vivra sous les décombres... »

Mon grand-père s'est arrêté devant une petite maison aussi chiffonnée que moi. Elle était à vendre. Deux chambres, un minuscule bureau, une cuisine ouverte sur le salon et un jardin en friche. Si j'en voulais bien, il souhaitait me l'offrir. Le prix du mètre carré était devenu si dérisoire dans notre village vivant au rythme des moissonneuses et du clocher de l'église que tout partait pour une bouchée de pain. Émue, j'ai compris que cette maison était exactement ce dont j'avais besoin. J'ai passé le reste de ma grossesse à la retaper, afin de nous bâtir un cocon douillet, au bébé et à moi. Loulou a déniché les meilleurs artisans du coin pour refaire la plomberie et l'électricité, il m'a aidée à repeindre les volets en vert amande, à poser du papier peint dans les chambres. Sa générosité a littéralement éclairé mes jours sombres, notre lien s'en est encore renforcé. J'ignore ce que Tim et moi aurions fait, sans lui.

Tout à coup, la voix de mon grand-père me ramène au présent :

— Les Parisiens ne sont pas encore là ?

Il considère d'un œil peu amène les fenêtres aux stores baissés du couple de retraités tandis que je gare ma New Beetle le long de la clôture en bois.

— Non, ils ont prévu un voyage en Écosse. Ils n'arriveront qu'au mois d'août, mais aux dernières nouvelles ils parlaient de mettre la maison en vente.

Nous sortons de la voiture au moment où Pauline ouvre la porte de chez elle. Le carillon qu'elle a fabriqué à partir de coquillages ramassés sur une plage résonne joyeusement dans le vent quand mon amie surgit sur le seuil, ses cheveux noirs enroulés sous un bandana rouge.

— Salut, Lisa ! Bonjour, Louis ! nous lance-t-elle avec un enthousiasme communicatif.

Loulou lui adresse un grand sourire.

— En voilà une qui revient du jardin, observe-t-il devant ses mains pleines de terre.

— Exact ! acquiesce-t-elle en les essuyant sur son short en jean. Je suis de repos aujourd'hui, j'en profite pour récolter l'ail avant que les feuilles ne soient trop sèches. Ma patronne va encore râler sur l'état de mes ongles, mais tant pis.

Pauline est préparatrice en pharmacie, ce qui requiert une apparence un minimum soignée.

— Alors, Louis, vous nous rendez visite ? reprend-elle. C'est rare de vous voir dans les parages.

C'est vrai que mon grand-père est très peu venu, ces derniers temps. Tim et moi avons pris l'habitude d'aller le voir, c'est plus pratique depuis que Loulou ne conduit plus, sous prétexte que « vieux au volant, danger au tournant », selon ses propres termes. Il nous fait parfois la surprise de passer lors d'une balade à vélo, mais cela se produit de moins en moins souvent.

— Les travaux me chassent de ma maison. Je me retrouve en vacances forcées.

Ah bon ? s'étonne-t-elle. Vous allez rester plusieurs jours ?

Elle aurait pu se dispenser de son roulement d'yeux affolés, tant qu'à faire.

— Ça semble parti pour, lui confirme Loulou.

— Oh. Eh bien, c'est super. Oui, ça va être très chouette de vous avoir parmi nous, enfin, même si c'est... inattendu.

Elle s'embrouille, elle s'empêtre, je décide d'intervenir avant qu'elle n'annonce l'arrivée prochaine de ma mère. Pauline est la personne la plus adorable et joyeuse que je connaisse, mais aussi la plus gaffeuse. Elle ne s'arrête jamais de parler, et les mots ont tendance à franchir ses lèvres plus vite que son cerveau ne les traite.

— Excuse-nous, Pauline, mais Loulou est fatigué. Il a eu une matinée assez... chargée. On se voit plus tard ?

Comme je la fixe de manière appuyée, elle écarquille à nouveau les yeux en comprenant que je n'ai pas abordé le sujet sensible avec lui. Mais, Dieu merci, elle ne me trahit pas.

— Euh... Oui, évidemment, on se voit plus tard. Reposez-vous bien, Louis, je tiens à vous faire goûter le meilleur pesto de votre vie !

Pauline s'éloigne dans un nuage de bonne humeur, et je pose la valise de Loulou pour attraper mes clés.

Derrière la porte, Pierrette, la chatte blanche que j'ai recueillie il y a trois ans après l'avoir trouvée à moitié morte de faim (elle doit son drôle de nom à Tim, à qui je lisais alors *Perrette et le pot au lait*, qu'il prononçait « Pierrette »), pointe le bout de son nez. Cela relève de l'exploit, étant donné qu'elle est restée un peu sauvage. D'ailleurs, elle déguerpit dès que mon grand-père se penche pour la caresser.

— Au moins elle ne me sautera pas dessus en pleine nuit ! Où est-ce que je vais coucher, au fait ?

— Tu prendras ma chambre, ça ne me dérange pas de dormir sur le canapé.

Il me faudra toutefois trouver une solution pour la suite, lorsque ma mère sera là. Je glisse un coup d'œil nerveux à mon grand-père. Le placer devant le fait accompli serait la solution de facilité... Non, je ne peux pas lui faire ça.

— Je peux t'aider ? s'enquiert-il en me suivant dans le coin cuisine.

Oui, à m'acheter du courage.

— Non, installe-toi pendant que je prépare le déjeuner. J'ai mis du poulet et de la ratatouille au four, ce sera prêt dans vingt minutes.

— Entendu.

Loulou commence à se diriger vers ma chambre avant de se raviser et d'extraire de son sac deux gros bols en épaisse faïence blanche ornés d'un liseré rose.

— J'ai apporté ça pour le matin. Si ça ne t'ennuie pas de les ranger...

— Ce n'était pas la peine, j'ai tout ce qu'il faut, dis-je en lui désignant une étagère pleine de mugs.

— Mon café au lait est meilleur dans un vrai bol ! Tu ne me le feras pas boire dans une de tes tasses de pacotille !

— Bon, comme tu veux, je concède en me mordant l'intérieur des joues devant sa mine outrée.

À quoi bon le contrarier ? Comme la plupart des personnes âgées, mon grand-père est pétri de petites manies. Ses placards sont remplis de sachets de sel et de sucre collectés Dieu sait où, il mange invariablement deux tartines au beurre salé et à la confiture de groseilles au petit déjeuner, écoute Radio Nostalgie à longueur de matinée parce que ça lui rappelle les bals du samedi soir, dans lesquels il a chanté jusqu'au début des années quatre-vingt. D'ailleurs, il regarde chaque soir l'émission de karaoké sur la deuxième chaîne, à laquelle il rêve secrètement de participer, et s'énerve quand un candidat se plante dans des paroles qui lui paraissent pourtant évidentes. Ah, et aussi, il rejoint ses copains au bistrot tous les jeudis pour jouer à la belote. Ça, c'est sacré, il n'y dérogerait pour rien au monde. Pourvu qu'il s'adapte à son séjour chez moi ! Je redoute que ses habitudes ne prennent un sérieux coup dans l'aile, ces prochains jours.

Tandis qu'il disparaît dans le couloir pour ranger ses affaires, je consulte en douce le texto que vient de m'envoyer ma mère, pour me confirmer ses horaires de train. Il faudra que je trouve un moment pour l'appeler et la prévenir, elle aussi. J'ignore totalement dans quel état d'esprit elle se trouve, par rapport à mon grand-père. La seule chose dont je suis certaine, c'est que ni l'un ni l'autre ne s'attend à une réunion de famille. Reste à espérer qu'ils ne déclenchent pas une guerre froide sous mon propre toit. Je les héberge de bon cœur, mais je refuse que les vieilles rancœurs ressurgissent et se répercutent sur mon fils et moi.

Loulou revient et nous passons à table. La discussion s'oriente spontanément sur les travaux. La première équipe d'ouvriers arrivera dans trois jours, afin de s'attaquer à la toiture.

— Ils sont obligés de démarrer par là à cause des infiltrations, me précise-t-il après avoir avalé une généreuse bouchée de légumes.

— Les moisissures sont donc liées à ça ?

Deux mois plus tôt, en faisant le tour du propriétaire pour estimer l'étendue des rénovations, il a en effet trouvé des traces verdâtres sur les murs d'une chambre d'amis inutilisée depuis des lustres.

— Oui, opine-t-il, c'est le toit qui est en cause. J'ai eu du pot que ça ne se soit pas propagé davantage.

Jugeant le moment opportun pour tâter le terrain, je me hasarde :

— Et la chambre de maman ? Si mes souvenirs sont bons, elle n'était pas trop mal.

Mon grand-père se renfrogne aussitôt.

— Il faudra la retaper, surtout si les prochains propriétaires ont des enfants, se contente-t-il de me répondre.

Des enfants… J'ai du mal à imaginer à quoi ressemblera la maison, une fois occupée par des inconnus. Cette perspective m'attriste, mais il a raison : il n'existe aucune autre solution. Loulou injecte une bonne partie de ses économies dans ces rénovations, sa retraite de facteur étant trop faible pour les financer. Je comprends qu'il veuille amortir les frais en percevant une rente viagère.

Le déjeuner fini, je sors faire les courses pendant que Loulou se repose. Après un saut au supermarché, je me rends dans le minuscule centre-ville aux ruelles pavées qui constitue le cœur du bourg. C'est là que tous les commerces sont concentrés : le bistrot Chez Cui-Cui – baptisé ainsi en l'honneur des Loiseau, propriétaires de père en fils depuis des décennies –, le salon de coiffure, l'épicerie, la librairie, la boulangerie ou encore le bureau de tabac. On y trouve aussi la mairie et le monument aux morts. Si, pour certains, Châtillon-sur-Indre, coincé entre la sortie du territoire berrichon et la porte d'entrée vers la Touraine, n'est rien d'autre qu'un village apathique, pour ma part je fais partie de ses fervents défenseurs. Notre petite cité est peut-être un peu endormie, il n'en reste pas moins qu'elle vaut le détour, avec ses venelles datant du Moyen Âge et son donjon cylindrique qui domine la ville depuis le XIIe siècle. Je me gare non loin du café, en haut de la côte de l'église, et je bifurque vers la place du marché, ombragée par les tilleuls. Cette place est sans conteste l'un de mes endroits préférés, avec la vue paisible dont elle bénéficie, d'un côté sur la campagne environnante, de l'autre sur le donjon. Au bas de l'édifice, l'office de tourisme et la médiathèque sont abrités dans les anciennes dépendances du château, dont il ne reste que les remparts. À cette heure-ci, le village est tranquille. Les anciens font la sieste, les plus jeunes sont à l'école, les autres au travail. Adossée à un muret, je tire mon téléphone de ma poche pour appeler ma mère.

— Bonjour, ma chérie, me répond-elle en décrochant.

Bon sang, jamais je ne m'habituerai à cette voix devenue si… craintive. C'est le seul qualificatif qui me vienne à l'esprit.

— Salut, maman, dis-je en m'efforçant de paraître enjouée. J'ai bien reçu ton message tout à l'heure, mais je préférais t'appeler.

— Il y a un problème ? demande-t-elle avec appréhension.

— Aucun, ne t'en fais pas. Je te récupère mercredi, comme convenu. Mais on a eu un léger imprévu, tu ne seras pas ma seule invitée.

— Ton père est de passage ? Ce n'est pas grave, tu sais, on s'est plutôt quittés en bons termes.

Tendue, je secoue la tête, bien qu'elle ne puisse pas me voir.

— Pour tout t'avouer, il ne s'agit pas de mon père, mais… du tien. Loulou a eu un malaise, ce matin.

— Quoi ? Que s'est-il passé ?

— Rien de grave, ne t'inquiète pas, mais il a entrepris un gros rafraîchissement de la maison. Résultat, il ne sait plus où donner de la tête.

— Ça alors ! souffle-t-elle. Je n'en reviens pas qu'il se soit enfin décidé à effectuer des travaux. Ça fait au moins soixante ans que rien n'a été modernisé, à part la ligne téléphonique.

— D'où l'importance du chantier. Bref, tout cela risque de le perturber et de le fatiguer, alors le docteur Bellanger m'a conseillé de l'héberger.

Un blanc de deux ou trois secondes suit ma déclaration.

— Donc, si j'ai bien compris, finit-elle par articuler, Loulou est chez toi.

— Oui. Est-ce que tu penses réussir à cohabiter avec lui ? J'admettrais que ce ne soit pas le cas, en revanche je n'ai aucune autre solution.

— Je ne sais pas, tout dépendra de lui... A-t-il un avis sur la question ?

Non, parce que je suis une dégonflée.

— Il n'est pas encore au courant. Je souhaitais en discuter avec toi avant.

— Je ne veux surtout pas créer de difficultés, ma puce. Je devrais pouvoir dénicher une chambre d'hôtel aux alentours de la gare.

— Pas question ! Je compte lui parler demain, je suis sûre qu'il saura faire la part des choses.

Loin de moi l'idée de vouloir chasser mon grand-père, mais si la situation tourne au vinaigre, ce dernier pourra toujours migrer chez Annette. Ma mère a réellement besoin d'un endroit où se poser et se réparer, ce n'est pas dans un hôtel miteux qu'elle y parviendra.

— Merci, Lisa, murmure-t-elle.

Je raccroche, préoccupée. À l'évidence, Loulou ne pourra pas réintégrer sa maison avant plusieurs semaines ; quant à ma mère, il va lui falloir réfléchir à sa situation, voire trouver du travail. Qui peut prédire combien de temps cela lui prendra, avec ce qu'elle vient de traverser ? Comment va se passer leur cohabitation ? J'en suis là de mes réflexions lorsque je réalise que mes pas m'ont portée devant la pharmacie. Loulou m'ayant demandé de lui récupérer un médicament, j'entre.

— Bonjour, Lisa, me salue la patronne de Pauline. Qu'est-ce qu'il vous faut ?

— Bonjour, Fabienne, je voudrais... Euh...

Impossible de me souvenir du nom du médicament ! J'aurais dû le noter. Faute de mieux, j'improvise :

— En fait, je voudrais quelque chose contre la constipation, s'il vous plaît.

La pharmacienne esquisse un demi-sourire. Oups ! D'un regard en coin, je constate qu'il y a un autre client, un grand type plutôt pas mal, avec ses cheveux blond foncé un peu en bataille et ses yeux noisette.

Mortifiée du coup d'œil amusé qu'il me retourne, je bafouille :

— Ce n'est pas pour moi, c'est pour mon grand-père.

Tais-toi, maintenant !

Face à moi, le miroir qui surmonte le présentoir à rouges à lèvres me renvoie mon reflet, peu flatteur : mes cheveux châtains entortillés à la hâte dans un chignon lâche, mes joues empourprées, mes yeux – du même bleu myosotis que ceux de ma mère et de mon grand-père – en totale panique. Et ce sourire forcé, façon Chat du Cheshire, ridicule… Au secours ! Par chance, la patronne de Pauline retrouve dans ses fichiers le nom du fichu médicament de Loulou. Rassemblant ce qui me reste de dignité, je me sauve sans demander mon reste.

3

— NON, MAIS REGARDE-MOI CE CRÉTIN ! C'est pas possible d'être aussi beurlaud !

Assis devant son émission favorite, Loulou peste contre un candidat qui a le culot de s'emmêler les pinceaux dans les paroles d'une chanson. Tim bondit sur le canapé en éclatant de rire. Il est surexcité depuis son retour de l'école. Après le goûter et les devoirs, Loulou l'a entraîné dans le jardin, où ils ont planté en terre le goulot de bouteilles en plastique coupées, afin d'arroser les plants de tomates et de salades qui peuvent encore être sauvés. Puis ils sont vite rentrés, pour ne pas rater l'émission. Tout en surveillant d'un œil l'eau de cuisson des pâtes, je les observe avec attendrissement. Leur plaisir à être ensemble est contagieux.

— Un vrai beurlaud ! répète Loulou.

— C'est quoi un beurlaud ? l'interroge Tim.

— Quelqu'un qui n'a pas toutes les frites dans le même sachet. En deux mots, un con.

Je lui fais les gros yeux.

— Loulou !

— Bah quoi ? Elle est pourtant pas compliquée à chanter, celle-là. Tu ne vas pas me faire croire qu'il ne connaît pas Indochine ?

Sans crier gare, il entonne *L'Aventurier* à tue-tête. Tim et moi rions aux éclats ; quel autre octogénaire serait capable de faire ça ?

— On devrait te filmer, pépé ! se marre mon fils.

Sur ces entrefaites, Pauline frappe à la porte de derrière. Je me précipite pour lui ouvrir.

— Voici le pesto, annonce-t-elle d'une voix contrariée.

— Entre ! Tim et Loulou sont occupés à faire des vocalises. Je te sers un peu de vin ?

— Ce n'est pas de refus, soupire-t-elle, morose, en se hissant sur un tabouret.

Je plonge les pâtes dans l'eau bouillante et pose nos verres sur l'îlot central.

— Tu as l'air au bout de ta vie. Engueulade avec Mehdi ?

— Je lui ai annoncé que je comptais arrêter la pilule.

— Oh. Il a mal réagi ?

— Tu parles... Il n'a pas réagi tout court !

— Comment ça ? Il t'a forcément répondu quelque chose, non ?

— Ouais... « C'est pas le moment, tu sais bien que j'ai mon cours de boxe, je suis déjà en retard », récite-t-elle en mimant des guillemets avec ses doigts. Juste avant, il avait un énième apéro avec ses potes.

Gênée, j'avale une gorgée de vin. Je soutiens Pauline, évidemment, pourtant je ne parviens pas à blâmer totalement Mehdi. Sa façon d'esquiver est nulle, mais son comportement n'est pas sans me rappeler celui que j'ai eu envers Bastien, quand il désirait que l'on s'installe ensemble. J'étais beaucoup plus jeune que Mehdi, dont les quarante ans approchent à grands pas, certes. Mais la maturité arrive de façon plus tardive chez les hommes, c'est bien connu.

Prudemment, j'avance :

— C'est rude, mais ça ne veut pas dire qu'il ne t'aime plus. C'est possible qu'il ne soit pas prêt et n'ose pas te l'avouer.

— S'il n'est pas prêt au bout de sept ans, il ne le sera jamais, affirme-t-elle, amère. Et puis, entre nous, trois apéros avec ses copains en dix jours, je commence à trouver ça louche.

— Tu ne le soupçonnes quand même pas de...

— Me tromper avec une nana qui n'aurait pas les ovaires en ébullition ? Je t'avoue que l'idée m'a effleuré l'esprit.

Je tente de la réconforter du mieux que je peux :

— Je suis certaine que Mehdi ne fréquente personne d'autre, Pauline. Il traverse sans doute une phase de questionnement, ce n'est pas rien de décider d'avoir un bébé.

— Bof... Tu crois ?

— Bien sûr.

Elle renifle bruyamment, puis reprend en chuchotant :

— Bon, et toi ? Tu as parlé à ton grand-père ?

— Non, toujours pas.

— Non ? répète-t-elle, ahurie. Tu attends quoi, au juste ?

À voix basse, je lui raconte la syncope dont Loulou a été victime dans la matinée.

— À mon avis, il encaissera mieux la nouvelle après une bonne nuit de sommeil.

— Bon, d'accord, argument recevable, concède-t-elle. Après, c'est peut-être bien qu'il passe du temps ici lui aussi. Ça leur permettra de repartir sur de bonnes bases. En revanche, Tim risque de lui lâcher le morceau avant, non ? Il est si impatient de voir sa grand-mère !

— Aucun risque : je lui ai promis qu'il aurait l'interdiction d'aller camper avec mon père au mois d'août si jamais il cafte. Je suis une mère horrible, hein ?

Pauline étouffe un rire.

— Ça dépend… Tu mettrais vraiment ta menace à exécution ?

— Tu me connais ! dis-je en gloussant.

Jamais je ne priverais mon fils de son grand-père. Après un bref passage à vide consécutif au divorce, mon père a vite remonté la pente, se montrant très présent pour Tim dès sa naissance. Avec Séverine, ma belle-mère depuis sept ans, elle aussi prof dans un lycée, ils le prennent toujours deux semaines en août et l'emmènent sillonner les routes de France en camping-car. Cette année, ils ont prévu une excursion dans les Pyrénées. Tim s'en fait une joie.

— Nos verres sont vides, constate Pauline. On est de vraies pochtronnes.

— Pas grave, les pâtes sont cuites, on peut passer à table. Tu restes avec nous ?

— Quelle question ! Tu ne pensais pas que j'allais vous laisser engloutir tout le pesto sans moi ?

Le dîner fini, Tim nous embrasse pour nous souhaiter bonne nuit avant de filer dans sa chambre, suivi par mon grand-père, qui lui a promis une histoire. Pendant qu'il enfile son pyjama, j'entends Loulou lui parler d'un livre sur Buffalo Bill :

— C'était mon bouquin préféré, çui-là, quand j'avais ton âge. Faudra que je te le donne, un de ces quatre. Si les souris ne l'ont pas mangé, bien sûr.

— Ils sont irrésistibles, tous les deux, commente Pauline en m'aidant à débarrasser la table.

J'approuve dans un murmure.

— C'est si rare, d'entendre Loulou évoquer son enfance.

— Ma grand-mère était comme lui, elle aussi a grandi durant la guerre… La seule chose qu'elle nous disait, c'est qu'il ne fallait pas être nostalgique de ce temps-là.

— Ils ont dû être traumatisés, entre les privations et les horreurs commises par les nazis.

Pauline hoche la tête.

— D'ailleurs, j'ai pensé à toi ce matin ; tu as vu qu'ils ont retrouvé les ossements d'un Allemand ?

— J'ai lu ça dans le journal, oui. Je me demande comment cet homme a bien pu se retrouver là... Peut-être a-t-il été tué lors des combats contre le maquis ?

En août 1944, les maquisards de la forêt de Châtillon avaient en effet livré plusieurs batailles contre l'occupant allemand, qui faisait alors route vers la Normandie. Le village eut à relever une trentaine de morts, qui font chaque année l'objet d'une commémoration sur les lieux des combats.

— Je savais que ça piquerait ton intérêt, toi qui es friande de ce genre d'histoires, sourit Pauline. Ça pourrait être le début d'un livre, non ? Une idylle qui a mal tourné, le soldat enrôlé malgré lui et tombé amoureux d'une jolie fille du coin...

Je la coupe :

— Oh, pitié ! Il existe déjà un millier de romans sur le sujet.

— Mais ça a existé, on ne peut pas le nier. De belles histoires d'amour ont vu le jour. Et des bébés, sans doute, termine-t-elle en poussant un soupir à fendre l'âme.

La voix de mon grand-père nous interrompt, acide :

— La guerre n'avait rien de romantique, les filles, croyez-moi. Tim s'est endormi, je vais me coucher.

Manifestement, sa bonne humeur s'est fait la malle. Pourquoi se ferme-t-il autant dès qu'on aborde cette période ?

— Et moi, je vais rentrer, décrète Pauline. Mehdi ne devrait plus tarder, de toute façon.

Une fois mon amie partie et Loulou au lit, je décide de travailler un peu dans mon bureau. Dans toute la maison, c'est la pièce qui me ressemble le plus : un joli papier bleu marine sur les murs, un parquet laissé dans son jus, une table en cannage dénichée dans une brocante et deux bibliothèques remplies d'un fouillis de livres et de photos. Je m'estime si chanceuse de ne pas avoir à me rendre chaque matin dans un open space froid et impersonnel ! J'allume l'ordinateur, qui emplit aussitôt la pièce de son doux ronronnement. Il me reste une traduction à rendre avant mes vacances, et je tiens à m'avancer au maximum, d'autant plus que l'histoire est passionnante. L'auteur, un jeune Anglais de vingt-cinq ans, est parvenu à se glisser à la perfection dans la peau de son héroïne, Katherine, une suffragette londonienne de 1910, incarcérée dans des conditions épouvantables. Pourtant, ce soir, impossible de me concentrer. Pauline m'envoie un SMS pour me dire que son homme est bien rentré, mais a filé dormir, et j'ai du mal à faire le vide dans mon esprit, avec le retour de ma mère. Une question m'angoisse particulièrement : comment vais-je annoncer la nouvelle à Loulou ? Certes, il a le cœur généreux, mais aussi un caractère de cochon. En allant me coucher, deux heures plus tard, je n'en ai toujours pas la moindre idée. Si seulement je pouvais m'échapper pour ne pas avoir à me confronter au foutoir dans lequel je me suis mise et les laisser se débrouiller !

4

LE LENDEMAIN, mon fils ne tient plus en place. Il frétille comme une anguille en réalisant qu'il ne reste plus que vingt-quatre heures avant l'arrivée de ma mère.

— J'ai fait un dessin pour mamie, me lance-t-il en route pour l'école. On est tous les quatre au bord de l'eau. Tu crois que ça lui plaira ?

Je souris de son air si sérieux. La rivière, pour lui, c'est aussi sacré que la belote l'est aux yeux de Loulou. Chaque année, il guette fébrilement le retour des beaux jours pour filer avec mon grand-père, sur leurs vélos chargés comme des baudets. Leur petit plaisir est de s'installer sur les rives de l'Indre et d'y pêcher des carpes. De nature sensible, mon fils veut les relâcher, mais parfois mon grand-père conserve un poisson et le fait cuire au four, avec des tomates et des oignons. Et bien sûr, Tim se régale.

— Mamie va adorer. Ça ne va être facile pour elle, alors chaque petite attention lui fera beaucoup de bien.

Il me scrute un instant, de ses grands yeux bleus bordés de cils épais.

— Tu dis ça à cause de pépé ? Si ça se trouve, il va être content de la voir. C'est sa fille, quand même.

— Oui, tu as raison. C'est juste que leurs liens se sont un peu abîmés. Huit ans sans se parler, c'est long.

La question que je redoutais tant tombe alors :

— Pourquoi ils se sont disputés ?

— Ce sont des affaires de grands, mon cœur. Le principal c'est qu'ils se retrouvent.

J'esquive pour ne pas le choquer. Tim est encore trop jeune pour connaître la vérité. Il n'a pas à encaisser que sa grand-mère sort à peine de l'enfer des femmes battues, ni que son différend avec Loulou remonte à l'époque du divorce. L'histoire est triste, quoique banale. Après vingt-quatre ans de mariage, ma mère a soudain eu des envies de voyage et d'évasion, de sortir du ronron quotidien confortable et rassurant. D'un naturel plus routinier, mon père n'avait guère envie de bouger. À force de querelles, leur couple a fini par se déliter. Loulou a été très chagriné que ma mère demande le divorce sans essayer de sauver les meubles. Mariée à vingt ans, elle a soudain eu le sentiment d'être passée à côté de sa jeunesse, bien qu'elle n'ait jamais regretté de m'avoir eue si jeune. Mon père désirant garder la maison, il lui a racheté sa part, ce qui lui a permis de réaliser son rêve : voyager aux quatre coins du monde. À son retour, elle est tombée sous le charme de Florian, rencontré sur Internet. Installé à Mulhouse, ce dernier prétendait être à la tête d'une start-up de développement d'applications pour smartphones. Loulou a vite saisi qu'il n'était pas très net. Lorsque ma mère nous a annoncé qu'elle emménageait chez lui, en Alsace, il a tenté de la mettre en garde, ce qu'elle n'a pas supporté : elle lui a violemment reproché de ne pas accepter de la voir heureuse. Excédé, mon grand-père a piqué une colère monumentale : « Tu n'as pas honte, de te conduire ainsi devant ta fille et ton petit-fils ? Tu fous ta vie en l'air, Cécile ! » Elle est partie en claquant la porte, et ils ne se sont plus parlé. Pendant huit ans, ma mère n'a plus quitté Mulhouse. Les très rares fois où j'allais la voir (elle avait toujours un prétexte pour ne pas venir dans le Berry, ce que j'imputais alors à sa brouille avec Loulou), Florian était systématiquement présent, me toisant parfois comme si je représentais une menace à ses yeux. Il ne m'aimait pas, et c'était réciproque, alors je m'efforçais de le tolérer pour ne pas rompre les liens avec ma mère. Si elle était ravie de passer du temps avec Tim et moi, je sentais néanmoins ses sourires forcés, elle paraissait éteinte, pas du tout épanouie, contrairement à ce qu'elle essayait de me faire croire. Je me disais que l'amour n'était plus au rendez-vous et qu'elle avait peut-être besoin de temps pour l'admettre, tout simplement. À plusieurs reprises, j'ai tenté de lui en toucher deux mots au téléphone, mais elle m'assurait que tout allait bien. Jusqu'à ce qu'elle se retrouve à l'hôpital, avec un poignet cassé et le visage tuméfié ; après une dispute de trop, elle venait enfin de le menacer de le quitter. Les médecins l'ont convaincue de porter plainte, d'autant plus que ce n'était pas la première fois, ce dont bien sûr elle ne m'avait jamais rien dit. Je suis tombée de haut ; j'avais bien saisi que quelque chose ne tournait pas rond, mais j'étais à mille lieues d'imaginer la vérité ! Dieu merci, elle a été prise en charge par un foyer d'accueil dès sa sortie de l'hôpital. Depuis, ce salopard, qui fait en prime l'objet d'une seconde procédure pour malversations financières, a écopé d'une mesure d'éloignement. Maman a attendu plus d'un mois pour me prévenir. Elle avait trop honte, la fameuse culpabilité de la victime. C'est grâce à sa psy qu'elle a franchi le cap, il y a trois semaines, et s'est décidée à me téléphoner pour me confier enfin ce qu'elle avait subi. Bouleversée, je lui ai aussitôt proposé de venir chez moi, où elle pourrait prendre le temps nécessaire pour panser ses plaies et les surmonter.

Tandis que je me gare devant l'école, Tim tourne à nouveau la tête vers moi et déclare, très sûr de lui :

— Évidemment qu'ils se retrouveront. Les liens c'est comme les jouets, s'ils sont abîmés, on peut toujours les rafistoler.

J'ébouriffe tendrement ses boucles noires, semblables à celles de son père, au doux parfum de pomme.

— Le monde aurait besoin de plus de belles personnes comme toi, mon chéri.

Il ne m'écoute déjà plus : son amoureuse du moment vient de franchir la grille de l'école.

— J'te laisse, m'man, faudrait pas que je sois en retard.

— Surtout pas. Allez, file ! Et travaille bien.

De retour à la maison, je trouve mon grand-père assis devant son bol de café au lait. L'air guilleret, il chantonne un refrain de Brassens en tentant d'amadouer la chatte avec une lichette de beurre. Il a meilleure mine, comparé à hier, ce qui me fait encore plus culpabiliser à l'idée de ce que je dois lui annoncer.

— Bonjour, Loulou ! Bien dormi ?

— J'ai roupillé comme un loir.

— J'ai vu ça ! Tim a fait un boucan monstre dans la salle de bains, tu n'as même pas bronché.

Il mord avec gourmandise dans son pain tartiné de confiture de groseilles, et se met à me fixer pensivement. Redoutant le pire, je fronce les sourcils. Ma mère n'aurait pas essayé de me joindre sur la ligne fixe, par hasard ? Non, c'est peu probable, elle a l'habitude de m'appeler directement sur mon portable.

Peu probable, mais pas impossible.

Nerveuse, je me sers une tasse de café. Loulou continue de me détailler ; j'ai la désagréable sensation de passer aux rayons X. Soudain, je n'y tiens plus et m'assois à côté de lui.

— Bon, qu'est-ce qui ne va pas ?

Il se redresse et plante son regard franc dans le mien.

— C'est plutôt à toi qu'il faut demander ça, Lisa. Tu sembles tendue, depuis hier. J'ai cru que c'était à cause de mon malaise, mais je te trouve encore plus bizarre, ce matin.

— Ah bon ?

— Oui. Quelque chose te tracasse, je le vois.

Je manque laisser échapper ma tasse. Pourquoi faut-il que mon grand-père me connaisse si bien ? *C'est le moment, ma vieille...* Prenant une grande inspiration, je me lance :

— Loulou, je...

Il m'interrompt d'un geste de la main.

— Écoute, j'ai bien réfléchi. Le docteur a un peu poussé le bouchon en te demandant de me prendre chez toi. Je t'ai entendue travailler dans la nuit, je n'ai pas envie que tu t'épuises à cause de ma présence ici.

Je le contemple, bouche ouverte. Mince, il n'y est pas du tout. Hors de question qu'il se mette ces idées dans la tête...

— Maman va séjourner quelque temps à la maison.

Voilà, la bombe est lâchée. Seule une respiration choquée me répond. Et un grand silence. Trois secondes, peut-être quatre. C'est long. Puis, sans me quitter des yeux, Loulou essuie sa moustache avec sa serviette, avant de la replier soigneusement. Ses lèvres sont serrées, son visage cadenassé.

— L'autre vaurien sera avec elle ?

— Non. À vrai dire, ils ne sont plus ensemble.

— Tant mieux, approuve-t-il d'un ton sec. Je ne l'ai jamais senti, ce type.

— Tu ne t'étais pas trompé. Il...

Je détourne le regard, afin qu'il ne voie pas les larmes qui se forment dans mes yeux.

— Maman m'a appris qu'il était violent envers elle. Il la frappait.

Mon grand-père pâlit d'un coup.

— Bon Dieu de merde, le salaud !

— Je suis désolée de te l'annoncer comme ça, mais il fallait que tu saches. Je vais la chercher demain matin, à Tours.

Il acquiesce lentement, sans doute pour assimiler ce que je viens de lui révéler.

— Sait-elle que je suis ici, au moins ?

— Elle est au courant, oui. C'était surtout ta réaction que je redoutais, vu comme ça a chauffé, la dernière fois.

Loulou sursaute, comme si je l'avais insulté.

— Enfin, Lisa, ça fait huit ans ! De l'eau a coulé sous les ponts.

— Tu n'as jamais repris contact avec elle, je pensais que tu étais encore fâché.

— J'attendais qu'elle fasse le premier pas, reconnaît-il. Ce n'était peut-être pas très malin, je te l'accorde, mais avec ce qu'elle m'a jeté à la figure…

Il secoue la tête, abasourdi.

— Je ne soupçonnais pas que la situation était si grave, sans quoi je serais monté moi-même en Alsace pour la chercher, tu peux me croire.

— Je sais. Mais, comme je te le disais, il n'y aura pas besoin d'aller là-bas. Le foyer dans lequel elle était hébergée a financé ses billets de train, quand ils ont su qu'elle venait à la maison.

— Un foyer d'hébergement, répète-t-il instinctivement, consterné. Raconte-moi ce qui est arrivé.

La gorge nouée, je m'exécute. Lui relater l'enfer vécu par ma mère ces dernières années n'est pas une partie de plaisir. La première claque, les excuses, le bouquet de fleurs, un deuxième coup onze mois plus tard, et le sempiternel schéma qui recommence régulièrement. Le visage de mon grand-père se décompose au fur et à mesure de mon récit. Quand je me tais, mon café est froid, mais Loulou sait tout. Il n'en revient pas que sa fille ait pu tomber si facilement sous le joug d'un homme violent doublé d'un probable escroc.

— Elle a cru en lui comme au paradis, murmure-t-il, encore sonné.

— Je présume que c'est souvent le cas, quand on est amoureux.

— Oh, oui ! me confirme-t-il en poussant un long soupir. L'amour fait parfois commettre les pires bêtises…

J'attends qu'il développe, mais il n'en fait rien. Son regard se perd dans le vague, puis il se reprend :

— Enfin, elle s'en est sortie, c'est tout ce qui compte.

— Oui, mais tu dois me promettre de ne pas la brusquer, Loulou. Ce sale con a sapé toute sa confiance en elle, le chemin vers sa reconstruction risque d'être long. Il te faudra faire preuve de tact.

Et le tact, ce n'est pas son fort. Sous son allure bonhomme, mon grand-père est parfois un peu trop franc du collier. Ses mains tavelées croisées sous son menton, il approuve en silence. Puis, sans prévenir, il se penche vers moi.

— Dis, tu crois que tu pourrais m'emmener à la Maison de la Presse, cet après-midi ? J'ai des livres à acheter.

Sa question, posée sans transition, ne manque pas de m'étonner, mais Loulou fait partie de ces personnes qui ont tendance à dissimuler leur sensibilité derrière un masque, changeant délibérément de sujet quand l'émotion menace de déborder. Comment lui en vouloir ?

*

Le temps est doux et ensoleillé, Loulou a envie d'en profiter pour marcher. J'ai donc laissé ma voiture en contrebas du bourg, sur le mail bordé de vieilles maisons et de marronniers ouvrant sur le champ de foire, et nous remontons lentement l'artère pentue qui débouche face à la mairie.

— Dire que ces rues bruissaient de monde, quand j'étais gamin ! regrette mon grand-père alors que nous passons sous l'enseigne rouillée de l'ancien Café du Mail, qui se balance dans la brise.

Arrivés en haut, je lui désigne la dizaine de véhicules stationnés devant les magasins.

— Tu vois bien que ce n'est pas si désert. Et puis on est mardi, les gens travaillent.

— Non, ce n'est pas pareil. À l'époque, tu ne pouvais pas faire un pas sans tomber sur un voisin ou une connaissance.

Il ralentit à hauteur de la pharmacie.

— Regarde cette date, gravée tout en haut du bâtiment : 1844. Tu y avais déjà prêté attention ?

— Bien sûr. Je me suis même fait la réflexion que la pharmacie est drôlement ancienne !

— Non, me détrompe-t-il, avant c'était un grand magasin sur plusieurs étages, comme ceux des villes.

— Vraiment ?

— Je m'en souviens comme si c'était hier, opine-t-il. On pouvait s'y procurer du linge, des vêtements, des meubles. Et les jours de foire, ils ouvraient un porche qui donnait sur le mail, ça évitait de faire tout le tour. Les gens venaient des villages alentour en charrette ou par autocar pour faire leurs emplettes, c'était leur grande sortie de l'année.

Et moi qui croyais connaître ce bourg par cœur !

— Waouh ! J'aurais adoré voir ça.

Il me montre ensuite la devanture du prothésiste auditif, de l'autre côté du trottoir.

— Là, il y avait Marcellin, le sabotier. Lui aussi, c'était quelque chose ! Il a obtenu le titre de meilleur ouvrier de France pour avoir créé une paire de sabots en noyer de plus de deux mètres de long, dans le cadre de l'exposition universelle. Je me souviens qu'à un moment, il en avait placé une ébauche devant sa boutique, on allait se fourrer dedans avec les copains.

Touchée qu'il évoque un bout de ce passé qu'il tient d'ordinaire si secret, j'observe en douce le sourire nostalgique qui flotte sur ses lèvres.

— Tu ne m'avais jamais parlé de ça, Loulou.

— À quoi bon ? C'est révolu. De nos jours on veut du gros centre commercial pour tout avoir à portée de main. Heureusement qu'il reste encore une poignée de jeunes qui se soucient de maintenir les commerces, conclut-il en désignant la librairie du menton.

C'est vrai que les propriétaires sont partis à la retraite le mois dernier mais, avec ce qui est arrivé à ma mère, je n'ai pas tout suivi.

— Ils ont trouvé un repreneur, alors ?

— Oui, leur fils ! Ils ne pouvaient pas espérer mieux. Salut, la compagnie ! lance-t-il en entrant dans la boutique.

Le libraire, occupé à ranger un présentoir, reconnaît aussitôt la voix de mon grand-père.

— Bonjour, monsieur Louis ! Vous venez chercher de nouveaux romans ? Je suis à vous dans une seconde.

Il se retourne et je me fige, incrédule : c'est l'inconnu de la pharmacie !

— On s'est déjà croisés, non ? fait-il avec un petit sourire en coin.

Sans blague !

J'ai viré au rouge pivoine, c'est sûr. Si je me fie à la façon ironique dont son regard noisette me scrute, il se remémore tout à fait les circonstances de notre rencontre.

— La pharmacie, m'entends-je croasser.

Son sourire s'élargit pendant que Loulou effectue les présentations :

— Rudy, voici Lisa, ma petite-fille.

— Enchanté, Lisa.

Je me contente d'un bref signe de tête. Si seulement le sol pouvait m'engloutir...

— Comme je viens de l'expliquer à Lisa, reprend mon grand-père qui n'a rien remarqué, c'est une bonne chose que la librairie reste dans la famille.

— Je dirais plutôt que c'est un miracle ! s'exclame Rudy. Si Estelle n'avait pas insisté, pour la petite, je ne me serais pas établi dans le coin. En fin de compte, je ne regrette pas.

— Eh oui ! réplique Loulou. Personne ne veut jamais revenir à Châtillon, mais une fois qu'on y est, on ne veut plus en repartir.

— C'est à peu près ça. Alors, quels livres désirez-vous aujourd'hui ?

Faisant mine de m'intéresser aux revues, je les laisse s'éloigner au fond de la boutique. D'où je me trouve, je note que Rudy a entièrement réagencé le rayon consacré aux romans. C'est plus lumineux que dans mon souvenir, mieux rangé. Loulou a toujours été un grand lecteur – il dévore deux ouvrages par semaine, qu'il partage ensuite avec Annette –, alors je suis contente pour lui que la librairie poursuive ses activités. Même si ce Rudy a un je-ne-sais-quoi d'agaçant, je dois admettre que c'est plutôt courageux de sa part de faire perdurer l'entreprise familiale ; dans cette seule rue, pas moins de trois boutiques ont définitivement baissé le rideau cette année. Loulou n'a pas tout à fait tort de déplorer le manque d'animation.

— J'ai trouvé ce que je voulais, on peut y aller, déclare mon grand-père en rejoignant la petite file qui s'est formée à la caisse.

Rudy se précipite derrière le comptoir.

— Désolé pour l'attente, je suis tout seul pour le moment, s'excuse-t-il auprès des clients qui patientent.

Tiens, sa femme ne travaille pas avec lui ? En général, c'est ce qui se passe quand un couple s'installe dans la région pour reprendre un commerce.

— On ne t'en tient pas rigueur, mon grand, lui assure une vieille dame. Si jamais tu recrutes, fais-moi signe, ma petite-fille cherche un job d'été.

— J'y réfléchirai, lui promet-il.

Notre tour arrive, il encaisse les livres de Loulou. Au coup d'œil malicieux qu'il me jette, je m'attends presque à ce qu'il demande à mon grand-père si ses problèmes de constipation sont rentrés dans l'ordre. Dieu merci, il s'en abstient, préférant m'interroger à la place :

— Vous ne cherchez pas un travail, par hasard ?

— Non, j'en ai un.

La fierté en bandoulière, Loulou entreprend alors de lui raconter que je suis traductrice de romans. Rudy, qui n'en a probablement rien à faire, l'écoute sans broncher avant de répondre :

— Bon, eh bien, tant pis pour moi ! Voici vos livres, Louis. À bientôt, Lisa, ici ou… à la pharmacie.

Il me gratifie à nouveau de ce sourire en coin irritant, et je pousse un juron silencieux en quittant la librairie. Est-il toujours aussi lourd ou ai-je droit à un traitement de faveur ? Refoulant mon agacement, je questionne mon grand-père sur les ouvrages qu'il a choisis. Je n'ai pas eu le temps de les voir, puisqu'il les a rangés fissa dans son sac.

— Oh, des romans, comme d'habitude, fait-il de manière évasive.

Je ne peux me retenir de rire.

— Toi, tu lis des romances à l'eau de rose en cachette !

N'importe quoi ! riposte-t-il, les yeux levés au ciel.

De retour dans la voiture, il pose ses achats à ses pieds le temps d'attacher sa ceinture. L'un des livres glisse du sac. Le titre, écrit en lettres capitales, se détache nettement sur la couverture sombre : *Renaître des violences conjugales.* Je ne dis rien, mais les larmes ne sont pas loin.

5

— Alors, il l'a pris comment ? me demande ma mère tandis que nous roulons sur la départementale qui nous ramène à Châtillon.

Je lui prends la main. Ses longs doigts fins sont glacés, en dépit de la chaleur. Quel choc j'ai eu, tout à l'heure, en la retrouvant sur le quai de la gare ! Envolées les rondeurs harmonieuses qu'elle mettait autrefois en valeur à travers de jolies tenues : elle a dû perdre au moins une dizaine de kilos, depuis la dernière fois que je suis allée à Mulhouse, il y a un peu plus de deux ans, et elle flotte littéralement dans son jean trop grand et son t-shirt informe. Ses cheveux striés de mèches grises n'ont pas vu le coiffeur depuis trop longtemps, mais le pire, c'est l'éclat de ses yeux, qui s'est comme fané. Elle qui était vive et pétillante, c'est dur de la voir dans cet état. Elle est devenue si frêle que j'ai eu peur de la broyer en la serrant dans mes bras.

Je déglutis et lui réponds :

— Plutôt bien. Ça lui a mis une claque, ce que tu as vécu, mais il n'est plus fâché contre toi.

— Bien. D'accord.

Est-elle soulagée ? Si c'est le cas, elle n'en montre rien, se triturant la peau déjà à vif autour de l'ongle de son pouce. Cherchant désespérément quelque chose de positif à dire, je reprends :

— Est-ce que l'hôtel était bien ? Tu ne m'as pas raconté.

Elle me regarde, semble s'animer un peu.

— Oui, c'est vrai. L'épreuve du métro a été une telle angoisse qu'une fois dans ma chambre il m'a fallu un moment pour me remettre. Mais j'ai pu me prélasser dans un bain et j'ai commandé des sushis en room service. C'était délicieux, merci pour tout, ma puce.

Sa joie, bien que pudique, me fait plaisir. Comme elle devait effectuer une correspondance à Paris, je lui ai échangé son deuxième billet et retenu une chambre dans un bel hôtel, afin qu'elle n'ait pas à courir entre les deux gares et profite d'un moment rien qu'à elle.

— Je t'en prie, maman, tu as besoin de te détendre. Tu seras très bien à la maison aussi, tu verras.

— C'est tellement gentil, souffle-t-elle d'un ton triste. Je m'en veux, de bousculer votre quotidien, tu as déjà assez à faire avec mon père sous ton toit.

— Je t'assure que tu ne bouscules rien du tout. Tim se réjouit de passer du temps avec toi, tu n'as pas idée ! Il te laisse son lit, j'espère que tu n'as rien contre Harry Potter, car il a préparé sa housse de couette exprès pour toi.

En réalité, nous n'avons pas ménagé nos efforts afin que ma mère se sente à l'aise chez moi. Après avoir passé l'aspirateur dans les moindres recoins, nous avons égayé le salon avec des fleurs cueillies hier soir par Loulou, en bordure des champs voisins. Pour finir, ce matin, avant de me mettre en route, j'ai observé d'un œil neuf les jolis rideaux ornés de roses, le canapé bleu marine surmonté de coussins moelleux, les photos sur le mur en pierre apparente et le bouquet multicolore qui trône sur la table basse. En refermant la porte derrière moi, j'ai songé, ravie, que oui, ma petite maison aux volets verts lui offrirait un abri sûr et confortable.

— Il doit être adorable, ce p'tit bonhomme !

J'acquiesce par un sourire. La dernière fois qu'elle l'a tenu sur ses genoux, mon fils avait à peine sept ans. J'ai beau lui avoir régulièrement envoyé des photos par e-mail, cela ne fait pas tout.

— Un amour. Enfin, sauf quand il met une demi-heure à avaler son bol de céréales le matin ou qu'il fait le sourd au moment de venir à table parce que les jeux vidéo, c'est mieux que les haricots verts.

— Un garçon de dix ans, en somme, commente-t-elle, amusée.

— C'est ça... En tout cas, il est très pressé de te montrer ses coins favoris. Sache qu'il a l'intention de t'emmener pêcher, pendant les vacances. Tu as le droit de décliner, bien sûr, pour ma part je déteste ça.

— Non, je ferai tout pour que ma compagnie lui soit agréable.

— Et il compte bien en faire autant de son côté ; je lui ai expliqué qu'un méchant monsieur t'a fait du mal, sans entrer dans les détails, bien sûr. La seule autre personne au courant, hormis Loulou, est ma voisine, Pauline, qui est aussi ma meilleure amie.

Ma mère écarquille les yeux.

— Mon Dieu, que va-t-elle penser ? J'ai terriblement honte.

— Honte ? Mais tu n'as pas à avoir honte, maman !

— J'ai merdé, Lisa. Si j'avais été moins naïve...

Ne supportant pas de l'entendre s'autoflageller, je la coupe net :

— Ne sois pas si dure envers toi. Tu étais un peu perdue au moment où tu as rencontré ce connard, et il en a profité. C'est leur façon d'agir, à ces types-là, ils savent repérer les femmes vulnérables. Je me suis renseignée sur la question.

Je me retiens *in extremis* de lui révéler que même Loulou a acheté un livre traitant du sujet. Après tout, je ne suis pas censée le savoir.

— Ton poignet va mieux ?

— Il est presque guéri, oui. Mais il me faudra des séances de kiné.

Ce salaud ne l'a vraiment pas ratée...

— On t'en trouvera un. Tu es entre de bonnes mains, à présent.

Je ralentis à l'approche du croisement dont l'un des embranchements conduit vers le site de construction des futurs logements sociaux. L'excuse parfaite pour faire dévier la discussion en lui parlant des ossements récemment découverts sur le chantier.

— C'est à côté de la ferme des Ormeaux, c'est ça ? me demande-t-elle.

— Tout à fait. Il n'en restait que des ruines, alors ils ont tout rasé, sauf le menhir, dans la clairière voisine. Ça reste une attraction.

— Ce fameux menhir ! Tu connais la légende ? Les villageois ont longtemps cru qu'il grandissait de quelques centimètres tous les ans... jusqu'à ce qu'ils se rendent compte que c'est le passage répété des vaches qui tassait la terre. J'ai toujours trouvé ça drôle.

Je laisse échapper un petit rire.

— Dommage qu'ils aient trouvé une explication rationnelle, cette légende possédait son charme... Enfin, pour en revenir à ce soldat, si tu avais vu la tête de Loulou quand je lui ai parlé de l'article paru dans le journal ! J'aurais bien aimé qu'il émette des hypothèses, mais rien. Il s'est refermé comme une huître.

— La guerre est un grand tabou pour lui. On n'a jamais été très doués pour parler des choses douloureuses, dans la famille.

Nous parvenons à la hauteur du chemin qui mène chez moi.

— On arrive, lui dis-je doucement.

Le soupir qu'elle pousse au moment où je coupe le moteur trahit son manque de sérénité.

— Tout va bien se passer, maman.

D'autorité, je prends ses affaires, qui tiennent dans un simple sac de voyage, et lui souris pour l'encourager à sortir de la voiture. Loulou et Tim apparaissent alors d'un seul homme sur le seuil de la maison, mon grand-père tenant fermement mon fils par les épaules. Leur posture manque légèrement de naturel, mais j'apprécie l'initiative.

Afin de détendre l'atmosphère, je prends la parole comme si de rien n'était :

— Coucou vous deux ! Tu peux venir dire bonjour à mamie, Tim.

Mon fils ne se le fait pas répéter deux fois. En un rien de temps, il a déjà les bras passés autour de la taille de ma mère.

— Salut, mon grand, lui dit-elle, émue. Je suis contente de te revoir.

— Moi aussi ! J'ai un dessin pour toi, et puis il faut que je te montre ma chambre !

— Laisse lui le temps d'arriver, mon chéri !

À son tour, mon grand-père s'avance vers nous. Tremblante, ma mère garde les yeux rivés sur Tim, et ne relève la tête que lorsque Loulou se trouve face à elle.

— Bonjour, papa, articule-t-elle prudemment.

Une émotion mêlée d'embarras flotte entre eux. Loulou la détaille sans broncher, mais son regard est voilé. Enfin, il hoche la tête, comme pour lui indiquer que la hache de guerre est enterrée.

— Bonjour, Cécile, dit-il d'une voix rauque. Viens donc embrasser ton vieux papa.

Ils s'enlacent maladroitement, et mon grand-père reprend :

— Tu dois avoir faim, j'ai préparé un poulet au curry ; c'est toujours ton plat de prédilection ?

Les yeux brillants, maman acquiesce sans un mot. C'est plus fort que moi, je renifle.

— Tu vas pleurer ? me demande Loulou alors que Tim entraîne déjà ma mère en direction de sa chambre, lui parlant à la fois de Harry Potter, de la canne à pêche reçue pour Noël et de son dix sur dix en dictée.

— Non.

Faisant mine de croire mon mensonge, Loulou tire son mouchoir à carreaux de la poche de son pantalon et se tamponne furtivement les yeux.

— Bon, tant mieux. Parce que moi c'est juste à cause des oignons que j'ai mis dans le curry. D'ailleurs, je ferais bien de vérifier que mon poulet ne crame pas.

Il passe un bras autour de mes épaules, et nous rentrons ainsi dans la cuisine, un large sourire aux lèvres.

6

« C'EST PIRE QU'UN TESTAMENT/ Au-delà d'une confidence / On est des petits enfants / De ce joli coin de France… »

Dans la voiture, la nouvelle chanson de Trois Cafés Gourmands résonne joyeusement à la radio. Conquis, Loulou agite la tête en cadence tout en fredonnant l'air entraînant.

— N'oublie pas que Nénette mange avec nous ce soir, me rappelle-t-il, alors que je ralentis près du bar Chez Cui-Cui, où il a rendez-vous avec ses copains.

Ce dîner avec Annette ayant été planifié quelques jours avant son malaise, c'est moi qui ai proposé que son amie vienne à la maison au lieu d'annuler.

— Ne t'inquiète pas, je ne risque pas d'oublier ! J'en parlais encore tout à l'heure à Pauline. Mehdi et elle se seraient volontiers joints à nous, mais ils vont à la fête de la musique.

— Si tu as envie de sortir avec eux, vas-y. Tu as le droit de t'amuser, toi aussi.

Sa proposition est tentante. À travers le pare-brise, je regarde les fanions colorés suspendus le long de la rue principale. En ce premier jour de l'été où l'on célèbre les mille mélodies de la vie, le bourg s'est paré de ses plus jolies couleurs. Pour l'occasion, trois groupes se relaieront ce soir devant le café. Rock, variété, musette, il y en aura pour tous les goûts. Pascal, le patron, ne manque pas d'idées pour s'attirer une clientèle plus dynamique. J'adorerais me divertir, mais Tim a école demain, et je ne peux pas laisser ma mère affronter ce dîner toute seule. Elle est encore trop fragile, je l'ai entendue se tourner et se retourner dans le lit de Tim jusque tard dans la nuit. Ce matin, au petit déjeuner, elle m'a confié que ses angoisses lui dérobent son sommeil, tant elle redoute de voir Florian contrevenir à sa mesure d'éloignement.

— Non, je vais rester avec vous, ce sera tout aussi sympa. Ça s'est bien passé, ce matin, avec maman ?

À mon retour de l'école, Loulou a en effet embarqué ma mère dans le jardin pour soigner mes rosiers, prétextant que j'avais besoin de solitude pour travailler. Je crois surtout que c'était important pour lui de partager un moment avec elle. La tâche les a absorbés durant une bonne partie de la matinée, et ma mère est rentrée avec les joues rosies par l'effort.

— Elle s'en est bien tirée, me dit Loulou. Le jardinage, c'est bon pour la santé.

— Et moralement, tu la trouves comment ? Son regard de biche traquée est un vrai supplice pour moi.

— C'est normal, ma Lisa. Ce n'est pas facile de voir sa mère avec le cœur abîmé, mais je suis certain qu'elle va y arriver, tu sais. Bon, je ferais bien de filer, sinon les copains vont lancer un avis de recherche.

— Entendu, je te récupère avec Tim après la sortie de l'école.

J'arrive au bout de la rue lorsque mon téléphone sonne. Le nom de l'artisan qui s'occupe des travaux chez Loulou s'affiche sur l'écran. Mon grand-père s'obstinant à ne pas vouloir de téléphone portable, nous lui avons donné mon numéro, au cas où il aurait besoin de nous joindre. Sans attendre, je me gare le long d'une vitrine pour répondre.

— Bonjour, madame, excusez-moi de vous déranger, mais votre grand-père ne se trouverait pas avec vous, par hasard ?

— Euh, non, je viens de le laisser en ville. C'est urgent ?

Revenir sur mes pas ne me prendrait que deux minutes, mais ça m'ennuie d'interrompre la traditionnelle partie de belote de Loulou.

— C'est à propos de la toiture, on aurait besoin d'accéder à la seconde partie du grenier. Vous ne sauriez pas comment on pourrait faire ?

Mais de quoi parle-t-il ? J'ai dû louper un épisode.

— La seconde partie du grenier, vous dites ?

— Oui, celle qui donne au niveau de la petite lucarne.

C'est quoi, ce délire ?

— Je... Il doit y avoir une erreur. À ma connaissance, il n'y a aucune extension des combles.

— Ben si, je vous assure... Vous devriez peut-être venir jeter un coup d'œil.

— Très bien, j'arrive tout de suite.

J'envoie un texto à ma mère pour l'informer que je fais un court détour par chez Loulou, puis je redémarre. Dix minutes plus tard, en poussant la grille, je note que le toit est bâché et que des échafaudages ont été installés le long de la façade. Les ouvriers, au nombre de trois, patientent dehors en buvant un café. L'allure joviale, leur patron vient aussitôt à ma rencontre.

— Je suis désolé de vous faire déplacer, mais ça nous permettra d'éclaircir la situation.

— Oui, parce que je dois bien vous avouer que je ne comprends pas.

Il m'entraîne à l'arrière de la maison où il me désigne une minuscule fenêtre toute ronde, encastrée dans le toit.

— Vous voyez la lucarne, tout en haut à gauche ?

Je dois admettre que je n'y avais jamais prêté attention.

— Elle doit faire partie du grenier, je suppose.

— Non, rétorque-t-il, catégorique. Il y a forcément une autre pièce.

Mince, ce serait dingue ! Sceptique, je lui propose que nous allions regarder de plus près.

— Ce sera toujours mieux que de palabrer pendant des heures, opine-t-il.

L'escalier qui communique avec le grenier se trouve au premier étage, au bout du palier qui dessert les chambres. Les marches craquent sous nos pas et, l'espace d'une seconde, je me demande si nous n'allons pas passer à travers le plancher. Il y a des lustres que je ne suis pas montée dans les combles. Poussée par la curiosité, j'ai dû m'y rendre une ou deux fois à l'adolescence, jusqu'à ce que Loulou me parle de la colonie de souris qu'il soupçonnait d'y avoir élu domicile. Autant dire que ça m'a fait passer l'envie d'y retourner ! J'ouvre la porte en croisant les doigts pour que les rongeurs aient pris la tangente, depuis le temps.

— Oh, la vache !

Je ne peux retenir une exclamation face au bric-à-brac de vieilleries qui se sont accumulées au fil des années. Une pendule à coucou posée sur un landau à trois roues, des caisses empilées de guingois, un vieux canapé recouvert de chintz, des cageots à fruits pleins de toiles d'araignées… En revanche, je ne détecte aucune trace de la lucarne, ce qui ne manque pas de m'interpeller. Perdue, je demande à l'artisan s'il a un avis sur la question. Celui-ci m'indique une armoire placée contre le mur légèrement en soupente qui nous fait face.

— Vous permettez qu'on la déplace ?

Je lui donne mon feu vert.

— Autant savoir.

Le meuble a beau être en piteux état, il s'avère assez lourd. L'intérieur est rempli de couvertures dévorées par les mites qui auraient dû être jetées depuis longtemps, et un vieux tapis poussiéreux accompagné de boîtes à chapeaux ont été posés dessus, si bien que les ouvriers galèrent un peu pour le déplacer. Ils parviennent néanmoins à le faire glisser de quelques centimètres. À ma grande stupéfaction, une porte en bois, pas très grande, apparaît à l'emplacement même de l'armoire. Incroyable ! Je m'avance pour essayer de l'ouvrir, mais la poignée résiste.

— Je présume que vous ne savez pas où se trouve la clé ? s'enquiert l'artisan.

— Mon grand-père en possède des dizaines, en bas… Le temps de dénicher la bonne, nous aurons plus vite fait de forcer la serrure.

Un des ouvriers s'approche pour tâter le mécanisme.

— Rouillée comme elle est, elle ne devrait pas résister très longtemps. On tente ?

À nouveau, je donne mon accord. Le jeune homme perce un orifice dans le cylindre de la serrure, qu'il débloque ensuite avec un tournevis. La porte s'ouvre dans un grincement sinistre. En découvrant la pièce minuscule qui se cache derrière, je suis à deux doigts de me pincer pour vérifier que ce que j'ai sous les yeux est bien réel : un grand lit en fer, dénué de matelas, occupe la moitié de l'espace et une sorte de petit coffre est posé par terre, à côté. Une forte odeur d'humidité émane de l'endroit, qui fleure la poussière et la négligence.

— Bien, il semblerait qu'on ait trouvé notre lucarne, se félicite l'artisan en repérant ladite fenêtre. On va pouvoir traiter l'infiltration.

Je pénètre à mon tour dans la pièce insalubre, dont le haut des murs est recouvert de moisissure noire. Réprimant une grimace de dégoût, je m'accroupis pour scruter le coffret. Muni d'attaches en cuir et en métal, il semble dater d'au moins une centaine d'années. Pas très encombrant, il doit peser dans les deux kilos, mais reste assez grand pour contenir… ? Eh bien, c'est une très bonne question ! Des jouets ? Des vêtements d'enfant ? Des lettres ? Une chose est certaine, ce coffre n'est pas vide, à en croire le bruit sourd qui provient de l'intérieur quand on le secoue.

— Je ne veux pas vous chasser, mais nous allons nous remettre au travail, m'informe l'artisan.

— Oui, bien sûr. Je vais emporter le coffret avec moi, si vous n'y voyez pas d'inconvénient. Il m'intrigue.

En réalité, je suis sidérée. Depuis petite, j'adore fureter dans les tiroirs. J'aime les vieux papiers, la vie en noir et blanc à jamais figée sur du papier photo, j'aime quand ça sent le mystère. À coup sûr, cette caisse ne contient rien d'intéressant, mais ma curiosité est assez titillée pour vouloir m'en assurer.

Mon interlocuteur se met à rire.

— Il est à vous, vous n'avez pas besoin de mon autorisation ! Dans tous les cas, bonne chance, ma petite dame, parce que la dernière fois qu'on a trouvé une boîte sur un chantier, elle était pleine de bijoux, et les héritiers se sont querellés comme des chiffonniers.

Je le remercie machinalement avant de prendre congé et de regagner ma voiture. Tout en roulant, je me livre à une véritable séance de remue-méninges : mon grand-père est-il au courant de l'existence de cette pièce attenante au grenier ? Si oui, pour quelle raison ne m'en a-t-il jamais parlé ? Ni aux ouvriers ? Il devait se douter qu'ils auraient besoin de passer par là. Sauf s'il en ignorait tout… Ces questions virevoltent encore dans ma tête lorsque j'arrive chez moi. Ma mère est installée à la table de jardin, à l'ombre du cerisier, où elle feuillette un magazine. En m'entendant approcher, elle relève la tête, d'abord méfiante, puis se détend en réalisant que c'est moi.

— Tout va bien, chez ton grand-père ?

— Le problème est réglé. En revanche, j'ai eu une très grosse surprise, dis-je en lui montrant le coffret.

— Qu'est-ce que c'est ? fait-elle, intriguée.

— Cet objet ne t'évoque rien ?

Elle me fait signe que non.

— Où l'as-tu trouvé ?

— Eh bien, figure-toi qu'une porte cachée dans le grenier mène à une seconde pièce. Il était là.

— Quoi ? s'étonne-t-elle. Une pièce cachée dans la maison ? Ça n'a ni queue ni tête !

Prenant place sur l'une des chaises en fer forgé, j'entreprends de lui expliquer de quelle façon les ouvriers et moi avons exhumé cette chambre mystérieuse.

— C'était probablement une sorte de mansarde, autrefois, mais pourquoi l'avoir dissimulée ?

Ma mère me fixe, perplexe.

— C'est étrange, jamais je n'en ai entendu parler... Et ce coffre, tu as regardé ce qu'il contient ?

— Pas encore, je réponds en le posant doucement sur la table.

Maman fait courir ses doigts le long des lanières en cuir.

— Il n'a pas de serrure, observe-t-elle.

— Raison de plus pour l'ouvrir. Je suis très curieuse de savoir quels trésors il renferme.

Des babioles, probablement... Je défais le système de fermeture, qui cède sans aucune difficulté.

— Mon Dieu ! je m'exclame aussitôt, dans un mouvement de recul.

Sous mes yeux vient d'apparaître une casquette anthracite à visière en cuir, surmontée d'une tête de mort et d'un aigle, typique de celles des chefs SS durant la guerre.

— C'est atroce, murmure ma mère, une main plaquée sur la bouche. Comment une telle horreur a bien pu se retrouver là ?

La suite est tout aussi déconcertante. Sous le couvre-chef, je déniche une enveloppe contenant plusieurs photographies en noir et blanc. Le visage malicieux d'une jeune fille revient souvent. Sur l'une d'entre elles, elle se tient assise aux côtés d'un grand brun, laissant sa tête reposer sur son épaule, sur une autre elle pose, dans ce qui ressemble à une forêt, avec un groupe de jeunes hommes. Leur tenue – béret, chemise et pantalon retenu par un épais ceinturon – me fait penser à celle des maquisards.

— Tu connais cette fille, maman ?

— Non, c'est la première fois que je la vois.

Qui sont ces inconnus ? Je les observe, fascinée. Le dernier cliché nous présente une seconde femme aux cheveux clairs et vêtue d'une élégante robe de soirée, typique des années trente. Celle-ci pose en compagnie d'un homme en tenue militaire et sourit à l'objectif comme à une promesse. Au dos, l'inscription manuscrite, encore lisible, me fait frémir : *Meine wünderschone Marie.*

— « Ma magnifique Marie », traduis-je.

Ma mère blêmit. Et pour cause : Marie, c'était le prénom de la mère de Loulou.

— Merde... Tu penses qu'elle aurait pu nouer une relation avec un officier nazi ?

— Va savoir. Il s'est passé tant de choses durant la guerre...

Cette idée me fait si froid dans le dos que j'aimerais pouvoir la repousser. Pourtant, la casquette et la photo sont plus que troublantes.

— Regarde, reprend ma mère en retirant un nouvel objet du coffre. Des chaussons de danse et... Oh ! Un carnet.

Elle me le tend, et je détaille la couverture épaisse en cuir noir un peu usé. La reliure s'effiloche lorsque j'en tourne brièvement les pages, nombreuses et jaunies par le temps. À voix haute, je constate :

— C'est un journal intime. Il a été rédigé par une certaine Aurélia.

Ma mère plisse les sourcils.

— Aurélia ? De plus en plus curieux…

— Pourquoi ?

— Quand j'étais petite, j'avais prénommé l'une de mes poupées ainsi. Quand il l'a su, mon père s'est mis en colère, me menaçant de la jeter à la poubelle si je ne choisissais pas un autre nom. J'étais très jeune, je ne devais guère avoir plus de cinq ans, mais cet épisode m'a marquée.

Voilà qui ne ressemble pas à mon grand-père, lui qui se montre si complice avec les enfants !

— As-tu su pourquoi il avait si mal réagi ?

— Non, je n'ai eu aucune explication. En tout cas, je reste persuadée que je n'avais pas attribué ce prénom par hasard à ma poupée. Tout ça est loin et très flou, mais je pourrais jurer avoir entendu mes parents le prononcer une ou deux fois à voix basse. C'est une impression tenace.

— Oh, de plus en plus intéressant… Et si on commençait à lire ce journal, pour voir ce que raconte cette Aurélia ? Ça nous permettra peut-être de mieux comprendre…

Consultant l'heure sur ma montre, je calcule qu'il me reste encore pas mal de temps avant de récupérer Tim à l'école.

— Non, ce n'est pas bien de lire quelque chose qui ne t'est pas destiné…, me répond ma mère. En même temps, je brûle d'envie de comprendre comment la casquette d'un SS a bien pu atterrir dans ce coffret, lui-même planqué dans une pièce secrète du grenier. Et, à mon avis, ce n'est pas ton grand-père qui nous fournira l'explication.

— Alors, on fait quoi ?

Un rouge-gorge se pose sur l'arbre au-dessus de nous. Maman le considère un instant et, pour la première fois depuis nos retrouvailles, elle m'offre un vrai grand sourire :

— On se prépare une tasse de thé et on lit !

Quelques minutes plus tard, je lis à voix haute les premières lignes du journal, rédigées dans une écriture serrée et légèrement courbée qui nous plonge tout de suite toutes les deux dans un autre temps :

« 9 juillet 1939.

Cela me fait bizarre d'écrire dans ce carnet, c'est presque intimidant. Je l'ai acheté sur un coup de tête, voilà près de trois mois, aux Galeries Lafayette Haussmann, parce que je le trouvais beau, mais je ne pensais pas qu'il me serait d'une quelconque utilité.

Pourtant, ce soir, alors que nous dormons chez les Carlier, je ressens le besoin de coucher mes pensées sur du papier. J'ai bien fait de le prendre avec moi ; je comptais le donner au petit Loulou, mon neveu, mais trop de choses se bousculent en moi. Il y a cette menace de la guerre, dont j'avais à peine conscience jusque-là, et qui, d'un coup, semble se matérialiser. Mais ce n'est rien, comparé au doute qui s'est immiscé ce soir dans mon esprit : je crois que papa est un espion. Ça me paraît fou, improbable, cependant... ce que j'ai entendu ne trompe pas.

Mais je dois reprendre les choses par le début pour y voir plus clair. Tout a commencé hier, alors que j'étais avec Madeleine... »

7

Aurélia, 1939.

MADELEINE S'IMMOBILISA sous l'enseigne lumineuse du Balajo et toisa son amie d'un air incrédule.

— Danseuse dans un cabaret ? Mais enfin, Aurélia chérie, tu n'y songes pas sérieusement, si ?

— Et pourquoi pas ? répliqua Aurélia, vexée. Les cabarets ne sont pas tous des lieux de perdition. Mon père se produit souvent aux Folies-Bergère, il n'en reste pas moins fréquentable.

— Ton père est un homme, souligna Madeleine, et ça change tout. Il ne risque pas de récolter des mains baladeuses, contrairement à toi.

Aurélia leva les yeux au ciel. Parfois, elle se demandait si Madeleine, âgée comme elle de dix-huit ans, aimait jouer les timorées ou si c'était dans sa nature. Heureusement qu'elle ne lui avait pas encore confié ses rêves d'Amérique, son amie aurait sauté au plafond !

Du plat de la main, Aurélia lissa les pans de sa robe blanche à petites fleurs corail tout en la raillant gentiment.

— En attendant, tu n'as pas rechigné à m'accompagner ce soir. Et ne me dis pas que tu n'as pas apprécié, cela ferait de toi une fieffée menteuse.

Madeleine sourit. Elle devait bien admettre qu'elles s'étaient toutes les deux amusées comme des folles au son de l'accordéon qui reprenait les dernières chansons à la mode.

— J'ai tout de même raconté des sornettes à mes parents en prétendant que nous allions au cinéma.

— Moi aussi j'ai baratiné mon père, gloussa Aurélia. S'il nous interroge, nous avons vu le dernier Renoir et il était fabuleux.

— Tu m'avais dit que nous serions de retour avant lui, s'inquiéta aussitôt Madeleine.

— C'est possible. On ne sait jamais à quelle heure il rentrera quand il va dîner au Polidor.

Et ces derniers temps, son père se rendait si souvent dans le célèbre bouillon du sixième arrondissement qu'Aurélia se demandait s'il n'allait pas y retrouver une femme. Bien entendu, il n'était pas question de l'interroger à ce sujet ; les rares fois où elle avait essayé, il avait coupé court en lui rétorquant que ce n'étaient pas ses affaires.

— Alors nous ferions bien de nous dépêcher, la hâta Madeleine. On prend un taxi ?

Aurélia secoua la tête. Ses cheveux, d'un beau châtain doré, dansèrent sur ses épaules.

— J'ai envie de rentrer à pied. La soirée est douce, profitons-en.

Après ces deux heures passées à danser, Madeleine gémit à la perspective des quarante-cinq minutes de marche qui les attendaient pour rejoindre le spacieux appartement haussmannien dans lequel vivait son amie, près de l'Opéra Garnier.

— Si j'avais su, j'aurais pris des chaussures plus adaptées.

— Tu n'as qu'à ôter les tiennes. Il fait si bon, allez, viens ! s'exclama Aurélia en l'entraînant par la main.

Grisée par l'ambiance nocturne, la jeune fille rayonnait. Paris lui faisait cet effet. Elle aimait la joyeuse cacophonie des rues vivantes, grouillant de fêtards qui entraient dans les boîtes de nuit et les cabarets dans de grands éclats de rire. Depuis quelques années, on voyait pas mal d'Américains se presser dans les dancings chics pour assister à des tours de chant ou prendre un verre en écoutant un orchestre de jazz... Tout cela était si enivrant ! À l'approche de la fête nationale, Aurélia grignotait chaque miette de cette atmosphère festive, c'est pourquoi elle avait insisté pour aller guincher au Balajo, le bar dansant de la rue de Lappe, inauguré trois ans plus tôt par Mistinguett et devenu en peu de temps l'un des nouveaux pôles d'attraction de la capitale. La jeune fille y avait ses entrées grâce à la notoriété de son père, Léandre Moreau, qui régalait le Tout-Paris de ses chansons humoristiques depuis deux décennies.

Tout en marchant derrière un homme coiffé d'une casquette plate qui fumait sa Gitane en sifflotant, Aurélia reprit leur conversation :

— Pour ce qui est des cabarets, on peut y décrocher de belles opportunités, tu sais. Et je ne parle pas uniquement de mon père ; prends Joséphine Baker, par exemple...

— Cette femme noire qui s'exhibe à moitié nue ? s'offusqua Madeleine. Avec ta formation de danseuse classique, tu ne vas quand même pas t'abaisser à t'exposer de la sorte !

— Oh, la danse classique, c'est loin, souffla tristement Aurélia.

Alors que les talons de leurs souliers à bride claquaient sur le trottoir, elle se remémora cette sinistre journée d'octobre 1933 qui avait coupé court à son rêve le plus cher : devenir danseuse étoile. Ce matin-là, d'abondantes chutes de neige s'étaient abattues sur la capitale avec plusieurs semaines d'avance. Émerveillée par la couverture blanche et moelleuse qui enveloppait le paysage, Aurélia, alors âgée de douze ans, s'était précipitée au jardin des Tuileries avec son père dans le but de se livrer à une bataille de boules de neige. Hélas, dans un moment d'inattention, elle avait glissé du banc sur lequel elle s'était perchée, se cassant le fémur. Si la fracture ouverte avait guéri en quelques mois, la croissance de l'os brisé s'en était trouvée ralentie. Dès lors, il n'avait plus été question de reprendre l'entraînement intensif que nécessitaient les pirouettes et autres entrechats de ballerine.

— Tu pourrais devenir actrice, lui suggéra Madeleine. Ton père connaît du monde, et puis avec tes faux airs de Danielle Darrieux, je suis sûre que tu serais vite engagée. Tu as vu ses dernières photos, dans *Pour vous* ? On dirait toi !

Aurélia haussa les épaules. Avec son charme dépourvu de timidité et son minois facétieux, sa ressemblance avec la « fiancée de Paris », ainsi que la presse avait baptisé la jeune actrice, ne lui avait pas échappé, mais la comparaison s'arrêtait là. Si elle adorait voir des films au Paramount-Opéra, jouer la comédie ne la tentait en revanche pas du tout.

— Bof. Faire semblant d'être quelqu'un d'autre m'ennuierait vite. Je crois que je suis trop entière pour ça.

— Eh bien, tu as tort, rétorqua Madeleine. Les actrices ont plus de classe que ces filles de music-hall aux mœurs légères.

Aurélia s'immobilisa au milieu du trottoir. Elle ne souhaitait pas se disputer avec son amie, mais celle-ci avait parfois le don de l'irriter au plus haut point.

— Ma mère était danseuse, ce n'est pas pour autant qu'elle a mené une vie dissolue, dit-elle, agacée.

Comprenant qu'elle était allée trop loin, Madeleine se mordit la lèvre inférieure.

— Pardon, ce n'est pas ce que je voulais insinuer. C'était une autre époque, c'est tout. Tu n'es pas fâchée, dis ?

Devant l'expression contrite de son amie, Aurélia s'esclaffa :

— Bien sûr que non, grande andouille, ne prends pas cette mine de condamnée ! Mais je n'aime pas les idées préconçues, encore moins quand celles-ci touchent ma mère. Par moments tu me fais penser à ces horribles religieuses de La Trinité. Il ne te manque plus que le bâton pour me faire filer droit.

À son tour, Madeleine éclata de rire.

— Tu étais si dissipée, en classe ! Heureusement que je te laissais copier sur moi, tu finissais toujours par t'en tirer à bon compte.

— Tu parles, les bonnes sœurs me détestaient, ricana Aurélia.

Résidant toutes les deux près de l'Opéra, les jeunes filles avaient en effet fréquenté le même établissement privé durant leur scolarité. Assurément, Aurélia n'en gardait pas un bon souvenir, la seule discipline qu'elle acceptait étant celle de ses professeurs de danse. Les religieuses qui leur dispensaient les cours étaient si sévères qu'elle les surnommait « Pisse-Vinaigre » dès qu'elles avaient le dos tourné.

— Elle ne te manque pas ? lui demanda soudain Madeleine.

Aurélia écarquilla ses grands yeux pétillants.

— Qui ça ? L'école ?

— Non, ta mère. Je suppose que tu dois penser à elle, de temps à autre.

La jeune fille réfléchit une seconde.

— Je ne l'ai pas connue, donc c'est moins difficile que pour ma sœur. Mais parfois, il m'arrive d'imaginer à quoi elle ressemblerait aujourd'hui, si elle était encore là… Elle était si belle.

Aurélia avait en tête cette photo encadrée que son père conservait sur le piano. Vêtue de longs voilages blancs, sa mère, la célèbre danseuse Zélie Moreau, mimait un pas de danse, tenant une rose entre ses dents, un petit fox-terrier couché à ses pieds. La jeune fille avait toujours trouvé ce cliché magnifique et d'une gaieté élégante, qui n'avait rien de tapageuse. Malheureusement, Zélie avait été emportée par une grave prééclampsie en la mettant au monde. Sa sœur aînée, Marie, était alors âgée de neuf ans. Dévasté, leur père avait néanmoins su jongler entre l'éducation des deux petites filles et son métier, qui exigeait de lui de multiples voyages à travers le globe. Quand il partait, une nurse prenait le relais. Résolument tourné vers l'avenir, Léandre avait su faire en sorte qu'Aurélia ne porte pas sur elle le poids de la culpabilité d'être l'unique survivante de ce tragique accouchement, lui expliquant que Zélie souffrait déjà d'hypertension bien avant sa grossesse.

— Elle accompagnait sans doute ton père dans ses tournées, hasarda Madeleine. Ils devaient former un couple très *glamour*, comme ils disent à Hollywood.

— C'est vrai, acquiesça Aurélia. Je crois que papa était très amoureux… La preuve, il ne s'est jamais remarié.

Elle savait qu'il avait des liaisons, ce n'était un secret pour personne étant donné sa notoriété, mais aucune femme n'avait ravi la place de Zélie dans son cœur.

Madeleine changea de sujet.

— Comment va ta sœur ?

— Sa vie est plus simple depuis que Loulou est en âge d'aller à l'école. Mais nous vivons si loin l'une de l'autre, parfois j'ai l'impression de ne pas la connaître…

Aurélia était en effet âgée de dix ans quand Marie, au retour d'une tournée de son père en Allemagne qui avait duré presque un an, avait pris la décision de s'installer dans le Berry, où Léandre possédait une maison. Devenue institutrice, la jeune femme avait épousé Gauthier, qu'elle avait rencontré à la guinguette du village. Leur petit Louis était né peu après leur union. Aurélia se réjouissait que sa sœur mène une vie qui lui plaisait, mais au fond d'elle, elle aurait aimé la garder encore un peu pour elle seule, et l'évoquer la rendait triste. Elle s'ébroua.

— Bon, j'ai mal aux pieds, finalement. Terminons ce trajet en taxi, ce sera mieux.

Aurélia héla un chauffeur dont la Renault noire et rouge passait à leur hauteur, et elles arrivèrent à destination, rue de la Chaussée-d'Antin, en moins de dix minutes. La jeune fille poussa un gros soupir de soulagement en tirant la grille de l'ascenseur.

— Je suis crevée ! Si papa n'est pas rentré, je boirai volontiers un petit remontant.

Madeleine afficha à nouveau un air effaré.

— Aurélia !

— Du calme, pouffa cette dernière, je pensais seulement à un verre de lait.

Son amie la gratifia d'une tape sur l'épaule, et elles étouffèrent un dernier rire en ouvrant la porte. Entrée la première, Aurélia se figea : son père était assis sur la méridienne qui ornait l'entrée aux murs moulurés et au parquet impeccablement lustré.

— Papa ? s'étrangla-t-elle.

— Te voilà enfin, prononça-t-il en se levant. J'ai l'impression que cette séance de cinéma s'est éternisée.

Aurélia considéra son père, mal à l'aise. En dépit d'une certaine bonhomie, il émanait de lui une autorité naturelle qui forçait au respect, même s'il n'était pas rare de le voir sourire sous son épaisse moustache poivre et sel en guidon de vélo. La jeune fille tenait de lui son regard d'un beau bleu facétieux. Toutefois, en cet instant précis, Léandre ne semblait pas franchement enclin à la rigolade. Il la fixait, dans l'expectative, et Aurélia eut beau réfléchir à toute vitesse, aucun mensonge plausible ne lui vint à l'esprit.

— Eh bien, je..., on..., commença-t-elle à bafouiller. En fait, on a rencontré une amie et...

Son père l'interrompit d'un geste de la main.

— Inutile de te fatiguer. Jo m'a passé un coup de téléphone dès qu'il t'a vue dans son établissement.

— Oh...

Honteuse, Aurélia baissa les yeux en croisant son reflet dans le grand miroir qui surplombait la méridienne. Ses joues étaient cramoisies. Elle aurait dû se douter que le patron du Balajo s'empresserait de la dénoncer à son père !

— C'est uniquement parce qu'il m'a promis de veiller sur vous deux que je ne suis pas allé te récupérer *manu militari*, poursuivit Léandre. Qu'est-ce qui t'a pris de me mentir, enfin ?

— Je suis désolée, papa, mais j'avais tellement envie de danser... Et puis on m'a dit que Marlene Dietrich serait peut-être présente au Balajo, je ne voulais pas rater ça.

Son père ne fit aucun commentaire, mais il se tourna vers Madeleine.

— Et toi ? s'enquit-il, l'expression sévère. Tu vas prétendre que ma fille t'a entraînée sans te laisser le choix ?

— C'est exactement ce qu'il s'est passé, papa, intervint Aurélia en voyant son amie perdre contenance. Madeleine était persuadée que nous allions voir le film de Renoir.

Pas dupe, Léandre esquissa un rictus éloquent.

— Hum... En somme, tu veux me faire gober qu'elle n'a pas menti à ses parents, c'est ça ?

— D'une certaine manière, c'est vrai. Ce serait dommage qu'ils la privent de sortie par ma faute.

Fille d'un haut magistrat, Madeleine avait reçu une éducation plus stricte qu'elle. Elle savait que ses parents n'hésiteraient pas à la punir.

— Vous ne leur direz rien, monsieur Moreau, n'est-ce pas ? minauda Madeleine d'une petite voix fébrile.

Ses yeux foncés étaient emplis de larmes contenues. Il s'en serait fallu de peu pour qu'elle se mette à pleurer.

— Bon, je passe l'éponge pour cette fois, capitula Léandre avec un sourire paternel. Vous avez beaucoup de chance qu'il ne vous soit rien arrivé de fâcheux. J'aurais pu vous accompagner, si tu avais daigné m'en parler, Aurélia.

— Mais tu étais à un de tes fameux dîners au Polidor.

— C'est vrai, mais nous avons terminé plus tôt, en définitive. Bref… J'espère pour vous que ce petit bobard en valait la peine : vous avez vu Dietrich, au moins ?

Dépitées, les deux jeunes filles secouèrent la tête de concert.

— Non, ce n'était qu'une rumeur.

— Je le sais bien, rétorqua Léandre, non sans malice. Marlene se trouve actuellement à Londres.

— Vous la connaissez vraiment, alors ? s'écria Madeleine, admirative.

Léandre haussa les épaules.

— Nous nous sommes croisés une ou deux fois par le passé, rien de plus. Mais ce matin il y avait une photo d'elle dans le journal, prise à la sortie du Duchess Theatre. Elle portait une robe très tape-à-l'œil, ornée de grosses coccinelles. Vous auriez adoré, termina-t-il en leur adressant un clin d'œil.

Aurélia étouffa un bâillement. Elle se sentait ridiculement bête.

— Je suis encore désolée de t'avoir menti, papa. Madeleine et moi ferions mieux d'aller nous coucher.

— Ça me paraît raisonnable, acquiesça Léandre. Mais d'abord, je souhaite te parler seul à seule, ma fille.

Son ton était redevenu implacable, et Madeleine bégaya qu'elle devait passer dans la salle de bains.

— Oh, papa, tu ne vas pas me punir pour si peu ? protesta Aurélia en suivant son père dans la bibliothèque.

Léandre alluma la lampe Tiffany posée sur un guéridon avant de se laisser tomber dans son fauteuil en cuir favori. D'un mouvement du menton, il invita sa fille à prendre place sur le sofa, face à lui. Entièrement meublée d'acajou, la pièce était à la fois sombre et douillette, avec le tapis persan qui recouvrait en grande partie le parquet et les épais rideaux couleur crème qui calfeutraient les fenêtres. C'était là que Léandre aimait se réfugier quand il avait besoin de réflexion et de solitude. Il se servit un verre de gin, puis planta ses yeux dans ceux de sa fille.

— Je n'ai pas l'intention de te punir, Aurélia. Il m'est d'avis que tu en as passé l'âge.

Rassurée sur son sort, cette dernière se détendit et s'enfonça dans les coussins du canapé.

— Alors que se passe-t-il ? osa-t-elle demander.

Léandre but une gorgée, quelque peu tendu.

— Rien de très grave. J'ai simplement décidé que nous partirons à la campagne un peu plus tôt, cette année.

Les pieds repliés sous ses cuisses, Aurélia ne dissimula pas sa contrariété.

— Mais... Tu m'avais promis de m'emmener voir la revue de Jeanne Aubert aux Folies-Bergère ! Tu sais à quel point j'aimerais la rencontrer.

— Ce sera pour une prochaine fois. Ta sœur a besoin de nous, dans cette grande maison, d'autant plus qu'elle prépare la fête patriotique avec ses élèves. C'est beaucoup de travail.

La jeune fille soupira. Quelle barbe, chaque année, c'était la même rengaine ! Léandre insistait pour passer le mois d'août dans le Berry. Bien sûr, c'était l'occasion de voir Marie, que Léandre avait installée dans la maison familiale avec son époux et son fils, mais pour Aurélia, cela relevait de la corvée ; la demeure avait beau être agréable, on s'embêtait terriblement dans cette bourgade de campagne, où il n'y avait pas grand-chose à faire pour une demoiselle habituée à l'effervescence parisienne. Si maintenant il était question de s'y rendre encore plus tôt, l'été allait être bien long !

— Je suis certaine que Marie s'en sort très bien sans nous, papa. La semaine dernière encore, elle me disait que Gauthier est présent auprès de Louis quand elle doit s'attarder à l'école. S'il te plaît, je...

Léandre l'interrompit, lui faisant comprendre qu'il n'y avait pas matière à discuter.

— Je dois également superviser la comptabilité et voir avec les métayers ce que la ferme nous a rapporté au cours de ces derniers mois.

La ferme en question, située sur le hameau de La Chemolière, était celle où il avait grandi. Après l'acquisition de sa maison, Léandre avait songé à convaincre ses parents d'y emménager, mais ces derniers s'étaient accrochés à la ferme jusqu'à leur dernier souffle. Finalement, il n'avait pu se résoudre à la vendre, préférant recruter un couple de métayers, Nestor et Marcelline, pour s'en occuper.

— Bon, de toute façon c'est toi qui décides, bouda Aurélia avec une acrimonie propre à l'adolescence.

Son père tenta de l'apaiser.

— Tu peux apporter des livres et des disques, si tu redoutes de t'ennuyer. Ta sœur possède un gramophone.

— Formidable, maugréa-t-elle. Quand partons-nous ?

Son père termina son gin d'une seule rasade et, l'air satisfait, reposa son verre sur la petite table qui les séparait.

— Nous nous mettrons en route demain matin.

Aurélia se redressa d'un bond.

— Si tôt ? s'écria-t-elle. Tu aurais pu me prévenir avant !

— Pour être honnête, les choses se sont décidées à la dernière minute. Et ne t'inquiète pas pour ta valise, j'ai demandé à la bonne de la préparer avant de rentrer chez elle.

En quittant la pièce, la jeune fille se sentait déprimée. Elle allait devoir passer deux interminables mois au milieu de nulle part, avec les vaches et les paysans pour seule compagnie. Pourquoi Marie avait-elle choisi de s'enterrer là-bas alors qu'elle aurait pu mener une vie tout aussi heureuse à Paris ?

— Oh, une dernière chose, ajouta Léandre en refermant la porte derrière eux. Tu choisiras une tenue habillée pour demain, car nous nous arrêterons à Rambouillet, chez les Carlier. Nous y passerons la nuit. Blanche organise une garden-party, Arielle et son mari y sont également conviés.

À la mention d'Arielle, l'une des plus grandes amies de son père, Aurélia oublia aussitôt sa déception de quitter Paris. Toutes deux étaient proches depuis l'enfance de la jeune fille. Arielle lui rendait souvent visite pour combler tout ce qu'Aurélia n'aurait pas la chance de faire avec sa mère. Sa vocation de danseuse était née grâce à elle, Arielle étant une ballerine réputée. C'était d'ailleurs au cours d'un spectacle, une quinzaine d'années plus tôt, qu'elle avait rencontré Léandre, venu l'applaudir pour l'occasion. Si elle n'avait pas été de confession juive, Aurélia aurait aimé qu'elle soit sa marraine. Elle se faisait déjà une joie de la revoir ! Et puis Julien, le fils des Carlier, avec lequel elle s'entendait à merveille, serait sûrement présent lui aussi. En définitive, son père était parvenu à lui redonner le sourire.

— Chic, alors ! s'enthousiasma-t-elle. Je porterai ma robe de mousseline bleue, elle sera parfaite !

8

LE JOUR SUIVANT, la fête battait son plein dans le jardin des Carlier. Ces derniers n'avaient pas lésiné sur les moyens pour accueillir leurs convives : une grande tente blanche avait été dressée dans le parc, à l'arrière du manoir, afin d'abriter un buffet qui regorgeait de mets aussi appétissants les uns que les autres. Le soleil brillait dans un ciel sans nuages sur les pelouses d'un vert profond entretenues avec soin. Tout était parfait ! Le clou du spectacle restait sans conteste la table sur laquelle on avait préparé une pyramide de coupes à champagne ; un serviteur en veste blanche s'était chargé de verser un millésime sur la première flûte, tout en haut, et, sous les applaudissements des invités, l'alcool s'était ensuite répandu dans celles du dessous à la façon d'une fontaine.

Des serveurs virevoltaient à travers la pléthore de personnes ayant répondu à l'invitation – Aurélia avait reconnu deux ou trois artistes, mais il y avait surtout des notables de haut rang – , proposant petits fours et boissons. L'atmosphère était joyeuse, en témoignaient les nombreux éclats de rire et les voix de plus en plus fortes à mesure que le copieux stock d'alcool diminuait. Près de la piscine, un groupe d'hommes aux cheveux enduits de brillantine étaient agglutinés autour du poste de TSF afin de suivre la course du Grand Prix automobile de France, dont Hermann Lang, pilote allemand, avait toutes les chances de sortir vainqueur, tandis que plus loin, on se trémoussait au son du fox-trot de Benny Goodman qui passait sur un gramophone. Aurélia aurait aimé rejoindre Arielle, assise à l'ombre avec d'autres femmes, mais tous les fauteuils en osier étaient occupés. Quant à son père, sans doute entraîné à l'intérieur du manoir par le propriétaire des lieux, elle l'avait tout bonnement perdu de vue. Désœuvrée, la jeune fille attrapa au vol un cocktail rose sur un plateau et s'éloigna en direction du jardin, où elle espérait bien débusquer le fils de leurs hôtes, qu'elle n'avait pas encore repéré parmi la foule. Elle trouva celui-ci tranquillement installé sur un banc, plongé dans un livre. Il redressa le nez en l'entendant approcher et se releva aussitôt.

— Aurélia ! s'exclama-t-il, ravi. Ton vieil ami te manquait donc ?

La jeune fille lui adressa un franc sourire.

— Tout ce brouhaha me donne mal à la tête, à moins que ce ne soit le champagne. En tout cas, je suis bien étonnée de te voir seul, Julien Carlier ; où donc est passée ta cour d'admiratrices ?

Julien éclata de rire et, sans manières, embrassa Aurélia sur les deux joues. Âgé de dix-neuf ans, cet étudiant de l'École normale supérieure était très séduisant, avec son tempérament lunaire, sa silhouette mince et sa fine moustache. Bon nombre de jeunes filles rêvaient de lui passer la corde au cou, ce qui le laissait parfaitement indifférent. Aurélia, elle, n'avait jamais cherché à le charmer ; leurs parents se côtoyaient depuis si longtemps que tous deux s'appréciaient comme frère et sœur.

Suivi d'Aurélia, Julien retourna s'asseoir sur le banc en desserrant légèrement son nœud papillon.

— J'ai été contraint de me coltiner une affreuse fille à la voix haut perchée. Elle a dix-sept ans et en paraît douze, quelle horreur ! J'ai réussi à m'en débarrasser, mais je ne comprends pas pourquoi ma mère s'évertue à me mettre de telles calamités dans les pattes.

— Elle est résolue à te marier coûte que coûte. D'ailleurs, j'ai bien cru en faire les frais : figure-toi qu'elle s'est précipitée sur moi pour me demander si j'avais quelqu'un en vue.

En effet, en arrivant au manoir deux heures plus tôt, la jeune fille avait à peine pris possession de sa chambre pour se remettre un brin de rouge à lèvres que la mère de Julien l'avait rejointe, sous couvert de discuter. Après l'avoir complimentée sur sa robe, assortie à ses yeux bleus, elle lui avait posé des questions fort peu discrètes sur sa vie amoureuse : avait-elle fait des rencontres ? Léandre lui avait-il présenté quelqu'un ? Une jolie fille comme elle ne devait pas manquer de prétendants ! Connaissant le caractère volubile de Blanche, Aurélia ne s'en était pas formalisée. Au fond, il était normal qu'elle cherche un bon parti pour son fils. Seule héritière d'une famille qui s'était illustrée dans l'immobilier en tirant profit des rénovations du baron Haussmann, Blanche de Grigny avait surpris tout le monde au sortir de la Grande Guerre en épousant un architecte d'origine modeste. Bien que talentueux et parfois évoqué dans les cercles mondains, Georges Carlier n'était pas encore véritablement connu à l'époque. Il avait été recruté par le père de la jeune femme sur les conseils d'un confrère, afin de dessiner les plans du nouvel hôtel d'une station thermale des Pyrénées, destiné à recevoir une clientèle aisée. C'est au cours d'un dîner que Blanche était tombée amoureuse de ce doux rêveur, passionné par son travail. Un certain nombre de grandes fortunes n'ayant pas survécu à la guerre dont ils sortaient, ses parents s'étaient résignés à ce mariage d'amour, à la faveur duquel la carrière de Georges avait ensuite décollé. Léandre avait ainsi fait appel à lui pour rénover son appartement, et ils s'étaient liés d'amitié. De nature frivole et exubérante, Blanche n'aimait rien tant que recevoir dans leur manoir de Rambouillet et jouer les entremetteuses pour son fils unique, qui n'avait pourtant aucune hâte de se caser.

Ce dernier engloutit l'une des meringues à la chantilly dont il avait fait provision et pouffa :

— Mère nous imagine vraiment ensemble ? C'est qu'elle doit être désespérée. Elle peut bien manigancer autant qu'elle le voudra, je ne me marierai jamais...

Aurélia lui administra une petite tape sur le poignet.

— Tais-toi, la voilà justement !

Très élégante dans sa longue robe à bords festonnés, Blanche vint à leur rencontre.

— Ah ! Vous êtes là, les enfants ! se réjouit-elle, un grand sourire aux lèvres. Je vous ai cherchés partout. La duchesse nous fait l'honneur de sa présence, vous devez absolument venir la saluer.

— Pitié, mère ! soupira Julien. Pourquoi l'avez-vous invitée ? Vous savez à quel point je trouve cette femme barbante.

— Allons, je ne te demande pas de lui faire la conversation, simplement de te montrer poli. Les journaux ne manqueront pas de relater sa présence chez nous, c'est excellent pour notre réputation.

La mort dans l'âme, Julien fit signe à Aurélia qu'ils n'avaient guère le choix.

— De quelle duchesse s'agit-il ? s'enquit la jeune fille.

Blanche la dévisagea d'un air interdit, comme si la réponse était pourtant évidente.

— La duchesse de Windsor, enfin ! Wallis !

L'espace de quelques secondes, Aurélia demeura bouche bée. Wallis Simpson était connue pour être à l'origine de l'abdication du roi Édouard VIII d'Angleterre, trois ans plus tôt, qui avait renoncé à la couronne afin de pouvoir l'épouser. Ils avaient alors défrayé la chronique. Le couple résidait désormais en France et était souvent cité dans la presse pour ses apparitions mondaines, mais Aurélia restait surprise qu'une invitée d'un tel prestige se montre à la garden-party des Carlier.

Semblant lire dans ses pensées, Blanche lui expliqua :

— Georges a récemment travaillé pour un grand ami du duc, Charles Bedaux. Celui-ci est fort satisfait des aménagements portés à son château, si bien qu'il a parlé de lui à tout le monde. N'est-ce pas formidable ?

Aurélia comprit que Blanche aspirait sans doute à ce que son mari ajoute dans un futur proche l'ancien roi à sa riche clientèle. Et, à en juger par l'attroupement qui s'était formé autour de la duchesse près de la fontaine à champagne, elle n'était pas la seule à désirer s'attirer ses faveurs. Délaissant Aurélia, Blanche entraîna son fils et se fraya un chemin jusqu'à l'Américaine.

— Notre champagne vous plaît, chère Wallis ? s'empressa-t-elle de lui demander.

— Il est exquis, susurra la duchesse dans un français teinté d'un fort accent américain.

— Je suis ravie que vous l'aimiez, d'après mon mari c'est l'un des meilleurs crus que nous possédons, il vient des caves Mercier. Permettez-moi de vous présenter mon fils, Julien, qui étudie les sciences.

Se tenant en retrait, Aurélia détailla la duchesse pendant que son ami s'efforçait d'échanger quelques mots avec elle. Wallis Simpson n'était pas spécialement belle, mais elle avait un goût certain pour le chic, ainsi que le démontrait sa robe Schiaparelli couleur myosotis, surmontée de deux rangs de perles. Ses cheveux lisses et luisants étaient ramenés sur chaque côté de la tête en deux gros macarons, l'ensemble accentuant sa minceur. Visiblement, la duchesse savourait d'être le centre de l'attention, riant et répondant avec verve.

— La vallée de Chevreuse est tout à fait charmante, l'entendit-elle déclarer à Julien. À l'avenir, David et moi envisageons d'acquérir une résidence secondaire en région parisienne, alors qui sait, peut-être serons-nous bientôt voisins ?

Les joues rosies d'excitation, Blanche semblait exulter. Aurélia vit alors Arielle se lever et se diriger vers elle. Avec ses cheveux bruns aux reflets sophistiqués et sa silhouette longiligne mise en valeur par une robe en soie noire brodée d'un motif de fleurs de cerisier, celle-ci portait ses quarante ans avec panache.

— Cette Wallis Simpson est antipathique au possible, souffla-t-elle en observant la scène avec un dédain manifeste.

Aurélia arqua un sourcil.

— Ah bon ? Je la trouve plutôt rafraîchissante, moi. Il n'est pas donné à tout le monde d'être aussi à l'aise en société. Je serais incapable de discuter avec les uns et les autres comme elle le fait.

Arielle lâcha un rire amer.

— Ne t'y méprends pas, elle choisit ses interlocuteurs avec soin ; cette harpie n'a pas daigné serrer la main de Jacob. On m'a dit qu'elle n'aime pas les juifs, je vais finir par croire que c'est vrai.

Jamais encore Aurélia n'avait vu l'amie de son père remontée de la sorte. D'ordinaire, elle était d'humeur enjouée, toujours partante pour profiter des bons plaisirs de la vie. Autant de ressentiment, cela ne lui ressemblait pas. Était-ce dû à sa nouvelle vie ? Arielle avait mis un terme à sa carrière de danseuse étoile à la fin de l'année 1937, après avoir épousé Jacob Berenson, un banquier très en vue de la capitale. Leur fille, Dina, avait vu le jour quelques mois plus tard. Aurélia supposa qu'elle s'ennuyait peut-être un peu dans son nouveau rôle de femme au foyer, d'autant qu'elle était devenue mère sur le tard. Son talent pour le ballet lui ayant permis de se produire dans les plus grands opéras du monde, cela devait lui paraître étrange de ne plus voyager aussi souvent qu'avant.

— Comment va la petite ? l'interrogea Aurélia. J'ai l'impression que ça fait une éternité que je ne l'ai pas vue.

Passant son bras sous celui de la jeune fille, Arielle la guida vers les petits fours sucrés, non sans la gratifier d'un sourire plein de fierté.

— Dina est déjà si éveillée ! Elle marche depuis le mois dernier, je cours sans cesse partout pour vérifier qu'elle ne se blesse pas. Tu connaîtras ça un jour.

Croquant dans une mignardise au chocolat, Aurélia secoua la tête.

— Je ne suis pas pressée. Si je parviens à percer dans le music-hall, ce ne sera pas très compatible avec une vie de famille, tu es bien placée pour le savoir.

— Ton père m'en a parlé, et effectivement...

Elle fut interrompue par un éclat de rire, qui provenait de la duchesse. Accompagnée de Blanche, celle-ci s'approchait du buffet, écoutant son interlocutrice avec la plus grande attention. Arielle tira Aurélia un peu à l'écart, derrière un pilier.

— Pas question qu'on me force à la saluer, se justifia-t-elle.

Depuis leur cachette improvisée, elles pouvaient facilement entendre les propos échangés entre les deux femmes. À l'évidence, la discussion avait pris un tour plus politique, puisque Wallis assura à Blanche :

— Je ne saurais vous répondre, ma chère. Vous savez, je n'assume aucune fonction officielle, je ne suis que l'épouse d'un ancien roi qui n'a même pas été couronné.

Arielle ne put retenir une grimace face à tant de simagrées. Blanche revint à la charge :

— J'espère ne pas vous avoir offensée, ce n'était qu'une simple curiosité de ma part. Mais vous avez forcément une opinion sur la question, vous qui l'avez rencontré.

La duchesse resta silencieuse durant quelques brèves secondes, puis elle reprit, de son timbre grave et posé :

— Eh bien, laissez-moi vous dire une chose : on en fait tout un monde, mais je peux vous assurer que *Herr* Hitler n'est pas si dangereux qu'on le prétend. Au contraire, mon mari et moi l'avons trouvé très gentil.

Les voix s'éloignèrent. Aurélia constata que Blanche conduisait à présent la duchesse vers la piscine, où quelqu'un lui céda un fauteuil. Arielle alluma une cigarette Week-End et en expira la première bouffée dans un soupir excédé.

— Comment peut-elle tenir de tels propos ? fulmina-t-elle. Hitler a humilié les juifs allemands en les privant de leur citoyenneté, il les a contraints à l'exil ! Sans parler de son annexion de l'Autriche et de la Tchécoslovaquie... et crois-moi, il ne va pas s'arrêter là. Quel toupet, de le qualifier de gentil !

Aurélia fronça les sourcils. Comme tout le monde, elle avait entendu parler du Führer et de la menace qu'il représentait pour une partie de l'Europe. Les images parues dans la presse après la Nuit de cristal, en novembre 1938, montrant des vitrines défoncées et des milliers de juifs fuyant le pays étaient perturbantes, mais cela se déroulait de l'autre côté de la frontière. C'était si loin de son pays et de ses préoccupations d'adolescente ! Toutes ces rumeurs qui évoquaient une guerre finiraient bien par se tasser... En revanche, Aurélia avait elle aussi du mal à saisir pourquoi la duchesse de Windsor s'évertuait à défendre Hitler, qui assimilait ni plus ni moins le judaïsme à un crime. C'était insensé, à moins qu'elle ne partage ses convictions antisémites.

— Tu penses qu'elle déteste réellement les juifs ? demanda-t-elle à Arielle.

Arielle lui prit le menton entre les mains pour l'obliger à la regarder dans les yeux.

— Ne te fais pas de mouron avec ça, ma douce. Va plutôt t'amuser avec tes amis, c'est là qu'est ta place, ajouta-t-elle en lui désignant Julien, qui venait d'improviser une partie de colin-maillard avec d'autres camarades de leur âge.

Il n'en fallut pas davantage à Aurélia pour retrouver toute son insouciance.

*

Le soir même, alors que les invités des Carlier avaient pris congé, Aurélia discutait avec Blanche et Julien dans le salon aménagé dans le style Art déco, dont le papier peint aux couleurs vives évoquait des plumes de paon, tandis que son père était sorti sur l'une des terrasses pour fumer un cigare en compagnie de Georges. Blanche avait proposé une partie de bridge aux deux jeunes gens, qui s'étaient empressés de décliner.

— Avez-vous passé une bonne journée ? leur demanda-t-elle. Je vous ai entendus rire beaucoup, c'est bon signe.

Assis dans un fauteuil face à sa mère, Julien étira ses longues jambes et sourit en se remémorant leurs frasques de l'après-midi.

— Cette pimbêche de Marthe de Franqueville a failli tomber à l'eau quand on lui a bandé les yeux, c'était comique.

— Tu ne devrais pas parler d'elle ainsi, le rabroua sa mère. C'est une demoiselle romantique et issue d'une très bonne famille. À vrai dire, j'espérais vous voir nouer des liens.

Aurélia manqua de s'étouffer tandis que Julien grimaça.

— Le seul lien que je lui ai noué, c'était pour colin-maillard, répliqua-t-il avec une pointe de malice. Ça ne lui a pas franchement réussi, j'ai bien cru que j'allais devoir la repêcher.

Blanche plissa le nez. Ce n'était clairement pas la réponse qu'elle attendait.

— Peut-être que tu t'en fiches, mais il serait grand temps que l'on te voie fréquenter une fille de notre rang, Julien.

— Vous savez que je donne la priorité à mes études, mère.

— Je le conçois fort bien, mais viendra un jour où tu désireras te marier et perpétuer le nom de notre famille. Tu devrais y songer avant qu'il ne reste plus une seule célibataire.

Julien rétorqua avec un flegme affecté :

— N'ayez crainte, dans le pire des cas, je pourrais toujours épouser une veuve richissime. L'événement serait commenté de long en large, pour votre plus grand plaisir.

— Oh, tu es insupportable ! soupira Blanche. Et toi, Aurélia, qu'en penses-tu ?

Embarrassée, la jeune fille s'humecta les lèvres et déporta son regard sur l'un des hauts palmiers en pot qui encadraient la cheminée. Elle n'avait aucune envie de répondre à cette question. Depuis que Julien lui avait confié son plus grand secret, l'été précédent, elle redoutait de le trahir par accident. Son ami n'avait aucune envie de se marier parce qu'il était attiré par les garçons, depuis toujours. Or, si cela venait à se savoir, les répercussions sur son avenir pourraient être lourdes, lui qui attendait avec impatience la fin de ses études pour partir s'installer aux États-Unis.

— Je pense que Julien n'a pas encore rencontré la bonne personne, avança-t-elle prudemment. Il verra sans doute les choses sous un angle différent le jour où il tombera amoureux.

Julien lui adressa un clin d'œil reconnaissant, qui n'échappa pas à Blanche. Se méprenant sur leur complicité, elle se radoucit, esquissant un sourire entendu.

— Oh. Oui, bien sûr. Entre nous, c'est vrai que la petite de Franqueville est assez hautaine et insupportable. Julien a besoin d'une fille pétillante, comme…

Elle n'eut pas l'occasion de développer, car Georges et Léandre réapparurent dans le salon.

— Aurélia, tu devrais monter te coucher, lui suggéra son père. Nous partons tôt demain et nous avons une longue route.

— Oh, déjà, papa ? déplora-t-elle. J'aurais aimé lire un peu, Julien m'a prêté un roman.

Aurélia avait tellement aimé le film *Les Aventures de Robin des Bois*, avec Errol Flynn, qu'elle n'avait pas résisté quand, peu avant le dîner, Julien lui avait proposé de découvrir le livre d'Alexandre Dumas sur le sujet.

Son ami lui posa une main sur l'épaule.

— Garde-le pour les vacances, tu me le rendras plus tard.

— Combien d'heures de route avez-vous ? se renseigna Blanche.

Léandre accepta le verre de whisky que Georges lui tendait.

— Il nous faudra la journée entière, estima-t-il. Deux cent soixante kilomètres, ce n'est pas rien.

Son interlocutrice hocha la tête et regarda à nouveau Aurélia.

— Ton père a raison, ma chérie, tu ferais mieux d'aller dormir. J'ai toujours détesté les longs trajets en voiture, c'est inconfortable et on s'ennuie.

— Dans ce cas, je vais me retirer aussi, décréta Julien.

Aurélia et lui souhaitèrent une bonne nuit à leurs parents, avant d'emprunter l'imposant escalier recouvert d'un tapis rouge qui menait au palier desservant les huit chambres du manoir.

— Tu ne te perds jamais, avec toutes ces portes ? plaisanta la jeune fille alors que Julien s'apprêtait à bifurquer à gauche.

— Penses-tu ! Cette vieille bicoque n'a aucun secret pour moi. Au fait, merci de m'avoir sauvé la mise, tout à l'heure. Mère va probablement s'imaginer que je suis amoureux de toi, mais elle devrait me laisser tranquille durant quelques semaines.

— Tu en aurais fait autant à ma place. Tu sais, si tu as envie d'avoir la paix jusqu'à ton départ pour New York, nous pouvons toujours faire croire que… Enfin, tu vois.

Son ton manquait tellement de conviction que Julien éclata de rire.

— Aurélia, tu es unique ! Je m'en voudrais de t'imposer pareille situation, mais si mère insiste trop, je te promets d'y réfléchir.

— D'accord, acquiesça-t-elle en replaçant une mèche de ses cheveux. Oh, j'ai laissé mes pendants d'oreilles dans le salon… Quelle idiote !

La jeune fille les avait effectivement ôtés un peu plus tôt, ne supportant plus le poids de la marcassite et de la topaze blanche.

— Allons les récupérer.

Ils dévalèrent les marches en sens inverse et s'arrêtèrent face à la porte du salon, légèrement entrebâillée. Assis dans les fauteuils club, leur verre de whisky à la main, Léandre, Georges et Blanche arboraient des mines particulièrement soucieuses.

— J'ai essayé de la questionner sur les intentions de Hitler, disait Blanche, mais elle est restée opaque. À mon avis, elle en sait bien plus qu'elle ne le prétend.

Julien voulut pénétrer dans la pièce, mais Aurélia le retint par le poignet, lui faisant signe de conserver le silence. À l'évidence, cette conversation était en rapport avec la duchesse de Windsor, ce qui l'intriguait.

— Les liens du duc avec les nazis sont préoccupants, répondit Léandre. Il est établi que le gouvernement britannique s'inquiétait beaucoup plus de sa sympathie envers Hitler que de ses amours. Son abdication a été un vrai soulagement.

— Je le crois volontiers, renchérit Georges. Les journaux ont rapporté qu'il aurait fait le salut nazi à plusieurs reprises lors de son séjour en Allemagne. De là à penser qu'il reprendrait la couronne si Hitler devenait le maître de l'Europe…

Blanche tressaillit.

— Vous me faites peur, tous les deux. Une nouvelle guerre serait invraisemblable.

Léandre se chargea de la détromper.

— Pas tant que ça, hélas. J'ai dîné hier avec Arielle et deux autres gars qui ont été missionnés en Allemagne en même temps que nous, nos sources concordent : les Allemands se seraient rapprochés des Russes. Les menaces ne font que s'amplifier, je le crains. Hitler ne reculera devant rien pour dominer le monde.

Troublée, Aurélia plaqua une main sur sa bouche. Son père avait été « missionné » en Allemagne ? Avec Arielle ? Que signifiait donc cette conversation ?

— C'est pour ça que tu te rends aussi tôt à la campagne ? voulut savoir Blanche.

Aurélia vit son père opiner du chef.

— Les événements risquent fort de se précipiter dans les semaines à venir. Mes filles seront plus en sécurité ensemble là-bas.

— Doux Jésus ! murmura Blanche, effrayée.

Sonnés eux aussi, Julien et Aurélia se dévisagèrent avant de rebrousser chemin vers les chambres. Une fois en haut, la jeune fille eut bien du mal à réprimer le flot de questions qui émergeait dans son cerveau.

— Qu'est-ce que l'on doit comprendre, d'après toi ? demanda-t-elle à son ami.

— On dirait bien que ton père est, ou a été, un espion à ses heures perdues.

Le souffle coupé, Aurélia recula pour s'appuyer au mur. Elle tombait des nues !

— C'est fou, murmura-t-elle. Mais alors, s'il en parle librement à tes parents...

— C'est qu'ils doivent être mêlés à ça eux aussi, termina Julien.

Sidérés, ils s'observèrent une seconde, après quoi Aurélia voulut savoir :

— Tu y crois, toi, à cette histoire de guerre ?

Les récits des rescapés de 14-18 étant d'une violence inouïe, comment pourrait-on laisser une telle atrocité se reproduire ?

— Bien sûr que non, lui assura Julien. Les choses ne s'envenimeront pas à ce point, c'est impossible.

Aurélia hocha la tête et lui sourit en retour.

— Tu as raison, c'est inconcevable. Ils s'affolent certainement pour rien.

Pourtant, quelques instants plus tard, en reportant tout cela dans un carnet qu'elle avait initialement prévu d'offrir à son neveu, la jeune fille ne put s'empêcher d'éprouver un lourd sentiment d'angoisse mêlé à une profonde perplexité. Ainsi, ce n'était pas une femme que son père allait retrouver lors de ses fameux dîners chez Polidor, mais des espions... C'était si énorme que l'écrire ne l'aidait pas davantage à réaliser ce que tout cela impliquait réellement. Elle avait beau ne pas avoir cru aux vagues explications de son père concernant leur départ précipité pour le Berry, elle ne se sentait pas pour autant soulagée de savoir que son scepticisme était justifié. Il ne restait plus qu'à espérer que la guerre n'éclate pas, car elle n'avait aucune envie de se terrer à la campagne durant des mois.

9

14 juillet.

Aurélia descendit de la Bugatti noire et beige que son père venait de stopper dans la petite cour de la ferme. L'automobile, une berline de 1937, n'était pas passée inaperçue lors de leur traversée du bourg, quatre jours plus tôt, et la rumeur de la présence de Léandre s'était répandue comme une traînée de poudre. Si la vie d'artiste était à mille lieues de celle des paysans, son père était néanmoins respecté de tous. Sa notoriété apportait tout de même une certaine réputation au village !

— Tu crois qu'elles se sont absentées ? s'enquit la jeune fille, étonnée de ne trouver personne sur le pas de la porte.

— Pourvu que non. Ce serait dommage d'être en retard.

Ayant des œufs à récupérer auprès de ses métayers, Léandre s'était proposé pour les conduire à la fête patriotique qui se déroulait sur le champ de foire du village ; leur fille, Annette, qui était une élève de Marie, devait réciter un poème pour l'occasion, alors autant lui éviter de marcher sous un soleil de plomb.

La porte du poulailler grinça. Annette apparut, un tablier noué par-dessus sa jolie robe blanche agrémentée de tulle. Elle se mit à courir vers eux sans se soucier de ses jupons, qui frôlaient dangereusement le sol terreux. Aurélia grimaça ; la gamine avait beau être dégourdie, si elle tombait, l'étoffe serait fichue.

— Bonjour, monsieur Moreau, bonjour, mademoiselle Aurélia, dit-elle, essoufflée, en arrivant à leur hauteur. J'étais partie donner les épluchures du déjeuner aux poules. Il n'est pas trop tard, au moins ?

— Bonjour, Annette, la salua Léandre. Nous avons un peu d'avance, ne t'en fais pas. Est-ce que ta mère est là ?

Le regard plein d'admiration pour Aurélia, la fillette leur indiqua l'arrière de la maison. Ils la suivirent et trouvèrent Marcelline en train de fourrer d'herbe fraîchement coupée les clapiers des lapins. Celle-ci se retourna en les entendant approcher.

— Ah, c'est vous, m'sieur Moreau, constata-t-elle en lui adressant un signe de tête respectueux.

Aurélia nota que la métayère paraissait un peu nerveuse. Elle fixait ses pieds, comme si elle voulait disparaître.

— Eh bien alors, vous n'êtes pas prête ? s'étonna Léandre.

Marcelline referma le dernier clapier.

— Dans une minute, répondit-elle. C'est que j'ai eu à faire, ce matin. Mon Nestor est parti aux champs, faut rentrer le foin car on redoute un orage, avec cette chaleur.

Léandre opina du chef.

— Il n'est pas seul pour s'en occuper, j'espère ?

— Non, il a recruté Pablo Cabrero, le mari de Josefa, l'Espagnole qui fait le ménage à l'école. Je suis bête, évidemment qu'vous savez qui ils sont ! Enfin, ces gens sont travailleurs, on peut pas leur enlever ça.

Aurélia se rappelait avoir rencontré le couple en décembre. Les Cabrero avaient fui leur pays et le régime de Franco après le décès de leur fils aîné, tué alors qu'il combattait aux côtés des républicains. Ils étaient d'abord passés par l'un des camps montés à la hâte sur les plages du Sud-Ouest, puis on leur avait proposé de rejoindre le Berry, qui accueillait des groupes de réfugiés civils. Josefa avait aussitôt été employée à l'école et son mari multipliait les petits boulots, ici et là. Leur second fils, Tomás, avait préféré tenter sa chance en région parisienne avec sa femme et leurs deux enfants. Quant au reste de la famille, des cousins, ils s'étaient établis à Châteauroux.

— Ils ont beaucoup de mérite, oui, confirma Léandre.

Après un court silence, Marcelline reprit :

— Bon, c'est pas le tout, mais on va pas rester plantés là comme des piquets à vache. V'nez donc à l'intérieur, ce serait dommage de salir vos habits.

Aurélia songea que leurs vêtements devaient en effet détonner, au milieu de cette basse-cour. Coiffé d'un canotier, son père portait un veston gris et des derbys cognac de chez Berluti. Pour sa part, elle avait opté pour une robe à rayures roses et bleues et recouvert sa chevelure d'une capeline en paille. La lourde chaleur qui régnait sur la campagne depuis quelques jours était étouffante.

— Vous avez encore embelli, mademoiselle Aurélia, la complimenta Marcelline en les entraînant vers la maison. Vous n'avez rien à envier aux vedettes de *Hollyvode.*

Aurélia la remercia.

— C'est gentil. J'ignorais que vous vous intéressiez au cinéma.

— Oh, ça, c'est un bien grand mot ! s'esclaffa la fermière. Jamais vu un seul film de ma vie. La vérité, c'est que ma sœur, celle qu'est couturière à Châteauroux, reçoit *Le Petit Écho de la mode.* Elle me les prête, quand on se rend visite, c'est une distraction comme une aut'. Je n'ai pas toujours le temps de les feuilleter, mais ma foi, vous êtes aussi élégante que les femmes qui sont dedans. Encore que je vous trouve peut-être un bout pâlichonne, le bon air de la campagne ne vous fera pas de mal.

Si l'on peut qualifier ainsi l'odeur des bouses de vaches, pensa Aurélia. Paris et son effervescence lui manquaient déjà, elle tournait en rond depuis qu'elle était à Châtillon, où le temps s'écoulait à une lenteur insupportable. Elle avait terminé le livre que lui avait prêté Julien, et sa sœur, qui travaillait à l'école toute la journée, était trop fatiguée le soir pour lui consacrer une heure ou deux. Non, il n'y avait pas grand-chose à faire, à part attendre désespérément.

Marcelline les fit entrer dans la cuisine qui faisait office de pièce principale et les invita à s'asseoir pendant qu'elle allait enfiler une toilette plus présentable. La pièce était aménagée de façon rustique, avec des meubles solides : une grande table en bois, des chaises à l'assise en paille, un bahut qui devait contenir toute leur vie, un fauteuil et un fourneau. Tout était propre, et il n'y avait pas de place pour le superflu, excepté le bouquet de bleuets glissé dans un verre d'eau qui égayait le centre de la table.

— Sers-leur donc une goutte de liqueur de poire, Nénette, lança Marcelline à sa fille avant de disparaître dans la chambre.

L'eau-de-vie tira une grimace à Aurélia.

— Alors, comment te sens-tu ? demanda-t-elle à la fillette en s'efforçant de repousser discrètement son verre. Tu n'es pas trop effrayée de devoir réciter un poème devant tout le monde ?

Sa sœur se faisait un tel sang d'encre à la perspective que les enfants fassent mauvaise impression qu'Aurélia s'attendait à ce que ce soit pareil pour ses élèves. En ce jour de fête, le maire avait en effet prévu de lire un discours, à l'issue duquel un arbre de la liberté serait planté sur le champ de foire. L'Europe connaissant de sérieux soubresauts, le gouvernement avait donné des consignes précises afin que l'on fête dans le plus grand nombre de communes le cent cinquantième anniversaire de la Révolution. Puisque l'événement marquait également la fin de l'année scolaire, Marie et le directeur de l'école avaient eu l'idée de faire participer les enfants. L'un d'entre eux lirait la Déclaration des droits de l'homme et les autres réciteraient quelques vers de poésie.

Regardant Aurélia, Annette secoua ses cheveux coupés en carré court.

— Oh, non, mademoiselle ! Je ne suis pas timide, et puis votre sœur nous a tout bien appris.

— C'est bien, ma grande, approuva Léandre. Intelligente comme tu es, je suis sûr que tu remporteras un beau prix.

Une lueur d'orgueil passa dans les yeux de la gamine.

— J'espère obtenir un livre, leur confia-t-elle. Madame Marie m'a dit que j'étais sur la bonne voie.

Marcelline réapparut dans la pièce. Elle avait troqué ses habits de paysanne contre un corsage et une jupe propres.

— Oubliez pas vos œufs, m'sieur Moreau, dit-elle en indiquant un panier posé contre la fenêtre. Tiens, ajouta-t-elle, plaquant sur la tête de sa fille un chapeau orné de rubans aux couleurs du drapeau français, ça complétera ta tenue.

Les yeux pétillants, Annette se tourna vers Aurélia :

— Comment me trouvez-vous, mademoiselle Aurélia ?

— Tu es ravissante.

Ravie, Annette gloussa de plaisir.

— Allons-y, fit Léandre.

Devant la voiture, Marcelline se tordit les mains, à nouveau en proie à un accès de nervosité.

— Tout va bien ? s'enquit-il.

La fermière roula de gros yeux effarés.

— C'est que... Je suis pas forcée de venir, après tout.

Montrant la voiture du doigt, elle ajouta :

— Vot' engin, là... Je suis jamais montée dans une machine comme ça, moi.

— Je ne roulerai pas vite, lui promit Léandre. Nous ne sommes qu'à cinq kilomètres du bourg, ce ne sera pas long.

— Peut-être, mais que vont penser les gens ? Je ferais mieux d'y aller à pied. Une métayère dans la voiture de son patron ! Ce n'est pas ma place, ils vont croire que je fais ma fière, m'sieur Moreau.

Léandre éclata d'un gros rire bienveillant.

— Vingt dieux, c'est la meilleure ! Si quelqu'un trouve quelque chose à y redire, qu'il vienne donc m'en toucher un mot, je saurai le recevoir. En attendant, hâtons-nous, il serait dommage qu'Annette rate la cérémonie.

Vingt minutes plus tard, Aurélia et son père étaient assis au premier rang, réservé aux personnalités importantes du village. Ils avaient gardé une place pour Gauthier, l'époux de Marie, et la famille du maire, qui était un ami d'enfance de Léandre, était installée à l'autre extrémité de la rangée, avec le directeur des tanneries, sa femme et leur fille cadette. Marcelline, quant à elle, était allée rejoindre un groupe de villageoises non loin de là, laissant Annette en compagnie de ses camarades, massés derrière l'estrade. La foule endimanchée se pressait sur le champ de foire, toutes les familles étaient là : le boulanger et ses six enfants, le couple d'épiciers, des ouvriers et même le médecin. Les robes et les vestons des grands jours étaient dc sortic, chacun prenait place sur l'un des bancs en se saluant et y allait de son petit commentaire sur la réussite de sa progéniture. Les huit élèves que l'école avait présentés au certificat d'études avaient été reçus, ce n'était pas rien !

Aurélia aurait aimé s'imprégner de la bonne humeur générale, pourtant elle n'y parvenait pas totalement. La ferveur patriotique était si palpable, entre les drapeaux, la présence du maire et celle des poilus de 14-18, qu'il était impossible de ne pas penser à la conversation qu'elle avait surprise entre son père et les parents de Julien.

N'y tenant plus, elle se pencha vers Léandre et lui demanda à voix basse :

— La guerre va éclater, papa ?

Son père se redressa vivement sur sa chaise, comme si une guêpe venait de lui piquer le derrière. Visiblement, il ne s'attendait pas à une telle question. Il jeta un coup d'œil autour de lui, puis sortit une cigarette de son étui en argent et l'alluma.

— Je suppose que tu as entendu des rumeurs, dit-il enfin.

Peu désireuse de s'attirer des réprimandes en lui dévoilant que Julien et elle avaient écouté aux portes, elle se contenta d'acquiescer.

— C'est à craindre, en effet, reprit-il. Les photos des habitants de Prague contraints d'effectuer le salut nazi au passage des soldats étaient terrifiantes... Pour moi, ça laisse présager le pire.

La jeune fille déglutit.

— C'est-à-dire ?

— Il n'est pas improbable que Hitler prépare une invasion de la Pologne, malgré le pacte de non-agression. Si tel est le cas, notre pays déclarera la guerre, c'est sûr. J'en connais plus d'un qui serait heureux d'en découdre avec lui.

Malgré ces propos alarmants, Aurélia s'efforça de ne pas se laisser submerger par l'inquiétude.

— Notre armée saura les repousser, s'ils veulent nous envahir, n'est-ce pas ? Ça ne devrait pas durer très longtemps.

Dans un geste rassurant, il lui pressa l'épaule de sa grosse main.

— Je ne crois pas qu'ils aillent jusqu'à nous envahir, nous les arrêterons avant. Quoi qu'il arrive, ma chérie, ici tu ne risques rien.

Leur conversation fut interrompue par l'arrivée de Gauthier. Âgé de trente ans, ce fils de l'ancien chef de gare était un grand et bel homme au regard doux. Il tenait le bureau de poste du bourg et tout le monde l'avait pris en affection après le décès prématuré de ses parents, emportés tous les deux à un an d'intervalle par une crise cardiaque, si bien qu'il ne pouvait pas effectuer un pas sans être accosté.

— Ma parole, je ne pensais pas que tout le canton ferait le déplacement ! plaisanta-t-il. J'ai cru que je ne parviendrais jamais à vous rejoindre !

— Papa aussi a été obligé de serrer un grand nombre de mains, s'amusa Aurélia. C'est difficile de passer incognito en se pavanant avec un célèbre chansonnier.

Léandre balaya sa remarque avec modestie.

— Penses-tu ! La plupart d'entre eux m'ont vu au berceau, ils veulent juste prendre des nouvelles.

Gauthier tendit à Aurélia un sachet de berlingots acheté au stand du confiseur, un peu plus bas. La jeune fille prit un bonbon, qu'elle laissa fondre sur sa langue, se délectant du goût à la fois sucré et acide du citron.

— Ils sont bons, approuva-t-elle. Papa a pris des brioches pour Loulou sur le stand de Traîne-Savates.

Le boulanger était surnommé ainsi en raison de sa démarche quelque peu poussive.

— Vous le gâtez trop, protesta gentiment Gauthier. Il est déjà bien assez glouton comme ça.

— Il fallait bien qu'il prenne quelque chose de son grand-père ! fit Léandre. En parlant de Traîne-Savates, son fils a l'air pressé d'aller se rincer le gosier chez Cui-Cui.

Aurélia et Gauthier tournèrent machinalement la tête vers « Gros Bébert », le fils du boulanger. Le garçon n'avait pas encore vingt ans qu'il était connu pour être un pochtron fini. Planté près d'un banc sur ses cent quarante kilos, le teint passablement aviné et les bras croisés, il scrutait à intervalles réguliers et d'un œil torve la rue qui montait au bistrot.

— Il sue le Pernod par tous les pores de sa peau, commenta Gauthier. Les brioches seront moins bonnes, le jour où il reprendra le commerce de son père.

— Bah ! Ça leur donnera du goût, ricana Léandre avant de faire bifurquer la discussion sur le bal qui aurait lieu dans la soirée, à la guinguette du bord de l'eau.

Au grand désespoir d'Aurélia, il n'était pas question de s'y rendre, à cause du dîner que son père avait organisé avec le directeur de la tannerie. La soirée risquait d'être pénible. Elle n'appréciait guère les Tardieu, des bourgeois maniérés et prétentieux. L'été précédent, Charles, leur fils aîné, avait tenté de la séduire, mais la jeune fille était demeurée imperméable à ses avances. Avec sa carrure de lutteur et ses airs nerveux, ce garçon lui déplaisait fortement.

— Je préférerais aller danser, déclara-t-elle.

Léandre la regarda et lui répondit d'un ton qui n'admettait pas la réplique :

— Je m'en doute, mais je tiens à ce que tu restes avec nous ce soir. Les Tardieu ont le bras long, dans la région.

Aurélia ne dissimula pas sa frustration. Elle aurait été nettement mieux à Paris, où elle aurait pu sortir s'amuser en compagnie de Madeleine !

— Votre fille a besoin de distractions, intervint Gauthier, c'est normal à son âge. Le cirque itinérant a débarqué hier, ils donneront plusieurs représentations pendant trois semaines. On pourrait y assister, un de ces soirs, qu'en dites-vous ?

— Voilà une excellente idée, opina Léandre, oubliant sans doute qu'Aurélia n'avait plus cinq ans.

Une ovation s'éleva soudain de l'assemblée. Octave Rabier, le maire de Châtillon, se tenait face au micro. Aurélia vit sa sœur grimper sur l'estrade décorée de fanions bleu, blanc et rouge, sur laquelle l'attendaient déjà ses élèves, intimidés par l'importance de l'événement. Vêtue d'une robe ceinturée de soie tricolore, Marie était resplendissante, mais elle semblait un tantinet fébrile. Le maire entama son discours, félicitant au passage les enfants qui venaient d'obtenir leur certificat d'études. Il en attribua l'entière réussite au directeur de l'école, M. Brouard, ainsi qu'à Marie, qu'il qualifia de dévouée et formidable institutrice. Celle-ci rougit quand les applaudissements crépitèrent. Si elle prenait sa mission d'enseignante très à cœur, Marie était d'une nature discrète, n'aimant pas se faire remarquer.

Puis les enfants sélectionnés avec soin se succédèrent au micro, les uns débitant leur texte sans respirer, les autres avec des intonations tremblotantes. Quand vint le tour d'Annette, Aurélia l'encouragea d'un grand sourire. Elle avait choisi un extrait d'un poème d'Hugues Lapaire, un auteur berrichon, célébrant cette région qu'il aimait tant. Elle se mit à réciter, d'une voix posée :

— « Notre Berry n'est pas un pays pittoresque
Avec des monts altiers escaladant le ciel,
Mais il a la fraîcheur et la chanson des sources,
L'or des lourdes moissons ruisselle de ses flancs
Et si l'air est léger, si la gerbe se dresse
Si l'herbe est haute et drue et si tant de douceur
Met au front du Berry ce nimbe de jeunesse,
C'est qu'il est resté vierge de tout envahisseur. »

Annette fut généreusement applaudie. Ces quelques mots résumaient si bien ce que la plupart des personnes présentes ressentaient ! Pour conclure la cérémonie en beauté, tous les enfants s'avancèrent ensuite et entonnèrent *La Marseillaise*. Aurélia, Léandre et Gauthier répondirent gaiement au petit signe de la main que leur adressa Louis, placé au premier rang par Marie. Ce solide gaillard de six ans chantait avec un bel engouement, le regard rivé sur son grand-père, qui ne s'était jamais senti aussi fier. L'émotion s'intensifia lorsque les anciens de la Grande Guerre se mirent au garde-à-vous. Les larmes aux yeux, Aurélia se fit la réflexion que les hommes ne pouvaient pas être assez fous pour se lancer dans un nouveau conflit mondial alors que le précédent avait détruit tant de familles, ravagé tant d'êtres humains.

10

— LOUIS S'EST ENDORMI, annonça Marie en pénétrant dans le salon. Si on allait faire un tour, Aurélia ?

— Ce n'est pas de refus ! acquiesça la jeune fille avec entrain, lâchant le livre qu'elle s'apprêtait à commencer. J'ai grand besoin de me dégourdir les jambes, après cette affreuse soirée.

Ainsi qu'elle l'avait pressenti, le dîner s'était avéré atrocement ennuyeux. Les hommes n'avaient fait que parler politique et économie. La tannerie d'Aristide Tardieu était l'une des principales sources de travail pour les ouvriers des environs, au point que la grande cheminée de la chaufferie, visible de très loin, rythmait la vie locale de ses quatre appels quotidiens. Son épouse, une madame je-sais-tout persuadée que tout lui était dû, avait mis quant à elle un soin tout particulier à leur rappeler qu'ils ne venaient pas du même milieu. Tout chez cette femme n'était qu'affèterie. À plusieurs reprises, elle avait lancé des regards réprobateurs vers Louis, qui se trouvait à table avec eux.

— Vous admettrez qu'il n'est pas commun qu'un enfant de cet âge soit autorisé à souper en compagnie des adultes, avait-elle souligné quand le petit garçon plein de vie avait pris la parole sans y avoir été convié, pour raconter combien il s'était senti heureux de participer à la fête patriotique.

Une lueur d'agacement dans les yeux, Marie avait répondu, d'un ton néanmoins courtois :

— Nous avons été élevées ainsi, ma sœur et moi, je ne me verrais pas faire autrement.

— Bien entendu. La remarquable réussite de votre père m'en ferait presque oublier vos origines paysannes. Je suppose que l'on ne se débarrasse pas aisément des vieilles habitudes.

— Et vos enfants, chère madame, que font-ils à l'heure où nous discutons ? avait enchaîné Aurélia, soulagée de ne pas se coltiner leur fils aîné.

— Ils sont avec leur nurse. Enfin, à l'exception de Charles, bien sûr, parti s'amuser à la guinguette. Il faut bien que jeunesse se passe, avait-elle ajouté dans un sourire condescendant.

Aurélia ayant des prédispositions pour le piano, son père lui avait ensuite demandé de jouer un prélude de Bach pendant qu'ils buvaient café et cognac dans le salon. Les Tardieu n'avaient pas manqué de s'extasier sur son talent, allant jusqu'à lui proposer de donner des leçons à Élisabeth, leur petite dernière. Peu alléchée par leur offre, Aurélia avait réussi à s'en tirer en bredouillant qu'elle y réfléchirait. Les voir prendre congé sitôt le café terminé avait été un soulagement.

Léandre referma la carafe de cognac en cristal et regarda Aurélia.

— Tu ne les reverras pas de sitôt, car ils vont passer le mois d'août à Vichy, dans la famille de la mère Tardieu.

— Tant mieux. Je me demande comment son mari parvient à la supporter. Elle est si hautaine ! Tu as leurs enfants à l'école, Marie ?

Sa sœur lui fit signe que non.

— Le cadet, Maurice, a quatorze ans, il est en pensionnat. Quant à la plus petite, qui a sept ans, sa mère refuse qu'elle fréquente les gamins du village, alors des précepteurs se déplacent pour lui dispenser des leçons.

— Hum, « question de rang », sûrement, singea Aurélia en imitant la mère Tardieu et son ton méprisant. Bon, je suis prête, allons-y.

— Ne vous éloignez pas trop, leur recommanda Léandre. Le cirque s'est établi de l'autre côté de la clairière, près du chemin de fer.

— Aurais-tu peur qu'un ours s'en échappe ? s'esclaffa Aurélia.

— Un ours, non, mais des gars malintentionnés, c'est possible.

La jeune fille leva les yeux au plafond. Comment son père pouvait-il être à la fois plus permissif que la plupart de ses amis et se montrer si protecteur ?

— Nous resterons sur le chemin de derrière, promit Marie. De toute façon, l'orage ne va pas tarder, on sera vite revenues.

Les deux sœurs sortirent dans le crépuscule naissant. Marie ne s'était pas trompée : l'air était lourd et, à l'horizon, le ciel devenait de plus en plus noir, menaçant de lâcher des trombes d'eau. Aurélia sourit en suivant sa sœur vers la vieille grille au fond du jardin, à moitié dissimulée par les bosquets et les fleurs sauvages. Malgré leur différence d'âge, elles avaient su tisser une vraie complicité dès la naissance d'Aurélia, et ce coin un peu délaissé de la propriété était devenu leur terrain de jeu préféré. À l'époque, Marie la laissait grimper sur son dos et elles partaient pour de folles escapades à travers les prés qui s'étendaient au-delà de la grille. Aurélia se souvenait encore de l'odeur du shampooing à la lavande de sa sœur, qui se confondait avec celui des fleurs et des blés prêts à être moissonnés. Marie avait très peu changé depuis ce temps béni de l'enfance. À vingt-sept ans, elle ressemblait beaucoup à leur mère, avec ses boucles blondes comme le soleil et ses hautes pommettes ciselées qui lui conféraient une allure altière. Seuls ses yeux, autrefois si rieurs, se teintaient par moments d'une forme de mélancolie. À quoi pensait-elle alors ?

— Ça me fait plaisir de revenir ici avec toi, lui dit Aurélia.

Elles passèrent le portillon, qui grinça en s'ouvrant. Marie glissa son bras sous le sien.

— Tu as dû trouver que je te délaissais, ces derniers jours, s'excusa-t-elle.

Sans se départir de son sourire, Aurélia haussa les épaules.

— Tu étais bien occupée à faire répéter les enfants. C'était très réussi, d'ailleurs. Tu es une bonne institutrice, Marie.

— Merci, ma chérie. Et toi, l'enseignement ne te tente pas ? La mère Tardieu n'avait pas tort en faisant l'éloge de ton don pour le piano.

— Non, répondit Aurélia. Quand nous rentrerons à Paris, je reprendrai des leçons de danse pour pouvoir me produire enfin sur scène.

Marie considéra sa sœur, l'air songeur.

— Cela demande une sacrée discipline. Je ne veux pas te démoraliser, mais même si ta jambe s'est bien remise de ton accident, je doute que tu puisses percer dans le ballet.

— C'est pour ça que je vise plutôt le music-hall. C'est très en vogue à Paris, il n'y a qu'à voir tous ces établissements qui ne désemplissent pas.

— Toi, tu es la digne héritière de nos parents, constata Marie, attendrie. Ce serait drôle si tu pouvais accompagner papa lors de ses tournées.

— Ce n'est pas tellement ce que je convoite, lui confia Aurélia. Julien, tu sais, le fils des Carlier… ?

Sa sœur hocha la tête, l'encourageant à poursuivre.

— Eh bien, il a l'intention de s'établir à New York lorsque ses études seront terminées. Je me dis qu'avec un peu d'expérience, je pourrais ensuite partir là-bas, moi aussi. Ce serait fabuleux, tu ne crois pas ?

C'était la première fois qu'elle avouait son rêve à quelqu'un. Souvent, le soir, elle imaginait son nom inscrit sur une affiche surplombant l'un de ces théâtres dont l'Amérique raffolait, comme à Broadway. Ce devait être si formidable de vivre de sa passion. Être payée pour danser, quelle aubaine !

— C'est un très beau projet, affirma Marie. Qu'en dit papa ?

— Oh, nous n'en avons pas vraiment parlé. Il devait m'emmener voir un spectacle à Paris et me faire rencontrer son artiste vedette, mais puisque nous sommes ici… je suppose que ça ne se fera pas, termina-t-elle en soupirant.

— Je suis désolée pour toi, compatit sincèrement Marie. Mais des revues, il y en aura d'autres. Ce n'est que partie remise.

— Je ne sais pas. Papa paraît convaincu que nous nous dirigeons droit vers une nouvelle guerre. D'ailleurs… ne le lui répète pas, mais j'ai surpris une étrange discussion entre lui et les parents de Julien.

Elle s'interrompit, regardant sa sœur de côté avant d'ajouter :

— Il a évoqué des missions en Allemagne… Marie, je crois que notre père est un espion.

Aurélia sentit sa sœur se raidir.

— Qu'est-ce que tu racontes, enfin ? répondit Marie un peu trop vite. Tu vas trop au cinéma !

Vexée, Aurélia croisa les bras sur sa poitrine.

— Je t'assure que non. La mère de Julien a même interrogé la duchesse de Windsor au sujet de Hitler, j'étais là, avec Arielle, quand elle l'a fait. Ensuite, elle a tout rapporté à papa.

Marie écarquilla les yeux.

— Tu as rencontré Wallis Simpson et tu ne m'en as rien dit ? Elle est comment ? Raconte !

Aurélia haussa les épaules.

— Je n'ai fait que l'apercevoir, c'est trop peu pour avoir une opinion. En revanche, Arielle la déteste. D'ailleurs, j'ai cru comprendre qu'elle aussi a fait du renseignement.

Marie prit une lente inspiration.

— Tu ne devrais pas te mêler de ça, Aurélia. Ce sont leurs affaires, pas les nôtres.

— Mais tu n'éprouves aucune curiosité ? insista la jeune fille. C'est excitant pourtant, non ?

— Il y a des tas de choses plus intéressantes, répliqua Marie. Bon, ajouta-t-elle dans un bâillement, je vais rentrer, je suis épuisée. Tu viens ?

Aurélia secoua la tête. Il n'était que vingt-deux heures, et elle n'avait pas sommeil.

— Je vais marcher encore un peu. Mes jambes sont en manque d'exercice.

— Entendu, mais sois prudente. L'orage va éclater d'un moment à l'autre, tu risques de te retrouver trempée comme une soupe.

Aurélia promit de faire attention et attendit que sa sœur s'éloigne pour se remettre en route. La campagne était calme, à peine troublée par les coassements rauques des grenouilles. En dépit de la chaleur, une odeur d'humidité flottait dans l'air, venue de la rivière qui coulait non loin. Elle décida de pousser jusqu'au cours d'eau pour s'y tremper les pieds, après quoi elle rebrousserait chemin. Éclairée par la lune, il lui fallut dix minutes pour atteindre la partie des berges située en contrebas des prés. Elle descendit le long d'un talus et déboucha sur une rive pentue cernée d'un lacis de végétation. Elle était sur le point de retirer ses chaussures lorsqu'elle entendit un clapotis, suivi de remous. Quelqu'un se trouvait déjà dans l'eau ! Elle se figea. À cet endroit, le lit de la rivière n'était pas très large, dix mètres tout au plus, mais en son centre les eaux étaient assez profondes pour y nager à l'aise. Plissant les yeux, elle distingua une silhouette, bien que le ciel ne fût pas assez clair pour lui permettre d'identifier le baigneur.

Pourvu qu'il ne s'agisse pas de cet affreux Charles Tardieu ! songea-t-elle. Mais non, jamais le jeune homme ne viendrait jusqu'ici pour se baigner, à moins d'y amener une demoiselle peu farouche ou des copains éméchés. Or, manifestement, le mystérieux baigneur était seul. Il se mit à fredonner une chanson de Charles Trenet, *Boum !* Aurélia savait qu'elle aurait dû s'éloigner, mais c'était comme si une force muette et mystérieuse la clouait sur place. La voix était à la fois masculine, jeune, douce et grave. L'entendre ainsi, à son insu, ne lui déplaisait pas.

Une brise se leva tout à coup, chassant les nuages qui obstruaient la lune, et le reflet ondulé de l'astre éclaira la rivière. Aurélia se dissimula derrière un arbre le cou tendu. Elle entraperçut seulement un torse pâle et une masse de cheveux sombres, avant que le baigneur ne plonge intégralement sous l'eau. Quand il émergea à nouveau, il se trouvait si près d'elle qu'Aurélia hoqueta de surprise. Son profil était désarmant de beauté, laissant deviner un visage aux traits fins mais affirmés. Il devait avoir une vingtaine d'années, à moins que la nuit ne soit trompeuse. Au moment où il se retourna pour regagner la rive, le regard de la jeune fille tomba sur la naissance de ses fesses. Un étrange papillonnement lui parcourut la poitrine. Elle fit un pas de côté afin de mieux se cacher mais, dans la précipitation, elle buta sur une racine et son pied dérapa. Elle ne put retenir un petit cri en glissant sur la berge, se rattrapant de justesse à une branche de noisetier. Elle retint son souffle, priant intérieurement pour que l'inconnu ne l'ait pas entendue. Trop tard, celui-ci revenait sur ses pas, cherchant d'où provenait le bruit.

— Il y a quelqu'un ? lança-t-il.

Parvenu à la hauteur de la jeune fille, il s'immobilisa lorsque leurs yeux se rencontrèrent à travers les branchages. Devant les prunelles d'un brun velouté qui la sondaient avec intensité, Aurélia fut d'abord incapable de bouger. Ils se scrutèrent ainsi deux ou trois secondes dans le silence le plus complet que vint rompre un coup de tonnerre. Alors Aurélia recula brusquement et se sauva. Son cœur cognait comme un fou quand elle atteignit la maison de son père. De grosses gouttes commencèrent à s'écraser sur le sol à l'instant où elle refermait la porte derrière elle.

*

Durant les deux jours qui suivirent, Aurélia ne pensa qu'au mystérieux jeune homme. Louis et Marie, qui étaient désormais en vacances, avaient beau lui proposer des occupations aussi variées qu'une partie de tennis improvisée dans le jardin ou une balade en canot autour du gué, elle avait bien du mal à se concentrer. Ses rêveries la ramenaient sans cesse à lui. Comment était-il possible d'être ainsi obnubilée par quelqu'un dont elle avait à peine entrevu le visage ? C'était insensé. Fermement décidée à provoquer le destin, le troisième jour elle décréta qu'un pique-nique près de la rivière lui ferait plaisir. La pluie charriée par l'orage n'avait duré que quelques heures et la chaleur étouffante de l'été avait repris ses droits, mais le bord de l'eau leur permettrait de trouver un peu de fraîcheur.

Il était près de midi lorsqu'ils partirent à travers champs. Louis gambadait en sifflotant une chanson que son célèbre grand-père avait enregistrée au sortir de la Grande Guerre et qui parlait de « boire pour fêter la victoire ». Le pas plus léger que d'habitude, Aurélia les guida jusqu'à l'endroit où elle avait épié l'inconnu. C'était étrange de revenir là, en plein jour les lieux semblaient différents. Le coin étant ombragé, Marie étala une couverture et y posa le panier contenant leur repas. Aurélia jeta un coup d'œil à la rivière. Au souvenir du corps nu de l'inconnu, une rougeur s'empara aussitôt de ses joues. Sa sœur surprit visiblement son émoi, car elle plissa les yeux d'un air suspicieux.

— Qu'est-ce qui t'arrive ? Tu n'es pas très bavarde, ces jours-ci.

— Rien, tout va bien, bafouilla Aurélia.

— Je parie qu'Aurélia me tient encore grief de ne pas l'emmener voir Jeanne Aubert aux Folies-Bergère, fit Léandre d'un ton contrit. Est-ce qu'un soixante-dix-huit tours de jazz t'inciterait à me pardonner ? Figure-toi qu'ils en vendent aux Grands Magasins du bourg.

Aurélia secoua la tête.

— Non, je... je n'ai pas besoin d'un nouveau disque, papa. Ce doit être la chaleur qui m'abrutit un peu.

— C'est vrai que c'est éreintant, déclara Marie en s'asseyant près d'elle. Et dire que Gauthier est obligé de rester enfermé dans son bureau de poste par un temps pareil ! Pour ma part, je suis bien heureuse de ne plus avoir à mettre les pieds dans une salle de classe avant octobre.

— Et moi de ne plus devoir mettre les pieds dans une salle de classe tout court, plaisanta Aurélia.

Léandre partit ramasser une poignée de cailloux plats afin d'initier son petit-fils à l'art du ricochet. Quand ils eurent terminé, tous les quatre déjeunèrent de tomates juteuses, de fromage, de pain et de poires, puis Marie entraîna Louis parmi les frênes et les bouleaux pour l'aider à compléter son herbier. Désireux de s'octroyer une petite sieste, Léandre s'allongea, laissant Aurélia désœuvrée. À l'évidence, son inconnu n'allait pas se matérialiser comme par magie devant elle. Il n'était pourtant pas un fruit de son imagination ! Pouvait-il s'agir d'un villageois ? C'était peu plausible. Le jeune homme n'avait rien d'un paysan, elle en aurait mis sa main au feu. Alors qui pouvait-il bien être ? À croire qu'elle était tombée sur une créature mythique et perfide, comme celles que les anciens ne pouvaient pas évoquer sans se signer plusieurs fois de suite. Après tout, la région regorgeait de ces légendes qui promettaient les pires damnations à quiconque croiserait l'une de ces créatures sorties des bois ou des eaux…

Aurélia avait dû s'assoupir, car des cris joyeux la firent brusquement sursauter. En ouvrant les yeux, elle constata qu'une dizaine d'enfants barbotaient dans la rivière. Son père se réveilla à son tour. Le soleil ayant tourné, Aurélia ajusta son chapeau sur sa tête.

— Je ne sais pas d'où sortent ces gamins, mais ils sont nombreux, dit-elle.

Léandre se redressa pour observer les mômes qui s'ébrouaient comme des chiens fous.

— Ils viennent sûrement du cirque. Le chapiteau est dressé juste derrière, précisa-t-il en lui montrant la large rangée de chênes qui entourait la clairière, de l'autre côté.

Le cirque ! Mais oui !

Aurélia se contrôla pour cacher son agitation. Pourquoi n'y avait-elle pas pensé plus tôt ? Le jeune homme devait faire partie du campement, c'était la seule explication !

Marie revint avec Louis, les bras chargés de feuilles et de fleurs en tous genres.

— Il n'y a donc personne pour les surveiller ? s'offusqua-t-elle, inquiète de ne voir aucun adulte auprès de toute cette marmaille.

— Ils sont débrouillards, fit valoir son père. Et puis, les plus grands doivent avoir dans les douze ans, ils veillent les uns sur les autres. Ces gens-là sont solidaires entre eux.

Naturellement, Louis demanda l'autorisation de se baigner lui aussi. Aurélia vit la bouche de sa sœur se tordre en une grimace de dégoût.

— Pas question que tu attrapes des poux, mon Loulou. Qui sait si ces gamins ne viennent pas à la rivière dans le seul but de se laver ?

— Ils n'ont pas l'air de romanichels, protesta Aurélia.

— Non, je ne pense pas, car le cirque est réputé, répondit Léandre. Il y a des affiches partout dans le village, nous irons les voir après-demain, à la séance du soir.

Tout à coup, un long sifflement retentit. Les enfants sortirent de l'eau comme un seul homme et se dispersèrent vers la clairière.

— Eh bien, voilà qui résout le problème, déclara Marie en embrassant la joue bronzée de son fils. Tu peux aller te baigner, Louis, mais pas longtemps. Ton grand-père a prévu de t'emmener à la pêche demain matin, il faudra te lever tôt.

Aurélia observa son neveu courir dans l'eau, un grand sourire sur son visage poupin. Elle aussi souriait, parce qu'elle venait de réaliser que, si le jeune homme de la rivière travaillait vraiment pour le cirque, alors il attendait probablement la fin de chaque représentation pour aller nager au clair de lune. Et elle comptait bien vérifier cette hypothèse dès la nuit tombée.

11

ILS ÉTAIENT TROIS. Deux garçons et une fille, qui s'éclaboussaient en riant. Parmi eux, son inconnu, qu'elle avait tout de suite repéré avec ses épais cheveux bruns et sa silhouette élancée. Cachée derrière le noisetier, Aurélia les observait, en proie à un sentiment bizarre. Qui donc était cette jeune femme aux jambes musclées qui se baignait ainsi en combinaison en compagnie de deux hommes ? Sans aucune pudeur, elle s'amusait à faire le poirier, affichant une liberté que les gens du coin ne se permettaient pas. Au moins, les garçons avaient eu la décence de garder leur caleçon. Aurélia décela une pointe d'accent russe dans les intonations de leur compagne, qui ne cessait de s'extasier sur le calme des lieux.

— Je pourrais tout à fait refaire ma vie ici, le jour où mon corps ne sera plus assez souple pour jouer les trapézistes, affirma-t-elle d'un air joyeux.

Le second garçon, un type aux cheveux roux qui avait l'air de beaucoup s'amuser, la chambra aussitôt :

— Avec les cris d'orfraie que tu pousses chaque fois que tu croises une bestiole, la campagne ne restera pas paisible très longtemps, Saskia !

Sa pique lui valut de recevoir une grosse gerbe d'eau en plein visage.

— Espèce de peste ! s'écria le rouquin. Aide-moi à la couler, Antoine !

Antoine. Ainsi, le jeune homme qui ne quittait plus ses pensées s'appelait Antoine. Aurélia murmura doucement son prénom, le faisant rouler sur sa langue comme un mot précieux. Pendant ce temps, les trois baigneurs sortirent sur la berge opposée, où ils s'assirent. L'un d'eux ouvrit une bouteille, du vin probablement. La boisson passa d'une main à l'autre, chacun buvant au goulot et fumant entre deux gorgées. Bien qu'Aurélia ne parvienne pas à saisir totalement leur conversation, une franche camaraderie semblait les unir. Quand la dénommée Saskia se releva, elle comprit qu'il était temps pour eux de rejoindre leur campement. Déçue, elle s'apprêtait à rebrousser chemin elle aussi quand elle vit Antoine faire signe aux deux autres de s'éloigner.

— J'arrive bientôt ! l'entendit-elle ajouter un peu plus fort, alors que Saskia et le rouquin disparaissaient déjà dans la clairière.

Antoine se planta ensuite face à la rivière et scruta l'horizon comme s'il voulait en percer les mystères. Au bout de quelques secondes, il rentra dans l'eau et nagea un peu avant de se laisser dériver sur le dos, se rapprochant peu à peu de l'endroit où se tenait Aurélia. Comme la fois précédente, celle-ci retint son souffle, par crainte qu'il ne surprenne sa respiration. Soudain, il se retourna sans crier gare, fouillant à nouveau du regard le paysage assombri par la nuit.

— Vous êtes revenue, n'est-ce pas ? lança-t-il.

D'une main tremblante, Aurélia écarta les petites branches qui l'empêchaient de distinguer nettement son visage. D'où il se tenait, Antoine ne pouvait pas la voir, mais il perçut le frémissement des feuillages.

— Je m'en doutais, dit-il d'une voix posée.

Intimidée et un peu honteuse d'avoir été démasquée, Aurélia resta muette.

— Ce n'est pas courant d'être espionné lors d'une baignade, reprit Antoine, la faisant rougir de plus belle. Vous n'avez pas été choquée, au moins ? Au fait, puis-je vous demander à qui je m'adresse ?

— Je m'appelle Aurélia et je ne vous espionnais pas, répondit-elle, piquée au vif et retrouvant son audace.

Elle prit toutefois soin de rester dissimulée.

— Ah oui ? Alors, Aurélia, que faites-vous ici exactement ?

L'espace d'une seconde, la jeune femme fut tentée de s'enfuir, mais elle ne bougea pas. Cet Antoine ne devait pas être dangereux, sans quoi il serait déjà sorti de l'eau pour la débusquer, voire la brutaliser. À la place, il restait immobile, remuant vaguement les bras afin de continuer à flotter.

— Je suis en vacances dans la région, se décida-t-elle à lui révéler. L'autre soir, je ne faisais que me promener quand je suis tombée sur vous. Je me suis sentie un peu bête, c'est pourquoi je me suis cachée. Je n'avais nulle intention de vous épier.

— C'est pourtant ce que vous étiez en train de faire il n'y a pas dix minutes, observa-t-il, malicieux.

Aurélia déglutit.

— Comment… comment avez-vous su que j'étais là ?

— Je n'en étais pas sûr. Pour tout vous avouer, cela fait trois soirs que je guette un signe de votre part.

— C'est vrai ? souffla-t-elle, incrédule.

Sans un mot, Antoine se remit à nager vers la jeune fille, qui esquissa prestement un pas en arrière.

— Pourquoi ne pas vous montrer ? s'enquit le jeune homme. Je ne vous veux aucun mal.

Aurélia se détourna, nerveuse et hésitante. Comment lui expliquer que cet échange lui plaisait autant qu'il la déroutait ? Contrairement à son amie Madeleine, elle n'était pas innocente et s'était déjà laissé embrasser à deux reprises, certes sans passion, mais là, il y avait quelque chose de différent. Une étrange sensation qui la grisait et l'électrisait. Jamais encore son corps et son esprit n'avaient réagi de cette manière en présence d'un homme, et ça la déstabilisait.

Elle décida de camoufler son embarras sous une couche d'humour.

— Nous sommes très bien à discuter ainsi, non ? De toute façon, je dois partir, j'ai promis de ne pas rentrer tard.

— Déjà ? Vous reviendrez, n'est-ce pas ?

— Je...

Aurélia se tut, troublée. Antoine se trouvait désormais si près qu'elle n'aurait eu qu'à tendre la main pour entrer en contact avec la peau blanche et lisse de son épaule.

— Eh bien, parvint-elle à se ressaisir, vous n'aurez qu'à guetter un nouveau signe de ma part.

Puis, sans attendre de réponse, elle tourna les talons et disparut en courant.

*

Le lendemain, Aurélia retourna sur la berge. Les vingt-quatre heures écoulées lui avaient paru interminables. Elle n'avait eu de cesse de penser au jeune homme et, à présent que le soleil était couché, elle appréhendait cette nouvelle rencontre autant qu'elle l'attendait. Mais Antoine n'était pas au rendez-vous. La représentation du cirque devait être terminée, pourquoi n'était-il pas là ? S'était-il moqué d'elle ? Elle secoua la tête, dépitée. Après tout, les saltimbanques n'étaient pas réputés pour leur stabilité. À voyager d'une ville à l'autre, ils ne s'encombraient certainement ni de contraintes ni d'attaches, qu'était-elle allée se figurer ? Elle ne patienterait pas plus de vingt minutes, c'était décidé.

— Tant pis pour lui s'il s'est payé ma tête, marmonna-t-elle en essayant de ravaler sa déception.

Ses doutes s'évaporèrent toutefois très vite. La lune venait de se poser sur l'horizon quand elle devina la silhouette masculine se profiler sur la rive opposée. La jeune fille retrouva aussitôt le sourire, non sans se traiter de sotte. Il lui faudrait rester sur ses gardes, ce n'était pas normal de se mettre dans des états pareils pour un garçon avec lequel elle n'avait discuté qu'un bref instant. De l'autre côté, Antoine commença à se débarrasser de ses vêtements dans des gestes d'une lenteur affectée. Aurélia se mordit la lèvre inférieure quand il déboutonna sa chemise, qu'il replia ensuite avec un soin exagéré. Il fit pareil avec son pantalon, puis se glissa dans l'eau fraîche et paisible où il effectua quelques brasses, sans avoir l'air de se soucier de savoir si la jeune fille était là ou non. À quoi jouait-il ? Aurélia se souvint alors de la façon dont elle avait pris congé la veille, lui indiquant qu'il n'aurait qu'à attendre un signe de sa présence. C'était à elle de se manifester cette fois, il ne ferait pas le premier pas.

— Hum, hum, toussota-t-elle.

Antoine se figea en plein milieu de la rivière.

— Aurélia ? l'appela-t-il.

— Oui, c'est moi, répondit-elle. J'ai bien cru que vous ne viendriez pas.

Elle attendit qu'il lui expose le motif de son retard. Mais il n'y avait plus le moindre bruit. La jeune fille s'approcha de la berge, les sourcils froncés. Elle avait beau scruter la surface de l'eau à travers les branches du noisetier, Antoine avait disparu. C'était étrange, il n'avait tout de même pas pu être emporté, il n'y avait pas de courant… Le jeune homme surgit tout à coup des flots. Sous le coup de la surprise, Aurélia poussa un cri.

— Ah ! s'esclaffa-t-il, ravi de son effet. Enfin je vois à nouveau votre beau regard.

Furieuse d'avoir été ainsi piégée, Aurélia se récria :

— Oh ! Vous mériteriez que je m'en aille !

— Vous n'en ferez rien, pas après m'avoir attendu en prenant le risque de vous faire dévorer par les moustiques, rétorqua-t-il avec une moue amusée.

— Pff… Où étiez-vous passé, d'ailleurs ?

— La représentation s'est terminée un peu tard. Une fille a fait un malaise dans le public en croyant que notre bon vieux Boris allait massacrer le dresseur. Je travaille pour le cirque, précisa-t-il.

— Je vois, fit Aurélia en s'asseyant dans l'herbe. À vrai dire, je me doutais que vous faisiez partie du cirque. Qui est Boris ?

Antoine voulut se hisser sur l'herbe pour s'asseoir près d'elle, mais au coup d'œil qu'elle lui lança, il se ravisa.

— Boris est un tigre, lui apprit-il. Doté d'un caractère aussi farouche que le vôtre.

Aurélia sourit, savourant le petit jeu qui s'instaurait entre eux.

— Elle était facile, celle-là ! répliqua-t-elle. Et cette jeune fille, vous connaissez son nom ? Je suis curieuse de savoir qui n'a pas les nerfs assez solides pour assister à un numéro de dressage.

Les yeux du jeune homme se plissèrent. Si la lune n'était plus tout à fait pleine, ses iris foncés en captaient cependant les minces reflets lumineux.

— D'après Firmin, le funambule qui l'a ranimée, elle s'appelle Paulette. Ses cheveux sont auburn, et elle doit avoir dans les seize ou dix-sept ans.

— Ah, alors c'est sûrement une des filles de Traîne-Savates, le boulanger. En tout cas, il me tarde de voir

Boris à l'œuvre : ma famille et moi assisterons au spectacle demain soir, mon neveu est impatient. Quel est votre rôle ?

Antoine sortit ses épaules de l'eau, juste assez pour appuyer ses avant-bras sur la bande d'herbe qui bordait la rive au pied du noisetier. Son visage se trouvant désormais à hauteur de celui d'Aurélia, il plongea ses yeux bruns dans les siens.

— Vous le découvrirez demain soir, lui dit-il d'un ton plein de promesses.

Aurélia fut parcourue d'un frisson qui n'avait rien à voir avec la température de l'air. Elle cherchait une réplique bien sentie quand une voix s'éleva sur la rive d'en face :

— Antoine ! Les vingt minutes sont écoulées, vieux, on t'attend pour trinquer !

Antoine grimaça, puis il mit ses mains en porte-voix.

— J'arrive !

Contrit, il se tourna à nouveau vers Aurélia et lui expliqua :

— On arrose l'anniversaire de Roger, que vous avez sans doute aperçu hier. Je ne peux pas rater ça.

— Bien sûr, fit-elle, déçue que leur échange prenne déjà fin.

— Je crois que ça vient de me donner une idée, d'ailleurs…, ajouta le jeune homme, songeur.

— Laquelle ? le questionna Aurélia.

— Vous êtes bien curieuse ! la taquina-t-il. Vous verrez demain.

Son rire était doux et chaleureux.

— Je parie que vous ne me reconnaîtrez pas, le défia-t-elle.

— En êtes-vous bien certaine ?

Elle ne répondit pas, la gorge nouée par la sourde crainte qui venait de s'éveiller en elle : et si la magie cessait d'opérer, une fois qu'ils se dévoileraient l'un à l'autre ? S'ils n'avaient plus rien à se dire ?

— Je dois vraiment y aller, reprit Antoine, je ne vous retiens pas plus longtemps. À demain, Aurélia.

— Oui, à demain, souffla-t-elle avant de le regarder s'éloigner dans un crawl savamment maîtrisé.

*

Des petites ampoules scintillaient à la surface du chapiteau rayé de rouge et de blanc quand Aurélia et les membres de sa famille se présentèrent dans la file qui s'était formée devant l'entrée du cirque. Il y avait là une cinquantaine de personnes, dont certaines venues de communes avoisinantes. Ce n'était pas tous les jours que l'on voyait le célèbre cirque Amar poser ses roulottes dans ce coin de Berry, il fallait donc s'attendre à ce que les sièges ne désemplissent pas durant les trois semaines où il resterait à Châtillon. Ses mains potelées pressées dans celles d'Aurélia et de Marie, le petit Louis ne tenait plus en place, tandis que son père et Léandre profitaient de l'attente pour discuter avec les uns et les autres. Une odeur de pralines aux cacahuètes, qu'un forain vendait près du guichet, embaumait l'air, ajoutant à l'ambiance joviale. Lorsque leur tour arriva, ils achetèrent leurs tickets et, en dépit des protestations de Marie, Léandre ajouta un sachet de friandises pour son petit-fils.

Après avoir franchi un épais rideau de velours rouge qui s'ouvrait sur la piste et les gradins, tous les cinq prirent place au premier rang. Nerveuse, Aurélia s'efforça de contrôler sa respiration. Elle avait mis sa robe préférée, jaune à pois blancs, avec un gilet assorti, et chipé le parfum de sa sœur, Soir de Paris. Son décolleté sentait à présent un mélange poudré de pêche, d'abricot, de vanille et de violette. Alors que l'impatience commençait à gagner les spectateurs, elle allongea le cou, essayant d'apercevoir ce qui se passait dans les coulisses, d'où rien ne filtrait. Il n'y avait aucune trace d'Antoine, qui ne tenait donc ni le guichet ni le stand de pralines. S'occupait-il de nourrir la ménagerie ? Peut-être dressait-il les éléphants… À moins qu'il ne soit funambule ? Son corps longiligne paraissait assez souple et musclé pour cela.

— Tu en veux ? demanda Louis, la bouche pleine, en lui tendant ses confiseries.

— Pas pour l'instant, merci Loulou, dit-elle en secouant la tête. Le dîner m'a amplement suffi.

— Et pourtant, fit remarquer Marie, on ne peut pas dire que tu aies beaucoup mangé. Tu as à peine touché au poulet, j'espère que tu ne couves rien.

Aurélia entreprit de faire passer son manque d'appétit sur le compte d'une excitation puérile.

— Ça fait des années que je n'étais pas allée au cirque, tu sais à quel point j'admire le travail des acrobates !

Un acrobate. Oui, Antoine devait être l'un d'entre eux, elle l'imaginait parfaitement perché debout sur un cheval lancé au galop.

— Ça commence ! s'écria soudain Louis.

En effet, les lumières s'éteignirent peu à peu, ne laissant que la piste illuminée. Tous battirent chaleureusement des mains quand Monsieur Loyal fit son entrée pour lancer les festivités. Les numéros, aussi diversifiés que bigarrés, se succédèrent à un rythme soutenu, entrecoupés des applaudissements enthousiastes du public ravi d'en avoir pour son argent. L'exhibition des tigres, sobrement guidés par leur dompteur qui les faisait évoluer et agir avec le minimum d'efforts apparents, fit sensation. Il en alla de même avec les ours, qui remportèrent un franc succès. Leur prestation était parfaitement réglée, à l'instar de celle des éléphants. Ces animaux, aussi majestueux que magnifiques, exécutèrent avec solennité des tours parfois difficiles, comme s'agenouiller et passer l'un sous l'autre. Les chiens et les singes soulevèrent ensuite l'amusement général en glissant sur un toboggan, puis vint le tour des écuyers, splendides sur leurs chevaux anglo-arabes qui s'adonnèrent à des exercices des plus brillants. Ils furent également très applaudis. Mais le spectacle avait beau être captivant, Aurélia se désespérait de voir apparaître Antoine. Elle crut l'apercevoir parmi les acrobates qui virevoltaient et tournoyaient dans le vide, avant de se rendre compte que celui qu'elle prenait pour lui n'avait pas les cheveux aussi foncés que les siens. Elle reconnut toutefois Saskia, vêtue d'un costume pailleté orné de plumes. Elle était d'une souplesse incroyable.

Ce fut au moment où les clowns apparurent pour la seconde fois qu'Aurélia réalisa qu'Antoine devait se cacher sous l'un de leurs costumes. Il était compliqué de discerner leurs traits sous l'épaisse couche de maquillage et les perruques que le duo portait. Quant à leurs blagues, elles étaient lancées avec des timbres braillards et force roulements de « r » qui rendaient impossible de reconnaître sa voix. Alors que le spectacle touchait à sa fin, l'un des deux compères réclama soudain l'attention générale :

— Ce soir, déclama-t-il, nous célébrons l'anniversaire de mon comparse Badin, le clown au cœur léger. Quel âge as-tu, vieux singe ? Sept ans ou bien cent ?

— Pile entre les deux, mon vieux Charley, ricana l'autre d'une voix nasillarde, déclenchant une nouvelle salve de rires.

Celui qui se faisait appeler Charley se retourna vers l'assistance. Aurélia tressaillit quand son regard balaya le côté du public où elle se trouvait. C'était lui, elle aurait pu reconnaître ces prunelles entre mille. Le clown marqua une pause théâtrale avant d'annoncer joyeusement :

— Moi, je dis qu'il n'y a pas d'anniversaire sans bonbons ! Qu'en dites-vous, les enfants ? Une distribution de réglisses vous ferait-elle plaisir ?

— Ouiiiiiiii ! s'écrièrent aussitôt des dizaines de petites têtes blondes.

Après une dernière pirouette, Charley et Badin se répartirent la distribution des bâtonnets de réglisse. Quand vint le tour de Louis, Charley en personne se présenta devant lui.

— Tu en as de la chance, mon Loulou ! signifia Léandre à son petit-fils en lui tapotant l'épaule. N'oublie pas d'être poli, surtout.

— Merci, m'sieur Charley ! lança Louis, reconnaissant.

— Je t'en prie, bonhomme, répondit le clown d'une inflexion douce et grave.

Aurélia leva timidement la tête vers lui. Le regard d'Antoine s'attarda sur elle, faisant naître au creux de son ventre une sensation de chaleur merveilleuse, proche de l'ivresse. Ils se sourirent dans cet instant suspendu, et le jeune homme passa à la rangée suivante.

— Ma parole, chuchota Marie à l'oreille de sa sœur, je crois bien que tu as un ticket avec le clown !

Pour toute réponse, Aurélia se fendit d'un petit rire en grelots, aussi léger que des bulles de champagne.

12

Un mélange de soulagement, de fébrilité et d'appréhension envahit Aurélia en constatant qu'Antoine patientait déjà sous le noisetier lorsqu'elle le rejoignit, moins d'une heure plus tard.

— Bonsoir, *Charley,* prononça-t-elle la gorge nouée par une émotion inédite.

Le jeune homme se retourna et s'avança vers elle en lui décochant un sourire charmant. Il s'arrêta à quelques centimètres d'elle.

— Vous êtes ravissante, dans cette robe.

— Merci, répondit-elle, troublée par ce visage qu'elle découvrait de si près pour la première fois.

Sans branches ni maquillage de clown pour se dresser entre eux, Antoine était encore plus beau qu'elle l'avait imaginé. Son teint diaphane contrastait avec les yeux foncés et profonds qui la détaillaient eux aussi avec la plus grande attention. Elle remarqua alors que ses cheveux, qui lui tombaient sur le front en boucles indisciplinées, étaient parfaitement secs, tout comme ses vêtements.

— Vous n'aviez pas envie de nager, ce soir ? s'enquit-elle, espiègle.

— Non, rit-il doucement, une fois n'est pas coutume. J'ai déniché un passage à gué, un peu plus bas. Ne me dites pas que vous envisagiez de vous baigner ?

C'était plus un défi qu'une question, mais Aurélia décida de ne pas relever, trop avisée malgré son émoi pour se déshabiller devant un jeune homme, si séduisant fût-il.

— Comment m'avez-vous reconnue, tout à l'heure ? rebondit-elle.

Une fossette vint creuser la joue d'Antoine.

— C'était facile, admit-il, vous m'avez parlé de votre neveu. Je n'ai eu qu'à chercher un garçon accompagné d'une jeune femme aux merveilleux yeux bleus.

Bien qu'il fasse nuit, Aurélia détourna la tête pour qu'il ne la voie pas rougir.

— Ma sœur aussi a les yeux bleus.

— Mais les siens ne ressemblent pas à des saphirs. Qu'avez-vous pensé de notre numéro, à Roger et à moi ?

— C'était très drôle. De toute évidence, l'anniversaire surprise a beaucoup plu aux enfants.

Antoine opina joyeusement du chef.

— J'ai dévalisé l'épicerie ce matin pour me procurer un maximum de bonbons. Les propriétaires étaient ravis. C'est le seul moyen que j'ai trouvé pour vous approcher pendant la représentation.

Déroutée par tant de franchise, Aurélia alla s'asseoir face à la rivière. Antoine la rejoignit et tous deux restèrent silencieux quelques secondes côte à côte. Puis le jeune homme s'éclaircit la voix.

— Je voulais vous demander : l'homme à la moustache poivre et sel qui vous accompagnait, c'est votre père ?

— Oui, pourquoi ?

— Son visage ne m'est pas inconnu… Je suis persuadé de l'avoir déjà vu quelque part.

Aurélia sourit. La notoriété de son père n'était plus à démontrer, et elle était habituée à ce genre de remarque.

— Il se peut tout à fait que vous l'ayez vu en feuilletant un journal et que vous connaissiez ses chansons, puisque mon père est Léandre Moreau, expliqua-t-elle sans vantardise aucune.

— Bon sang, mais oui ! s'exclama Antoine. Ça alors, c'est épatant. J'ignorais qu'il vivait dans la région.

— Papa est un enfant du pays. Il est né dans une ferme, à trois kilomètres du bourg. Comme il était plus fort pour les pitreries que pour les travaux des champs, il est monté à Paris pour se lancer dans une carrière artistique.

— Ça lui a plutôt réussi, admira le jeune homme. Et il ne trouve rien à redire au fait que vous vous promeniez seule à une heure si tardive ?

Loin de l'offenser, cette réflexion amusa Aurélia.

— Oh, je ne crains rien. Notre maison se trouve juste derrière les prés, un peu plus haut. Ce bout de terrain fait partie de la propriété, personne ne vient jamais rôder ici la nuit.

— Hum... à part quelques saltimbanques sans foi ni loi, j'imagine, répliqua-t-il avec cet air malicieux qu'il affichait chaque fois qu'il plaisantait.

Aurélia sentit la chaleur envahir sa nuque. Les yeux rivés sur l'eau, elle s'efforça de poursuivre la conversation comme si de rien n'était :

— Alors dites-moi, *Charley*, comment devient-on clown ? Vous êtes plutôt jeune, je présume que vos parents font eux aussi partie du cirque.

— Non, je viens d'une famille beaucoup plus traditionnelle. Mon père est médecin et ma mère... eh bien, c'est une femme de médecin, avec tout ce que ça implique de dévotion et de bonnes œuvres.

Aurélia l'écouta lui raconter son enfance à Nantes. Selon ses propres termes, elle avait été ennuyeuse au possible.

— Mon père espérait me voir suivre ses traces, mais à l'adolescence j'ai compris que ce n'était pas ce que je voulais. Les études ne m'intéressaient pas, j'avais sans cesse besoin d'être en mouvement, contrairement à ma sœur, qui a toujours adoré qu'on la traite comme un petit chien de salon. Le croirez-vous si je vous dis que la dernière fois que je l'ai vue, elle militait pour le retour du corset ?

— Elle m'a tout l'air d'une perle rare, commenta Aurélia, sarcastique.

Ils échangèrent un sourire, et Antoine reprit :

— Il y a trois ans, j'en avais alors dix-huit, le cirque s'est posé à Nantes. Par curiosité, j'ai assisté à quelques représentations. Et ça a été une évidence : en à peine deux heures, j'ai su que j'avais trouvé ma voie. Peu avant le départ de la troupe, je suis allé trouver le directeur pour le convaincre de m'embaucher. C'était culotté de ma part, étant donné que je n'avais aucune expérience en la matière, mais il a décidé de me faire confiance. Autant vous dire que mes parents n'ont pas apprécié.

— Que s'est-il passé ?

Antoine haussa les épaules.

— Pas grand-chose. Mon père m'a intimé l'ordre de continuer mes études, sans quoi il me couperait les vivres. Alors j'ai pris mes affaires et je suis parti.

— Oh, c'est triste.

— Ça l'est probablement pour eux. Pour ma part, je n'ai jamais été aussi heureux, affirma-t-il. Les voyages et la liberté, il n'y a que ça de vrai. Et vous, que faites-vous ? Je suppose que vous n'avez pas besoin de travailler.

Aurélia arrondit les yeux, faisant mine de s'offusquer.

— Détrompez-vous, ce n'est pas parce que j'ai moi aussi reçu une certaine éducation que je passe mes journées à jouer les « petits chiens de salon », comme vous le dites si bien. Mon père n'est pas du style à s'opposer à ce que ses filles travaillent, la preuve, ma sœur est institutrice.

Antoine approuva d'un signe de tête.

— Votre père a su rester simple, c'est fort bien. Rien ne me répugne davantage que les valeurs hypocrites de la bourgeoisie.

— Dans ce cas, heureusement que vous ne connaissez pas les Tardieu ! s'esclaffa-t-elle. En plus de posséder la tannerie, ils sont l'illustration parfaite de ce qui vous déplaît. Je n'aurais pas aimé grandir dans une telle famille.

— Et qu'aimez-vous, alors ?

— La danse, répondit-elle sans hésiter.

À son tour, Aurélia lui confia ses aspirations. À son grand étonnement, Antoine semblait réellement intéressé par ce qu'elle lui disait, et ils discutèrent ainsi sans faire attention au temps qui s'écoulait, avec l'aisance des gens qui se connaissent de longue date.

— Je vais devoir rentrer, déclara Aurélia au bout d'un moment. J'ai beau être autorisée à sortir, mon père risque de s'inquiéter si je m'éternise dehors.

Elle se releva, et Antoine fit pareil, se plantant face à elle.

— Est-ce que tu reviendras demain soir ? demanda-t-il.

Elle déglutit. Ils se tenaient si proches l'un de l'autre qu'elle pouvait sentir le parfum de son savon mêlé à l'odeur musquée de sa peau.

— Bien sûr que je reviendrai, parvint-elle à articuler.

Un silence complice s'installa entre eux, puis Antoine fit un pas vers elle et lui prit la main pour l'attirer contre lui.

— Je rêve tant de t'embrasser, souffla-t-il.

Il n'avait pas terminé sa phrase qu'Aurélia avait les lèvres posées sur les siennes. S'emparant de sa bouche, il lui répondit avec plus de passion qu'elle n'en avait jamais connu. Stupéfaits par l'intensité de ce baiser, ils rirent et se sourirent.

— Tu es incroyable, murmura-t-il tout en lui caressant le bas du visage du bout des doigts. À demain, Aurélia.

— À demain, dit-elle en s'écartant à regret.

*

Ils répétèrent ce rituel tous les soirs, hormis une soirée où Aurélia dut dîner chez le maire avec sa famille et deux ou trois autres où Antoine ne put se soustraire à ses obligations liées au cirque. Installés sous le noisetier, ils se racontaient leurs vies en grignotant des pralines ou en buvant un peu de vin, entrecoupant leurs récits de baisers fougueux. D'un tempérament rebelle, Antoine devenait véhément lorsqu'il évoquait son aversion pour la bourgeoisie, responsable selon lui de tant d'inégalités sociales. Quand Aurélia lui demandait ce qu'il pensait des rumeurs concernant une guerre, il s'emportait tout autant, arguant que les dirigeants étaient bien capables de se lancer dans un nouveau conflit juste parce que l'industrie de l'armement rapportait de l'argent. Si son caractère contestataire plaisait particulièrement à la jeune fille, envers elle, il se montrait le plus doux des hommes. Il la respectait sans chercher à abuser d'elle, même quand ses mains s'attardaient plus longuement sur sa peau à mesure qu'ils apprenaient à se connaître. Bien qu'ils conservent leur idylle secrète, Aurélia avait toutes les peines du monde à dissimuler les mille émotions que le jeune homme faisait naître en elle. En sa compagnie, chaque centimètre carré de son épiderme était électrisé, et le reste du temps elle se sentait pleine d'une énergie sans précédent. Sa bonne humeur soudaine n'avait pas échappé à Marie, qui la bombardait de questions pour essayer de comprendre ce qui rendait sa sœur si guillerette.

— Aurais-tu rencontré un garçon ? J'ai remarqué que tu utilises mon parfum, tu sais.

Aurélia esquivait par une habile pirouette et se réfugiait dans sa chambre. Assise sur la banquette de fenêtre, elle tentait de lire pour oublier les heures qui s'égrenaient trop lentement sur la pendule, ou s'épanchait dans son journal, décrivant le bien-être absolu qu'elle ressentait en la présence d'Antoine. Elle répondait également aux lettres de Madeleine, qui s'ennuyait fermement sans elle et partirait bientôt avec sa mère en villégiature sur la côte basque. Deux semaines s'écoulèrent ainsi, dans un bonheur quasi parfait.

Le premier dimanche d'août, il était un peu plus de dix-huit heures quand Aurélia poussa la grille de la maison, talonnée par Louis. Sachant que ce soir-là elle ne pourrait pas retrouver Antoine, qui avait promis son aide à la ménagerie, elle avait décidé d'embarquer son neveu au cirque pour la représentation de l'après-midi. Le déluge tombé la veille les avait également empêchés de se voir, si bien qu'elle se languissait de lui. Deux soirs d'affilée l'un sans l'autre, c'était trop. Sous son maquillage de Charley, Antoine avait presque perdu ses moyens en la reconnaissant parmi le public. À la fin, il s'était débrouillé pour se procurer une rose, qu'il lui avait ensuite tendue en déclarant bien fort :

— C'est que les filles sont fort jolies, par ici ! Ce soir, le clown au cœur tendre n'est plus Badin, mais Charley ! Merci, mesdames et messieurs !

La rose piquée sur le décolleté de sa robe, Aurélia souriait encore en arrivant dans la cour et devisait joyeusement avec Louis. Le petit garçon ne se lassait pas du cirque.

— On y retournera encore, dis ? J'adore voir les ours. Et puis les clowns. Toi aussi, tu les aimes beaucoup, ajouta-t-il en désignant la rose.

Amusée, Aurélia lui ébouriffa les cheveux. Mais son cœur s'affola en découvrant son père en train de charger une valise dans la voiture, garée devant la porte de la maison. Ils n'allaient tout de même pas déjà rentrer à Paris, pas si tôt ?

— Papa ? lança-t-elle en s'efforçant de recouvrer son calme.

Refermant la portière de la Bugatti, Léandre leva la tête vers sa fille. Son air embarrassé n'annonçait rien de bon.

— Ah, te voilà ma chérie, lui dit-il. J'attendais justement ton retour.

— Pourquoi ? Que se passe-t-il ?

Ne m'emmène pas loin d'Antoine, pitié ! songea-t-elle en refoulant les larmes qui menaçaient de lui monter aux yeux.

— Écoute, reprit Léandre d'un ton précautionneux, j'ai reçu un coup de téléphone et je dois me rendre à Paris pour traiter quelques affaires. Je sais que tu n'aimes guère la campagne, et cela m'ennuie, mais je ne vais pas pouvoir t'emmener avec moi, alors il vaut mieux que tu restes avec ta sœur.

Aurélia ravala un soupir de soulagement.

— Ça ne fait rien, papa. Au fond, je m'amuse plutôt pas mal, ici.

Elle sourit en réalisant que, pour la première fois, peu lui importait de ne pas être à Paris, pourvu qu'elle ne soit pas séparée d'Antoine. Cela lui semblait dingue, d'autant plus qu'ils ne se connaissaient que depuis quinze jours, mais elle avait l'impression de ne plus pouvoir vivre sans lui. Le cirque devant quitter le village dans une semaine, elle avait d'ailleurs songé à une solution pour rester avec le jeune homme : se faire recruter parmi la troupe. C'était une occasion à saisir. Il lui faudrait certainement faire preuve d'une grande audace pour convaincre à la fois le directeur et son père, mais cela en valait la peine, et elle comptait sur le soutien d'Antoine.

Le mardi soir, ils étaient tous les deux tendrement enlacés au bord de l'eau quand Aurélia décida de lui en parler :

— Tu sais, commença-t-elle, j'ai bien réfléchi.

— Ah oui ? À quel sujet ? s'enquit-il, le nez enfoui dans son cou.

— À propos de nous deux. Le cirque va bientôt plier bagages et…

Le jeune homme se figea, avant de se redresser pour la regarder.

— Oh, fit-il, dépité. Tu veux qu'on arrête de se fréquenter, c'est ça ?

— Mais non, idiot ! s'exclama-t-elle. Au contraire, je veux tout faire pour que nous restions ensemble. Comme tu le sais, j'ai longuement pratiqué la danse, qui est pour moi une véritable passion. Alors j'ai pensé que ton directeur pourrait m'embaucher, qu'en dis-tu ?

Antoine resta muet, la fixant d'un air abasourdi. Décontenancée par son absence de réaction, Aurélia reprit d'une petite voix :

— J'ai cru que ça te ferait plaisir. Me serais-je trompée ?

Antoine secoua la tête.

— Je… Aurélia, en es-tu sûre ? J'aime être avec toi, mais une carrière dans le cirque implique de très grands sacrifices. Tu ne verrais plus que rarement ta famille, ce sont des voyages incessants, et de plus, il n'est pas dit que ton père y consente…

— Peu importe l'avis de mon père, le coupa-t-elle. Aussi fou que ça puisse paraître, je t'aime, Antoine, tu comprends ? Je te suivrais au bout du monde, si tu me le demandais.

— Aurélia, soupira-t-il en lui caressant la tempe, quel genre d'égoïste serais-je si je te demandais ça ?

Aurélia pressa sa joue au creux de sa main, parsemant une pluie de baisers sur chacun de ses doigts.

— Alors c'est moi, qui te le demande : emmène-moi avec toi.

Une étincelle fiévreuse passa dans l'expression d'Antoine, qui s'empara de son visage et l'embrassa furieusement. Il la serrait si fort contre lui que, tout à coup, elle sut qu'elle ne pouvait plus, ne voulait plus résister à cette vague de désir qui la submergeait chaque fois qu'il posait les mains sur elle.

— Attends, souffla-t-elle, haletante.

Elle recula d'un pas et, pudiquement, entreprit de défaire les boutons de sa robe.

— Bon sang, que fais-tu ? murmura-t-il d'une voix rauque frémissante de désir.

— Je vais me baigner, répondit-elle sur le même ton. Tu viens ?

Elle frissonna tandis qu'Antoine contemplait à présent son corps nu, comme s'il voulait en graver chaque courbe dans sa mémoire. Aurélia lui tendit la main et, après deux secondes d'hésitation, il lui offrit la sienne en retour.

De longues minutes plus tard, quand ils remontèrent sur la rive, encore pantelants des sensations merveilleuses qui avaient embrasé leurs deux corps unis l'un à l'autre, Aurélia se pelotonna contre Antoine, dont le torse imberbe était encore humide de leur séjour prolongé dans l'eau.

— Ton père va me tuer, si tu pars avec moi, dit-il, ses doigts lui caressant lentement l'épaule.

— Je te le présenterai, il comprendra.

— Ce serait mieux pour nous deux, oui.

— C'est si bon, d'être avec toi, lui murmura-t-elle au creux de l'oreille.

Seul un léger ronflement paisible et bienheureux lui répondit.

Le lendemain, c'est une Aurélia particulièrement guillerette qui s'apprêtait à sortir, quand Marie la retint.

— Tu vas encore crapahuter ? J'aimerais que tu ne t'éloignes pas trop, on ne sait jamais par les temps qui courent.

Aurélia réprima un geste d'impatience.

— Tu sais bien que je ne vais jamais très loin. Je pousse tout au plus jusqu'au bas des prés.

Jetant un coup d'œil vers le salon, où Gauthier était plongé dans la lecture du journal, Marie entraîna sa sœur dans le jardin et s'assit sur une chaise, posée sous un rosier grimpant le long d'une treille.

— Tu peux me le dire, si tu fréquentes quelqu'un, Aurélia. Moi aussi j'ai eu dix-huit ans. À l'époque, j'aurais aimé pouvoir parler à une mère ou à une grande sœur.

L'espace d'un court instant, Aurélia fut tentée de se confier, mais elle se ravisa. La veille, juste avant qu'ils ne se séparent, Antoine lui avait promis de parler au directeur du cirque afin qu'elle le rencontre. Ce dernier n'avait rien contre les couples qui se formaient, à condition que les nouveaux venus aient quelque chose à apporter à la troupe. Ce sens des affaires aiguisé arrangeait Aurélia : quitte à partir, autant qu'elle ne se retrouve pas sans rien. Elle avait assez confiance en ses talents de danseuse pour être convaincue qu'elle saurait trouver sa place. Et si cela ne suffisait pas, alors elle apprendrait à soigner les animaux. Aucune tâche ne la rebutait, tant qu'elle était avec Antoine. Mais elle ne pouvait pas le dire à sa sœur, pas maintenant. Marie était si raisonnable qu'elle essaierait à coup sûr de la faire changer d'avis.

— Tu t'imagines trop de choses, répondit-elle en espérant que son mensonge ne se lisait pas dans son regard. Je ne vois personne.

Marie lui sourit avec indulgence.

— Bien. Fais quand même attention à toi. Gauthier a entendu dire que la fille du boulanger s'est compromise avec un funambule. Il paraît que son frère, le Gros Bébert, était dans tous ses états et les a menacés de représailles.

— Ah bon ? Ça s'est terminé comment ?

— Oh, apparemment le maire est intervenu et a sommé le cirque de partir.

Aurélia sentit son sang se figer.

— Quoi ? articula-t-elle, soudain glacée.

Sans attendre la réponse de Marie, elle courut en direction de la rivière. Hors d'haleine, elle dévala le talus qui menait à la berge. Un terrible pressentiment lui noua l'estomac quand elle constata qu'Antoine n'était effectivement pas là.

— Non ! Non, non ! souffla-t-elle dans une supplication incrédule.

Son regard tomba alors sur un papier maintenu en place par une grosse pierre au pied du noisetier. En dépit de la chaleur, une sueur froide se mit à lui couler le long de l'échine. Elle se pencha pour se saisir de la feuille pliée en deux et la déplia, les doigts tremblants. Il s'agissait d'une lettre, qui lui était adressée. Prenant une profonde inspiration pour se donner du courage, elle lut :

Ma tendre Aurélia,

C'est le cœur en miettes que je t'écris ces quelques mots. Notre campement doit partir plus tôt que prévu. Je t'avais parlé de cette fille que Firmin a ranimée après son évanouissement - visiblement, ils se sont revus plusieurs fois. Son frère, un type bâti comme un bœuf, les a surpris ensemble et il prétend que sa sœur a été déshonorée. Il a menacé, je cite, de « foutre le feu au cirque pour nous faire brûler comme de la paille ». Et il l'aurait fait, c'est sûr. Le directeur a voulu calmer le jeu, mais ce gars était incontrôlable. Le maire est intervenu pour nous ordonner de mettre les voiles sur-le-champ, sans quoi il nous enverrait les gendarmes. Nous n'avons pas eu le choix. Tu vas tellement me manquer, mon amour ! J'aurais aimé te serrer une dernière fois contre moi, mais on nous a demandé de rassembler nos affaires sans attendre, si bien que j'ai tout juste le temps de t'écrire cette lettre que, j'espère, tu trouveras. C'est dur, et pourtant je me dis qu'en un sens, ce n'est peut-être pas plus mal ainsi. Tu mérites mieux, beaucoup mieux que cette existence de saltimbanque. Nous nous retrouverons, Aurélia, j'en suis aussi certain que nos âmes sont destinées à s'aimer. Consacre-toi à tes rêves et, même si tu ne m'attends pas, n'oublie jamais le lien incroyable qui nous a unis durant ces deux semaines merveilleuses. Les plus belles de ma vie.

Je t'embrasse aussi fort que je penserai chaque jour à toi,

Antoine

Anéantie, Aurélia s'écroula à genoux dans l'herbe. Un sanglot déchirant s'échappa de sa poitrine tandis qu'un torrent de larmes dévalait le long de ses joues. Comment était-ce possible ? Elle pleurait si fort qu'elle n'entendit pas sa sœur arriver. Elle apprendrait plus tard que, s'étant inquiétée de la voir partir en catastrophe, Marie l'avait suivie. C'est en sentant la main légère posée sur son dos parcouru de tremblements qu'Aurélia se rendit compte de sa présence.

— Il est parti sans moi…, hoqueta-t-elle.

Les jours qui suivirent passèrent dans une sorte de brouillard. Chaque soir, Aurélia s'endormait en se promettant de ne plus s'apitoyer sur son sort, mais elle n'y parvenait pas. Elle se réveillait en pleurs à trois ou quatre heures du matin et se levait pour entrouvrir la fenêtre de sa chambre et respirer l'air qui embaumait les roses du jardin et le foin de la campagne environnante. Invariablement, elle espérait voir Antoine surgir là, au milieu de la nuit, pour venir la chercher et l'emmener avec lui. Mais bien sûr, cela ne se produisait pas, et elle se sentait trahie. De leurs douces soirées au bord de la rivière, il ne lui restait rien d'autre que son chagrin et le souvenir de ce sourire espiègle qui l'avait tant fait vibrer.

Marie ne lui avait presque pas demandé d'explications. Oscillant entre compassion et déception, elle avait seulement soulevé le risque d'une potentielle grossesse.

— Antoine a fait attention, lui avait assuré Aurélia, essuyant une nouvelle larme sur ses joues.

— C'est une bonne chose. Je sais que tu te sens dévastée, mais tu finiras par trouver la force d'avancer à nouveau, crois-moi.

Aurélia s'était pincé les lèvres pour s'empêcher de lui demander d'un ton acerbe ce qu'elle pouvait bien en savoir, elle qui filait le parfait amour avec Gauthier depuis tant d'années. Mais Marie ne méritait pas son courroux, alors au lieu de déverser sur elle sa colère et son chagrin, elle lui fit jurer de ne rien raconter à leur père. Lorsque ce dernier rentra de Paris, après plus de dix jours d'absence, il arborait une mine sombre et préoccupée, restant de longues heures enfermé dans le jardin d'hiver dont il avait fait son bureau. Il ne remarqua même pas la tristesse d'Aurélia.

— Que se passe-t-il, Léandre ? se décida enfin à lui demander Gauthier, un matin où les facéties du petit Louis l'avaient une fois de plus laissé de marbre.

Léandre poussa un soupir las. Aurélia le regarda longuement ; il lui semblait que ses larges épaules s'étaient affaissées et que le sillon entre ses deux sourcils s'était davantage creusé.

— Je suis désolé, je ne voulais pas vous tourmenter avec ça... J'ai profité de mon séjour à Paris pour m'entretenir avec une de mes connaissances, qui officie au ministère de la Guerre. Hitler veut absolument annexer Dantzig. La guerre ne va pas tarder.

— Je ne comprends pas, en quoi est-ce que cela nous concerne ? intervint Marie.

— Il va s'en prendre à la Pologne, ce n'est qu'une question de jours. Notre pays s'est engagé à fournir une aide militaire quand cela arrivera. Les réservistes de l'armée se tiennent prêts.

— Mais les adversaires de Hitler imposeront rapidement la paix, il ne peut en être autrement, non ? espéra Gauthier.

— J'admire ta confiance et je souhaite que tu aies raison, conclut gravement Léandre. Seulement, ce peintre de pacotille semble avoir bien préparé son armée, c'est ce qui me fait redouter le pire.

Un peu plus tard, alors qu'Aurélia tournait en rond dans sa chambre, elle reconnut la voix étouffée de sa sœur, qui discutait dehors avec leur père. En s'approchant de la fenêtre, elle vit que Marie semblait fort agitée.

— Et Dominique ? l'entendit-elle demander à Léandre d'un ton très inquiet. Si jamais Rolf retrouve notre trace…

— Ça ne craint rien, l'interrompit son père. Hitler est belliqueux, mais il ne sera pas assez fort pour nous envahir. Tu n'en as parlé à personne, n'est-ce pas ?

— Enfin, pour qui me prends-tu, papa ? Je n'ai rien dit à Aurélia quand elle m'a fait part de ses doutes à ton sujet, tu peux avoir confiance en moi.

— Je le sais, ma chérie… Ta sœur ne t'en a pas reparlé ? J'ai craint que mon départ pour Paris ne lui mette la puce à l'oreille.

— Ne t'en fais pas, elle était trop occupée à… Je crois qu'elle s'est fait des copines au village.

— Bien, très bien, approuva Léandre.

Ces propos laissèrent Aurélia l'esprit bruissant de questions, la ramenant à cette soirée au manoir des Carlier. Ainsi, Marie était donc au courant des activités de leur père ? Curieusement, Aurélia ne se sentait pas froissée. Juste étonnée. Qui donc était Dominique ? Un ami de Marie ? Un nom de code pour un autre espion ? À sa connaissance, personne parmi leurs proches ne se prénommait ainsi.

La suite des événements se chargea cependant de lui faire mettre ses interrogations de côté. Moins de deux semaines après cette étrange conversation, alors qu'août laissait sa place à septembre, Hitler s'empara de la Pologne et la mobilisation générale fut décrétée à travers tout le pays. Bouleversée à la lecture de l'affiche appelant des millions d'hommes sous les drapeaux, le seul refuge que trouva Aurélia fut ce coin de rivière qui avait abrité son bonheur si furtif. Antoine était forcément mobilisé, lui aussi. Cette pensée ne fit qu'ajouter à sa peine. Les yeux perdus dans l'eau doucement agitée par la brise, elle resta un moment assise sous le noisetier, face à ce paysage si paisible alors que tout son monde semblait vouloir s'écrouler.

Le lendemain, la France déclarait la guerre à l'Allemagne.

13

Lisa, 2018.

— Coucou ! J'espère que je ne vous dérange pas.

La voix de Pauline nous tire de notre lecture, nous propulsant brusquement dans le présent. Ma mère referme le carnet et le replace aussitôt dans le coffret.

— Ah, c'est toi ! dis-je en me relevant. Tu ne déranges pas, nous étions juste en train de… de trier des affaires de famille. Au fait, voici ma mère.

Pauline s'avance vers maman et lui serre chaleureusement la main.

— Enchantée, madame. Moi c'est Pauline, voisine et amie à plein temps, baby-sitter occasionnelle et accessoirement fournisseuse de fruits et légumes, énumère-t-elle avec humour.

Ma mère ébauche un sourire. Je l'avais prévenue que mon amie a tendance à s'exprimer par des phrases à rallonge.

— J'ai entendu parler de vous, en effet. Mais je vous en prie, appelez-moi Cécile.

— Entendu, acquiesce Pauline, avant de reporter son attention sur moi. Je t'ai aperçue dans le jardin, en arrivant, alors je me suis permis de passer. J'ai tes fraises, il y en a assez ?

— Merde ! Je n'ai pas fait la pâte, pour la tarte !

Absorbée par la lecture du journal d'Aurélia, j'ai complètement oublié que je devais me charger du dessert.

— Je peux encore m'en occuper, intervient ma mère. Il n'est que seize heures, ce n'est pas trop tard.

J'acquiesce avec soulagement.

— Oh oui, merci ! Je t'aurais bien proposé de boire un thé avec nous, Pauline, mais je vais bientôt devoir récupérer Tim à l'école.

— Oh, non, de toute façon je n'ai pas le temps moi non plus. Ma pause est presque terminée, il faut que je retourne à la pharmacie, et ensuite Mehdi et moi passons chercher mon père pour la fête de la musique.

— Tu me diras si c'était bien.

La présence de ma mère m'empêche de lui demander si les choses se sont un peu tassées, avec Mehdi. Je ne voudrais pas la mettre mal à l'aise.

— Je te raconterai tous les potins, à condition que tu me gardes une part de tarte, me répond-elle.

— Marché conclu !

J'ai à peine le temps de la remercier pour les fraises qu'elle file comme une flèche.

— Elle a l'air très sympa, approuve ma mère.

— Oui, j'ai de la chance de pouvoir compter sur elle en toutes circonstances. Alors, dis-je en reportant mon regard sur le coffret, qu'est-ce qu'on fait de ce carnet ?

Maman rouvre le petit coffre afin d'en extraire le journal, qu'elle se met à fixer avec la plus grande attention.

— Je ne sais pas, soupire-t-elle au bout d'un moment. Je ne comprends pas pourquoi personne ne m'a jamais parlé d'Aurélia. C'est certainement elle, sur ces photos.

Observant de nouveau les clichés, je ne peux qu'abonder dans son sens. Aurélia était donc la tante de mon grand-père. Comment se fait-il qu'il ne l'ait jamais mentionnée ? Sauf si…

— Se pourrait-il que ce soit elle et non Marie qui ait fricoté avec un Allemand ?

Maman repose le carnet en secouant la tête.

— Ce ne serait pas logique. La photo où Marie apparaît au bras de ce militaire est sans équivoque.

— « Ma magnifique Marie », je répète en détaillant une nouvelle fois le cliché. Il s'est forcément passé quelque chose, mais quoi ? Et puis, quel est le lien entre Aurélia et la casquette cachée dans ce coffre ?

Maman secoue la tête.

— Aucune idée… À moins qu'Aurélia ne se soit attiré des ennuis en découvrant que son père était un espion, qui sait ?

— Ça aussi, c'est incroyable. Tu étais au courant, toi ?

— Non, ton grand-père m'a seulement dit que Léandre était un chanteur célèbre à son époque. Il m'a montré quelques disques, quand j'étais gamine. Rien de plus. Je ne l'ai pas connu, je n'avais guère plus de deux ans quand il est mort, peu après Marie.

Je soupire, songeuse.

— À l'évidence, notre passé comporte pas mal de zones d'ombre.

Je laisse passer un silence, afin de mieux assimiler tout cela. Puis, relisant au hasard une page du journal d'Aurélia, je ne peux m'empêcher de ressentir une certaine tristesse pour son histoire avortée avec Antoine. Leur amour aurait pu être merveilleux, s'ils n'avaient pas été séparés à cause d'un crétin porté sur la bibine. C'est alors qu'une nouvelle hypothèse prend forme dans mon cerveau.

— Et si Aurélia avait trouvé un moyen de rejoindre le cirque ?

Particulièrement sensible à la condition animale, ma mère peine à contenir une grimace.

— C'est possible, mais je ne l'espère pas. Tu as lu toi-même les descriptions : ces pauvres éléphants obligés de s'agenouiller pour amuser la galerie… Quelle souffrance cela devait être pour eux ! Ça me révulse.

— C'était une autre époque, maman. Dieu merci, les choses tendent à évoluer, les consciences se réveillent. Quant à Aurélia, la seule façon de savoir ce qui lui est arrivé est de reprendre notre lecture dès que possible…

— Tu as raison, mais…

Elle s'interrompt, hésitante.

— On doit en parler à ton grand-père. Le chef de chantier va lui détailler le déroulé des travaux, c'est inévitable. Et s'il connaissait cette pièce cachée, il se rendra compte que tu as pris le coffret.

Flûte, je n'avais pas du tout pensé à ça ! Il est pourtant plus que probable que Loulou m'en voudra s'il apprend que je me trouvais sur place au moment où on a découvert la mansarde et que je ne lui en ai rien dit. Cette pièce cachée, ce n'est pas anodin. J'aimerais croire qu'il n'est au courant de rien, mais en cet instant, son obstination systématique à refuser d'évoquer le passé ne parle pas en sa faveur.

— On ne peut pas lui balancer ça ce soir alors qu'Annette dîne avec nous… Ça va plomber l'ambiance…

Ma mère acquiesce tout en rangeant le carnet dans le coffret.

— Attendons demain, quand Tim sera à l'école.

— Ce sera mieux, oui. En parlant de Tim, j'ajoute en consultant ma montre, il termine dans un quart d'heure, il faut que j'y aille. Je vais planquer tout ça dans mon bureau, au passage, ça évitera que Loulou tombe dessus.

— Bien sûr, ma chérie, vas-y. Je m'occupe de la tarte.
— Merci.

*

Quatre heures plus tard, nous sommes tous installés dans le jardin, profitant de la lumière dorée de ce premier soir de l'été. Tandis que nous venons de terminer l'apéritif, Annette découpe plusieurs parts du pâté berrichon qu'elle a apporté, incontournable spécialité de la région.

— Voilà des années que je n'en ai pas mangé ! salive ma mère, quand l'amie de mon grand-père lui tend son assiette.

À la vue de la viande bien grasse et des œufs durs qui débordent de la pâte feuilletée, je me fais la réflexion que Pauline a bien fait de ne pas se joindre à nous. Elle aurait eu une syncope.

— Pourquoi tu rigoles, maman ? m'interroge Tim en attaquant déjà sa part.

— Oh, pour rien. J'imaginais juste la tête de Pauline si elle était restée avec nous.

— Elle est végétarienne, c'est ça ? s'enquiert ma mère.

La bouche pleine, je hoche la tête.

— Oui, elle mange encore des œufs, mais la viande elle ne peut plus. Elle a grandi entourée de chevaux et considère les animaux comme ses amis.

Mon grand-père se tourne vers ma mère et lui adresse un clin d'œil.

— Toi aussi tu adorais les chevaux, Cécile, tu te souviens ? Il y avait cette jument alezane, chez Nénette…

— Bibiche, complète l'interpellée.

— Une brave bête, tu voulais toujours monter dessus quand tu étais gamine.

— Oui, je m'en souviens, opine ma mère. C'est grâce à Bibiche que je me suis ensuite inscrite au centre équestre.

Tim la dévisage de ses yeux ronds.

— Ah bon, tu faisais du cheval, mamie ?

Ma mère acquiesce silencieusement, un doux sourire aux lèvres.

— Elle a même remporté des compétitions de sauts d'obstacles, s'enorgueillit Loulou.

Cette fois, c'est moi qui ne dissimule pas mon étonnement :

— Tu ne m'avais jamais raconté ça, maman. C'est super !

— Oh, il n'y a pas non plus matière à se vanter, minimise-t-elle. Je devais avoir entre douze et quatorze ans, à l'époque.

— Oui, enfin tu as été passionnée par les chevaux dès l'âge de quatre ans, rétorque Annette. Tu ne montes plus, je présume ?

— Non, c'est très loin tout ça.

Il me semble déceler une pointe de regret dans sa voix. Or je n'ai pas le temps de la questionner, car Annette nous sert d'autorité une seconde part de pâté.

— Il faut le finir, insiste-t-elle en nous entendant protester. C'est moi qui l'ai fait, alors il se conservera moins bien que ces machins industriels qu'ils vendent au supermarché.

— On a une tarte pour le dessert, ça va faire beaucoup, lui oppose ma mère.

Annette la contemple par-dessus ses lunettes en faisant la moue. Un réseau de fines rides se creuse de chaque côté de sa bouche.

— Sans vouloir t'offenser, Cécile, tu as besoin de te remplumer. Tu es devenue maigre comme un coucou, il faut manger maintenant que tu es là.

Un ange passe. Je termine mon verre d'eau, dont il ne reste qu'un fond ridicule, tandis que ma mère triture sa tourte du bout de la fourchette. Pendant ce temps, Tim nous jette tour à tour des coups d'œil furtifs. Mon grand-père toussote un grand coup, puis il se lève en annonçant qu'il va allumer le lampadaire extérieur.

— Il va bientôt faire aussi noir que dans le cul d'une vache, on n'y voit presque plus rien.

Ce qui est faux, le ciel est en train de se teinter d'un joli dégradé de rose et d'orangé, mais je me garde bien de la moindre réflexion. Quand il nous rejoint, un grand blanc plane toujours autour de la table et Annette, qui s'est sans doute rendu compte du malaise, ne quitte plus la toile cirée des yeux. Ma mère brise alors le silence en proposant d'aller chercher le dessert.

— Je viens t'aider, mamie ! déclare Tim en se redressant d'un bond.

Une fois qu'ils ont tous les deux disparu à l'intérieur de la maison, Loulou se penche vers Annette.

— Faut faire attention à ce que tu dis, Nénette, lui chuchote-t-il en prenant soin d'appuyer sur les mots. Elle va s'en relever, ma gamine, mais ça va lui demander du temps.

— Je ne voulais pas la brusquer, se défend la vieille dame d'un air sincèrement désolé. C'est pour son bien que je disais ça.

Elle paraît si embêtée que je lui renvoie un sourire compréhensif.

— Évidemment que ça partait d'une bonne intention. C'est juste que certaines choses sont encore un peu délicates, et rappeler à maman combien elle a maigri en fait partie. Fatalement, ça la replonge dans les mauvais moments.

Nous nous taisons en les voyant revenir, Tim portant les assiettes à dessert, ma mère la jolie tarte qu'elle a confectionnée un peu plus tôt. La déposant au centre de la table, elle nous jette un regard lourd de sens.

— Vous savez, j'aimerais mieux que vous arrêtiez de prendre autant de pincettes avec moi, déclare-t-elle d'un ton très calme. En faire un tabou ne changera pas ce qui s'est passé.

Annette sourit faiblement.

— Excuse-moi, j'ai été maladroite.

— Non, au contraire. C'est gentil de vouloir me protéger, continue-t-elle en se tournant vers Loulou, mais je suis plus solide que j'en ai l'air. Ça ne sert à rien de vous forcer à surveiller chacun de vos mots par peur de me froisser, c'est aussi gênant pour vous que pour moi.

En face d'elle, mon grand-père semble pris de court. De mon côté, je me sens un peu minable d'avoir décrété que nous devions faire preuve d'encore plus de tact. Je me rends bien compte que nous manquons surtout de naturel.

— Je suis tout à fait d'accord avec toi, Cécile, déclare Annette. Ce que tu as vécu est terrible, mais tu n'as jamais été du genre à t'apitoyer sur ton sort, n'est-ce pas ?

Loulou lui fait les gros yeux, sans doute persuadé que ma mère va se refermer. Or, celle-ci hoche la tête.

— Je ne vais pas prétendre que je ne suis pas brisée, ce serait faux, dit-elle d'une intonation vacillante. Je ne dors pas la nuit parce que j'ai peur, et il m'arrive encore parfois de penser que c'est moi la coupable de l'histoire, mais j'ai envie d'avancer. C'est la seule chose dont je sois certaine.

La pomme d'Adam de mon grand-père monte et descend tandis qu'il déglutit.

— C'est bien, ma fille, balbutie-t-il. On fera tout ce qu'on pourra pour t'aider, je te le promets.

La larme à l'œil, je les regarde se sourire.

— Merci, lui dit maman. En fait, j'envisage de chercher du travail. Ce serait déjà un pas en avant.

Je la dévisage, quelque peu circonspecte. Bien que je sois tentée de l'encourager, cette initiative me paraît prématurée.

— Tu es sûre d'être prête pour ça ? Rien ne presse, tu peux encore te reposer quelque temps.

Elle ne répond pas immédiatement, entreprenant de couper la tarte pour s'occuper les mains.

— Je ne dis pas que je vais faire le tour des magasins dès demain avec mon CV, mais j'en ai un peu marre de tourner en rond, ce n'est pas ce à quoi j'aspire. La psy qui m'a suivie est plutôt d'accord sur ce point ; plus j'attendrai, plus ce sera compliqué.

— Tu as l'intention de retourner dans un collège ? l'interroge Loulou, lui aussi sur la réserve.

Comme mon père, maman était effectivement enseignante avant que sa vie ne tourne au cauchemar. M'avoir eue très jeune ne l'avait pas empêchée de reprendre ses études pour devenir professeure de musique.

— Non, admet-elle. Je n'ai ni le courage d'affronter des adolescents, ni l'envie d'être envoyée Dieu seul sait où. Je préfère rester ici, auprès de vous. Je vais réfléchir à ce qu'il y aurait de mieux pour moi, quitte à travailler quelques heures par semaine pour commencer. Ce serait un bon début.

— Il vaudrait peut-être mieux que tu vois un kiné avant, non ? objecte Loulou en désignant son attelle d'un mouvement du menton.

— C'est prévu. Comme je le disais hier à Lisa, mon poignet est presque remis, alors ça n'entravera en rien mes projets.

— Tu es vraiment sûre que ce n'est pas trop tôt ? marmonne-t-il.

Il a l'air presque plus anxieux que maman, qui secoue la tête.

— Papa ! Cela fera presque deux mois que j'ai quitté Florian. J'ai besoin de tout mettre en œuvre pour rebondir, mais pour cela vous devez arrêter, tous autant que vous êtes, de me considérer comme une petite chose fragile. D'accord ? conclut-elle en levant le menton d'une expression de défi.

Incapable de parler sous peine de me mettre à pleurer, je lui réponds par un sourire ému. Je suis tellement fière de la voir résolue à prendre un nouveau départ malgré ce qu'elle a enduré !

— D'accord, capitule Loulou.

Annette lui tapote délicatement le bras, dans une approbation muette. Puis, la voix de Tim vient nous rappeler à l'ordre :

— On peut manger le dessert, maintenant ?

14

MOI QUI ESPÉRAIS RATTRAPER MA NUIT PRÉCÉDENTE, c'est peine perdue. Alors que toute la maisonnée ronflote paisiblement, mon cerveau semble décidé à se livrer à un minutieux détricotage de la journée passée. Si les projets de ma mère me rassurent quant à son état d'esprit, en revanche je ne sais que penser de la découverte de l'existence d'Aurélia. Ça me taraude tellement que je suis à deux doigts de me relever pour continuer à lire son carnet. Seule la présence de Loulou dans la pièce d'à côté m'en dissuade ; ce serait un coup à ce qu'il soit pris d'une envie pressante et me grille avec le carnet entre les mains. En attendant, je ne cesse de cogiter sur ce qui a pu se produire pour que le nom d'Aurélia ait été banni de l'histoire familiale. J'ai beau convoquer ma mémoire, je n'ai pas le moindre indice. J'en viens à me demander si, le cœur brisé par le départ d'Antoine, elle n'aurait pas commis un acte désespéré en se jetant dans la rivière. À la suite de quoi, Marie n'aurait plus été la même et aurait succombé à un soldat allemand. Mais non, ça ne colle pas puisque Aurélia a continué d'écrire dans son journal. Immobile dans le silence, je laisse mes pensées s'entrechoquer les unes contre les autres, jusqu'à ce que le sommeil me cueille enfin, aux environ de deux heures du matin.

Autant dire que le lendemain, le réveil est rude. De retour de l'école après avoir déposé Tim, je m'assieds dehors avec mon grand-père, qui prend son petit déjeuner seul.

— Maman n'est pas encore debout ?

— Non, on dirait bien qu'elle est partie pour faire le tour de la pendule.

Voilà qui n'arrange pas mes affaires. J'aurais bien aimé aborder l'épineux sujet du coffret dès ce matin, et qu'elle soit là pour m'épauler en ce moment fatidique. Je m'agite sur ma chaise tandis qu'il poursuit :

— Elle avait besoin de se reposer après la soirée d'hier, elle a perdu l'habitude.

Il a raison, bien sûr. Si je suis loin de me représenter tout ce que ma mère a subi, je me doute que passer d'un endroit où elle était isolée et apeurée à ma maison joyeuse où passe toujours du monde doit être quelque peu déstabilisant.

— C'est vrai, c'est un sacré changement pour elle. En tout cas, c'est bon signe qu'elle veuille à nouveau travailler.

— Oui, mais nous devrons être attentifs. Son moral risque de fluctuer, ces prochains jours.

— Comment ça ?

Il repose son bol et s'éclaircit la voix.

— Eh bien, j'ai lu quelques petites choses sur les violences conjugales. Un jour elle sera prête à gravir des montagnes, pour se sentir abattue le lendemain. Ça fait partie des mécanismes de reconstruction.

— D'accord, c'est presque comme un deuil, en définitive. C'est différent, bien entendu, mais j'ai connu ce genre de phases après… après le décès de Bastien.

Un court silence ponctue ma phrase.

— Je ne voulais pas réveiller des souvenirs pénibles, s'excuse mon grand-père.

— Non, ça va.

Prononcer à voix haute le prénom de Bastien résonne toujours de façon un peu bizarre en moi, mais je ne ressens plus cette douleur abominable qui me lacérait le cœur chaque fois que je pensais à lui, au cours des deux premières années. Si Bastien laissera à jamais une trace indélébile en moi – se remet-on réellement de la mort de son premier amour ? –, je ne peux plus être totalement triste en songeant à tout ce chemin parcouru main dans la main avec Tim, cette lumière qu'il a semée derrière lui comme le plus merveilleux des cadeaux.

— Bien, reprend mon grand-père. Je propose qu'on réveille ta mère d'ici une heure si elle est toujours au lit. Mieux vaut rester vigilants.

— Oui, tu as raison. Merci de ce que tu fais pour elle.

Il hausse les épaules avec une apparente désinvolture, mais je ne suis pas dupe : je vois bien qu'il est touché. À vrai dire, je suis épatée qu'il soit parvenu à mettre un voile sur ces huit ans de non-dits entre eux pour l'aider à aller mieux. Connaissant le caractère de Loulou, ce n'était pourtant pas gagné ! Cela me ramène inévitablement à ma trouvaille dans le grenier. Autant tout lui révéler maintenant, au moins ce sera fait. Les mots commencent à se former sur ma langue :

— Loulou, je…

Finalement, ma phrase se heurte à la barrière de mes lèvres, puis opère un demi-tour peu glorieux. Je me tais, regrettant déjà d'avoir ouvert la bouche. Mon grand-père, lui, me contemple, dans l'expectative.

— En fait, je dois aller payer les fraises à Pauline, dis-je en me relevant. Je n'ai pas eu temps, hier.

Sans attendre sa réaction, je file prendre un billet de cinq euros dans mon portefeuille et traverse l'allée de graviers où nous garons nos voitures pour frapper chez mon amie. Elle seule saura me conseiller sur la meilleure façon de parler à mon grand-père. Elle ne s'était pas trompée, la veille de l'arrivée de ma mère, en supposant que tous les deux pourraient repartir sur de nouvelles bases, alors avec un peu de chance, elle me dispensera quelques paroles avisées concernant ma découverte d'hier. Mes espoirs sont toutefois vite douchés, puisque c'est Mehdi qui ouvre la porte.

— Tiens, salut Lisa ! s'exclame-t-il, surpris. Si tu cherches Pauline, elle vient de partir au boulot.

Quelle nouille, j'aurais dû m'en douter ! Je suis bien tentée de lui demander de but en blanc s'il trompe mon amie avec une autre femme, mais je ne suis pas certaine qu'il apprécie la démarche. Je m'efforce donc d'adopter une attitude neutre en lui tendant les cinq euros.

— C'est pour les fraises que Pauline m'a apportées, hier. Elles étaient délicieuses.

— Ah, OK. Mais elle n'acceptera jamais cet argent, tu le sais.

— Il le faudra bien pourtant, puisque je n'ai pas réussi à mettre deux parts de tarte de côté. Les gloutons qui me servent de famille ont tout mangé.

Mehdi m'accorde un sourire.

— Bon, dans ce cas je te laisserai voir directement avec la patronne. J'allais me préparer un café avant de partir, tu en veux un ?

Je n'avais pas l'intention de m'éterniser, mais dans ma tête, j'entends déjà la voix de Pauline m'implorant d'accepter rien que pour tâter le terrain sur son étrange comportement.

— Pourquoi pas ? La nuit a été courte, une dose supplémentaire de caféine ne me fera pas de mal.

Il s'efface pour me laisser pénétrer dans la maison, et je le suis dans la cuisine, que Pauline a peinte d'une flamboyante couleur framboise.

— Alors, quoi de neuf ? dis-je en prenant place sur l'une des chaises dépareillées qui entourent la table en Formica chinée dans un vide-greniers. Ça fait un bail qu'on ne s'est pas croisés.

Il me fait couler un expresso et pose la tasse devant moi.

— C'est vrai, me répond-il. Je bosse d'arrache-pied en ce moment ! C'est curieux mais la demande est de plus en plus forte dans la région.

Mehdi est en effet responsable d'agence dans l'immobilier, à une quinzaine de kilomètres de Châtillon. Tout en touillant mon café, je réplique :

— L'appel de la campagne, que veux-tu ! Avant, le Berry, c'était ringard, maintenant tout le monde veut se mettre au vert.

— Au moins, c'est bon pour les affaires ! Bien que je ne dirais pas non à davantage de temps libre. Entre le travail qui se finit souvent tard et les cours de boxe deux soirs par semaine, c'est à peine si je vois Pauline. Enfin…

Il pousse un soupir résigné, que j'ignore de quelle manière interpréter. Avec le hâle de sa peau que font ressortir ses yeux marron aux reflets verts, et les costumes parfaitement ajustés qu'il enfile chaque jour pour aller travailler, nul doute que Mehdi est un homme séduisant, qui doit s'attirer les convoitises. Pourtant, depuis neuf ans que je le connais, jamais il n'a cherché à jouer de son charme auprès des autres femmes que Pauline et moi connaissons. Je les ai toujours vus tous les deux comme un couple soudé et généreux, parfois original et, bien que je ne partage pas avec Mehdi la forte complicité qui m'unit à Pauline, je ne le considère pas moins comme un ami. Franchement, ça me peinerait d'apprendre qu'il lui est infidèle, d'autant plus qu'elle le vivrait mal.

— Et toi, tu vas bien ? enchaîne-t-il sans transition. Comment ça se passe entre ta mère et ton grand-père ?

C'est gentil de sa part de s'en soucier. Après avoir pris une gorgée de café, je lui réponds :

— Pour l'instant, pas trop mal. L'entente cordiale semble régner. Reste à savoir si ça va durer.

Mon ton lugubre ne manque pas de l'interpeller.

— C'est bizarre, mais tu arbores l'expression exacte d'une gamine qui aurait fait une connerie, observe-t-il.

— Bravo pour ta perspicacité ; c'est tout à fait ce que je ressens. Tu vois, il y a encore une semaine, j'étais persuadée qu'il ne pouvait pas y avoir plus périlleux qu'héberger ma mère et Loulou sous le même toit… Eh bien, si, en fait, il y a pire : mettre au jour un secret de famille en hébergeant ma mère et Loulou sous le même toit.

— Non ? lance Mehdi, les yeux arrondis. Quel genre de secret ?

J'entreprends alors de lui raconter de quelle façon j'ai été amenée à trouver la mansarde dans le grenier, et tout ce qui en a découlé.

— Le truc, c'est que je suis à peu près certaine que mon grand-père connaissait l'existence de cette pièce, et donc du coffret.

— Tu n'es pas obligée de lui avouer que tu as commencé à lire le carnet, si ?

Je secoue la tête.

— Il va se douter que je n'ai pas pu résister, il me connaît… Pourquoi faut-il toujours que je me fourre dans des situations délicates ?

Mehdi me retourne un sourire amusé.

— Tu aurais mieux fait de te poser cette question avant d'embarquer le coffret chez toi.

— Merci, ça me réconforte beaucoup… Et puis comment aurais-je pu deviner ce qu'il y avait dedans ?

— Tu t'inquiètes sans doute pour rien. Ton grand-père était un gamin à cette époque. Je parie qu'il ne se souvient même pas de ce coffret.

Je ne suis pas plus avancée en quittant la maison de Pauline et Mehdi, quelques minutes plus tard. Non seulement j'ignore toujours si Mehdi a quelque chose à se reprocher, mais en plus il a réussi à instiller le doute en moi : se pourrait-il réellement que mon grand-père ait refoulé sa propre tante dans les tréfonds de sa mémoire, au point de l'avoir oubliée ? Dans ce cas, ce qu'ils ont vécu aura sans doute été traumatisant, ce qui ne me réjouit guère plus !

La bonne nouvelle, ainsi que je le constate en rentrant chez moi, c'est que ma mère est réveillée et semble en forme. Comme la veille, elle accompagne Loulou dans le jardin, ce qui me permet de travailler. J'ai beau être motivée, sachant que je serai en vacances une fois que j'aurai terminé, je dois me faire violence pour ignorer le coffret, que j'ai rangé dans un compartiment de mon bureau. C'est comme s'il m'appelait et m'exhortait à continuer de feuilleter le journal d'Aurélia. Je pourrais en profiter, pendant que mon grand-père se trouve dehors, ce serait si simple… Un e-mail d'Alice, l'éditrice à qui je dois remettre ma traduction, me ramène toutefois à la raison. Elle veut savoir si le texte sera bien prêt dans quinze jours. Les six mois dont nous étions convenues arrivent bientôt à leur terme, et il me reste environ une trentaine de pages à traduire. Je devrais y arriver, à condition de ne pas lambiner. Pas question donc de céder à la tentation obsédante du carnet. Forte de cette résolution, je lui envoie un message rassurant, puis, Pierrette roulée en boule sur mes genoux, je me replonge sans attendre dans le manuscrit.

Après le déjeuner, ma mère me fixe avec insistance en débarrassant la table. Pas besoin d'être fine psychologue pour saisir le message : nous devons parler à Loulou, maintenant ou jamais, d'autant plus qu'il a l'intention d'aller vérifier l'avancée des travaux cet après-midi. Nous n'avons plus vraiment le choix. Mais d'abord, je préfère m'assurer de sa bonne humeur. Absorbé par son émission de karaoké qu'il a enregistrée hier soir, il n'a pas ouvert la bouche de tout le repas, sauf pour commenter les prouesses des deux finalistes, si bien que je ne sais pas trop sur quel pied danser.

— Vous avez bien avancé, dans le jardin ? je m'enquiers en sortant des tasses pour le café.

Occupé à passer un coup d'éponge sur la table, mon grand-père hoche la tête vers moi.

— Tu devrais avoir de belles tomates d'ici deux semaines. Les plants étaient bien orientés au soleil.

— Oh, c'est grâce à Pauline. Si elle ne m'avait pas rappelé de faire les semis en mars, j'aurais été capable d'attendre début juillet et de m'étonner ensuite de ne rien avoir pour l'été.

Ma mère retourne s'asseoir, non sans pousser un imperceptible soupir.

— Est-ce que tu veux faire une sieste, avant de passer chez toi ? lui demande-t-elle.

Dis oui, allez !

— Non, pas besoin. La sieste, c'est pour les vieux, répond-il avec humour.

Je grimace malgré moi. En cet instant précis, creuser ma propre tombe me paraîtrait nettement plus amusant. Mes lèvres tremblent tandis que je pose le café sur la table.

— Euh, en fait, à propos de ta maison… Maman et moi avons quelque chose à te dire.

Loulou nous dévisage, l'air inquiet. J'attends que ma mère rebondisse, mais elle se borne à le regarder de côté, sans oser parler.

— Quoi ? nous questionne-t-il. La toiture s'est effondrée ?

Je m'entends ricaner, avec une désinvolture exagérée :

— Oh, non, ce n'est pas si grave, ne t'en fais pas.

— Bon, dans ce cas vous ne pouvez pas en venir au but, au lieu de tourner autour du pot ? Je n'ai jamais été bon danseur.

Oh, et puis zut !

— Je reviens, dis-je en me dirigeant vers mon bureau.

Moins de trente secondes plus tard, sans un mot, je lui montre le coffret, que je tiens entre mes mains. À la façon dont il blêmit, je comprends qu'il sait exactement ce qu'il contient.

— Comment… comment t'es-tu procuré ça ? souffle-t-il d'une voix blanche.

— Les ouvriers m'ont téléphoné hier, quand tu étais à ta belote. Ils avaient besoin d'accéder… à la mansarde dissimulée dans le grenier. Apparemment, l'infiltration venait de là.

Durant quelques secondes, Loulou observe le coffre avec une aversion manifeste. L'espace d'un instant, je redoute qu'il s'évanouisse une nouvelle fois, mais il finit par se ressaisir :

— Bon sang, je n'y avais pas pensé. Pour moi, la mansarde était condamnée.

— Mais pourquoi ? l'interroge ma mère, qui semble avoir retrouvé l'usage de la parole. Est-ce qu'il y a un rapport avec la casquette d'officier nazi ?

Le visage de mon grand-père vire au rouge.

— Parce qu'en plus vous êtes allées fouiner dans ce coffre ?

— On n'allait pas se contenter d'émettre des suppositions, riposte ma mère. J'ignorais totalement que tu avais eu une tante, pourquoi avoir tu son existence ?

Sans surprise, il se drape dans sa contrariété.

— Je n'ai pas envie de parler du passé. Du moins, pas de celui-là. Maintenant, nous allons rapporter ce coffre là où il était. J'aurais dû le brûler depuis longtemps.

Cette remarque me fait immédiatement bondir.

— Le brûler ? Tu as raison, c'est facile, comme ça ! Et si nous on a envie de savoir ?

— Bon Dieu de merde, c'est pas croyable ! On s'en tamponne le coquillard, du passé !

Je hausse la voix malgré moi :

— Si toi ça ne t'intéresse pas, laisse-nous au moins lire ce carnet. Ce n'est pas grand-chose, ce qu'on te demande.

— C'est déjà trop, marmonne-t-il, les bras croisés sur sa poitrine.

— Eh bien ! soupire ma mère. Tu ne t'arranges vraiment pas avec les années...

Furieux, Loulou se relève, manquant de faire valser sa chaise. Il nous immole du regard.

— Mais vous me cassez les roustons, à la fin ! Je me doutais bien que ce ne serait qu'une source d'emmerdements, tout ça ! fulmine-t-il en brandissant un index rageur vers ma mère.

Effarée, je la vois se tasser sur elle-même. C'est au moment où nos regards se croisent qu'elle paraît se souvenir qu'elle n'a rien à craindre. À son tour, elle se redresse.

— C'est à moi que tu fais référence en parlant d'emmerdements ? lance-t-elle. Dans ce cas, tu me vois navrée de bousculer ta petite tranquillité égoïste !

— Cécile, attends ! Je ne voulais pas...

Mais maman a déjà tourné les talons et se précipite dans la chambre de Tim en claquant la porte derrière elle. Me tournant vers Loulou, je cligne des paupières pour endiguer le flot de larmes qui me monte aux yeux.

— Je suppose que tu es content de toi ? Tu n'as rien trouvé de plus malin que lui hurler dessus, avec tout ce qu'elle a enduré ?

Penaud, il se pince l'arête du nez.

— Je n'avais pas l'intention de m'emporter, déclare-t-il d'un ton bourru. Mais quel besoin avez-vous de déterrer ces vieilles histoires, nom de nom ? Il faut laisser le passé reposer en paix.

— Ça ne t'a jamais effleuré l'esprit que ces « vieilles histoires », c'est le passé de notre famille ? Non, j'imagine que non, fais-je face à son regard renfrogné. Moi, il m'intéresse, ce passé, et j'aimerais bien connaître la vérité !

— La vérité, la vérité ! bougonne-t-il. Elle apporte souvent bien du malheur, la vérité, tu peux quand même te mettre ça dans le crâne, non ?

Excédée, je pousse un profond soupir. J'ai trop peu dormi les nuits précédentes pour faire preuve de patience.

— D'accord... Garde-les, tes secrets, si ça te fait plaisir. Pour l'heure, je vais voir maman, c'est plus urgent.

Sans chercher à comprendre ce qu'il marmonne en retour, je quitte la pièce et trouve ma mère assise au bord du lit de Tim, la tête entre les mains.

— C'est moi, maman, lui dis-je doucement. Ça va aller ?

Elle relève vers moi son visage marbré de larmes et essuie ses joues d'un revers de la main. Son teint est pâle, ses traits tirés.

— Il me rend folle, renifle-t-elle. Quelle tête de cochon, quand il s'y met !

Je lui frotte le dos d'un geste réconfortant.

— Il a réagi de manière excessive, c'est vrai, mais il ne voulait pas t'effrayer. Crois-moi, il regrette déjà de t'avoir crié dessus.

— Il pensait ce qu'il a dit, Lisa, me répond-elle avec tristesse. Je n'apporte que des emmerdements.

La silhouette de mon grand-père se dessine alors dans l'encadrement de la porte. Il nous observe une seconde, avant de s'adresser à ma mère :

— Tu te trompes, Cécile, je ne visais personne en particulier.

Elle lui retourne une moue dubitative.

— C'est pourtant moi que tu pointais du doigt avec colère.

— Ce n'était pas volontaire. Je parlais de cette situation en général. Si je n'étais pas parti de chez moi, vous n'auriez pas… Enfin bref, j'aimerais bien aller voir le chantier, maintenant.

Sans attendre notre réponse, il repart vers le salon, où je l'entends farfouiller dans ses clés.

— Ce qu'il peut être obstiné ! marmonne ma mère.

Je hoche la tête.

— Oh, oui…

Deux jours que ma mère et mon grand-père sont réunis, et déjà une engueulade ! Mon optimisme quant à leurs chances de se réconcilier était peut-être un poil prématuré. À ce rythme-là, l'été ne sera pas long. Il sera *très* long.

15

LORSQUE NOUS ARRIVONS CHEZ MON GRAND-PÈRE, le ciel s'est voilé de gros nuages annonciateurs d'un probable orage dans la soirée. En sortant de la New Beetle, Loulou se presse à la rencontre des ouvriers sans nous jeter le moindre regard. Avant de partir, il a glissé le coffret dans un gros sac, qu'il tient fermement serré contre lui, comme si le sort du monde en dépendait.

— Je sais qu'il fait chaud, mais je nous prépare du thé ? propose ma mère en s'apprêtant à entrer dans la maison. J'ai l'impression que ton grand-père en a pour un bon moment.

— Pourquoi pas ? De toute façon, il nous défendra de le suivre tant qu'il n'aura pas planqué le coffre, alors...

Je m'avance à mon tour sous la marquise de l'entrée, puis me ravise.

— En fait, d'abord je descendrais bien jusqu'à la rivière, par curiosité.

Ma mère me renvoie un sourire entendu.

— Toi, tu veux voir le berceau des amours d'Aurélia et Antoine…

— Il y a un peu de ça, oui. Tu m'accompagnes ?

Elle secoue la main, guère emballée.

— Non, je n'ai pas l'âme romantique, aujourd'hui. Mais vas-y, je vais faire bouillir l'eau en attendant.

— D'accord, je ne serai pas longue. Oh, et pendant que j'y pense : j'ai vu un carton à ton nom, dans le jardin d'hiver, ça vaut peut-être la peine de regarder ce qu'il y a dedans.

— Ah ? OK, je vais aller jeter un œil. À tout de suite !

Tandis qu'elle pénètre à l'intérieur, je fais le tour de la maison pour me diriger au fond du jardin. Je sais très bien situer le portail qu'Aurélia empruntait pour rejoindre Antoine, puisque ma grand-mère m'emmenait souvent me promener sur ces chemins durant mon enfance. Cependant, cela fait des lustres que je ne suis pas venue jusqu'ici et je m'attends presque à trouver le portillon condamné par un cadenas. Ce qui n'est pas le cas, ainsi que je m'en rends compte en approchant. Si les barreaux de la grille sont rouillés et en fort mauvais état, la serrure n'est même pas fermée à clé. Ce n'est pas très surprenant : il ne passe jamais personne dans le coin. Le portail émet un crissement sinistre quand je le pousse, et je demeure éberluée devant le paysage qui s'étend face à moi : depuis le temps que je n'étais pas venue, la végétation a nettement repris ses droits. Parsemée de marguerites et de boutons-d'or, l'herbe m'arrive aux genoux et frôle mon jean à mesure que j'avance. Tout est d'un calme presque irréel. Seuls le bruissement de mes pas et le chant aigu de jeunes merles viennent troubler le silence paisible de ce lourd après-midi de juin. J'atteins en cinq minutes le léger talus qui surplombe le bord de la rivière. Au loin se profilent les contours de la clairière dans laquelle le cirque s'était autrefois implanté. Mais je déchante bien vite : le lieu est visiblement abandonné depuis un paquet d'années. Les arbres – des bouleaux et des noisetiers, me semble-t-il – occupent une grande partie de la berge, jonchée d'un enchevêtrement de branches mortes. Qu'est-ce que j'espérais en venant là, capter l'essence d'une époque révolue ? À moins que ma frustration de m'être vu confisquer le carnet m'empêche d'apprécier pleinement la beauté du lieu…

Aurélia, quels secrets renferme ton journal ?

À l'évidence, ce n'est pas ici que je le découvrirai. Résignée, je remonte vers la maison. Le chef de chantier et mon grand-père ne sont plus dans la cour. Ce dernier est sans doute en train de couler le coffret sous une épaisse couche de ciment pour être sûr que je n'irai plus fouiner dans le passé. Non pas que je sois amère. En fait, si. J'en veux à Loulou de sa réaction.

— Maman ? dis-je en entrant dans la maison.

— J'arrive, je suis dans le jardin d'hiver ! me lance-t-elle. Tu avais raison, j'ai déniché plein de choses intéressantes !

Je souris, ravie pour elle. Une fois dans la cuisine, je sors deux tasses du placard quand ma mère apparaît avec son carton, qu'elle pose au milieu de la table.

— Tada ! s'écrie-t-elle de façon théâtrale en s'emparant d'un authentique mange-disque orange, dont la forme n'est pas sans m'évoquer celle d'un gaufrier.

— Waouh ! Tu crois qu'il fonctionne encore ?

Excitée par sa trouvaille, elle acquiesce vivement :

— Oui, je l'ai branché pour le tester. C'est génial, non ? Il y a tous mes disques, aussi, regarde.

Elle sort les quarante-cinq tours de France Gall, Sheila, Christophe, Joe Dassin ou encore des Rubettes… toute la génération yéyé défile sous mes yeux.

— *Sugar baby love, sugar baby looove…*, se met-elle à chanter. Il faut absolument que je montre tout ça à Tim !

La voir s'enthousiasmer comme une gamine me fait rire. Elle extirpe ensuite quelques livres du *Club des cinq* et un tac-à-tac, ce jouet qui consistait à faire s'entrechoquer entre elles deux boules vert fluo reliées à une cordelette fixée par un nœud.

— C'est drôle, j'avais complètement oublié l'existence de ce truc, reprend-elle en souriant. Mais le mieux, c'est mon Polaroid, je ne pensais pas que papa l'avait gardé !

— Quoi ? Tu possédais un Polaroid ?

— Ça t'en bouche un coin, pas vrai ? s'esclaffe-t-elle en manipulant l'appareil photo avec délicatesse. Je l'avais eu l'année de mes douze ans, pour ma communion. Il m'a l'air en bon état, mais je n'arrive pas à l'allumer.

J'ai beau m'y évertuer également, rien. Tant pis, on verra plus tard. Un journal glisse de la table tandis que ma mère repousse le carton afin de nous faire de la place pour le thé. En me penchant pour le ramasser, je me rends compte qu'il s'agit de celui du début de semaine, dans lequel était relatée la découverte des ossements. Je me fige, bloquée sur le titre : se pourrait-il que le soldat enterré dans ce champ soit lié à ma famille ? Cette possibilité me coupe le souffle. Il est plus probable que ce type ait été tué par la Résistance ou lors des combats contre le maquis, mais maintenant que le doute s'est installé en moi, je sais que la seule façon de m'en débarrasser sera de connaître la vérité, cette fichue vérité que mon grand-père s'applique à taire. Si seulement il pouvait être moins têtu ! Le voilà qui entre justement dans la pièce alors que j'allais demander à ma mère ce qu'elle pense de mon hypothèse. Toute trace d'irritation a disparu de son visage, il est guilleret comme si de rien n'était.

— Ah, vous êtes là ! dit-il avec un entrain suspect.

— J'étais en train de montrer mes souvenirs d'enfance à Lisa, explique ma mère. Est-ce que ça t'ennuie si je récupère ce carton ? Je suis sûre que ça va intéresser Tim.

— Ne te prive pas, ces affaires t'appartiennent.

Dieu merci, il a le tact de ne pas lui préciser qu'il les destinait initialement à une association.

— Et toi, continue ma mère, tu as pu voir tout ce que tu voulais ?

— Oui, les gars auront terminé la toiture en début de semaine prochaine. Ils s'attaqueront ensuite à la plomberie et à l'électricité. C'est ce qui va prendre le plus de temps, d'après eux.

D'accord, mais tu es monté dans le grenier ? Tu as caché le journal d'Aurélia ? Où ça ?

Bien entendu, impossible de le questionner de la sorte, ce n'est pas la peine qu'il redémarre au quart de tour. Je me contente d'un laconique :

— On allait prendre un thé, tu en veux un ?

— Je comptais plutôt vous offrir un coup à boire chez Cui-Cui. Enfin, si vous en avez envie…

J'échange un rapide coup d'œil avec ma mère. Puisque mon grand-père semble enclin à se faire pardonner son coup de sang, nous aurions tort de décliner.

Dix minutes plus tard, nous sommes tous les trois installés dans la salle du café, ma mère sur la banquette en bois foncé, mon grand-père et moi sur les chaises bistrot qui lui font face. À l'exception de deux octogénaires assis au bar qui ont échangé quelques banalités avec Loulou, il n'y a pas âme qui vive. Pascal, alias Cui-Cui (numéro cinq du nom depuis la création du lieu), nous apporte notre commande en un rien de temps.

— Vous avez choisi l'heure creuse, souligne-t-il en détaillant longuement ma mère. Ça fait un moment qu'on ne t'a pas vue dans les parages, Cécile. Tu vas bien ?

Bien qu'il lui ait posé la question avec une curiosité bienveillante, ma mère se raidit.

— Ça va, oui. Comme tu peux le constater, je suis de retour au bercail.

Cui-Cui lui retourne un franc sourire.

— Ouais, ton père nous a dit que tu revenais t'installer dans le coin. C'est sympa ! J'espère qu'on te verra aux réunions des anciens élèves.

— Oh, vous faites ça ? Ce n'est pas vraiment mon truc, tu sais, affirme-t-elle, les yeux rivés sur son thé glacé.

N'étant pas du genre à se vexer pour si peu, Cui-Cui hausse ses larges épaules.

— C'est toi qui vois. En tout cas, si tu changes d'avis, tu es la bienvenue. Muriel serait ravie, depuis le temps qu'elle se demande ce que tu deviens.

— J'y réfléchirai, merci, répond ma mère avec un manque flagrant de conviction.

J'attends que Cui-Cui s'éloigne pour me tourner vers elle.

— Vous étiez à l'école ensemble ?

Elle daigne enfin relever le nez.

— Oui, et Muriel était ma plus proche amie. J'ignorais qu'elle vivait encore ici.

— Elle est responsable de la médiathèque, lui apprend Loulou. C'est vrai que vous étiez inséparables, à l'époque. Vous pouviez rester des heures enfermées dans ta chambre, à vous égosiller sur les tubes de Sheila.

Un rire doux s'échappe de la bouche de ma mère.

— Je me le rappelle. On voulait toutes se coiffer avec une demi-queue de cheval, comme sur la pochette de *Spacer*.

— Ce serait chouette de vous remémorer tout ça entre copines, dis-je en sucrant mon café. Tu pourrais reprendre contact avec elle.

Loulou opine du chef.

— Je ne crois pas, fait maman.

— Pourquoi ? J'ai cru comprendre qu'elle serait contente d'avoir de tes nouvelles.

— Non, je... Enfin, je me vois mal lui exposer la triste réalité de ma vie. Tu m'imagines lui raconter qu'à cinquante-cinq ans je me retrouve sans emploi et hébergée par ma fille ?

— Les amis, c'est fait pour se soutenir, maman. Regarde Cui-Cui, il t'a accueillie sans faire de manières.

Guère convaincue, elle hausse les épaules et dévie la conversation :

— En parlant de Cui-Cui, je me demande ce qu'il attend pour employer une femme de ménage. Vous avez vu, ces toiles d'araignées au plafond ? Je devrais peut-être lui proposer quelques heures.

— La sœur de sa femme s'en charge déjà, rétorque mon grand-père en terminant son Perrier citron. En revanche, si tu veux vraiment travailler, le libraire en face cherche quelqu'un. Un mot de ma part et je suis certain qu'il te donnerait ta chance.

Sa suggestion n'est pas bête, même si, à première vue, j'ai un peu de mal à visualiser ma mère sous les ordres de ce Rudy.

— Je ne sais pas, déclare-t-elle après quelques secondes de réflexion. Tous ces clients à servir… ça m'effraie un peu.

Quel dommage ! C'est si triste de la voir considérer les autres avec méfiance alors que le contact lui ferait sans doute le plus grand bien. Mais je ne vais pas m'avouer vaincue pour autant. Ma mère doit reprendre confiance en elle. Ce qui me donne aussitôt une idée :

— Quoi qu'il en soit, tu ne peux pas te présenter pour un emploi sans une bonne coupe de cheveux et des vêtements plus ajustés. On va s'en occuper demain après-midi.

— Je n'ai pas les moyens pour ce genre de folie, se récrie-t-elle.

— Relax, je ne vais pas t'emmener chez Dior ! Pauline m'a offert une carte-cadeau pour Noël, mais je n'ai besoin de rien. Autant que tu l'utilises avant son terme.

— Bon, d'accord, abdique-t-elle. À condition qu'on n'y passe pas des heures.

Pour la coiffure, je lui propose que nous prenions rendez-vous chez Roselyne, dont le salon se trouve à cent mètres du bistrot. Loulou règle donc nos consommations, et nous filons le long de la rue commerçante. Malgré moi, je ne peux m'empêcher d'imaginer à quoi pouvait ressembler le bourg à l'époque où les vélos et les charrettes croisaient de rares voitures à traction sur la route pavée traversant le centre. La pâtisserie actuelle, qui fait face au bureau de tabac et donne sur une ruelle pentue, était-elle la boutique du fameux Traîne-Savates ? Alors qu'il n'était qu'un enfant de dix ans portant pèlerine et culotte courte, mon grand-père passait-il chaque matin ici, près du monument aux morts et de la boucherie, pour se rendre à l'école en compagnie de Marie ?

Le rendez-vous chez Roselyne pris pour demain, je constate à voix haute que, s'il nous reste un peu de temps avant de récupérer Tim à l'école, ça ne vaut toutefois pas le coup de faire un détour par chez moi. Nous décidons donc de flâner à travers les ruelles du bourg. Nous traversons la place du marché, puis débouchons près de l'ancienne école. Je propose que nous montions au donjon, puisque nous sommes à côté.

— Je ne sais pas si mes jambes accepteront de me porter jusque là-haut, commence à protester mon grand-père. Au pire, je vous attends en bas.

Ce qui ne l'empêche pas de se précipiter dans le bureau de l'office de tourisme pour récupérer la clé et s'acquitter de l'euro symbolique fixé pour la visite. La saison touristique n'étant pas encore lancée, il va sans dire que nous sommes les seuls à tenter l'excursion cet après-midi, ce qui est très agréable. Nous suivons un chemin aménagé, puis Loulou parvient à grimper les marches en pierres bordées de bourraches et de pissenlits qui mènent au rempart de protection. Un escalier métallique nous permet ensuite d'accéder à l'intérieur de la tour, les issues de l'époque étant condamnées.

— On dirait une salle de torture, frissonne ma mère en désignant les fers pris dans les murs. Je ne me souvenais pas que c'était aussi impressionnant.

— C'était une prison, autrefois, lui rappelle Loulou. On ne rigolait pas, du temps des Plantagenêts !

— Les soubassements ne se visitent toujours pas ?

— Non, les obus de 1940 ont fait trop de dégâts, les brèches sont irréversibles.

Avant que je puisse lui demander davantage de détails, il s'esquive et s'engouffre dans l'escalier très raide qui conduit au sommet.

— Allons admirer la vue, l'heure tourne.

Lui qui redoutait de ne pas réussir à monter, il ne lui faut que quelques minutes pour se retrouver tout en haut. Lorsque nous le rejoignons, il se tient planté face à l'horizon, le regard rivé sur la campagne environnante. Ma mère s'approche et se met à contempler elle aussi le panorama époustouflant, avec la vieille ville en contrebas, le jardin public traversé par le canal, et la vallée de l'Indre qui s'étend au loin.

— C'est magnifique, souffle-t-elle.

Soudain, Loulou tourne la tête vers elle et lui presse le bras.

— Faut que je te dise, je suis navré d'avoir crié, tout à l'heure. Je sais que je t'ai fait peur, c'était... je suis désolé.

Il a beau s'efforcer de prononcer ces mots d'une voix détachée, je sais qu'ils sont sincères, et donc d'autant plus précieux. Maman hoche silencieusement la tête, glissant sa main dans la sienne. Le vent qui s'est levé me fait cligner des paupières. À moins que ce ne soit l'émotion. Mon grand-père toussote un grand coup et reprend :

— Y a quand même un point qui me turlupine, si tu permets : pourquoi ne nous as-tu pas demandé de l'aide ? On aurait pu…

— Non, papa, l'interrompt-elle. Personne n'aurait rien pu faire, car j'ai repoussé tous ceux que j'aimais. J'étais isolée, j'avais honte, mais surtout, je refusais de me considérer comme une femme battue. J'avais ce besoin quasi irrationnel de croire que Florian changerait. Cet espoir m'a consumée, il a tout rongé en moi. Sans ce médecin, à l'hôpital, jamais je n'aurais eu le cran de le quitter. J'étais comme morte à l'intérieur…

Sa voix se brise, ses yeux boivent la tasse. J'essuie discrètement une larme sur ma joue en l'enlaçant par la taille, mon menton posé sur son épaule, tandis que Loulou se concentre sur le paysage. Cinq bonnes secondes s'écoulent ainsi, avant qu'il ne se retourne en souriant de toutes ses dents :

— Eh bah, tu as bien fait de revenir, ma *droyère,* parce que je peux te dire qu'on va te ressusciter, nous autres.

16

Le lendemain matin, je me gare sur le parking de la piscine municipale quand Tim se frotte les yeux en bâillant de façon fort peu discrète.

— Tu as passé une mauvaise nuit, mon chat ? dis-je en coupant le moteur.

— Pépé ronfle, bougonne Tim. Très fort. Très très fort.

— Tu n'aurais pas confondu avec l'orage, plutôt ?

Mon fils attrape son sac à dos à motifs de requins et me renvoie un coup d'œil exaspéré.

— L'orage ne ronfle pas, maman, il gronde. Quand est-ce que je pourrai récupérer mon lit ? En plus, ajoute-t-il en ouvrant la porte du complexe de natation, la maîtresse m'a un peu grondé hier, parce que je dormais à moitié pendant le cours d'histoire.

Je suis aussitôt assaillie par la culpabilité. Je ne m'étais pas rendu compte qu'il était si fatigué !

— Mon pauvre chéri, je suis désolée. On va trouver une solution, tu pourras retourner dans ton lit dès ce soir.

J'ignore encore comment nous allons faire, mais je trouverai.

Dans le hall imprégné de l'odeur de chlore, Tim s'est mis à scruter la baie vitrée avec une concentration extrême.

— Elle doit être nouvelle, je la connais pas, déclare-t-il, les sourcils froncés.

Je regarde dans la direction qu'il m'indique. Une fillette vêtue d'une robe rouge à bretelles marche d'un pas traînant, elle est accompagnée par... Oh. Le libraire.

— Pourquoi tu fais la grimace ? me demande Tim tandis que la porte s'ouvre sur les nouveaux venus.

— Mais non, je ne fais pas la grimace !

Bien entendu, Rudy me reconnaît dès l'instant où il pénètre dans le hall. Ce n'est pas très compliqué - chaque fois que l'on se croise, je suis fagotée n'importe comment.

— Tiens, bonjour ! me lance-t-il en venant à notre rencontre. Je ne m'attendais pas à vous voir ici.

C'est étrange, mais ma présence paraît le soulager. En tout cas, son sourire moqueur de la dernière fois est manifestement resté à la librairie.

— Je dépose mon fils pour le cours de natation. Je suppose que vous faites pareil avec votre fille ?

Il opine du chef et passe un bras protecteur autour de la fillette aux cheveux blonds, dont le petit nez retroussé est parsemé de taches de rousseur, tels des baisers de fées.

— Oui, c'est une première pour Millie, m'explique-t-il. Le moniteur a proposé de l'évaluer, avant de l'inscrire pour la rentrée, mais comme elle est dyspraxique et qu'elle ne connaît personne, ça l'angoisse un peu.

— Papa ! glapit Millie en le fixant d'un air de reproche. Tu n'es pas obligé de tout raconter.

Tim se met à la dévisager avec curiosité, comme s'il cherchait à déceler sur ses traits les traces d'une horrible maladie.

— Ça veut dire quoi, dyspraxiste ? s'enquiert-il.

— Dys-pra-xi-que, le reprend la fillette en levant les yeux au ciel. Je ne sais pas nouer mes lacets ni faire du vélo. J'ai du mal à découper, aussi, et à rester sur la ligne quand j'écris. Alors nager, je te raconte même pas.

La maturité dont elle fait preuve me donnerait presque envie de lui faire un câlin. Ne connaissant pas vraiment son père, je m'en abstiens néanmoins.

— T'as quel âge ? enchaîne mon fils.

— Bientôt neuf ans. Mais à l'école, Maëlie et Lenny disent que je suis un gros bébé, tu vois l'ambiance.

— Pfff, laisse tomber les autres, ils disent n'importe quoi. Viens, je vais te montrer les vestiaires… Si tu veux, j'ai des Carambar à la fraise que mon pépé m'a achetés. À tout à l'heure, m'man ! ajoute-t-il en m'adressant un signe de la main.

Rudy et moi les regardons filer vers les cabines. C'est une agréable surprise de voir Tim prendre si vite Millie sous son aile, sans que j'aie eu à le lui demander. Moi qui espérais lui avoir inculqué le respect fondamental qui est dû aux filles, il semblerait que ce soit réussi !

— Bien, je crois que Millie est entre de bonnes mains, constate Rudy d'un air ravi.

— Oh, oui, ne vous en faites pas. Tim est parfois un peu trop pipelette, mais je suis sûre qu'ils s'entendront bien.

Il ouvre la porte du hall pour me laisser passer, et je cale mes lunettes de soleil sur mon nez avant de lui demander :

— Alors ça y est, vous avez trouvé quelqu'un pour vous seconder à la librairie ? Je suppose que vous ne fermez pas le samedi matin.

Il secoue la tête.

— Non, ma mère me dépanne, je tenais absolument à être là pour Millie. Le poste vous intéresse, finalement ?

Le sourire railleur est de retour. Je me disais bien, aussi !

— Au risque de vous décevoir, toujours pas. En revanche, je connais peut-être quelqu'un qui…

Je m'arrête en réalisant que je m'emballe. Ma mère s'est montrée très claire, pour l'instant elle ne se sent pas d'attaque pour affronter la clientèle. Je ne peux tout de même pas la mettre devant le fait accompli, ce ne serait constructif ni pour elle ni pour le libraire.

— Oui ? m'encourage Rudy alors que je m'immobilise devant ma voiture.

— Non, oubliez, j'ai parlé trop vite. En fait, ma mère vient de traverser une épreuve très difficile et elle envisage de trouver un nouvel emploi. Mais à l'évidence, elle n'est pas prête pour ce genre de poste.

Se méprenant sur mes paroles, Rudy croit bon de me préciser :

— Oh, elle n'aurait pas besoin de venir aux aurores, si c'est ce qui vous inquiète. Je continuerai de me charger de la distribution des journaux, bien entendu. A-t-elle déjà travaillé dans la vente ?

— Pas du tout, elle était prof de musique. Ce qui n'a rien à voir, je sais.

Il hoche la tête, et je devine qu'il se pose tout un tas de questions dont il n'osera pas me faire part.

— Eh bien, si jamais votre mère souhaite me rencontrer, qu'elle n'hésite pas. J'ouvre tous les jours, sauf le dimanche.

Et merde, ses yeux noisette sont carrément en train de me supplier ! Il ne m'en faut pas davantage pour lui répondre :

— Je ne peux rien vous promettre, mais je vais lui transmettre le message.

— Super ! Bon, je dois m'éclipser, j'ai ma voiture à récupérer chez moi avant de prendre la relève.

— Vous êtes venu à pied ?

Oui, espèce d'idiote, c'est ce qu'il vient de te dire. Sauf s'il a sorti le jet privé.

— Oui, je loue l'un des appartements derrière le canal, en bas du jardin public. Le trajet est court, j'en ai pour cinq minutes.

Effectivement, ça ne lui fait pas loin, et en plus la balade est agréable s'il traverse le petit parc de loisirs, puis emprunte la passerelle qui enjambe le cours d'eau au niveau de l'ancienne tannerie, avant de remonter par la rue des Ponts. Inutile que je lui propose de le raccompagner.

— OK, je vous tiens au courant si ma mère se décide.

Il prend congé et, avant de rejoindre Pauline pour un café chez Cui-Cui, je réponds à un SMS de mon père, qui s'inquiète de la situation entre Loulou et ma mère. Sa bienveillance me touche. Si j'ai passé l'âge de croire que mes parents se remettront un jour ensemble, je leur suis reconnaissante de n'avoir laissé aucune animosité s'installer entre eux. La vie nous a joué quelques tours bien tordus, mais au moins ils se respectent, contrairement à ces nombreux couples qui se déchirent et se haïssent par orgueil mal placé, au mépris du bien-être de leurs enfants. Quel genre de père aurait été Bastien, s'il avait vécu ? Serions-nous restés ensemble ou aurions-nous fait partie de ceux qui finissent par se détester ? Cela ne sert à rien de retourner ces questions dans tous les sens, puisque je n'aurai jamais la réponse. Seul importe l'instant présent. Je m'empresse donc de rassurer mon père. La tension entre maman et Loulou s'est dissipée depuis leur discussion sur le donjon, ce qui m'a fait prendre conscience que ce n'est, hélas, pas le moment de relancer mon grand-père sur cette histoire de coffret.

Environ dix minutes plus tard, Pauline et moi sirotons nos cafés en terrasse. Nous observons le ballet des petits vieux qui se pressent sur le trottoir, entrant tantôt à l'épicerie pour un paquet de sucre oublié lors du plein de courses, tantôt à la librairie ou à la boulangerie pour le petit croissant du matin et le « pain d'deux » du week-end. Ils se saluent, papotent, échangent des nouvelles des petits-enfants ou de leur santé.

— On fera peut-être comme eux, quand on aura leur âge, s'amuse Pauline. Mais passons aux choses sérieuses ; Mehdi ne t'a rien dit de particulier, hier ?

Je réfléchis un instant en me remémorant notre courte discussion.

— Pas grand-chose, non. Il est fatigué, mais ça m'a l'air plus lié à son travail qu'à une potentielle maîtresse. Il t'aime, ça ne fait pas le moindre doute.

— En attendant, il continue à fuir comme la peste toute conversation comportant le mot « bébé ». C'est frustrant, grimace-t-elle en laissant tomber sa tête entre ses mains.

— Oui, je comprends… Et si tu cessais d'évoquer le sujet pendant une semaine entière ? Peut-être qu'il a le sentiment que tu lui mets la pression, tu connais les mecs. Ce qui expliquerait pourquoi il sort si souvent avec ses copains.

Pauline repose sa tasse, le visage chiffonné.

— Oh. Tu penses que je me suis transformée en une sorte de gorgone, c'est ça ?

Je ris en l'imaginant avec des serpents en guise de chevelure.

— Bien sûr que non ! Quoique, tu devrais y réfléchir, ce serait pratique de pétrifier du regard tous les clients chiants de la pharmacie.

Elle fait mine de me frapper avec sa serviette, puis se penche vers moi avec un air de conspiratrice.

— En parlant de la pharmacie… Il paraît qu'on a demandé un médicament contre la constipation devant le charmant libraire ? C'est ma patronne qui m'a rapporté ça. J'aurais adoré voir ta tête !

Je lève les yeux au ciel.

— J'aimerais bien qu'on me laisse oublier ce moment gênant ! Mais j'imagine que tout le village est au courant... D'ailleurs, je l'ai croisé à la piscine en déposant Tim. Sa fille a l'air adorable.

Pauline termine son café et m'adresse son plus large sourire.

— Mais on s'en fiche, de sa fille, chérie ! Ce qui nous intéresse, c'est lui. Entre sa mâchoire virile et son petit regard craquant, je peux te dire qu'il ne dormirait pas dans la baignoire ! Moi, je suis maquée, peut-être plus pour longtemps, remarque, mais toi...

— Moi, quand je ne parle pas de transit intestinal, je me pointe devant lui habillée comme une pré-adolescente, dis-je en désignant mon t-shirt rose à gros motif de marguerites, enfilé à la hâte. Certes, il est plutôt canon, il faudrait être complètement aveugle pour ne pas s'en apercevoir, mais tu omets un détail crucial : il est en couple.

— Ah. Ça peut poser problème, oui, concède-t-elle.

— N'est-ce pas ? Et il doit être très amoureux puisqu'il est revenu dans le coin sur insistance de l'heureuse élue, ainsi qu'il l'a expliqué à mon grand-père.

Pauline fait mine d'être consternée.

— Encore une qui doit avoir des serpents à la place des cheveux... Bon, faut que j'aille bosser, on se voit plus tard. Et pitié, change de t-shirt et mets un peu de mascara, même si le beau gosse est déjà pris !

Avant de quitter le café, je fais un point avec Cui-Cui sur les derniers détails pour l'anniversaire de Tim, qui aura lieu le lendemain de la finale de Coupe du monde de football. Nous avons décidé de lui organiser une jolie fête en compagnie de toutes les personnes qu'il apprécie. Pour l'occasion, Cui-Cui servira des cheeseburgers et un énorme gâteau commandé à la pâtisserie.

— Je vais pouvoir préparer des blind-tests musicaux, m'annonce-t-il, ravi. Mon beau-frère est d'accord pour me prêter son matos. Ta mère sera là ?

— Évidemment ! Il y aura aussi Pauline et Mehdi, Annette a confirmé également, et Maël, le meilleur ami de Tim, viendra avec ses parents.

Mon père ne pourra pas se joindre à nous étant donné qu'il part une semaine à Venise avec sa compagne, mais ils se rattraperont en août.

— C'est noté, acquiesce Cui-Cui. Je vous réserverai la salle du fond.

Je le remercie chaudement. Grâce à lui, Tim devrait se souvenir longtemps de son dixième anniversaire !

*

Les trois jours suivants s'écoulent à une vitesse folle. Après avoir renouvelé la garde-robe de ma mère, qui arbore désormais une coupe courte à la Sharon Stone et de jolies mèches argentées, nous avons consacré notre dimanche à visiter le château de Valençay, qui plaît particulièrement à Tim, avec sa construction typique de la Renaissance. Afin qu'il ne soit plus perturbé par les ronflements de Loulou, je lui ai installé un matelas dans mon bureau, puisqu'en parfait gentleman, il tient encore à laisser son lit à ma mère.

En ce mercredi après-midi, mon programme ne varie guère des deux journées précédentes : je travaille. Annette doit se joindre à nous ce soir pour l'apéritif. J'aimerais tant trouver un instant pour lui parler d'Aurélia et lui demander si elle se souvient d'elle ! Délaissant l'écran de mon ordinateur, je me lève et jette un coup d'œil par la fenêtre entrouverte de mon bureau. Décidée à prendre le soleil, ma mère s'est installée avec un livre, en contrebas, face aux vertes pâtures qui s'étendent jusqu'à la forêt. Un peu plus près, mon fils et mon grand-père s'affairent dans le jardin. Un tablier bleu noué à la taille, Loulou va et vient dans le carré aromatique. Tim sautille joyeusement autour de lui. En tendant l'oreille, j'entends mon grand-père rouspéter gentiment :

— Mais marche pas là, pauv' malheureux ! Tu vas écraser le persil.

Tim se met alors sur la pointe des pieds pour avancer avec précaution. Loulou lui confie l'arrosoir en zinc.

— Vas-y doucement, mon garçon, lui recommande-t-il. Pas plus qu'une petite pissée d'oiseau, sinon ça va les noyer, il s'y connaît ton pépé.

Je souris, regrettant presque de ne pas filmer la scène pour nous la repasser en boucle dans les moments où on aura besoin de se remettre le moral dans le bon sens.

Je suis sur le point de retourner à ma traduction quand un cri strident déchire tout à coup le calme de ce bel après-midi.

— Ne me touchez pas !

En reconnaissant la voix de ma mère, je me précipite hors de la pièce et attrape un couteau à pain au passage. L'idée que mon portable serait plus utile m'effleure brièvement l'esprit, mais les mille scénarios qui me traversent la tête me font agir par instinct, et je fonce sans réfléchir vers le contrebas du terrain. Loulou déboule lui aussi, le souffle court et la mine affolée, Tim sur les talons.

— Nom de Dieu de nom de Dieu ! ahane mon grand-père.

— Maman ! je m'écrie en la découvrant livide, les bras repliés sur sa poitrine.

Je stoppe ma course effrénée et manque de m'étrangler en saisissant la cause de sa terreur : un homme très grand, au visage buriné et aux longs cheveux poivre et sel, lui fait face tout en retenant un magnifique hongre gris par sa longe. Il s'agit d'Olivier, le père de Pauline.

Bien qu'il soit très gentil, son physique de colosse reste assez impressionnant, et ma mère le jauge avec méfiance.

— Olivier ? dis-je en me plaçant entre eux deux. Que s'est-il passé ?

— Bonjour, Lisa, balbutie-t-il, estomaqué d'avoir provoqué une telle agitation. J'étais venu montrer notre nouvelle jument à Pauline, mais elle s'est échappée. Je ne voulais pas vous effrayer, s'excuse-t-il en reportant son attention sur maman.

Ayant totalement repris mes esprits, je dépose le couteau sur la chaise longue et me tourne vers ma mère afin de lui expliquer qui est Olivier.

— Je suis désolée, bafouille-t-elle en se tordant les mains d'embarras. Je m'étais endormie et... je ne sais pas, quand j'ai ouvert les yeux et que je vous ai vu si près de moi, j'ai cru que...

Olivier l'interrompt en agitant la tête.

— Non, c'est moi qui suis navré. J'aurais dû me douter que Gaïa ferait encore l'andouille. Le minimum aurait été de m'annoncer, au lieu de surgir comme ça, avec mes gros sabots.

Maman esquisse un sourire timide, puis s'approche de la jument pour lui caresser le museau.

— Que tu es belle, Gaïa, lui murmure-t-elle.

— Je vois que vous avez l'air d'apprécier les chevaux, dit Olivier.

Pour la deuxième fois en moins d'une semaine, Loulou ne rate pas l'occasion de narrer les exploits passés de ma mère en saut d'obstacles. Olivier la félicite, avant d'ajouter :

— Si vous passez près du centre équestre, je vous le ferai volontiers visiter pour me faire pardonner ma maladresse. Les spécimens que nous choyons sont superbes.

Je rêve ou ma mère a une touche avec le père de Pauline ? Non pas que j'en sois offusquée, mais enfin, ce serait assez inattendu. Depuis son divorce, quand

Pauline avait quatre ans, Olivier n'a consacré sa vie qu'aux chevaux et à sa fille, qu'il a quasi élevée seul, son ex-femme ayant un instinct maternel très limité.

— Merci, c'est gentil, lui répond maman.

Et voilà qu'elle pique un fard !

Olivier s'excuse une nouvelle fois du dérangement, puis nous quitte pour ramener Gaïa à bon port. Une fois qu'il se trouve hors de vue, ma mère prend une longue inspiration qui se termine en un profond soupir.

— J'ai dû vous faire terriblement honte, déplore-t-elle.

— Mais non ! la détrompe Tim en lui faisant un câlin. La honte, c'était plutôt maman qui brandissait le couteau comme si elle voulait découper Olivier alors qu'il est trois fois plus grand qu'elle.

Sa réflexion a au moins le mérite de détendre l'atmosphère.

— Allez, tu viens, mamie ? poursuit-il. Tu avais dit que tu me montrerais le machin qui mange des disques, et puis c'est l'heure du goûter. Pépé a rapporté des rillettes au poulet, on va pouvoir se faire des tartines.

Alors qu'ils remontent tous les deux vers la maison dans de grands éclats de rire, Loulou se tourne vers moi, attendri.

— Ça, tu vois, c'est le bruit du bonheur.

17

— Tiens, voilà des radis et des tomates cerises, m'annonce Pauline en s'asseyant près de Mehdi. Quitte à s'incruster, autant ne pas le faire les mains vides.

— Tu n'étais pas obligée, enfin ! me récrié-je. Si je vous ai invités à rester, c'est qu'il y a largement de quoi manger.

En effet, alors que je dressais la table dehors avec ma mère, Pauline a débarqué pour s'excuser de l'incident provoqué tout à l'heure par son père. Maman lui a assuré qu'il n'y avait vraiment pas de mal étant donné qu'elle était la seule coupable dans cette affaire.

— Je n'avais pas à bramer comme une sauvage !

Et encore, d'après ce qu'elle m'a relaté, elle ne s'est pas seulement contentée de crier : dans la panique, elle a carrément tenté de se défendre en croyant qu'Olivier allait l'agresser. C'est quand il lui a bloqué le poignet – celui qui est valide, heureusement – qu'elle a hurlé : « Ne me touchez pas ! »

— En tout cas, lui a répondu mon amie, il tient vraiment à vous faire visiter le centre équestre. Il faudra organiser ça.

Pauline et Mehdi n'ayant pas de plans pour la soirée, je les ai conviés à se joindre à nous. Il ne manque plus qu'Annette, dont la vieille Peugeot pétarade justement sur le chemin. Son lecteur de CD, qui a survécu au passage des ans par je ne sais quel miracle, crache un titre de Yannick Noah, sur lequel la vieille dame continue de s'égosiller à cœur joie une fois descendue de la voiture.

— Nénette ! proteste Loulou. Tu chantes comme une casserole ébréchée !

Annette hausse les épaules, il lui en faut bien plus pour se formaliser.

— Bah quoi ? Tu n'aimes pas ma voix à la *Jocoquère* ? ironise-t-elle.

D'abord perplexe, j'étouffe un rire en percutant :

— Ah ! Joe Cocker !

— Dame oui, c'est ce que j'ai dit ! Il chantait dans ce film avec Kim *Basingère*, là, c'était quelque chose... Alors, quoi de neuf depuis la semaine dernière ? s'enquiert-elle tandis que Loulou l'entraîne dans la cuisine, pour mettre une seconde quiche au four.

Tout en disposant de jolies bougies sur la nappe turquoise, ma mère lève un sourcil à mon attention.

— Avec papa toujours fourré avec elle, je ne vois pas comment tu vas pouvoir lui parler d'Aurélia..., soupire-t-elle.

— Il n'accepte toujours pas de vous en dire plus à son sujet ? s'étonne Pauline.

Je fais non de la tête, dépitée. Les joues rouges de s'être dépensé, Tim surgit alors avec son ballon de foot, Coupe du monde oblige.

— Si ça se trouve, pépé et Nénette sont des amoureux ! nous lance-t-il, espiègle.

Ma mère et moi en restons interdites. Je n'avais jamais envisagé leur relation sous cet angle-là et, à voir sa tête, elle non plus.

— Si c'était le cas, Annette l'aurait hébergé, non ? se hasarde-t-elle.

— Sauf s'ils ne veulent pas éveiller les soupçons, fait valoir Mehdi. Ils se connaissent depuis toujours, non ?

— Chut ! Ils reviennent, souffle Pauline.

Quelques minutes plus tard, nous levons nos verres pour trinquer à l'amitié et à l'été. Les cakes aux olives et aux tomates disparaissent en un clin d'œil, à mesure que la conversation s'anime. Tim, qui s'est empiffré de Pringles au paprika pendant que personne ne faisait attention à lui, se plaint tout à coup d'avoir mal au ventre.

— C'était couru d'avance, mon chat, lui dis-je d'un air de reproche. Va t'allonger sur le canapé, tu peux mettre un dessin animé, si tu veux.

— Ah, les enfants…, soupire Pauline, songeuse, en le regardant s'engouffrer dans la maison.

Je m'apprête à lui faire les gros yeux, voire à placer le mot « gorgone » dans la discussion pour lui rappeler celle que nous avons eue il n'y a pas si longtemps, quand Loulou, bien échauffé par le rosé, lève le menton en direction de Mehdi et lui sort, avec un grand sourire :

— Et vous deux, alors, quand est-ce que vous comptez vous y mettre ?

Sa question est accueillie par un blanc. Au bord de l'implosion, Pauline repose brusquement son verre tandis que Mehdi s'éclaircit la voix.

— Rien ne presse, vous savez, articule-t-il en fuyant le regard de mon amie, qui passe du rouge tomate au blanc aspirine.

Mauvaise réponse, mec. Très mauvaise réponse.

Visiblement inconscient du malaise qu'il vient de déclencher, Loulou persiste :

— Ce serait bête de traîner, y en a qu'en voudraient bien et puis que ça veut pas faire.

Il serait peut-être temps d'éloigner la bouteille de rosé, non ?

— Mais laisse-les, ces pauv' drôles ! réagit vivement Annette. Tu vas leur fiche le cafard avec tes âneries.

Dieu merci, la minuterie du four sonne pour nous indiquer que la quiche est cuite. Je me relève sans attendre et, devant l'air de détresse de Pauline, je lui demande de venir m'aider. Au même moment, mon portable se met à chanter *Over the Rainbow*, annonçant un appel.

— Tu peux décrocher, Loulou ? dis-je en m'éloignant vers la cuisine. Je me dépêche.

Une fois dans la maison, Pauline ne peut plus se retenir de pester :

— Non, mais quel naze, je te jure !

Tim se trouvant sur le canapé, à quelques mètres de nous, je lui fais signe de parler moins fort.

— Tu ne trouves pas qu'il abuse ? Balancer ça tranquillement alors qu'il n'a même pas eu le cran de m'en toucher un mot !

Tout en sortant la quiche du four, je reconnais que Mehdi a manqué de tact.

— Oublie mon discours sur la gorgone, une conversation à cœur ouvert s'impose dès que vous serez rentrés.

Dehors, Loulou est toujours pendu au téléphone. Je ris en le voyant tenir mon portable à vingt centimètres de son oreille, comme s'il craignait d'être irradié.

— Très bien, mon gars, à tout de suite, termine-t-il avant de raccrocher.

— C'était qui ? dis-je en posant la quiche sur la table. Je n'attends personne.

— Maintenant si. C'était le vétérinaire, la chatte s'est sauvée, Rudy l'a ramassée au croisement, sur la route de Loches.

Paniquée, je m'écrie :

— Quoi ? Elle va bien ?

— Oui, il l'a transportée au cabinet vétérinaire pour l'identifier. Il paraît qu'elle s'est débattue comme un beau diable, mais ça va, plus de peur que de mal. Rudy nous la ramène, ils lui ont prêté une cage.

Soulagée, je me laisse tomber sur ma chaise.

— Merde, j'ai cru qu'elle s'était planquée, comme d'habitude quand il y a du monde. Si elle avait fini sous les roues d'une voiture…

Mon grand-père pose une main apaisante sur mon bras.

— Tout va bien, je te dis. Elle aura sûrement pris peur en entendant les vocalises d'Annette.

Quelques minutes plus tard, le libraire se gare devant la maison. Mis au courant de l'escapade de Pierrette, Tim fonce à sa rencontre comme une flèche et revient avec un grand sourire aux lèvres, entouré de Rudy et de sa fille. Dans sa cage, la chatte pousse des feulements désespérés.

— Livraison spéciale ! annonce Rudy en me tendant la caisse. Elle s'appelle vraiment Pierrette ou le vétérinaire s'est moqué de moi ?

Je suis emplie d'une telle gratitude que je ne songe même pas à le rembarrer. À la place, j'étouffe un rire.

— Je sais que c'est incongru, mais c'est son vrai nom… En tout cas, je n'aurais pas assez d'une vie pour vous remercier de l'avoir attrapée ! C'est la première fois qu'elle nous fait un coup pareil.

Il sourit, compatissant.

— Il aurait fallu manquer de cœur pour la laisser sur la route. Elle était si effrayée qu'elle s'est réfugiée dans la voiture dès que j'ai ouvert la portière.

— Eh bien, c'est une grande première, elle qui se méfie des hommes !

Comme pour me donner raison, Pierrette se carapate dans la maison, ventre à terre, dès que je la libère.

— Bon, tu vas rester manger un morceau avec nous, mon garçon, l'invite Loulou d'un ton qui n'admet pas le refus.

— C'est gentil, mais je ne reste pas longtemps alors. Millie a école demain.

Tout content d'avoir une copine pour la soirée, Tim se tourne vers la fillette :

— J'allais regarder *Kung-Fu Panda*, ça te dit ?

Tandis que je leur apportais des parts de quiche, les autorisant à manger devant la télé, le libraire s'est assis sur la seule chaise libre, à côté de moi. Force est de constater qu'il sent bon, un agréable parfum, frais et ambré. Quant à ce grain de beauté qui palpite à la base de son cou… Stop ! Histoire de reprendre contenance, je lui tends le plat en lui expliquant que Tim m'a beaucoup parlé de Millie, depuis leur cours de natation.

— Il était étonné de ne pas la voir à l'école, il a cru qu'elle était malade.

— Pas du tout. Millie est scolarisée à Saint-Flovier, c'est pour ça qu'il ne l'a pas vue.

Perplexe, je hausse un sourcil. C'est étrange de l'envoyer dans une école située à dix kilomètres alors que celle de Châtillon est très bien.

— Ah ? Pourquoi ce choix ? Vous habitez ici, pourtant.

— Moi, oui, mais pas mon ex-femme.

Merde, merde, merde !

Sous la table, Pauline m'envoie un grand coup de pied dans le tibia, que je m'efforce d'ignorer.

— Pardon, je ne savais pas…

Si je me fie à mes joues brûlantes, il y a de fortes chances que je ressemble à un homard trop cuit. J'avale nerveusement une gorgée d'eau, avant d'oser regarder Rudy à nouveau.

— Aucun problème, réplique-t-il avec décontraction. Le divorce était une décision commune. Estelle a acheté une maison à Saint-Flovier pour se rapprocher de ses parents, j'ai suivi, c'était dans l'intérêt de Millie. Et puis le timing était parfait pour reprendre la librairie.

Pauline, un peu pompette après seulement deux verres de vin, approuve avec force et un sourire béat :

— Voilà ce que j'appelle un homme de valeur, un vrai !

Se sentant visé, Mehdi lui décoche un coup d'œil furibard.

— Merci, ça fait plaisir, marmonne-t-il.

Annette a la présence d'esprit de nous épargner une scène de ménage en proposant aussitôt d'aller chercher le dessert, de la glace et des rochers coco préparés par Loulou, que nous dégustons en discutant de choses et d'autres. De son côté, maman observe attentivement Rudy, qui plaisante avec mon grand-père.

Au bout d'un petit moment, d'un air timide, elle s'éclaircit la voix :

— Euh… Lisa m'a informée que vous recrutez, en ce moment ?

— Tout à fait, confirme-t-il avec douceur. Je suis en quête d'une personne pour tenir la caisse, principalement l'après-midi. Ça me libérerait du temps pour les commandes et autres tracasseries administratives.

Son regard noisette s'éternise une seconde de trop sur moi. Perturbée, je remarque ses avant-bras musclés, ses mains larges et ses lèvres, si bien dessinées qu'elles m'évoquent des quartiers de clémentines. Il est drôlement séduisant, quand même.

On se calme, Lisa. On se calme.

Je suppose que ma mère vient de lui poser une question, car Rudy est en train de lui répondre :

— Pas de profil en particulier, non. Passez me voir un matin, si ça vous intéresse.

C'est alors que les enfants déboulent, surexcités. Tim brandit fièrement le mange-disque, laissant le soin à Millie de transporter une pile de quarante-cinq tours.

— On peut écouter de la musique ? s'enquiert mon fils. On en a trouvé super plein !

— Tu peux, maintenant que tu sais t'en servir, rigole ma mère, mais je ne suis pas sûre que tu apprécies ces vieilles chansons.

Avec moult précautions, Tim pose l'appareil sur le rebord de la fenêtre et y insère un vinyle. Les premières notes de *Ça plane pour moi*, de Plastic Bertrand, coupent la chique au chœur de grillons, dont les vibrations ont empli l'air.

— Ça n'a pas pris une ride ! constate Annette, amusée de voir Pauline se trémousser sur sa chaise.

— Au contraire, j'adore ! s'exclame mon amie. *Hou-Hou-ooouuu-ouuuu ! Comme un Indien dans son igloo...*

Dans un ravissement enfantin, Millie attrape Tim par les mains et se met à danser en criant :

— *Ça plane pour moi, moi, moi, moi, moi...* !

C'est un bonheur de les voir tournoyer et chahuter en chantant de façon approximative, indifférents à nos regards. Le monde serait tellement plus léger si nous ne perdions jamais notre âme d'enfant ! Rudy et moi échangeons un sourire attendri tandis que Loulou et Annette s'égosillent ensemble :

— *You are the king of the divan ! Qu'elle me dit en passant. Hou-Hou-ooouuu-ouuu !*

Ma mère fait mine de s'étonner.

— Bah dis donc, papa, j'ignorais que tu écoutais mes disques en cachette !

Incapable de résister, j'attrape mon portable pour prendre quelques photos. Ma mère se penche vers moi.

— Tim aimerait utiliser le Polaroid, mais je n'ai pas réussi à le remettre en route. Tu crois qu'il y aurait un magasin, dans les parages ?

— Je peux y jeter un œil, si vous voulez, intervient Rudy. Mes parents en ont toute une collection, alors je m'y connais un peu.

Les enfants remettent le disque, et Loulou se redresse de sa chaise en fredonnant. L'espace d'un instant, je me demande s'il ne va pas se mettre à danser avec eux. Au lieu de quoi, il disparaît dans la maison et en ressort au bout d'une minute, une bouteille de liqueur à la main. Curieux, je ne me rappelle pas l'avoir achetée…

— Un petit coup de ratafia pour se rincer le gosier ? propose-t-il.

— Merci, mais non, décline Rudy, je dois conduire Millie chez mes parents, ma mère la dépose à l'école demain. C'est pour ça que je passais sur la route, à la base. Il va être temps qu'on parte, d'ailleurs.

— Je vais vous chercher le Polaroid, dis-je en me levant.

Lorsque je reviens, Tim a coupé la musique et patiente déjà avec Millie près de la voiture de Rudy.

— Merci pour cette joyeuse soirée, Lisa.

— Non, c'est moi qui vous remercie. Sans vous, Pierrette était perdue.

— On pourrait passer au *tu*, non ?

— OK, va pour le tutoiement ! Tiens, j'ai le Polaroid.

En lui tendant l'appareil photo, mes doigts frôlent les siens. Le sourire qui se dessine sur ses lèvres fait naître un drôle de frisson sur ma nuque et, pendant une folle seconde, je le sens aussi attiré que moi. Heureusement, il se détourne très vite, promettant à ma mère de s'occuper du Polaroid dans les plus brefs délais.

Alors qu'il s'éloigne, Pauline pousse son centième soupir de la soirée :

— Eh bien, eh bien ! En voilà un avec qui j'aurais assez envie de faire des choses pas très catholiques. Je veux un enfant de cet homme, tout de suite !

Dans un gloussement, je lui fais remarquer qu'elle a dit exactement la même chose la dernière fois qu'elle a maté une photo de Henry Cavill.

— Certes, mais ça nous fait ça à toutes pour Henry Cavill, répond-elle avant de se tourner vers ma mère. Vous n'êtes pas d'accord avec moi, Cécile ?

— Je ne sais même pas de qui vous parlez, rit maman.

Annette s'immobilise, choquée.

— Mais enfin, c'est *çui* qui joue Superman ! lui apprend-elle comme si cela allait de soi. Il est harmonieusement agencé.

Ses commentaires graveleux ne s'arrêtant pas là, je lui demande, hilare :

— Toi alors ! Tu connais Henry Cavill ?

— Je suis abonnée à *Netfixe,* figure-toi, et je suis aussi sur les réseaux *sociables.* Faut bien s'occuper.

Nouvelle salve de rires.

— Sérieusement, Lisa, reprend Pauline, tu devrais tenter ta chance. Rudy est vraiment craquant.

Je m'apprête à rouspéter, quand ma mère renchérit :

— C'est vrai qu'il est particulièrement séduisant. Et pas bête, avec ça.

— Le seul truc, ajoute pensivement Annette, c'est qu'il est très grand et toi pas trop. Mais bon, vous saurez vous débrouiller.

Au secours, sortez-moi de là !

Les joues en feu, je me retourne pour leur faire face en agitant mes mains pour protester.

— Stop ! On arrête ça tout de suite, les entremetteuses ! Je ne veux même pas en entendre parler.

Non, mais franchement ! D'accord, mon cœur a un peu calé dans ma poitrine chaque fois que Rudy a plongé ses yeux dans les miens, ce n'est pas pour autant que cela signifie quelque chose.

— C'est bien dommage, gazouille Pauline. Mais je suis certaine que tu changeras d'avis.

OK, je vais faire celle qui n'a rien entendu. Ma mère passe son bras sous le mien. Le regard fixé sur l'horizon, elle lâche, résolue :

— J'ai décidé de postuler à la librairie.

Je m'immobilise.

— Oh, c'est vrai ? Qu'est-ce qui t'a fait changer d'avis ?

— Sa belle gueule, parie Pauline.

Maman rit à nouveau.

— Il est un peu trop jeune pour moi. Non, sa gentillesse, d'abord. Ensuite…

Elle s'interrompt un instant.

— Nous avons passé un excellent moment, ce soir, ça faisait longtemps que je ne m'étais pas autant amusée. Ça ne peut que me faire du bien de reprendre une vie sociale. Il est évident que je ne peux pas réparer le passé, mais j'ai au moins la possibilité de décider de mon présent, alors c'est maintenant ou jamais.

Folle de joie, je la serre dans mes bras. J'aimerais lui exprimer mon admiration d'oser enfin marcher vers la lumière, l'applaudir et la féliciter d'être une battante, mais mon étreinte vaut ces mille mots qui ne sauraient être assez justes et précis.

*

Elle a réussi. Ce matin, maman s'est levée aux aurores et a insisté pour que je la dépose à la librairie en conduisant Tim à l'école. Elle a même refusé que j'entre dans le magasin avec elle, préférant s'entretenir avec Rudy en tête à tête. J'ignore s'il agit par amitié envers mon grand-père ou s'il est réellement convaincu que ma mère est la personne dont il a besoin, toujours est-il qu'elle fait un premier essai cet après-midi. Comme nous sommes jeudi, je laisse d'abord Loulou chez Cui-Cui pour sa partie de belote.

— Si jamais il y a un problème, Cécile, tu viens me trouver, lui fait-il promettre.

— Ça va aller, lui assure-t-elle.

Elle se montre si courageuse en décidant d'affronter ses peurs ! Mais j'ai entendu la nervosité dans sa voix et j'insiste pour l'accompagner à l'intérieur. Nous trouvons Rudy en train de fredonner *Ça plane pour moi.* Et manifestement, il fait partie de ces personnes qui chantent très faux.

— Joli filet de voix, dis-je en me moquant gentiment.

— Ah, hello, vous deux ! nous accueille-t-il avec bonne humeur. Alors, prête à me confier ta mère, Lisa ?

J'opine d'un simple mouvement de la tête. Maman est déjà partie poser ses affaires dans l'arrière-boutique.

— Je reviens la chercher après l'école, c'est ça ?

— Oui, trois heures c'est bien pour démarrer. Ne t'inquiète pas, au début, je resterai près d'elle autant que nécessaire.

— Merci pour elle, Rudy, vraiment. C'est chouette de ta part.

Je sais qu'avec lui, ma mère est en sécurité. Sans cesser de me fixer, il ajoute :

— Si un de ces quatre ça te dit d'aller boire un verre…

Le retour de ma mère me dispense de répondre. D'une certaine manière, j'en suis soulagée. Rudy m'attire, je ne vais pas le nier, mais je le connais à peine, et surtout, à l'exception de deux ou trois rencards qui n'ont abouti à rien, je n'ai plus fréquenté personne depuis Bastien. Je crois que l'idée de m'investir dans une relation, même éphémère, me terrorise.

— Je suis prête ! déclare ma mère.

Je lui presse l'épaule avec chaleur.

— Bonne chance, maman, à tout à l'heure !

Je me retrouve comme une andouille sur le trottoir. Il faudrait que je rentre me consacrer au dernier chapitre de ma traduction, mais je sens que je ne parviendrai pas à me concentrer. Je dispose d'un peu plus de deux heures devant moi, je suis seule et je n'ai en réalité qu'une seule envie : lire la suite du journal d'Aurélia. Je sais que je ne devrais pas, pourtant, en démarrant ma New Beetle, je prends presque malgré moi la direction de la maison de mon grand-père. Je veux savoir pourquoi Loulou se renferme dans ces non-dits qui font trop de vacarme, à force d'être tus, pourquoi le prénom de sa tante n'a jamais été prononcé avant ma découverte du coffret, pourquoi sa mère apparaît sur une photo avec un Allemand…

En traversant la cour, je salue brièvement les ouvriers en prétextant que je viens récupérer des affaires de mon grand-père. Personne n'ira vérifier, de toute façon. Je grimpe les escaliers quatre à quatre et ouvre la porte de sa chambre, convaincue que c'est là qu'il aura caché le coffret. C'est en tout cas ce qui me paraît le plus logique. À genoux, je fouille sous son lit, puis dans l'armoire, la commode, la table de nuit… Rien.

Et zut de zut !

Je ne m'attendais pas à ce qu'il me facilite la tâche, mais c'est frustrant. Dépitée, je redescends dans le salon et me dirige vers le jardin d'hiver, où je m'assieds dans l'un des fauteuils en osier afin de réfléchir. Où a-t-il pu planquer ce coffre, bon sang ? Mes yeux se posent alors sur la vaste bibliothèque qui recouvre tout un pan de mur. Tout en bas, elle est constituée de petits placards. Le cœur battant, je m'en approche et commence à les ouvrir. Hourra ! Le coffret apparaît derrière la troisième porte, enroulé dans une couverture. Loulou l'a habilement dissimulé, j'aurais pu passer à côté ! Cela ne fait que renforcer mon envie de savoir. Incapable d'attendre plus longtemps, je me saisis du journal et, refoulant un léger sentiment de culpabilité, je retourne m'installer dans le fauteuil tandis qu'un crissement de scie me parvient depuis la cuisine.

18

Aurélia, 1940.

EN CE MILIEU DU MOIS D'AVRIL, Paris était froide et endormie. Emmitouflée dans son manteau bleu à boutons en laiton, Aurélia, qui venait de fêter ses dix-neuf ans, était glacée. Les températures n'excédaient pas les six degrés et, les jours précédents, il n'avait fait que pleuvoir, quand il n'avait pas neigé. *Un vrai temps hivernal,* songea-t-elle en sortant du taxi que Françoise Montignac, la mère de Madeleine, leur avait commandé après les avoir emmenées faire un tour de barque au bois de Boulogne, histoire de profiter d'une rare éclaircie. Aurélia avait trouvé cette sortie d'un ennui mortel. Madeleine et sa mère jacassaient sans fin, et il n'avait été question que de leurs mondanités, comme si, au même moment, des millions d'hommes ne se trouvaient pas sur le front. Il lui avait été difficile de donner le change et l'illusion qu'elle s'amusait. Dire qu'elle aurait si volontiers pris part à ce genre de discussion seulement quelques mois plus tôt !

Pourtant, son séjour n'avait pas si mal commencé : dix jours auparavant, quand son père lui avait proposé de l'accompagner à Paris, où il devait donner quelques concerts pour remonter le moral de son public, Aurélia en avait presque sauté de joie. L'hiver dans le Berry avait été morne, seules les lettres que Gauthier envoyait à Marie depuis son cantonnement en Lorraine avaient apporté un peu de lumière à ces interminables journées enneigées. Lui-même souffrait des désastreuses conditions climatiques, mais il avait bon espoir que cette « drôle de guerre » prenne fin d'un jour à l'autre, d'autant que les Français n'avaient toujours pas vu l'ombre d'un Boche. Pour Noël, il avait envoyé au petit Louis un saint-nicolas en pain d'épice et écrit à Marie que son régiment s'était régalé d'un gros bocal de cerises à l'eau-de-vie. On était loin des batailles tant redoutées ! Hormis cela, il ne se passait pas grand-chose, ni d'un côté ni de l'autre. Aurélia supportait mal la vacuité de son existence. Sa sœur lui avait donné des livres de Proust et de Maurice Leblanc, mais cela ne lui suffisait plus. Seule la beauté calme des champs et de la rivière apaisait son esprit en manque d'effervescence, même si le vague à l'âme s'emparait d'elle chaque fois qu'elle descendait sur les rives de l'Indre et se remémorait les moments partagés avec Antoine. À Paris, son père l'avait emmenée au musée et ils avaient assisté à une revue de Joséphine Baker, mais rien n'était plus comme avant. En hommage au corps expéditionnaire britannique venu au secours de la France, l'artiste avait ajouté à son tour de chant *Ô mon Tommy !* et, sur le programme, on avait indiqué l'abri le plus proche en cas d'alerte. On redoutait tant les gaz de combat qu'on avait distribué des masques à gaz à la population, et plus aucune lumière ne devait briller durant la nuit. Même les phares des voitures et des bicyclettes avaient été recouverts de peinture bleue. La capitale semblait avoir perdu sa belle insouciance.

La mère de Madeleine s'immobilisa devant l'entrée de son immeuble.

— Peut-être devriez-vous prendre un goûter au Ritz, suggéra-t-elle aux jeunes filles. Il y a des restrictions sur la viande aujourd'hui, mais pas sur les pâtisseries.

Les joues rosies par le vent froid, Madeleine approuva en battant des mains :

— Excellente idée, voilà qui nous réchauffera ! Et puis ce sera l'occasion de discuter avant ton départ, Aurélia. Quand je pense que tu nous quittes déjà demain…

Françoise adressa un étrange sourire à sa fille, qu'Aurélia ne sut comment interpréter.

— Amusez-vous bien, et ne rentre pas trop tard, Madeleine ! leur lança-t-elle avant de s'engouffrer dans le hall du vaste immeuble bourgeois.

Aurélia consulta sa montre. Elle devait rejoindre Arielle aux Tuileries, mais il lui restait encore un peu de temps. Depuis la rue de la Chaussée-d'Antin, les deux amies ne mirent que dix minutes pour atteindre le Ritz. Le restaurant était étonnamment paisible pour cette heure de la journée où, d'ordinaire, dames et demoiselles se prélassaient autour d'un thé dans l'élégante salle parée de boiseries fines et de plantes dans le pur style Art déco. On les installa dans de confortables fauteuils, et un serveur leur apporta à chacune un épais chocolat chaud et des madeleines, qu'elles dégustèrent en les trempant dans leur boisson fumante. Madeleine contempla Aurélia, qui, vêtue d'une élégante jupe en tweed et d'un cardigan de laine couleur coquelicot, ne pipait mot.

— Tu ne parles pas beaucoup, et je n'en sais guère plus sur ta vie, depuis tes dernières lettres, se risqua-t-elle.

Aurélia ajusta machinalement son béret et baissa la tête, les yeux rivés sur son chocolat.

— Ma vie n'a rien de passionnant, tu sais. Je passe mes journées à tourner en rond et à attendre.

— Ma pauvre chérie, compatit Madeleine. Toi qui désirais plus que tout pouvoir danser, quel gâchis !

La jeune fille lui retourna un coup d'œil sec et dur, auquel son amie, affairée à engloutir un troisième biscuit, ne prêta pas la moindre attention. Était-elle obligée de remuer le couteau dans la plaie ?

— La guerre cessera bien un jour, soupira-t-elle. Quand je serai définitivement de retour à Paris, plus rien ne m'empêchera de tenter ma chance. Les gens auront besoin de s'amuser, après tout cela.

Madeleine reposa la tasse en porcelaine dans sa soucoupe et pencha la tête pour attraper le regard d'Aurélia.

— Penses-tu encore à ce garçon de l'été dernier ? Antoine, si je me souviens bien ?

— Non, bien sûr que non, mentit Aurélia alors que la simple évocation du jeune homme la mettait encore dans tous ses états. De toute façon, je n'ai jamais reçu la moindre nouvelle de sa part.

Après la sidération des premiers jours qui avaient suivi le départ précipité du cirque, la jeune fille s'était crue capable de surmonter sa tristesse en prenant exemple sur Marie qui, si forte, refusait de se laisser abattre par l'absence de Gauthier. Son chagrin avait peu à peu cédé la place à une forme d'espoir, celui qu'Antoine finirait par la contacter, puisqu'il savait où elle vivait. Chaque jour, elle avait guetté le passage du facteur, en vain. Huit mois s'étaient écoulés, et elle ignorait complètement ce qu'il était advenu du beau brun qui avait ravi son cœur. Pourtant, elle refusait de croire qu'il s'était moqué d'elle. Aurait-il pris la peine de déposer une lettre au pied du noisetier, de *leur* noisetier, s'il n'avait rien ressenti pour elle ? Mais à quoi bon ressasser tout ça, puisqu'elle ne le reverrait sans doute jamais ?

— Je vois bien que ça te tourmente, reprit Madeleine. Réfléchissons : il a probablement été mobilisé lui aussi. S'il a vingt et un ans et aucun handicap...

Aurélia coupa brusquement son amie :

— Je t'en prie, ne parlons plus de lui, s'agaça-t-elle. Dis-moi plutôt ce qu'il en est de ce cousin éloigné que tu me décrivais avec des mots très flatteurs, dans ton dernier courrier, ajouta-t-elle en s'efforçant de se radoucir.

Madeleine se redressa sur sa chaise et esquissa un large sourire. Aurélia devina qu'elle n'attendait que cette question.

— Pierre-Yves a demandé ma main à mon père ; nous allons nous marier ! exulta-t-elle.

— Oh ! C'est fabuleux ! s'enthousiasma Aurélia en tâchant de refouler la pointe de dépit qui lui pinçait le cœur.

— N'est-ce pas ? C'est pour ça que maman nous a envoyées au Ritz, elle tenait à ce que je te l'annonce avant que tu ne repartes. Oh, j'espère que je ne te cause pas de peine, au moins.

Aurélia déglutit et se força à lui rendre son sourire.

— Pas le moins du monde. Au contraire, je suis si heureuse pour toi. Quand aura lieu la noce ?

Madeleine se rembrunit légèrement.

— Pas avant sa prochaine permission, dans un mois, normalement. Mais par les temps qui courent, tout peut encore changer...

— Allons, essaie de faire preuve d'optimisme, tu seras bientôt une vraie dame ! Où est-il cantonné ?

— En Normandie. D'après ce qu'il m'écrit, tout est tranquille, mais à travers ce qu'il ne dit pas, je devine qu'ils vivent dans l'incertitude la plus complète. Papa a raison, nous ferions mieux de nous rallier à Hitler, ça nous serait bien plus bénéfique.

Aurélia écarquilla les yeux.

— C'est réellement ce que pense ton père ? Ça ne me semble pas très patriotique.

— Hitler a su redresser l'économie de son pays, et sa force militaire est puissante. Nous n'avons aucun intérêt à lui faire la guerre.

Aurélia n'en revenait pas. Comment son amie pouvait-elle relayer de tels propos ?

— Mais la Pologne ? s'enflamma-t-elle. Et ce qu'il fait aux juifs ?

— Les juifs ! cracha Madeleine. C'est bien à cause d'eux que nous en sommes là, non ? S'ils n'avaient pas corrompu l'Europe… eh bien, je serais déjà mariée, à l'heure qu'il est. Ils ne valent pas mieux que tous ces réfugiés espagnols qui pillent et violent les femmes, paraît-il.

— Madeleine ! se récria Aurélia, effarée. Je connais un couple d'Espagnols qui ont été accueillis à Châtillon, je peux t'assurer que ce sont des gens très bien.

Josefa, qui faisait le ménage à l'école, venait parfois mitonner de bons petits plats pour soulager Marie ; quant à son époux, Pablo, lui aussi était la bonté incarnée, n'hésitant pas à rafistoler des meubles cassés sans rien demander en retour, ou donnant de sa personne pour livrer du bois aux plus isolés. Aurélia ne savait pas d'où la famille de Madeleine tenait ces préjugés, mais elle détestait l'entendre proférer ces horreurs.

— Hum, si tu le dis, renifla Madeleine, peu convaincue. Enfin, avec un peu de chance, tout ça sera bientôt derrière nous. As-tu profité de ton séjour ici pour aller au cinéma ?

Aurélia secoua la tête sans répondre. Elle était bien trop médusée par les opinions de Madeleine pour bavarder comme si de rien n'était. Enroulée dans sa robe de lainage rose, son amie affichait une espèce de vanité satisfaite qu'elle ne lui avait jamais connue auparavant. Où donc était passée la gamine coincée qui redoutait une punition de ses parents à la moindre incartade ?

— Maman m'a emmenée voir le dernier Danielle Darrieux, enchaîna Madeleine sans se rendre compte du trouble dans lequel elle avait jeté Aurélia. C'était bien, sauf qu'à un moment donné elle apparaît en maillot de bain, tu te rends compte ? C'est d'une telle impudeur.

— Ah bon ? fit machinalement Aurélia en regardant sa montre. Oh, je dois m'éclipser, je n'avais pas fait attention à l'heure.

— Quoi ? Déjà ? Mais nous avons tant de choses à rattraper, depuis juillet !

— Une prochaine fois, lui promit-elle à la hâte. J'ai une course à faire, et ensuite mon père m'emmène dîner au restaurant.

Madeleine opina.

— Bien sûr, la dernière journée est toujours la plus chargée. J'imagine que tu dois aussi aider la bonne à faire ta valise.

En réalité, les bagages avaient été bouclés le matin même par Germaine, mais Aurélia se garda bien de détromper son amie. La conversation qu'elles venaient d'avoir lui laissait comme un goût de bile dans la bouche. Alors que son amie filait d'un pas tranquille vers leur quartier, Aurélia emprunta la rue de Castiglione, qu'elle descendit jusqu'aux Tuileries. Marcher lui permettait de réfléchir aux mots odieux employés par Madeleine. Depuis quand la jeune fille vouait-elle tant de haine aux juifs ? Elle ne faisait sans doute que s'approprier les paroles de son père, mais de telles idées étaient si étonnantes, venant de ce magistrat réputé qui avait assisté à maintes soirées chez Léandre, au cours desquelles Arielle et son mari étaient présents ! Perdue dans ses pensées, Aurélia s'engouffra dans le parc. Si les trottoirs étaient moins bondés qu'à l'accoutumée, elle croisa cependant du monde dans les allées du jardin, où les

Parisiens étaient décidés à profiter de ce jour sans pluie. Des gamins se défoulaient en jouant et en criant, sous l'œil indulgent de leurs mères ou de leurs nurses, qui se réchauffaient en faisant les cent pas autour des statues et des bassins. Elle trouva Arielle assise sur un banc, très élégante dans son long manteau rouge ceinturé à la taille, un bibi noir orné d'un gros nœud posé de côté sur ses épaisses boucles brunes lâchées sur ses épaules. Sa fille, Dina, était endormie dans son landau, sous une épaisse couverture.

— Où est passé ton beau sourire ? demanda-t-elle à Aurélia après l'avoir embrassée. Je pensais que tu serais contente de nous revoir.

La jeune fille se mordit la lèvre, embarrassée. Elle ne voulait pas tracasser Arielle en lui révélant les raisons de son humeur maussade.

— Au contraire, affirma-t-elle, je suis ravie de te dérober un peu de temps. Mais entre cet hiver qui n'en finit pas et cette guerre dont on ne sait finalement pas grand-chose, la situation est si pesante !

Arielle hocha tristement la tête.

— C'est vrai que c'est difficile, en ce moment. Heureusement qu'il reste des nouvelles réjouissantes. Nous avons pu faire sortir mon père de Pologne au moment où les Allemands commençaient leurs rafles dans Varsovie. Il est enfin en sécurité, en Suisse.

— C'est une bonne chose. Je suppose que ça a dû être un choc pour lui, de tout quitter.

— Pas aussi grand que s'il était tombé entre les mains des nazis. C'est atroce, ma chérie, ce qu'ils font aux juifs là-bas.

Aurélia déglutit. Elle redoutait d'entendre les détails, pourtant, elle avait un besoin impérieux de savoir.

— Comment ça ?

— Mon père a assisté au passage à tabac d'un vieil homme par des soldats, parce qu'il refusait de laisser son appartement. Ils se sont acharnés sur lui jusqu'à son dernier souffle et ont éclaté de rire en constatant son décès. Tout ça uniquement parce qu'il était juif.

— Quelle horreur ! Il n'y a donc personne pour les arrêter ?

Aurélia n'entendait certes pas grand-chose à la politique, toutefois il lui paraissait évident que soutenir Hitler, c'était applaudir le mal. Madeleine allait forcément s'en rendre compte à un moment ou un autre.

— Je me pose sans cesse la question, lui confia Arielle. Comment, de nos jours, une telle barbarie peut-elle avoir lieu ? Pourquoi personne ne règle son cas à ce maudit Hitler ? Hélas, je n'ai pas la réponse. Mais parlons d'autre chose ; tu te plais, dans le Berry ?

Se gardant bien d'évoquer Antoine, Aurélia lui raconta qu'elle s'adaptait à la région plus facilement qu'elle ne l'aurait cru, malgré un manque évident de distractions.

— Eh bien ! s'exclama Arielle. Heureusement que je n'ai jamais épousé ton père, ma vie aurait été d'un ennui !

— Moi, j'aurais adoré, rétorqua Aurélia. Tu aurais pu être comme une mère pour moi. Comment se fait-il que papa et toi n'ayez jamais songé à…

Amusée, Arielle la coupa aussitôt :

— Parce que ton père et moi ne sommes rien d'autre que de grands amis. Il est vrai qu'à un moment, au tout début, j'ai espéré que… Enfin, peu importe, il n'a eu qu'un seul amour, ta mère, Zélie. Et c'est tant mieux, sinon je n'aurais jamais connu mon Jacob, ni donné naissance à ma jolie Dina, termina-t-elle en soulevant du landau la fillette qui se réveillait de sa sieste.

Aurélia les regarda, attendrie. Leur bonheur était si beau à voir qu'elle se surprit à prier pour que la folie nazie ne vienne pas le détruire.

*

— Tu sembles contrariée, Aurélia, observa son père, quelques heures plus tard, en découpant un morceau de lotte. Tu ne manges rien.

Ils étaient attablés au Polidor, dont la salle se trouvait pleine à craquer. Léandre avait beau rouler en Bugatti et porter des vêtements sur mesure, il n'en aimait pas moins les plaisirs simples et préférait largement ce bouillon sans prétention aux adresses luxueuses comme Chez Maxim's, où dînaient régulièrement ses confrères artistes. Ce soir, à défaut de viande, ils avaient commandé du saumon fumé et de la lotte aux échalotes et au vin blanc, dont le fumet appétissant ne parvenait pas à faire oublier à Aurélia les paroles détestables de Madeleine.

— C'est Madeleine, dit-elle en repoussant son poisson du bout de sa fourchette. Elle a... beaucoup changé.

— Vous seriez-vous chamaillées ? Je pensais que votre promenade en barque s'était bien passée.

Aurélia but une gorgée de vin, dont elle savoura la texture veloutée, et reposa son verre.

— Non, il ne s'agit pas de ça. Après la balade, nous avons pris un goûter au Ritz, et je l'ai découverte sous un jour que je n'apprécie pas. Son père soutient Hitler, et elle est d'accord avec lui.

Elle lui résuma l'horrible discours que lui avait tenu la jeune fille tout en se goinfrant de gâteaux. Léandre fronça les sourcils. Il avait l'air plus ennuyé que stupéfait.

— On m'a rapporté qu'il serait antisémite, en effet, dit-il à voix basse. D'après ce que j'ai compris, son ancien associé lui aurait dérobé une grosse somme d'argent avant de s'enfuir. Le destin a voulu que cet escroc soit juif.

Oubliant sa bonne éducation, Aurélia se renfonça contre le dossier de la banquette, les bras croisés sur sa poitrine.

— Ce n'est pas une excuse, enfin !

— Aurélia, moins fort, je t'en prie, souffla son père en regardant autour de lui. Bien sûr que ce n'est pas une excuse, mais qu'y pouvons-nous ? Bien plus de personnes que tu ne le crois raisonnent comme lui, hélas.

— Tout de même, ils ont côtoyé Arielle et Jacob, c'est insensé. Continuer à être l'amie de Madeleine en sachant ce qu'elle pense me sera bien difficile.

Léandre lui retourna le plus tendre des sourires.

— Tu es aussi entière que pouvait l'être ta mère, ma chérie. Mais ne songe plus aux méchantes convictions de Madeleine, de toute façon nous ne reviendrons pas à Paris avant un long moment.

— Mais pourquoi ? réagit aussitôt Aurélia. Puisque les Allemands se tiennent tranquilles, la guerre va bientôt se terminer, non ?

Léandre fit signe au serveur de débarrasser, et ils choisirent des profiteroles au chocolat pour le dessert.

— La situation est plus complexe que cela, reprit-il quand le garçon s'éloigna. On s'attend à une offensive sous peu.

Aurélia lorgna son père par-dessus son verre, qu'elle tenait à la main.

— Comment le sais-tu ?

— Je suis passé au ministère de la Guerre, ce matin, j'avais rendez-vous. Tu sais qu'un de mes amis y travaille.

La jeune fille réprima un geste d'impatience. Quand son père cesserait-il de la prendre pour une gamine incapable de saisir les choses ? Ne voyait-il pas qu'elle avait parfaitement compris ses liens avec les réseaux d'espionnage ?

— Papa ! souffla-t-elle. Je ne suis plus une enfant et j'aimerais bien que…

Le serveur leur apporta les profiteroles. Léandre le remercia, se frottant les mains de gourmandise.

— Bien ! approuva-t-il en se tournant vers sa fille. Avec tout ça, je ne t'ai pas encore appris la bonne nouvelle.

— Une bonne nouvelle ? répéta Aurélia mollement, vexée de le voir dévier la conversation pour ne pas avoir à répondre à ses questions.

Léandre se servit une nouvelle rasade de vin.

— Oui. Comme tu le sais, Julien, le fils des Carlier, était trop jeune pour être mobilisé. Il l'a échappé belle, à deux mois près !

— Je suis au courant, papa. Où souhaites-tu en venir ?

— L'internat étant fermé jusqu'à nouvel ordre, il a dû mettre ses études entre parenthèses pour l'instant. Comme ta sœur est surchargée à l'école depuis le départ du directeur en Lorraine, nous avons pensé à Julien afin d'assurer la classe aux plus jeunes.

Aurélia ne masqua pas sa surprise.

— Ce serait possible ?

— Bien sûr. En tant qu'étudiant à Normale et vu le contexte exceptionnel, il est apte à enseigner. Tout est arrangé, nous passerons donc le récupérer demain matin.

Oubliant sa mauvaise humeur, Aurélia étreignit son père de bonheur.

— C'est merveilleux, papa ! Il me tarde de lui faire découvrir le Berry !

*

Avec la présence de Julien chez eux, la vie parut plus douce à Aurélia. Le soir, après souper, les deux amis aimaient sortir se promener et poussaient jusqu'à l'orée du village où ils s'attardaient quelques instants, leurs regards balayant les toits des maisons, au loin, et le donjon qui dominait l'ensemble. Aurélia se rendait compte que Paris ne lui manquait plus du tout, depuis que Madeleine l'avait déçue. Elle appréciait particulièrement le calme et le silence de la campagne, ainsi que la fraîche humidité de l'air tandis que le printemps s'installait pour de bon. Elle conduisit Julien sur les berges, derrière la maison, et lui parla d'Antoine. Le jeune homme se montra sincèrement désolé que son amie ait eu à connaître son premier chagrin d'amour.

— Il te donnera peut-être des nouvelles quand la guerre sera finie. D'après ce que tu me dis, il ne s'est écoulé que quinze jours entre la fuite du cirque et l'ordre de mobilisation générale. Les événements se sont enchaînés très rapidement.

Aurélia n'y croyait guère, mais l'optimisme de Julien agissait sur elle comme un baume apaisant. Le charme naturel et l'humour du garçon opéraient d'ailleurs sur tout le monde : Marie ne tarissait pas d'éloges à son sujet, admirant la passion avec laquelle il enseignait ; Josefa, qui le considéra bien vite comme un fils, n'aimait rien tant que le gaver de plats copieux ; quant à Marcelline, la métayère, son sourire s'élargissait chaque fois qu'il accompagnait Léandre à la ferme. Le petit Louis et les autres écoliers avaient tous adopté ce drôle de jeune instituteur doux et patient, qui leur lisait des passages entiers de *Buffalo Bill* ou de *Tom Sawyer* pour leur faire aimer la lecture. Bon nombre de petites filles battaient des cils quand elles le croisaient dans la cour de récréation et rêvaient d'être dans sa classe. Il n'en fallut pas plus à Marie pour se persuader qu'il ferait un fiancé idéal pour Aurélia, ce qui ne manqua pas de faire rire cette dernière aux éclats :

— Julien et moi ? Seigneur, ce que tu en as de bonnes, parfois !

19

Deux mois plus tard.

— NE RESTE PAS PRÈS DES FENÊTRES, Aurélia. Ce n'est pas prudent, avec tous ces gens qui risquent de surgir d'un moment à l'autre.

En ce soir du 16 juin, Léandre faisait les cent pas dans le salon calfeutré par les épais rideaux bleus, fébrile. Deux jours plus tôt, la Wehrmacht triomphante était entrée en fanfare sur les Champs-Élysées, semant le chaos et précipitant des milliers de familles parisiennes sur les routes. En réalité, l'exode avait commencé mi-mai, après l'attaque surprise de Sedan, dans les Ardennes, qui avait signé une lourde débâcle pour l'armée française. Les soldats déroutés s'étaient repliés en direction du sud et de l'ouest, errant le plus souvent sans but. À mesure de l'avancée des Allemands, des civils terrorisés s'étaient enfuis de Belgique et des villes du nord de la France, en quête d'un endroit où ils seraient en sécurité et loin de l'envahisseur. La prise de Paris allait forcément empirer les choses, d'autant plus que le gouvernement s'était réfugié à Bordeaux. On attendait une véritable marée humaine dans les heures à venir.

— Il ne se passe pas grand-chose, pour l'instant, répliqua Aurélia. Tout est calme, hormis le vent qui s'est levé.

Le teint pâle et le visage creusé par l'inquiétude, Marie se redressa de l'un des deux fauteuils en chintz qui entouraient la cheminée et rejoignit Aurélia, qui scrutait toujours la rue sombre et silencieuse malgré les recommandations de leur père.

— Et si Gauthier cherche à rentrer, papa ? dit-elle d'un ton à la fois optimiste et désespéré. Nous ferions mieux de laisser la porte de derrière ouverte, au cas où, il ne va tout de même pas rester dehors.

Aurélia passa un bras réconfortant autour de la taille amaigrie de sa sœur. Depuis la terrible défaite française, Marie était sans nouvelles de son époux. Était-il vivant ? Blessé ? Avait-il été fait prisonnier ou marchait-il vers les siens ? La jeune femme se refusait à croire qu'il était mort, mais l'incertitude la rongeait. Aurélia la comprenait sans peine, elle qui n'avait de cesse de trembler pour Antoine. Elle se trouvait ridicule de penser autant à lui alors qu'il l'avait abandonnée, mais elle n'arrivait pas à lutter contre son cœur, restant éveillée une bonne partie de la nuit en imaginant le jeune homme au front, puis errant à travers les villages ou prisonnier de l'ennemi. Toutefois, elle s'interdisait d'envisager le pire. C'était trop cruel.

— Non, tout doit rester fermé, répondit Léandre. Certaines villes ont été pillées, il faut nous protéger. Gauthier pourra toujours sonner s'il revient ce soir.

D'un geste de la tête, Marie acquiesça bravement, le regard fouillant la nuit à travers la fente des rideaux. Les bras croisés sur sa poitrine, Aurélia se retourna pour demander à son père :

— Tu devais téléphoner à Arielle, cet après-midi, qu'en est-il ? Compte-t-elle venir ici ?

Léandre poussa un profond soupir.

— Les lignes téléphoniques sont très mauvaises, mais j'ai réussi à la joindre, oui. Jacob et elle n'ont pas l'intention de quitter Paris.

— Quoi ? s'écria Aurélia. Ils savent pourtant de quoi sont capables ces sales Boches !

Julien, qui se trouvait à l'étage pour lire une histoire à Louis, redescendit à ce moment-là et pénétra d'un pas rapide dans la pièce.

— Que se passe-t-il ? s'enquit-il, non sans nervosité. Je t'ai entendu élever la voix, Aurélia.

— Arielle reste à Paris, répéta celle-ci, abasourdie. Malgré tous les dangers qui les menacent.

Aurélia n'avait pas oublié les propos abjects tenus par Madeleine et, bien que son père lui ait assuré le contraire, elle craignait désormais qu'ils reflètent la pensée d'une large majorité de Français. Qu'adviendrait-il des juifs en cas de victoire de l'Allemagne ?

Julien s'approcha de son amie et lui posa une main apaisante sur l'épaule.

— Allons, nous sommes en France. Le gouvernement nous protégera tous autant que nous sommes, il ne peut en être autrement. N'est-ce pas, Léandre ?

Les traits tendus, Léandre ne réagit pas, à l'inverse de Marie qui, en entendant ces mots, pivota d'un bloc et dévisagea le jeune homme.

— Le gouvernement ! éclata-t-elle. Mais enfin, Julien, tu les as vus ? Une belle bande de couards et de menteurs, oui ! À les écouter, la ligne Maginot devait barrer la route aux Allemands. On voit le résultat !

Ses yeux lançaient des éclairs, comme en écho à ceux qui, dehors, zébraient un ciel anthracite chargé de lourds nuages, tandis que le roulis du tonnerre se faisait entendre au loin. Aurélia se fit la réflexion que sa sœur n'avait jamais été aussi belle qu'en cet instant, les joues colorées par une colère brûlante restée trop longtemps latente. Le silence retomba une courte seconde sur la pièce, puis, les sourcils froncés, Julien hocha pensivement la tête avant d'interroger à nouveau Léandre :

— Et mes parents ? J'imagine que Rambouillet n'a pas échappé aux bombardements.

— C'est vrai, mon garçon, avec toutes ces sinistres nouvelles j'ai oublié de te dire que tes parents vont bien. Un avion de transport de matériel militaire a été attaqué par deux chasseurs allemands au-dessus de la forêt, mais le manoir n'a pas été touché.

— Bien, espérons que les choses vont…

Quelqu'un frappa alors vivement à la porte, les faisant sursauter. Aurélia sentit la main de sa sœur s'agripper fermement autour de son bras.

— C'est peut-être Gauthier ! souffla-t-elle.

Sans Julien qui, adossé contre la porte du salon, lui barrait le passage, Marie se serait déjà élancée, dans l'espoir fou de retrouver son époux sur le seuil.

— Une minute, l'arrêta Aurélia. Rien ne prouve que ce soit lui.

— Mais…

— Aurélia a raison, lui signifia Léandre, ne nous précipitons pas. Il peut s'agir de réfugiés, or, s'ils sont des dizaines, nous ne pourrons pas venir en aide à tout le monde.

Les coups redoublèrent d'intensité. Tous les quatre échangèrent un regard indécis. Léandre s'empara du tisonnier sur le côté de la cheminée.

— Attendez-moi ici, leur intima-t-il.

— Pas question ! protesta Marie. Que pourras-tu faire, tout seul, s'ils veulent entrer par la force ?

Mais déjà, son père quittait la pièce, résolu à savoir qui tambourinait ainsi à la porte. Aurélia lui emboîta le pas, aussitôt imitée par Marie et Julien. À travers le vitrail, ils distinguèrent plusieurs ombres, dont une assez massive.

— Qui est là ? cria Léandre, menaçant.

— *Señor* Moreau ! répondit une voix aux accents ibériques. C'est moi, le fils des Cabrero, les Espagnols de l'école !

— Tomás ? s'étonna le père d'Aurélia en débloquant le verrou.

Un bel homme, grand et large d'épaules, aux yeux verts, attendait sur le perron, flanqué d'une femme brune aux traits tirés et de deux enfants, un garçon et une fille, qui ne devaient guère avoir plus de six ans. Ils étaient tous déguenillés et sentaient un mélange de sueur et de crasse.

— Ça, par exemple ! s'exclama Léandre en les contemplant. Josefa ne nous avait pas prévenus de votre arrivée.

— Je suis désolé de faire irruption comme ça, s'excusa l'Espagnol. Nous avons fui Paris et ma mère n'est pas encore au courant. Il reste deux kilomètres jusqu'à l'école, mais Soledad et les enfants n'en peuvent plus.

Tandis qu'Aurélia ne pouvait détacher son regard de cette famille affamée et épuisée, Marie s'avança et, d'autorité, les invita à entrer :

— Venez, vous avez besoin de manger et de vous reposer.

— Merci, mademoiselle, murmura l'épouse de Tomás.

En la débarrassant de son manteau, Aurélia ne put ignorer le ventre proéminent de la jeune femme.

— Vous devez être éreintée, après tant de jours de marche, compatit-elle.

Soledad trouva le courage d'esquisser un léger sourire.

— Éreintée, sale et terrifiée, lui avoua-t-elle en peinant à trouver les bons mots. Josefa nous a dit que vous êtes très gentils, c'est pour ça que mon mari a décidé de faire halte chez vous.

— Il a bien fait, approuva Léandre. Vous allez dormir ici, et je vous conduirai à l'école demain. En attendant, vous avez de la chance car mes filles sont les reines de l'omelette aux fines herbes !

Tomás récupéra leurs quatre valises, qu'il avait laissées à la grille, et les rejoignit dans la cuisine, où Aurélia sortit des œufs et commença à les battre en omelette pendant que Marie dressait la table.

— Vous n'avez pas beaucoup d'affaires, constata Léandre en sortant une miche de la boîte à pain.

Tomás secoua la tête et frotta de sa main la rude barbe qui lui dévorait la mâchoire.

— Nous avons pris le minimum, parce que nous savions que le voyage serait très dur.

— Depuis quand êtes-vous partis ? demanda Julien.

Soledad se tourna vers lui. Ses yeux foncés brillaient de fatigue sous leur frange de cils épais.

— Il y aura six jours demain. Trop peur que les Allemands entrent dans Paris.

— Hélas, c'est désormais chose faite, lui apprit Léandre. Le front français est complètement disloqué.

L'air sombre, Tomás opina du chef.

— Je m'en doutais. Nous avons croisé beaucoup de gens sur les routes et nous avons vu des choses horribles.

Il leva le visage vers Aurélia, qui déposait l'omelette copieuse sur la table. La jeune fille s'immobilisa une seconde en remarquant combien son regard paraissait hanté. Du sang maculait sa chemise au niveau de l'épaule, et elle se demanda d'où il provenait, puisqu'il n'avait pas l'air de souffrir de la moindre blessure.

— Avez-vous croisé des soldats français ? s'enquit Marie en remplissant deux bols de lait pour les enfants.

Soledad lui indiqua que oui.

— Certains tentaient de maintenir un semblant d'ordre, mais la plupart étaient hagards. Avec les bombardements, tout le monde courait dans tous les sens, les gens se battaient pour un morceau de pain ou un peu d'eau. Le pire, c'était à Orléans.

Les yeux troubles, elle se tut pour ne pas pleurer. Tomás poursuivit à sa place :

— Toute la ville était en flammes, ils ont fait sauter les ponts. Nous sommes passés juste à temps, mais c'était très dur. Il y avait des… des morts un peu partout. Nous avons tout fait pour épargner Jorge et Claudia, ajouta-t-il en désignant ses enfants.

Il avala une bouchée d'omelette et leur expliqua qu'ils étaient parvenus à couper à travers une forêt, avant de rejoindre une route de campagne, où des avions nazis avaient mitraillé une colonne de civils peu de temps avant. Les corps avaient été enlevés, mais il restait des valises éventrées, des morceaux de charrettes éparpillés, des lambeaux de vêtements. Par chance, ils étaient tombés sur une voiture, une traction avant que Tomás avait réussi à faire démarrer.

— On a pu rouler quelques kilomètres, mais panne d'essence avant Blois, déplora Soledad. On a continué en marchant.

— J'ai mal aux pieds, gémit la petite Claudia.

Leurs assiettes et leurs verres étant vides, Marie se pencha vers les enfants.

— Je sais qu'il est tard et que vous avez sûrement envie de dormir, mais que diriez-vous d'un bain chaud ? leur proposa-t-elle. Un bon lit moelleux vous attendra ensuite.

En dépit de la fatigue, Jorge et Claudia bondirent de leur chaise pour se blottir contre la jeune femme. Tomás lui adressa un sourire reconnaissant.

— Merci, madame, c'est très charitable de votre part.

Soledad proposa son aide, mais Marie refusa, arguant qu'elle devait se reposer.

— Il reste des crèmes au caramel, mangez, et après vous monterez vous laver également.

Léandre apporta le dessert. Aurélia reporta machinalement ses yeux sur la chemise ensanglantée de Tomás.

Surprenant son regard, celui-ci baissa la tête sur son verre de vin.

— Les avions nous ont mitraillés, avant Orléans. Nous nous sommes couchés dans l'herbe pour y échapper, mais un vieil homme s'est mis debout en brandissant le poing en l'air. J'ai essayé de le raisonner, mais la bombe a sifflé pas loin et l'homme a été…

Il n'eut pas besoin de terminer. Aurélia, Léandre et Julien comprirent l'atrocité de ce qu'ils avaient vécu : le corps déchiqueté du vieillard, l'herbe inondée de sang.

— C'est un miracle que vous soyez en vie, murmura Julien, pâle comme un linge.

Le regard fièrement dressé, Tomás posa une main sur le ventre rond de sa femme.

— Le vrai miracle, c'est le petit bébé qui sera là dans deux mois. Il n'y a pas de plus bel espoir qu'un enfant, c'est pour eux que nous devons nous battre. Les nazis ne gagneront pas.

Émue par la force de ces mots, Aurélia ne refoula pas la larme qui roula sur sa joue. Julien lui sourit et Léandre se servit un verre de vin, qu'il leva bien haut en clamant :

— À l'espoir et aux miracles !

Dans la cuisine aux rideaux tirés et éclairée à la bougie, ces paroles résonnèrent presque comme une promesse.

*

Le lendemain matin, des centaines de réfugiés déferlèrent sur le village. Le soleil étant revenu, Marie, Louis et Julien étaient partis pour l'école à bicyclette, Léandre en revenait après avoir conduit Tomás et les siens à la loge de Pablo et Josefa quand une masse de silhouettes sombres arriva par la route. Bouche bée, Aurélia regarda le défilé de familles entières entassées au milieu d'une foule d'objets de toutes sortes : matelas, cages à oiseaux, portraits d'aïeux dans des cadres dorés... C'était toute leur vie que ces gens transportaient avec eux, parfois dans une brouette, parfois en charrette à bras. Des chiens aboyaient, des enfants pleuraient et toussaient. Les chevaux et les voitures se faisaient rares, quelques personnes poussaient des vélos. Tous semblaient exténués.

— Nous devrions au moins leur apporter de l'eau, papa ! s'affola Aurélia. Regarde, ils tiennent à peine debout.

— Non, je t'interdis d'aller dehors pour l'instant, répliqua son père avec fermeté. Si nous commençons à donner pour un, cent autres suivront, tu comprends ? J'appelle le maire, on va trouver une solution.

— Je ne vois pas ce que Rabier pourra faire, siffla-t-elle avec mépris. Il se courbe à la moindre difficulté.

En réalité, la jeune fille n'avait pas pardonné au maire d'avoir expulsé le cirque à la suite des menaces de Gros Bébert. Quel genre d'homme était-il pour prétendre tenir une ville en fuyant les conflits ? Toutefois, à sa grande surprise, moins de dix minutes plus tard, son père lui annonça qu'Octave Rabier mettait à disposition la salle communale. La plupart des réfugiés n'étant que de passage, cela leur permettrait de faire une pause de quelques heures.

— Viens avec moi, nous allons leur expliquer comment y accéder.

Léandre et Aurélia sortirent devant la grille, où un groupe composé d'une dizaine de personnes assoiffées les dévisagea. Leur puanteur était telle que la jeune fille fut tentée de reculer. Son père les informa de la décision du maire, ce qui eut pour effet de les faire déguerpir en direction du bourg. La rumeur se répandit très vite parmi les réfugiés, dont le nombre venait d'augmenter en raison de l'arrivée d'un train bondé. On organisa une collecte de lait dans les fermes, et le boulanger fut réquisitionné afin de donner du pain.

Incapable de rester inactive, Aurélia accompagna son père qui, grâce à sa Bugatti, put acheminer un maximum de vivres en peu de temps. Le dernier coup de midi achevait de sonner au clocher de l'église lorsqu'ils arrivèrent avec une dernière cargaison, qui comportait du fromage, du pain, du café et du chocolat. En pénétrant dans la salle, Aurélia comprit qu'il se tramait quelque chose d'anormal. L'agitation ambiante s'était légèrement atténuée, tandis qu'une TSF posée sur un coin de table crachotait tant bien que mal. Presque tous les regards étaient tournés vers la radio, dont le maire tripotait fébrilement les boutons. Contournant les personnes assises à même le sol, qui se restauraient ou se reposaient, Aurélia et son père se frayèrent un chemin jusqu'à lui.

— Que se passe-t-il, Octave ? s'enquit Léandre.

— Je l'ignore, lui répondit le maire. Pétain s'exprimera d'ici quelques minutes.

Près d'eux, un homme s'exclama :

— Pour sûr, si y en a un qui peut foutre les Boches dehors, c'est bien le Maréchal !

— Ça, c'est vrai ! renchérit quelqu'un. Il n'y a qu'un héros comme lui pour nous sauver.

Aurélia coula un regard vers son père, qui ne disait plus rien, fixant la TSF d'un air perplexe.

— Qu'en penses-tu ? lui souffla-t-elle.

Dans ses yeux, elle lut qu'il n'en pensait rien de bon. Il s'abstint néanmoins de lui faire part de ses doutes.

— Je n'en sais rien, ma chérie. Écoutons ce qu'il a à dire.

Un quart d'heure s'écoula encore avant qu'une voix finisse par s'élever du poste de radio.

« Le maréchal Pétain vous parle. »

Tout le monde se tut. Et Philippe Pétain annonça aux Français qu'à l'appel du président de la République, il assumait dorénavant la direction du gouvernement.

Après avoir prononcé des mots émouvants pour les soldats qui s'étaient battus sur le front, ainsi que pour les exilés qui sillonnaient les routes, il annonça, de son intonation chevrotante :

« ... C'est le cœur serré que je vous dis aujourd'hui qu'il faut cesser le combat. Je me suis adressé cette nuit à l'adversaire pour lui demander s'il est prêt à rechercher avec moi, entre soldats, après la lutte et dans l'honneur, les moyens de mettre un terme aux hostilités. Que tous les Français se groupent autour du gouvernement que je préside durant ces dures épreuves, et fassent taire leur angoisse pour n'obéir qu'à leur foi dans le destin de la patrie. »

Aurélia retint un hoquet de stupeur. Avait-elle bien saisi ? Le Maréchal venait-il vraiment d'évoquer l'idée d'un armistice ? Relevant la tête, elle découvrit que plusieurs personnes pleuraient. De soulagement ou de honte, c'était difficile à déterminer. Lorsque le maire coupa la radio, une vieille dame rompit enfin le silence impressionnant qui s'était abattu sur la salle :

— Alors... La guerre est finie, ça y est ?

— Oui, mais nous l'avons perdue, déplora un homme qui devait être son mari, l'expression ravagée de tristesse.

La salle s'anima alors aussi vite qu'elle s'était tue pour l'intervention de Pétain. Chacun y allait de son commentaire, les uns heureux que le conflit prenne fin et plaçant toute leur confiance dans la volonté du Maréchal, les autres, minoritaires, sceptiques quant à ce que cela risquait d'impliquer. Aurélia suivit son père et le maire dehors. Leurs visages demeuraient durs et fermés. Mille pensées tourbillonnaient dans sa tête en une valse infernale. L'image de Madeleine, affirmant haut et fort que la France devait se joindre à Hitler, se superposait à celle d'Arielle lui relatant ce qu'il faisait subir aux juifs. Un armistice, en défaveur de la France. De quoi serait fait l'avenir, désormais ?

— Nom de Dieu ! lâcha un Léandre, furieux, en s'arrêtant devant son automobile. Nous vendre ainsi à l'ennemi... C'est une honte absolue !

— Ils vont nous en faire voir, les salauds, ajouta le maire, toujours en état de sidération. Comment Pétain peut-il nous faire ça ?

Pourtant, quelques jours plus tard, ce cuisant sentiment de trahison laissa place à un sursaut d'espoir quand ils apprirent qu'un certain général de Gaulle s'était exprimé depuis Londres, sur les ondes de la BBC, appelant à refuser la capitulation. De rares journaux français reprirent le texte, publié le lendemain du discours par le *Times*, que Léandre lut à sa famille.

— « Quoi qu'il arrive, la flamme de la résistance française ne doit pas s'éteindre, elle ne s'éteindra pas. Demain, comme aujourd'hui, je parlerai à la radio de Londres », termina-t-il.

Les larmes aux yeux, Marie se couvrit la bouche de la main tandis qu'Aurélia essuyait celles qui dévalaient le long de ses joues. « La flamme de la résistance française ne doit pas s'éteindre ! » Ainsi, tout le monde ne s'avouait pas vaincu ! C'était si bon à entendre, si bon de pleurer de joie après les paroles défaitistes de Pétain.

— Quel homme courageux ! murmura Julien.

Le ton chargé d'émotion, Léandre acquiesça :

— C'est désormais lui que nous suivrons. Sa voix est celle de la liberté.

20

— Tenez, mademoiselle Aurélia, passez donc ce tablier, ça vous évitera de salir vot' belle robe avec les cerises.

La jeune fille remercia Marcelline d'un sourire et mit un chapeau sur sa tête. En cette fin d'après-midi chaud et ensoleillé, elle avait accompagné son père à la ferme, car celui-ci désirait s'entretenir avec la métayère au sujet de Tomás. Si le jeune Espagnol était décidé à faire route vers Châteauroux afin de trouver du travail, il avait été convenu qu'il resterait au village avec sa famille au moins jusqu'à la naissance du bébé. Le médecin avait estimé que Soledad ne devait plus se déplacer d'ici là, pas même en voiture ou en train. Nestor, le mari de Marcelline, n'étant toujours pas revenu du front, Léandre avait donc annoncé à la fermière que Tomás et Pablo s'occuperaient des travaux des champs durant l'été.

— C'est une bonne nouvelle, que vous m'apportez là, m'sieur Moreau ! s'était réjouie cette dernière. Je vous cache pas que je me demandais comment qu'j'allais pouvoir m'en débrouiller, toute seule. Les moissons s'ront rendues avant nos hommes, c'est-y pas malheureux !

Comme Marcelline s'apprêtait à se rendre au verger pour cueillir des cerises au moment de leur arrivée, Aurélia avait proposé de rester un peu pour l'aider, ce que Léandre avait approuvé. L'humeur joyeuse, ils étaient à présent sur le point de sortir.

— Attendez-moi, je prends mon vélo ! déclara Annette en fonçant dans la grange.

Léandre tapa dans ses mains, faisant mine de s'impatienter.

— Eh bien, eh bien, dépêchons-nous ! Elles ne vont pas se ramasser toutes seules, ces cerises !

Munis de paniers en osier, ils partirent sur le chemin qui menait au verger en longeant les champs. Marcelline détaillait avec gourmandise les confitures qu'elle comptait faire avec les fruits récoltés.

— S'il vous reste quelques cerises, répondit Aurélia, qui en salivait d'avance, je les emporterais bien pour confectionner un clafoutis.

— *Bout' !* protesta la fermière, dans une exclamation typiquement locale. C'est moi qui vais vous le faire, ce clafoutis, m'sieur vot' père pourra revenir le chercher demain.

Ils n'avaient pas encore atteint leur destination qu'un bourdonnement se fit soudain entendre au-dessus de leurs têtes. De concert, ils levèrent les yeux tous les quatre, cherchant d'où pouvait bien provenir le bruit. Le vrombissement s'amplifia, et c'est alors qu'ils les virent : une escadrille de six avions perçait le ciel d'un bleu sans nuages et se dirigeait droit vers le village. La bouche grande ouverte, Annette en tomba de sa bicyclette.

— Les Boches ! Couchez-vous dans le fossé ! cria Léandre.

Aurélia se jeta dans les herbes et son père couvrit son corps avec le sien. L'étreinte de la peur lui enserrait la poitrine, le vacarme était insupportable. Alors qu'elle s'attendait à tout moment à entendre le terrible sifflement précédant le largage d'obus que leur avait décrit Tomás, le boucan infernal des avions cessa et le calme revint d'un coup. Les mains plaquées sur ses oreilles, Aurélia ne s'autorisa à redresser la tête que lorsque son père se dégagea.

— Ça va, ma chérie ?

La jeune fille tremblait de tous ses membres et son cœur battait si fort qu'elle avait la sensation qu'il allait éclater.

— Je… Oui, je crois, balbutia-t-elle.

Marcelline et Annette se relevèrent elles aussi. La petite fille apeurée n'avait pas pu maîtriser sa vessie et se serrait contre sa mère, qui, tant bien que mal, s'efforçait de la rassurer.

— Là, là, c'est fini, ma toute petite. Ils nous attaquent ? demanda-t-elle, plus révoltée qu'effrayée.

— Ils cherchent sans doute à nous intimider, supposa Léandre.

— Le bourg ne semble pas avoir été touché, souffla Aurélia, encore hébétée.

Son père secoua la tête.

— Non, nous aurions entendu les bombes, si cela avait été le cas. Nous allons faire un détour par la mairie avant de rentrer, Octave aura peut-être des informations.

— Et moi, m'sieur, je fais quoi ? s'enquit Marcelline.

Léandre lui conseilla de rentrer chez elle.

— Je reviendrai demain matin. Il y a peu de chances que les avions effectuent un nouveau passage, mais par précaution n'allumez aucune lumière ce soir, ça vous rendrait repérable.

De mauvaise grâce, Aurélia suivit son père. Après cette grosse frayeur, elle aurait donné n'importe quoi pour se couler dans un bain et calmer ses nerfs avec une tisane à la fleur d'oranger, au lieu de rendre visite au maire.

— Je parie que Rabier est parti se planquer chez lui, maugréa-t-elle tandis que Léandre engageait sa Bugatti sur la route. Cet homme est un peureux.

— Je sais que tu ne le portes pas dans ton cœur, mais il n'est pas si lâche qu'il en a l'air.

Aurélia eut un mouvement excédé.

— On voit bien que tu n'étais pas là quand il a expulsé le cirque, l'année dernière ! Tout ça parce que Gros Bébert avait piqué sa crise.

— Pas totalement à tort, si j'ai bien saisi. Sa sœur a été compromise, elle aurait pu être enceinte. Octave ne pouvait pas prendre le risque que ça dégénère en lynchage ou que d'autres filles se laissent tourner la tête.

Bien qu'il ne fût pas au courant de son histoire avec Antoine, Aurélia se sentit rougir.

— Pourquoi faut-il toujours que tu défendes Rabier ? demanda-t-elle pour chasser son trouble.

— Parce qu'il n'est pas un mauvais bougre. J'étais à l'école avec lui, c'était un garçon joyeux et pondéré. Il se destinait à entrer dans les ordres, mais en tant que fils aîné, sa famille s'y est opposée. Son père et son grand-père avant lui ont été notaire et maire, on attendait de lui qu'il reprenne le flambeau. Résultat, il est écrasé par cette vie qu'il n'a pas choisie.

— Eh bien… Ils auraient mieux fait de le laisser devenir curé, marmonna Aurélia.

Ils se turent en arrivant aux abords du bourg, qui leur parut anormalement tranquille. L'ambiance trop calme de la rue déserte était saisissante, seule une chanson de Lucienne Boyer, *Parlez-moi d'amour,* s'échappait d'une fenêtre entrouverte.

— Visiblement, nous ne sommes pas les seuls à avoir eu peur, soupira Léandre alors qu'ils parvenaient sur le parvis de l'hôtel de ville.

La mine abattue, Octave Rabier les reçut dans son bureau. Le petit homme rondouillard tendit un verre de cognac à Léandre, avant de s'en servir un également. Ses cheveux paraissaient plus blancs que jamais.

— Je suppose que tu as entendu la Luftwaffe survoler la ville ? s'enquit le père d'Aurélia.

Une brève crispation passa sur le visage du maire, qui s'assit dans son fauteuil et fit lentement tourner l'alcool dans son verre.

— Et comment ! répondit-il, un tic nerveux agitant sa bouche. J'étais dehors quand les avions sont passés. On s'est tous réfugiés chez Cui-Cui, c'était la panique. Deux ou trois jeunes étaient persuadés que c'était un coup de Mussolini.

— Les Italiens ? Pourquoi ? voulut savoir Aurélia.

Il avala son cognac cul sec, puis laissa tomber, d'une voix rauque et fatiguée :

— Depuis dix jours que leur foutu « Duce » de mes deux nous a déclaré la guerre, les gens voient des Ritals partout. Salauds de Macaronis, c'est facile de se ranger du côté de la victoire… Enfin, tu arrives à pic, Léandre, je comptais passer chez toi. Les nouvelles ne sont pas réjouissantes.

Aurélia vit son père se redresser sur sa chaise avec raideur.

— Ah. La radio et les lignes téléphoniques étaient brouillées, ce matin, donc je dois t'avouer que je ne suis au courant de rien.

Les mains croisées devant lui, le maire eut un profond soupir.

— Après avoir été bombardée hier, Châteauroux a été déclarée ville ouverte à l'aube. Les panzers y sont entrés dans la foulée.

— Doux Jésus ! souffla Aurélia.

Elle n'en croyait pas ses oreilles. Ce n'était pas possible !

— Ce n'est pas tout, poursuivit Rabier. Des unités du 3e bataillon et du 21e régiment de tirailleurs algériens viennent d'établir leur cantonnement aux alentours de Châtillon, dans l'ancienne ferme des Perrin, aux Ormeaux. Selon eux, les troupes allemandes seront là demain et ils ont l'intention de les combattre.

— Mais ils sont fous ? bondit Léandre. Ils ne sont pas en nombre suffisant pour cela !

Les épaules du maire s'affaissèrent.

— Je le sais bien, hélas. Accompagné d'un groupe de villageois, je suis allé les voir pour solliciter leur départ, en vain. Ils veulent se battre jusqu'au bout.

Les doigts crispés sur les accoudoirs de son siège, Aurélia fronça les sourcils.

— Je ne comprends pas, je croyais que notre armée avait renoncé.

— À l'exception de quelques soldats courageux, précisa Léandre. Seulement, c'est perdu d'avance, nous ne pouvons plus freiner l'avancée des nazis.

Aurélia retourna un coup d'œil surpris à son père. Que lui prenait-il, de se montrer si défaitiste ? N'était-ce pas lui qui, la veille encore, applaudissait de Gaulle en lisant son appel ? Elle n'eut pas le temps de lui demander de plus amples explications, car il enchaîna, à l'attention du maire :

— Il faut évacuer le bourg, Octave. La bataille pourrait être lourde de conséquences.

Ce dernier se versa un second verre de cognac.

— Il est trop tard pour prévenir tout le monde. De toute façon, plusieurs familles ont déjà quitté la ville en apprenant que les unités françaises restaient. Nous ne pouvons guère faire plus.

Il semblait accablé, son regard fuyant évitait de croiser celui de Léandre. Quelle image pitoyable il offrait, venant d'un élu ! Aurélia se retint de lui jeter une remarque méprisante à la figure. Son père s'était déjà redressé, sur le point de repartir.

— Les heures à venir seront déterminantes, Octave, lui dit-il en s'immobilisant sur le pas de la porte. J'espère que tu sauras prendre les bonnes décisions, pour le bien commun.

Comme peinant sous le poids d'un trop lourd fardeau, Rabier hocha pesamment la tête.

— Bien sûr, Léandre, bien sûr. Je ne supporterai pas de voir la ville aux mains des Boches, ça non, ajouta-t-il dans un nouveau soupir, le visage baissé sur les papiers qui jonchaient sa table de travail.

Une fois dehors, Léandre indiqua à sa fille qu'il la ramenait chez eux et qu'il irait ensuite chercher les Cabrero.

— Ils seront plus en sécurité avec nous qu'à l'école, affirma-t-il en ouvrant la portière de la Bugatti.

— Et Marcelline et Annette, dans leur ferme isolée ? s'inquiéta Aurélia. On devrait peut-être les héberger aussi, non ?

Les deux mains sur le volant, son père réfléchit un instant.

— Eh bien… Les combats ne s'étaleront sans doute pas jusque là-bas, mais tu as raison. Ce serait imprudent de les laisser seules et sans défense. Je ferai donc deux tournées.

La voiture redescendit lentement les ruelles du bourg, vidées de leurs habitants. D'ordinaire, pourtant, les soirées de juin étaient animées. Les anciens profitaient de la fraîcheur du début de soirée pour prendre l'air sur le pas de leur porte, tandis que les femmes tricotaient ou bavardaient en regardant les enfants se pourchasser à l'heure où la campagne s'enveloppait de rose et d'or. Mais ce soir, tout était triste, et les rues de Châtillon trop paisibles alors que les rayons rasants du soleil enflammaient encore les eaux de l'Indre.

Le calme avant la tempête, songea Aurélia.

À la sortie du village, peu avant la route qui rejoignait leur maison, la jeune fille coula un regard hésitant vers son père.

— Dis, tu étais sérieux, tout à l'heure, à propos de l'avancée des nazis ? Tu penses vraiment que nous n'avons aucune chance ?

Léandre lui fit non de la tête.

— Il faut reconnaître la réalité, ma chérie. Les disparités entre leurs forces et les nôtres sont énormes.

— J'étais persuadée que tu soutenais de Gaulle, rétorqua-t-elle, déçue. Te voilà aussi pessimiste que ce vieux gâteux de Pétain.

— Soutenir le Général ne signifie pas pour autant qu'il faille se voiler la face. L'armée et le gouvernement ont échoué à stopper les Allemands, il ne sert plus à rien de se lancer dans des batailles à armes inégales. En revanche, il faut faire preuve de patience et les saboter petit à petit afin de les affaiblir. La résistance va s'organiser, Aurélia, mais là, c'est prématuré.

Aurélia était trop anxieuse pour sourire, mais la force de conviction de son père la rasséréna un peu.

— Est-ce que tu comptes en faire partie, de cette résistance ? l'interrogea-t-elle.

Léandre stoppa l'automobile devant la grille de la maison et contempla sa fille avec affection.

— Oui. C'est mon devoir de patriote, Aurélia. D'une façon ou d'une autre, je trouverai le moyen d'accomplir des choses.

Les yeux brillants d'une détermination nouvelle, Aurélia lui assura :

— Et je t'y aiderai, papa.

*

Le lendemain matin, les lignes téléphoniques ayant été rétablies, Léandre apprit que les bombardements de la veille avaient touché trois communes du département, Valençay, Issoudun et Levroux, faisant une centaine de morts et détruisant de nombreuses habitations.

En réalisant qu'ils l'avaient échappé belle à quelques kilomètres près, Aurélia crut que ses jambes allaient se dérober sous elle. Mais elle n'eut pas le loisir de s'y attarder, car son père reçut ensuite un appel du maire, l'informant qu'à onze heures, un officier allemand s'était présenté avec un drapeau blanc à l'entrée de Châtillon, par la route de Blois. Dans la nuit, la division d'infanterie du général Siebert avait en effet installé son artillerie et ses chars dans les fermes des environs, tandis que la défense française avait déployé plusieurs canons dans la rue des Ponts, au passage à niveau du chemin de fer et aux abords du champ de foire. Enfin, ils avaient disposé des mitrailleuses un peu partout et se tenaient prêts à en découdre avec l'ennemi.

Alors que Josefa, Marcelline et Soledad s'affairaient dans la cuisine pour ne pas devenir folles, Marie et Julien, quant à eux, s'occupaient des enfants en s'efforçant de leur faire la classe dans le salon. Horrifiée par ce qui était en train de se jouer, Aurélia ne quittait plus le bureau de son père et avait élu domicile sur le divan recouvert de velours crème, où Pablo et Tomás attendaient eux aussi avec une certaine fébrilité. Les nazis étant un fidèle soutien de Franco, dont ils avaient fui le régime, ils redoutaient le pire si ces derniers parvenaient à prendre le contrôle total de la France.

— Qu'a-t-il dit, cet officier ? s'enquit nerveusement Aurélia.

— Qu'ils veulent éviter un bain de sang et s'établir dans les meilleures conditions possibles.

— Foutaises ! marmonna Pablo. Ce sont des animaux qui assassinent des innocents.

— De toute façon, nos troupes leur refusent catégoriquement le passage, répondit Léandre. La situation risque de durer et de s'envenimer.

Pour la première fois depuis le début de la journée, Aurélia regarda attentivement son père. Comme il était fatigué ! À la suite d'une nuit sans sommeil, de larges poches alourdissaient ses yeux bleus, le faisant paraître plus vieux que son âge.

— Tu devrais monter te reposer, papa. Je viendrai te prévenir, si le téléphone sonne.

Dans un pâle sourire, Léandre lui fit signe que ce n'était pas la peine.

— Allons plutôt déjeuner pendant que c'est calme. Nous aviserons ensuite.

Après le repas, rendu plus léger par les enfants qui n'avaient pas trop conscience de ce qui se tramait, commença une longue et insupportable attente. Pour faire passer le temps, Aurélia tenta de jouer aux dominos avec sa sœur, Julien et les petits, mais le cœur n'y était pas. Léandre et les autres discutaient dans la cuisine quand, vers quinze heures trente, la sonnerie du téléphone retentit enfin. Aurélia se releva d'un bond pour suivre son père dans le jardin d'hiver. Celui-ci ne répondit d'abord à son interlocuteur que par des monosyllabes, puis son visage s'empourpra d'un coup et il éructa :

— Nom de Dieu ! Mais ils n'ont rien compris, ou quoi ? Ils courent à leur propre perte, et à la nôtre par-dessus le marché !

Aurélia sentit un poids lui écraser la poitrine. Elle se retint au dossier d'une chaise pour ne pas chanceler. Il y eut un court silence, au bout duquel son père reprit :

— Bien sûr, qu'il faut avertir la population, Octave. Sur-le-champ !

Lorsqu'il raccrocha, tout le monde les avait rejoints dans la pièce.

— Alors ? s'enquit vivement Marie.

L'expression défaite, Léandre s'empara de la carafe de whisky et se servit un verre, qu'il avala d'une traite, comme le maire l'avait fait la veille.

— Ils vont nous bombarder, dit-il d'un ton grave. Le général s'est à nouveau présenté à l'entrée du pont il y a une demi-heure, avec son drapeau blanc. Il a eu beau déclarer que l'armistice était sur le point d'être signé, le chef de corps a donné l'ordre de le refouler. Le général allemand est à bout de nerfs, il a prévenu que dans ce cas, une attaque massive aura lieu à dix-sept heures.

— *Dios mío !* s'exclama Josefa en serrant le bras de son mari. C'est dans moins de deux heures.

— Qu'allons-nous faire ? renchérit Marie. On ne va quand même pas rester à attendre que leurs bombes nous tombent sur la tête !

Rassemblant son courage, Léandre leur dit avec fermeté :

— La seule chose à faire est de vous réfugier à la cave. Prenez des matelas, des couvertures, des vivres, de quoi tenir au moins la nuit.

D'abord interdite, Aurélia se ressaisit très vite.

— Comment ça, « vous » ? Tu ne viens pas avec nous ?

— Si, mais d'abord je dois aider à prévenir le maximum de personnes. Je serai de retour avant l'attaque, promit-il en s'emparant de son chapeau. Ne perdez pas de temps.

Au terme de la nuit la plus angoissante qu'ils aient connue, Aurélia et sa famille remontèrent dans la maison à l'aube. Aucune canonnade ne s'était plus fait entendre depuis trois ou quatre heures du matin et dehors, le soleil se levait sur la campagne, dans une douce lumière rosée qui jouait à travers les lattes des volets. Comment une telle paix ne pouvait-elle pas déteindre sur les hommes ? Les matelas venaient d'être remis sur les lits, les enfants bordés, et Marie entreprenait de moudre le café quand on sonna à la porte. Il était six heures et demie. Méfiant, Léandre envoya tout le monde à l'étage. Au dernier moment, Aurélia décida de redescendre afin de rester avec lui. Il était trop tard pour que son père la gronde et la renvoie, celui-ci ouvrant déjà la porte. En face d'eux se tenait un homme en tenue de motard allemand.

— Monsieur Moreau ? demanda-t-il avec un accent à couper au couteau.

Les yeux ronds, Aurélia regarda son père hocher la tête. Le soldat les salua alors tous les deux en claquant des talons.

— Che viens de la part de mein supérieur, le général Siebert, qui m'a chargé de vous transmettre un message.

— Je vous écoute, répondit Léandre, sur ses gardes.

— Le maire de votre commune a été retrouvé mort tôt ce matin, il s'est pendu, débita l'Allemand. Il a laissé un mot dans lequel il déclare que vous seul serez capable d'assumer cette fonction, maintenant.

Léandre blêmit d'un coup.

— Nom de Dieu, il ne manquait plus que ça.

Indifférent, le soldat reprit :

— Mes supérieurs aimeraient s'entretenir avec vous. Ils vous attendent à huit heures trente à l'Hôtel de ville. *Auf wiedersehen*, monsieur et mademoiselle. Au revoir.

Il y eut un nouveau claquement de bottes, et le soldat s'éloigna, laissant Aurélia et son père interdits.

*

Les heures suivantes se déroulèrent dans la plus grande confusion. La plupart des membres du conseil municipal n'étant pas revenus du front, Léandre, nommé maire par décret, se résolut donc à administrer la ville. Il apprit ainsi que les combats avaient fait rage jusqu'au milieu de la nuit précédente. Le bombardement avait été moins important que prévu, mais des éclats d'obus avaient touché les parements du donjon et sa chemise, ainsi que la vieille cloche de l'église, tué deux civils et partiellement détruit une maison. Les tirailleurs algériens et les soldats allemands avaient achevé la bataille au corps à corps, et la ville, assiégée de toutes parts, avait dû capituler après avoir été défendue avec tant de bravoure. L'ennemi avait investi la localité aux premières heures de ce 22 juin.

En ses nouvelles qualités de maire, Léandre se vit contraint d'installer les Allemands dans les maisons inhabitées du bourg, et un immeuble de la place du marché fit office d'infirmerie. L'annonce de l'armistice entraîna des débordements. Des coups de feu furent tirés et des soldats de la Wehrmacht forcèrent le curé à sonner les cloches à toute volée, ce que leurs supérieurs, qui tenaient à ne pas faire de vagues, condamnèrent fermement. S'ensuivit une semaine durant laquelle les Châtillonnais vécurent dans la peur liée aux nombreuses ordonnances restrictives qui tombaient les unes après les autres. Un couvre-feu fut décrété entre vingt et une heures et six heures du matin, les armes à feu furent confisquées. Toute désobéissance ou tentative de sabotage était passible de sanctions pouvant aller jusqu'à la mort. En outre, les vainqueurs réquisitionnèrent d'énormes quantités de céréales, de foin, de paille, de fourrage, de bois, de volailles et même de chocolat. À La Chemolière, Marcelline dut tuer un porc pour des soldats logés dans une maison voisine.

— Salauds de Fritz ! avait-elle bougonné quand Léandre lui avait demandé de ne pas se rebeller. Ils vont nous saigner à blanc.

Elle reçut toutefois neuf cents francs en dédommagement, et ils offrirent des bonbons à Annette.

Aurélia, pour sa part, n'osait plus se promener au bord de la rivière. De toute façon, son père le lui avait formellement interdit, redoutant des comportements inappropriés des soldats, bien que ces derniers aient reçu l'ordre de respecter la population. La jeune fille, elle, craignait surtout de ne pas réussir à contenir sa colère si jamais elle croisait des « vert-de-gris », comme on les surnommait, à cet endroit qui avait abrité ses amours avec Antoine. Imaginer leurs bottes souillant l'herbe tendre de son jardin secret la révulsait, et elle se retrouva comme une lionne en cage en attendant que les choses se tassent. À deux ou trois reprises, elle fit de terribles cauchemars, dans lesquels Antoine était emmené et fusillé sous ses yeux par les nazis. Une nuit, elle se réveilla même en criant son prénom, si bien que, le lendemain matin, son père lui demanda qui était Antoine.

— Je... je ne sais pas, bredouilla-t-elle, prise de court.

Ce fut Marie qui vint à son secours en inventant une explication :

— Aurélia passe ses journées à lire, je ne serais pas étonnée qu'il s'agisse du héros de l'un de ses romans.

— Oui, c'est vrai, fit alors semblant de se souvenir la jeune fille. J'ai lu *Les Thibault*[1], dernièrement, l'un des deux frères s'appelle ainsi. J'ignore pourquoi j'en ai rêvé, quelle idiote je fais, à tout mélanger !

Léandre lui retourna un regard dubitatif mais n'insista pas. Il avait d'autres chats à fouetter.

Sept longs jours s'écoulèrent ainsi. Enfin, les conventions de l'armistice stipulant que le département se trouvait en zone libre, les Allemands quittèrent le village dans la nuit du 30 juin, laissant derrière eux une population fatiguée et partagée à leur encontre.

---

1. Roger Martin du Gard, *Les Thibault* (NRF Gallimard et Folio), saga familiale en huit volumes qui brosse le portrait de la France de la Belle Époque à la fin de la Première Guerre mondiale. Pour cette œuvre, l'auteur a été couronné du prix Nobel de littérature en 1937.

21

Octobre 1940.

AURÉLIA SE LEVA À L'AUBE. Sans un bruit, elle se glissa dans la salle de bains pour se brosser les dents et s'habiller. Malgré elle, elle pesta en découvrant un numéro de la revue *Signal* daté de juillet que Louis avait laissé traîner. Impressionné par la couverture qui annonçait « Paris se rend » et montrait deux avions nazis survolant la tour Eiffel, le gamin, inconscient du montage réalisé pour la propagande, feuilletait parfois le magazine avec un mélange de crainte et de fascination. Il était temps de jeter ce torchon à la poubelle ! Aurélia se pencha pour le ramasser et retourna à ses occupations. Marie lui ayant recommandé une certaine simplicité, la jeune fille enfila une chemise beige, une jupe à petits carreaux noirs et un cardigan bleu marine, puis compléta sa tenue avec ses richelieus à lacets et petits talons. Elle noua ensuite ses cheveux en chignon, avant de réaliser que cette coiffure lui donnait un air trop strict. À la place, elle fixa quelques pinces pour dompter ses mèches folles et dégager son visage. Ses mains tremblaient tant qu'elle dut s'y prendre à plusieurs reprises pour obtenir le résultat escompté.

— Tu es déjà levée ? Te voilà bien matinale.

Aurélia se retourna en reconnaissant la voix de Marie. Debout sur le seuil et enroulée dans sa robe de chambre, sa sœur l'examinait d'un œil tendre.

— Je n'arrivais plus à dormir. Dis, est-ce que je fais bonne impression ?

— Tu es parfaite.

Indécise, Aurélia esquissa une moue sceptique.

— Non, toi tu l'es, Marie. À côté, j'ai l'air d'une adolescente empotée. Je ne parviendrai jamais à faire preuve de la moindre autorité.

— Cesse donc de raconter des bêtises. Si je doutais de tes capacités, je ne t'aurais jamais proposé ce poste. Allez, viens boire une chicorée, papa s'est procuré du pain frais et du beurre, profitons-en !

S'efforçant de redresser les épaules pour paraître plus sûre d'elle, Aurélia suivit sa sœur dans la cuisine. Elle ne savait pas ce que cette première journée de travail lui réservait, et ça la rendait nerveuse. Pourtant, un mois plus tôt, quand Marie lui avait demandé si cela lui plairait d'enseigner deux fois par semaine le chant et les leçons de poésie à l'école, Aurélia s'était empressée d'accepter. L'été s'était écoulé dans une pénible torpeur, la campagne souffrant d'une lourde chaleur qui avait charrié son lot de mauvaises nouvelles : fin juillet, alors que les élèves passaient les épreuves du certificat d'études reporté à cause des combats de juin, Marie avait fini par recevoir une carte de Gauthier. Ce dernier lui annonçait avoir été capturé à la mi-mai tandis qu'il conduisait un convoi militaire vers l'Oise. Il avait été emmené en Allemagne et vivait depuis dans un stalag à Lückenwald, au sud de Berlin, où on le faisait trimer dans une scierie en compagnie d'autres prisonniers. Gauthier n'écrivait rien sur ses conditions de captivité, mais il précisait que Marie pouvait lui envoyer des colis, car il aurait besoin de couvertures et de vêtements chauds pour l'hiver. S'ils étaient tous rassurés de le savoir vivant, Marie avait en revanche pris un sérieux coup sur la tête en comprenant qu'elle ne reverrait pas son époux de sitôt, d'autant plus qu'à la ferme, Marcelline avait reçu une lettre similaire : son Nestor avait été blessé et arrêté en Lorraine, puis on l'avait envoyé travailler chez des agriculteurs bavarois une fois sa jambe rétablie.

— Je me demande bien comment on va faire, sans nos hommes ! avait gémi la métayère. Les récoltes de cette année sont perdues, faute de bras pour les ramasser. C'est pas le Maréchal qui va arranger ça, pardi !

Afin de leur remonter le moral, Aurélia leur avait assuré qu'elles sauraient être aussi fortes que les hommes.

— Pensez aux femmes de la guerre de 14 ! Elles ne se sont pas laissé abattre !

Marcelline s'était alors essuyé soigneusement les yeux, avant de s'excuser :

— Vous avez raison, mademoiselle Aurélia. Nous n'avons pas le droit de nous plaindre alors que tant d'autres souffrent davantage que nous. Heureusement que vous êtes courageuse !

C'est ainsi que Marie avait pensé à sa jeune sœur pour les activités artistiques de l'école, ce qui leur permettrait, à Julien et à elle, de se focaliser sur les matières principales. Le pays manquant cruellement d'instituteurs, l'inspection académique n'y avait vu aucun inconvénient. Ravie d'avoir enfin une occupation digne de ce nom, Aurélia n'avait pas caché sa joie. Néanmoins, à présent que la rentrée scolaire était là, elle ressentait une vive appréhension, que le retour au village d'Isabelle Tardieu et de ses enfants, après plusieurs mois passés à Vichy, n'arrangeait en rien. Faute de précepteur, ces derniers s'étaient résignés à inscrire leur fille, Élisabeth, au cours élémentaire. À l'évidence, ce ne serait pas une partie de plaisir ! Avec l'appui de Léandre, Aristide Tardieu avait offert un emploi à la tannerie à Tomás qui, à la suite de la naissance du bébé en août – une belle petite fille prénommée Victoria –, avait décidé de rester à Châtillon le temps que Soledad reprenne des forces et que le bébé soit assez solide. Tardieu était réputé pour être un bon patron, mais nul doute que son épouse, avec ses airs grandiloquents, n'allait pas se priver de les faire se sentir redevables, après cela ! Du moment qu'Aurélia n'était pas obligée de faire la conversation chaque soir à la mère Tardieu et que Charles, le fils aîné, ne tentait plus de flirter comme à l'été 1938, la situation resterait sans doute néanmoins supportable…

— À quoi penses-tu ? lui demanda Marie en déposant deux bols fumants sur la table.

Aurélia mit un gros morceau de pain à griller sur la vieille cuisinière à bois, salivant à la perspective du beurre qui allait fondre lentement quand elle l'étalerait dessus.

— Au fils Tardieu… Je l'ai croisé, l'autre jour, près du canal. Il pérorait avec deux autres gars en prétendant que c'est une bonne chose que Pétain ait les pleins pouvoirs. Quel idiot !

— Hum, voilà qui ne me surprend pas, déclara Marie en savourant son pain. Les parents de la mère Tardieu comptent parmi les personnalités influentes de Vichy. Maintenant que le gouvernement s'est établi là-bas, pour eux c'est du pain bénit. Il ne t'a pas embêtée, au moins ?

Du beurre coula sur le menton d'Aurélia, qui s'essuya avant de répondre :

— Non, il ne m'a même pas vue. J'ai filé au moment où il racontait à ses copains qu'il aurait préféré s'appeler Philippe plutôt que Charles. Tu vois le degré de crétinerie...

— C'est sûr que l'un des deux prénoms est mieux vu que l'autre, en ce moment, lança Léandre en pénétrant à son tour dans la cuisine. Enfin, laissons ce nigaud à sa sottise. Comment te sens-tu, Aurélia ? Prête à affronter cette première journée ?

La jeune fille se releva pour lui servir un bol de chicorée.

— Je ne suis plus du tout sûre d'avoir eu raison d'accepter... Qu'est-ce que je vais bien pouvoir leur apprendre, à ces gamins ?

— Mes chansons, plaisanta-t-il. J'en ai deux ou trois qui se moquent des Fritz, dans mon répertoire, on peut tout à fait les remettre au goût du jour. Écoute ça : « Les Boches, c'est comme les rats. Plus on en tue et plus y en a ! »

Son ton gouailleur, qu'il ne réservait habituellement qu'à son public, fit pouffer de rire ses deux filles. Aurélia faillit recracher sa chicorée et salir le col de sa chemise.

— Oh, papa ! s'esclaffa-t-elle. Avec ta voix de stentor, je suis sûre qu'on t'a entendu jusqu'à la ligne de démarcation !

Marie gloussa à nouveau, puis elle débarrassa son bol vide.

— Julien n'est pas encore descendu ? s'enquit-elle, s'apprêtant à monter réveiller Louis.

— Il est en train de se raser, l'avisa Léandre. Le pauvre garçon, il en a lourd sur la patate depuis que ses parents sont contraints d'héberger un capitaine allemand. Eux qui espéraient se rallier à de Gaulle, les voilà pieds et poings liés.

— Au moins, avec nous, il est libre de ses mouvements, souligna Aurélia. Malgré tout, ça lui fera du bien de rentrer dans sa famille pour Noël. J'espère qu'il ne commettra pas d'imprudence… Tu as pu lui obtenir son *ausweis* ?

Léandre acquiesça.

— J'en ai un pour chacun d'entre nous. C'est bien l'un des rares avantages à être maire.

Les narines d'Aurélia se pincèrent d'indignation.

— Il ne me servira pas, jura-t-elle. Il est hors de question que je retourne à Paris tant que les nazis y seront.

Son père et sa sœur échangèrent un regard amusé. Quelle évolution !

— Toi, refuser d'aller à Paris ? Qui donc a kidnappé ma petite sœur ? la taquina Marie. Moi qui comptais te voir faire un beau mariage à Notre-Dame…

Aurélia lui tira la langue, comme à l'époque où elle était une petite fille espiègle et facétieuse.

— Alors là, ma vieille, il n'est pas né, celui qui m'épousera !

— J'espère bien ! fit mine de s'offusquer Léandre en roulant de gros yeux.

Ils rirent à nouveau aux éclats, de ce rire à la fois doux et libérateur qui ramenait en eux un peu de cette insouciance perdue après avoir traversé tant d'angoisses et de bouleversements.

*

La rentrée se déroula dans une ambiance particulière. Trois enfants parisiens avaient rejoint l'école, leurs parents ayant choisi de quitter la capitale pour la zone libre. Un portrait de Pétain, qu'il fallait désormais vénérer, ornait chaque salle de classe, et les instituteurs étaient invités à intégrer « les devoirs envers Dieu » au programme de morale, en plus de devoir inculquer aux élèves la nouvelle devise du pays : Travail, Famille, Patrie. Ces directives contrarièrent terriblement Marie qui, à défaut de pouvoir désobéir, ajouta à ses leçons les notions de respect d'autrui.

— Cela commence par la politesse et la courtoisie envers tout un chacun, expliqua-t-elle aux enfants, un après-midi où Aurélia patientait devant la porte pour le cours de poésie.

— Même envers les juifs ? s'affola le fils du coiffeur de la rue des Ponts.

Depuis la loi du 3 octobre, qui les excluait des fonctions administratives, de l'armée et des métiers où ils pouvaient exercer une influence sur l'opinion, les juifs étaient effectivement la cible de la population, encouragée dans son antisémitisme par le gouvernement. Bien qu'une seule famille juive soit établie à Châtillon, les Lévy, un couple de personnes âgées, Aurélia était écœurée de constater la manière dont ils étaient traités.

— Bien sûr, Dom... Dominique. Les Juifs sont des êtres humains comme les autres. La politesse, envers eux comme envers n'importe qui, est la moindre des choses.

La jeune fille tiqua en entendant sa sœur buter sur le prénom du garçon auquel elle répondait. Elle se remémora la voix affolée de Marie, quand elle avait prononcé ce nom, *Dominique*, devant son père, à l'époque de la mobilisation générale. Pourquoi semblait-il la perturber à ce point ? Aurélia fronça les sourcils, se demandant de quelle façon elle pourrait bien amener le sujet sur le tapis et faire parler Marie. Sa sœur lui dissimulait des choses, c'était certain. Avait-elle connu un autre homme avant Gauthier ? Aurélia soupira, consciente qu'un élément lui échappait. Mais elle dut en rester là de sa réflexion, car la porte de la classe s'ouvrit. Il était temps de faire réciter aux enfants *Le Corbeau et le Renard*.

Bien entendu, Isabelle Tardieu fut rapidement informée de la teneur exacte de ces leçons de morale. Un soir, les deux sœurs étaient occupées à ranger la salle de classe quand elles la virent traverser la cour d'un air furibond.

— Je ne tolérerai pas que l'on bourre le crâne de ma fille avec des préceptes gaullistes ! attaqua-t-elle en pénétrant sans ménagement dans la pièce. Ce n'est pas ça, l'école de la France !

Sans se départir de son calme, Marie se retourna pour répliquer :

— Bonsoir, madame Tardieu. Pourriez-vous m'indiquer ce qui vous met dans un tel état ? Je n'ai pas fait écouter Radio Londres à mes élèves, que je sache.

En train de rassembler des dessins des enfants pour illustrer une poésie, Aurélia réprima un sourire. Plantée dans l'embrasure de la porte, Isabelle Tardieu fulminait tant que son ridicule chapeau tambourin orné d'une voilette manqua dégringoler de sa tête.

— Ce sont vos discours, à propos des juifs ! cracha-t-elle. Je ne donne pas cher de votre avenir d'enseignante, s'il me prenait l'envie d'en référer à mon père. C'est un proche du Maréchal, vous savez.

— Je ne connais pas grand monde qui l'ignore, en effet, ironisa Marie. Maintenant, je peux vous assurer que je n'ai l'intention de bourrer le crâne d'aucun élève. Mon rôle ne consiste pas à faire de la politique, mais à leur rappeler les valeurs fondamentales de notre pays.

Le regard d'Isabelle Tardieu se para de tout le mépris dont elle était capable. Les deux femmes se toisèrent un instant, puis Marie reprit en désignant la porte :

— Si vous n'avez rien à ajouter, madame Tardieu, je ne vous retiens pas.

— Ne jouez pas trop avec le feu, siffla l'autre entre ses dents.

Sur cette menace sourde, elle tourna les talons dans un nuage de Shalimar.

— Quelle garce ! pesta Aurélia. Elle n'a qu'à la mettre à l'école privée, sa gamine, si elle n'est pas contente.

— Elle ne le fera pas. Les religieuses accueillent dans leurs classes les enfants de l'orphelinat, tu penses bien qu'ils ne sont pas dignes de sa progéniture.

— Il va falloir se méfier d'elle, déclara sombrement la jeune fille. Cette bonne femme nous aurait déjà dénoncés si nous n'étions pas en zone libre.

Essuyant le tableau encore plein de craie, Marie ne démentit pas.

— Papa m'a dit que dorénavant nous ne devons plus faire part à quiconque de nos sympathies pour le général de Gaulle. Cela pourrait devenir très dangereux, vu qu'il a été condamné à mort par contumace.

Aurélia se leva et se dirigea vers la vitre, le regard rivé sur la pluie d'automne qui se déversait sur la cour.

— Et dire que leur Pétain à la noix devait arranger tout ce merdier..., soupira-t-elle d'un air morose.

*

Trois semaines plus tard, novembre avait étalé son manteau glacial sur la campagne, provoquant une vague de froid accompagnée de bourrasques particulièrement intenses. Penchée sur la cuisinière, Aurélia agitait ses mains au-dessus de la marmite de soupe à l'orge et au chou pour les réchauffer. On manquait de combustible pour se chauffer et il devenait difficile de se nourrir correctement. Combien de temps cela durerait-il encore ? Le gouvernement en imputait sans vergogne la responsabilité aux Anglais, alors qu'en réalité des wagons entiers de viande, de légumes et de bois partaient chaque jour pour l'Allemagne, ainsi qu'un cheminot l'avait rapporté à Léandre. Grâce au rendement de la ferme, ce dernier et ses filles avaient suffisamment de légumes, de lait et d'œufs, contrairement au café, au sucre, au beurre et à la farine, que Léandre se procurait parfois par petites quantités au marché noir quand il ne restait plus rien chez les commerçants. Afin que Marcelline puisse elle aussi se nourrir et subvenir aux besoins d'Annette, ils avaient décidé de ne consommer de la viande qu'une fois par semaine. Heureusement, la rivière ne manquait pas de poissons, mais avec l'hiver rigoureux qui s'installait de façon précoce, il leur faudrait trouver d'autres solutions.

Les doigts un peu moins froids, Aurélia entreposa dans la glacière en bois les œufs au lait tout juste sortis du four qu'ils dégusteraient au dîner, après la soupe. Les après-midi où elle ne travaillait pas, la jeune fille avait pris l'habitude de se charger de la préparation des repas. Alors qu'un an auparavant elle n'aurait pas été capable de faire cuire une volaille, c'était une tâche qu'elle effectuait désormais avec plaisir. Elle savourait ces moments tranquilles qui lui laissaient ensuite assez de temps pour lire sur le divan du jardin d'hiver, emmitouflée dans une couverture.

Ses pensées étaient focalisées sur le roman d'Agatha Christie qu'elle entamerait une fois la soupe prête, quand un coup porté au carreau de la cuisine la fit sursauter. La main sur le cœur, elle se retourna et hurla face à la tête hirsute et pourvue d'une épaisse barbe noire qui la dévisageait à travers la fenêtre à meneaux de la porte. D'où sortait ce clochard, bon sang ?

— Qui êtes-vous ? Que voulez-vous ? demanda-t-elle, à moitié effrayée.

La vitre n'étant pas épaisse, l'inconnu se mit à sourire en entendant la jeune fille.

— Aurélia, c'est moi ! souffla-t-il d'une voix enrouée.

Cette voix… Non ! Son cœur s'emballa ; prise d'un vertige, elle s'accrocha de toutes ses forces au rebord de la table.

— Aurélia, répéta l'homme, laisse-moi entrer, je t'en prie. J'ai froid.

C'était bien lui ! Folle de joie, Aurélia se précipita pour déverrouiller la porte.

— Antoine ! s'écria-t-elle, incrédule, en se jetant dans ses bras. Oh ! Tu es là, c'est toi ! Mais… mais tu pues !

La libérant de son étreinte, le jeune homme eut un petit rire et se recula pour mieux la contempler.

— Je me doutais que tu ne me reconnaîtrais pas immédiatement. Désolé pour mon accoutrement, mais j'ai fait avec les moyens du bord.

La jeune fille le détailla. Entre ses cheveux en broussaille, l'affreuse barbe qui lui mangeait le visage et ses vêtements noircis de crasse, dont un pantalon retenu par une ficelle, qui semblaient sortis d'une poubelle, elle aurait en effet été bien en peine de l'identifier, si elle l'avait croisé dans la rue.

— Entre et raconte-moi tout, lui enjoignit-elle.

D'autorité, elle le fit asseoir sur une chaise et lui servit un bol de soupe qu'il avala aussitôt, sans prononcer une seule parole. Aurélia ne parvenait pas à le quitter des yeux : il était si différent de l'Antoine dont elle était éperdument tombée amoureuse quinze mois plus tôt.

— Merci, lui dit-il quand son bol fut vide. Mon dernier vrai repas remonte à loin…

Une affreuse quinte de toux lui coupa la parole. Aurélia se releva et lui apporta un verre d'eau avec un peu de fromage et un morceau du pain gris et compact qu'ils étaient habitués à manger depuis les nombreuses pénuries.

— Que t'est-il arrivé ? Je suppose que tu as été envoyé au front, mais ensuite ?

Antoine mâcha lentement son pain pâteux, avant de répondre :

— Je reviens de l'enfer, Aurélia. Mon régiment et moi avons été pris au piège dans les Vosges, en mai. L'état-major nous ayant abandonnés, nous avons choisi de nous rendre pour sauver notre peau. Ça peut paraître lâche, mais il n'y avait pas le choix.

Aurélia secoua la tête.

— Si quelqu'un est à blâmer pour manque de courage, ce sont vos supérieurs, le rassura-t-elle. Que s'est-il passé, après ?

Antoine toussa à nouveau, puis reprit :

— On nous a parqués un mois durant dans des prés entourés de barbelés, comme des bovins, avec une mitrailleuse aux quatre coins. L'estomac vide, pas d'eau courante, pas de WC, les Boches nous faisaient dormir à même le sol. Et puis, un matin, on nous a entassés dans des wagons à bestiaux et on a atterri dans un camp de travail, en Allemagne.

Atterrée, Aurélia écouta Antoine lui relater qu'il avait été affecté dans une usine de métallurgie, où les conditions de travail s'apparentaient ni plus ni moins à de l'esclavage.

— Des gardes nous surveillaient en permanence. Là-bas, il faut trimer dix heures par jour et se contenter d'une infâme soupe de rutabagas en guise de repas. On finit par s'y habituer ; le pire, ce sont les coups qui pleuvent, pour un oui, pour un non. Un jour, ils ont réduit le visage d'un prisonnier en charpie juste parce qu'il souffrait d'une migraine et avait osé s'asseoir une minute.

Il déglutit. Aurélia lui pressa la main et se releva pour lui préparer une infusion bien chaude.

— Mais tu as réussi à t'enfuir ! souffla-t-elle, la gorge nouée.

Antoine agita longuement la tête comme si, avec le recul, il n'en revenait pas lui-même de cet exploit.

— Oui. C'est un miracle.

— Comment as-tu fait ?

— Le camion qui venait livrer le pain pour la semaine se garait toujours au même endroit, derrière le bâtiment des cuisines. Un matin, profitant que les gardes étaient occupés à malmener un pauvre type qui avait dérobé des cigarettes, j'ai décidé de tenter le coup en me faufilant derrière le bloc. Ça ne m'a pris que dix secondes, mais elles m'ont semblé durer dix minutes. J'étais en sueur, mon cœur cognait comme jamais dans ma poitrine tant j'étais persuadé qu'on allait m'abattre à tout instant, me fusiller dans le dos. Mais non, ils ne m'ont pas vu.

Antoine s'était ensuite glissé sous la bâche du camion, qui était ressorti du camp sans aucun contrôle. Aurélia pâlit en songeant à l'issue fatale que cette évasion aurait pu avoir.

— Oh, Antoine ! Tu aurais été tué s'ils t'avaient découvert !

— Oui, sûrement. Mais cela ne s'est pas produit, dit-il en souriant. J'ai sauté du camion en pleine campagne, pendant qu'il roulait. Dans ma chute, je me suis juste éraflé le coude. J'ai eu de la chance, beaucoup de chance.

Après cela, le jeune homme avait marché vingt kilomètres par jour en suivant une ligne de chemin de fer, tuant du petit gibier pour se nourrir, buvant dans les ruisseaux qu'il devait parfois traverser à découvert et dormant dans des granges.

— Quand enfin j'ai atteint la frontière, après sept jours de marche, je m'attendais à être attrapé, mais il tombait une pluie diluvienne et cinglante, si bien que je n'ai pas croisé la moindre patrouille.

Il avait attendu l'aube grisâtre et ses écharpes de brume pour se diriger vers une ferme, où un couple d'agriculteurs détestant farouchement les Allemands lui avait offert le gîte et le couvert.

— Tu n'imagines pas mon bonheur de boire un café au lait et de pouvoir passer une chemise propre ! Les vêtements de ce brave cultivateur étaient bien trop grands pour moi, mais peu importe.

Aurélia n'en revenait pas. Antoine aurait pu être arrêté cent fois, et il était là, avec elle. C'était si incroyable !

— Comment as-tu fait pour atteindre la zone libre ? Il paraît que les contrôles sont rigoureux.

— J'ai pris un premier train jusqu'à Paris, puisque cette portion-là n'est pas ratissée par les Boches. J'en ai trouvé un second à Austerlitz, mais à Vierzon j'ai dû descendre à contre-voie car ils étaient là. Je suis monté *in extremis* dans le train d'en face, qui allait en Touraine, et je suis descendu à Chenonceaux. Tu savais que la ligne de démarcation coupe le château en deux ?

— Non, je l'ignorais.

— Les propriétaires en profitent pour faire passer clandestinement des gens du bon côté, c'est grâce à eux que j'y suis arrivé. Et j'ai terminé à pied, en couchant à nouveau dans des granges et des étables.

Antoine se tut avant de lui adresser un sourire timide.

— Je n'avais qu'un seul but : te retrouver.

Il lui prit la main et l'embrassa furtivement. Aurélia aurait voulu l'interroger encore, lui demander pourquoi il avait suivi le cirque au lieu de rester auprès d'elle, mais elle ne pouvait détacher ses yeux de ceux du jeune homme, réprimant son désir de se blottir contre lui malgré la crasse et son état lamentable. Il lui avait tant manqué ! Une nouvelle quinte de toux le cueillit et le plia en deux.

— Mon Dieu, mais tu as de la fièvre ! s'écria-t-elle en lui touchant le front. On va faire venir le médecin…

La porte s'ouvrit alors sur Léandre, qui rentrait de la mairie. De stupeur, il se figea en découvrant sa fille penchée sur cet homme aux allures de vagabond.

— Aurélia ? Qui est-ce ?

La jeune fille se redressa. Avec un aplomb dont elle ne se savait pas capable, elle soutint le regard de son père et lui répondit sans ciller :

— Papa, voici Antoine.

Léandre accusa le coup. Antoine ?... Soudain, il fit le rapprochement avec ce prénom qu'Aurélia avait crié au cours d'un sommeil agité quelques mois plus tôt. Trouvant la force de se relever, le jeune homme lui tendit la main :

— Antoine Guibert, monsieur, enchanté de faire votre connaissance.

Il n'eut pas le temps d'en dire plus. Brûlant de fièvre et pris d'un vertige, il s'affaissa contre Léandre, qui le rattrapa de justesse avant qu'il ne s'écroule sur la cuisinière.

22

On installa Antoine à l'étage, dans la chambre d'amis. Prévenu par Léandre, le docteur se présenta rapidement au chevet du malade et lui diagnostiqua une grosse bronchite.

— Quelques jours de plus, et ça virait à la pneumonie, expliqua-t-il au père d'Aurélia. Avec des bouillons et du repos, il devrait être bientôt sur pied.

Durant le temps que dura l'auscultation, Aurélia avait été envoyée dans la cuisine avec Marie, qui venait de rentrer de l'école.

— S'agirait-il du même Antoine dont tu étais éprise ? voulut-elle savoir après avoir été informée de la situation par son père.

Aurélia acquiesça et lui rapporta tout ce que le jeune homme avait traversé pour atteindre le Berry. Sonnée par son récit, Marie dut s'asseoir un instant.

— J'étais loin d'imaginer que l'on pouvait s'échapper de ces camps, dit-elle d'une voix éteinte.

Aurélia comprit qu'elle se demandait probablement pourquoi Gauthier n'en avait pas fait autant.

— C'est exceptionnel, lui répondit-elle. Antoine a eu beaucoup de chance, ils sont peu nombreux à pouvoir s'évader sans se faire attraper.

Marie sembla se ressaisir.

— Gauthier ne commettra jamais une telle folie, pas tant qu'il pensera à Louis. Ton Antoine a fait preuve d'un grand courage, mais d'une bonne part d'inconscience aussi, non ?

Aurélia sourit.

— Je parlerais plutôt d'espoir.

— Peut-être, oui. Qu'est-ce que tu vas raconter à papa pour justifier sa présence ici ?

— Je crois qu'il a plus ou moins deviné, grimaça la jeune fille.

Sa sœur lui pressa l'épaule pour la rassurer.

— Ne te fais pas trop de mouron, ça va aller.

Le médecin reparti, Léandre signifia d'un ton sans réplique à Marie qu'il souhaitait rester seul avec Aurélia. Marie monta donc s'occuper du malade, non sans encourager sa cadette d'un doux regard.

— Je suppose que l'heure des explications a sonné…, murmura Aurélia, redoutant la réaction de son père.

Pendant deux ou trois secondes, Léandre la dévisagea silencieusement avec un mélange de tristesse et de sévérité. Puis il poussa un lourd soupir.

— Bon, en voilà encore une que je n'ai manifestement pas vue grandir. Ma toute petite déjà amoureuse… D'où sort-il, cet Antoine ? Ça se saurait s'il était du coin.

Sachant qu'il ne lui servirait à rien de mentir, Aurélia décida de jouer franc jeu :

— Je l'ai rencontré au cours de l'une de mes balades d'après-dîner, au bord de la rivière. Il faisait partie du cirque que Rabier a expulsé l'été dernier.

— Je vois. C'est donc pour cette raison que tu lui en voulais tant, à ce pauvre homme.

Confuse, Aurélia baissa la tête.

— Je… Oui, c'est vrai, et ce n'était pas malin de ma part, je m'en rends compte. Ce que j'ai vécu avec Antoine était si unique, si…

— Tu étais amoureuse, ça je l'ai bien compris. Ce qui explique certaines choses, comme le fait que tu étais si abattue à mon retour de Paris, après le départ du cirque.

— J'ignorais que tu l'avais remarqué. Tu étais tellement tourmenté par les menaces de guerre.

Les bras en appui sur la table, Léandre se pencha vers sa fille.

— Un père aimant remarque tout, Aurélia. Seulement, j'ai mis ton attitude sur le compte de l'ennui et de la crainte du conflit avec l'Allemagne. En fait, c'était le dernier de tes soucis.

— Je suis désolée, papa, dit-elle, les larmes aux yeux. Tu dois me trouver bien égoïste.

Léandre eut un petit rire triste.

— Bien sûr que non, ma fille. On ne choisit pas d'aimer. L'amour, ça nous tombe dessus sans crier gare, ça nous réchauffe le cœur, parfois ça le brise, et tout le reste n'est plus rien. C'est beau d'aimer, quand les temps sont durs.

— Tu n'es pas fâché, alors ? fit-elle, perplexe.

— Ça, c'est encore une autre histoire. Pour l'heure, ce qui m'intéresse, c'est de savoir comment ton Antoine s'est retrouvé dans ma cuisine au beau milieu de l'après-midi.

Aurélia lui raconta l'évasion du jeune homme.

— Purée de moine ! jura Léandre. N'a-t-il pas de famille chez laquelle se réfugier ?

— Non, enfin c'est compliqué. Ses parents sont à Nantes, mais aux dernières nouvelles, ils condamnaient son mode de vie et ne voulaient plus entendre parler de lui.

Léandre hocha pensivement la tête.

— À Nantes… très bien. Bon, vu son état de santé, je ne peux évidemment pas lui refuser l'hospitalité. Pour autant, il ne pourra pas rester indéfiniment à la maison.

Quoi ? Son père comptait-il le chasser une fois qu'Antoine irait mieux ? Aurélia commença à protester :

— Mais, papa…

Léandre la fit taire d'un mouvement de la main.

— Nous en reparlerons plus tard. Je dois passer quelques coups de fil et repartir à la mairie. Les gens ont faim à cause des pénuries imposées par l'Allemagne, et forcément, c'est sur le maire que ça retombe. Je ne fournis plus.

*

Les trois premiers jours, Antoine leur causa quelques frayeurs ; sa fièvre ne baissait que très peu et, même s'il ne se réveillait que pour avaler quelques gorgées de bouillon de poulet et de tisane aux plantes, son sommeil était très agité. Soutenu par Josefa, que Léandre avait embauchée comme garde-malade, il reprit néanmoins des forces. Avec patience et dévotion, l'Espagnole l'aida à raser son épaisse barbe, lui coupa les cheveux et s'appliqua à le nourrir pour deux. Josefa veillait précieusement sur son malade, interdisant à quiconque de le fatiguer davantage. Léandre lui avait même installé un lit d'appoint pour qu'elle reste la nuit, si bien qu'il était impossible pour Aurélia de le voir en tête à tête, à son grand désespoir. Les deux jeunes gens se souriaient et s'espéraient, sans jamais pouvoir se toucher. Seul le petit Louis était autorisé à rester plus de cinq minutes d'affilée auprès de lui. Sa jovialité faisait du bien à Antoine. Le gamin n'avait évidemment pas fait le lien avec le clown qui l'avait tant fait rire à l'époque du cirque, mais il appréciait beaucoup ce « cousin éloigné » que l'on avait recueilli pour le soigner, et lui lisait pour le divertir des passages entiers de *Buffalo Bill*, son héros favori.

Au bout de dix jours, le médecin le déclara guéri. Léandre convoqua alors les deux jeunes gens dans son bureau.

— Bonjour, Antoine, le salua-t-il d'un ton cordial tandis qu'Aurélia filait s'asseoir sur le divan. Je suis heureux de vous voir rétabli.

Si le jeune homme était mal à l'aise, il n'en montra rien.

— C'est grâce à votre bonté, monsieur, et aux bons soins dispensés par Josefa, répondit-il. Cette femme est formidable.

— C'est vrai. Nous pouvons compter sur elle quoi qu'il arrive. Mais ce n'est pas Josefa dont je désire vous entretenir, mon garçon.

Antoine esquissa une grimace qui, dans des circonstances moins pesantes, aurait pu être comique.

— Je m'en doutais un peu... Et avant toute chose, je tiens à m'excuser pour le dérangement que je vous ai causé. Je ne manquerai pas de vous dédommager dès que je serai en mesure de le faire.

Léandre parut amusé.

— Vous êtes poli, sous votre air canaille, ça ne m'étonne pas que ma fille se soit amourachée de vous.

Le cœur battant, Aurélia croisa le regard d'Antoine, qui lui lança un sourire. Avec ses cheveux coupés et sa mâchoire redevenue lisse, il était aussi séduisant qu'à leur première rencontre. Elle réprima un soupir nostalgique en songeant qu'il était loin, le temps insouciant où elle se lovait contre lui, sous le noisetier du bord de l'eau !

— Mon air canaille ? répéta Antoine. Je vous assure que je ne suis pas une crapule, monsieur.

Léandre s'éclaircit la voix. Aurélia se redressa : son père allait en venir aux choses sérieuses.

— Oui, hum, eh bien... J'espère que vous me pardonnerez cette intrusion, mais j'ai pris la liberté de demander quelques renseignements à votre sujet.

— Papa ! s'indigna la jeune fille.

— Non, laisse, répondit Antoine. Il est normal que ton père tienne à savoir qui il héberge sous son propre toit.

Ce que Léandre approuva d'un signe de la tête, avant de souligner :

— Surtout quand le jeune homme en question est fiché comme étant affilié au Parti communiste. Vous comprendrez mes réticences, c'est dangereux, par les temps qui courent.

Il y eut un court silence, qu'Aurélia rompit en se relevant du canapé.

— Est-ce que mon père dit vrai, Antoine ? s'enquit-elle, avec une pointe d'inquiétude. Le Parti communiste ?

La mâchoire du jeune homme se crispa légèrement.

— Vous savez fort bien que le Parti a été dissous l'année dernière par le gouvernement de Daladier, répondit-il à Léandre. Je ne peux pas être membre d'une organisation qui n'existe pas.

D'un simple coup d'œil, le père d'Aurélia lui fit comprendre qu'il n'était pas dupe.

— Ne me prenez pas pour un imbécile, rétorqua-t-il. Je sais aussi que les militants se battent pour la survie du Parti et réorganisent des structures clandestines. Je ne vous juge pas, je trouve même que vous avez fait preuve de cran en vous évadant du stalag. En revanche, mon statut me place dans une position très délicate. Mes administrés ont une pleine confiance en moi, or, si l'on avait le moindre doute à votre sujet...

— Mais enfin, papa, l'interrompit Aurélia, nous sommes en zone libre !

— Ce qui n'empêche pas la police française de collaborer avec la zone occupée et la Gestapo allemande de faire des incursions de notre côté quand elle considère que c'est nécessaire. Il suffit d'une dénonciation pour que tout bascule.

— Donc Antoine ne peut pas rester chez nous, c'est ce que tu essaies de nous dire ? s'écria-t-elle, des sanglots dans la voix.

Léandre considéra sa fille avec tendresse.

— Non, ce serait trop risqué, lui confirma-t-il. Je peux m'engager à vous procurer de faux papiers, Antoine, mais cela prendra un certain temps. En tant que maire, il me faut redoubler de prudence, non seulement pour moi, mais surtout pour l'avenir de mes filles.

Antoine opina calmement.

— Vous avez été très généreux en m'offrant l'hospitalité quand j'étais au plus mal, monsieur, et je ne saurai vous tenir rigueur de votre réserve.

— Avez-vous un plan B, au moins ? l'interrogea Léandre d'un air préoccupé. Je m'en veux quand même un peu de vous relâcher comme ça dans la nature.

Le jeune homme haussa les épaules.

— Pour être honnête avec vous, j'envisage de m'engager dans un réseau qui fait passer des enfants juifs via le château de Chenonceau, pour les emmener ensuite plus au sud. Ces personnes m'ont aidé, c'est important pour moi de leur rendre la pareille. Si par hasard vous aviez connaissance d'un endroit qui me permettrait de me cacher sans vous compromettre…

Léandre lâcha un sifflement admiratif, avant d'esquisser un large sourire.

— Décidément, je t'aime bien, mon garçon. On va trouver une solution, ne t'inquiète pas.

23

LE LENDEMAIN, Antoine apprit qu'il pourrait passer l'hiver dans le grenier de Marcelline, du moment qu'il ne lui créait pas d'ennuis. La métayère, qui avait le cœur sur la main, ne voyait aucune objection à l'héberger, même de façon clandestine.

— Par temps de guerre, faut se serrer les coudes, avait-elle assuré à son patron.

Le jeune homme pourrait toujours chercher un autre endroit dès que les températures redeviendraient plus clémentes. En ce qui concernait ses projets, Léandre lui signifia que c'était à lui de prendre les contacts nécessaires pour mener sa mission à bien.

— En revanche, mon petit gars, lui spécifia-t-il, il n'est pas question que ma fille se retrouve impliquée là-dedans d'une manière ou d'une autre, auquel cas je me ferai un plaisir de te retourner la tête de l'autre côté de Paris. Me suis-je bien fait comprendre ?

Du haut de son mètre quatre-vingt-dix, il ne plaisantait pas.

— Vous avez ma parole, jura Antoine.

À la nuit tombée, Aurélia fut autorisée à les accompagner chez Marcelline. Sans la lumière de ses phares pour l'éclairer, Léandre avançait prudemment sur la petite route.

— C'est là, annonça-t-il après vingt minutes. La maison est au bout du chemin.

Dans l'obscurité percée d'une grosse lune ronde, Antoine parvint à décrypter le panneau qui indiquait le lieu-dit :

— La Chemolière… Quel drôle de nom.

— Au moins, personne ne viendra te débusquer ici, lui assura Léandre.

Ils descendirent de la Bugatti et Léandre frappa trois petits coups à la porte. Marcelline les accueillit à la lueur d'une bougie. Un gros rondin de chêne brûlait dans la cuisinière en fonte, enveloppant la pièce d'une chaleur réconfortante.

— Entrez donc ! J'étais en train verser du vinaigre dans le sang de lapin pour l'empêcher de figer.

Aurélia dut réprimer un haut-le-cœur en avisant le bocal rempli de liquide rouge qui était grand ouvert sur la table.

— Une petite goutte de prune ? leur proposa la métayère. Je vous trouve bien pâle, mademoiselle Aurélia.

— Pas pour moi, merci, déclina la jeune fille. Je suis juste un peu fatiguée.

Marcelline hocha la tête d'un air entendu.

— Avec ces températures glaciales, c'est pas étonnant, ma pauv' petite. Je me demande ce que ça peut donner, là-haut, en Allemagne, ajouta-t-elle en tendant leurs verres aux deux hommes. La dernière lettre de Nestor remonte à un mois, j'espère qu'il ne souffre pas trop du froid.

— Marie a expédié des colis, dont un pour votre époux, la rassura Léandre. On a ajouté des couvertures et des grosses chaussettes.

— Ça me gêne, m'sieur Moreau. Vous êtes trop généreux, au village tout le monde dit que vous donneriez vot' chemise s'il le fallait. Je vois pas comment je vais pouvoir vous remercier.

— Vous le faites déjà en acceptant d'accueillir Antoine.

— Bah ! fit celle-ci. Pensez donc, un joli gars pareil, ce serait du gâchis de le faire coucher dehors !

Ils s'esclaffèrent tous, puis Léandre reprit, d'un ton plus sérieux :

— Qu'avez-vous raconté à Annette, au fait ? Elle n'a vu Antoine que sous son costume de clown, mais ce serait bête qu'elle le reconnaisse malgré tout.

— Je ne lui ai rien dit, pardi ! Les enfants, ça cause vite, surtout quand y faut pas. Vous devrez rester caché tant que ma *droyère* sera pas à l'école ou au lit, m'sieur Antoine.

Ce dernier lui adressa un sourire reconnaissant.

— Bien entendu, Marcelline. Je vous promets de me faire le plus discret possible.

Antoine termina son verre et Léandre invita sa fille à lui montrer le grenier pendant que lui-même discutait avec Marcelline des affaires relatives à la ferme. Ravie d'avoir enfin le jeune homme pour elle seule, Aurélia ne se fit pas prier et fila chercher l'échelle dans la grange.

— Ton père est un sacré bonhomme, déclara Antoine en lui emboîtant le pas. Je ne sais pas comment il a fait pour avoir ces renseignements à mon sujet, mais je suis soulagé de pouvoir rester.

Aurélia s'arrêta à l'entrée de la grange et le dévisagea un instant. Pouvait-elle avoir confiance ? Son instinct lui soufflait que oui.

— En fait, je suis quasi sûre que papa participe à des missions d'espionnage. Ne me regarde pas comme ça, dit-elle en le voyant arrondir les yeux. Il s'imagine que je ne suis pas au courant, mais il savait avant tout le monde ce qui pendait au nez de notre pays, et j'ai surpris des conversations qui laissent peu de place au doute. Je suppose qu'il a passé quelques coups de fil à son réseau pour s'assurer que tu n'allais pas nous égorger en pleine nuit.

— Eh bien ! Je suis épaté qu'il ne m'ait pas renvoyé à Nantes pour me livrer aux Allemands.

— Notre famille ne collaborera jamais, Antoine. Tout ce que nous pourrons faire pour lutter contre les nazis, nous le ferons.

Sans un mot, le jeune homme la saisit par la taille pour l'enlacer. Aurélia ferma les yeux, s'abandonnant à la chaleur de ses bras.

— Mon cœur, lui murmura-t-il au creux de l'oreille. J'ai tellement attendu cet instant.

Il déposa une pluie de baisers le long de son cou et remonta pour trouver sa bouche. Haletante de désir, la jeune fille se recula pourtant, sous le regard ardent et perdu de son compagnon.

— Que se passe-t-il ? lui demanda-t-il.

— Je… Tu es parti sans moi, lui reprocha-t-elle. Ça n'a peut-être aucun sens, après quinze mois, mais tu n'as pas idée du mal que ça m'a fait.

Antoine fronça les sourcils. Il sondait ses beaux yeux bleus à présent embués, cherchant à comprendre.

— N'as-tu pas trouvé ma lettre, au pied du noisetier ?

— Si, bien sûr. Et je t'en ai voulu, Antoine, parce que tu m'avais promis que l'on s'en irait ensemble.

Le jeune homme lui caressa tendrement la tempe.

— Tu aurais vite réalisé que cette vie n'était pas pour toi, Aurélia. Je n'avais pas le droit de t'empêcher d'accomplir tes rêves ; un jour ou l'autre, tu m'aurais détesté. Mais crois-moi, je l'ai regretté plus d'une fois.

— Eh bien, tu aurais pu rester ! Trouver du travail, t'établir dans le coin ! J'en suis venue à penser que tu t'étais moqué de moi, au bout du compte…

Antoine lui sourit tristement.

— Allons, tu sais que je suis incapable de rester longtemps au même endroit.

— Alors pourquoi es-tu revenu ici ? Pour trouver un refuge avant de m'abandonner à nouveau ?

Une larme roula sur sa joue. Antoine l'essuya de son index, lui arrachant un doux frisson.

— Je suis revenu parce que c'est à toi que je pensais, quand j'étais au front et enfermé dans ce stalag. C'est ton visage que je voyais chaque soir dans le ciel, dans les étoiles, en m'endormant et dans mes songes. J'ignore ce que l'avenir nous réserve, mais je ne le vivrai pas sans toi, tu m'entends ?

Il l'attira à lui et l'enveloppa dans ses bras. Le cœur gonflé d'un sentiment d'urgence et de bonheur, Aurélia l'embrassa en retour, savourant la douceur de ses lèvres sur les siennes, la caresse de sa langue et leurs deux souffles emmêlés. Ils mirent dans ce baiser toute la passion de ceux restés trop longtemps séparés.

*

L'hiver fut l'un des plus froids jamais connus. La neige était tombée en abondance, recouvrant les arbres, les maisons, les champs et les chemins d'une épaisse couche blanche qui semblait ne plus vouloir fondre. Dès que son emploi du temps ou les conditions atmosphériques le lui permettaient, Aurélia filait à vélo à La Chemolière afin de retrouver Antoine. Le trajet, particulièrement éreintant quand le vent se levait, lui prenait plus de trente minutes. Ils ne se voyaient guère plus d'une fois tous les dix jours et leurs étreintes, aussi brèves qu'intenses en raison de Marcelline qui n'était jamais loin, laissaient à Aurélia un cruel goût d'inachevé.

— Je donnerais tant pour qu'on puisse avoir de vrais rendez-vous d'amoureux…, déplora-t-elle un jour alors qu'ils étaient allongés dans le foin du grenier. Tout était tellement plus simple à l'époque où je te rejoignais à la rivière !

Antoine se redressa pour enfiler un gros pull-over beige à torsades appartenant à Nestor, que Marcelline lui avait prêté.

— L'amour et la guerre ne font jamais bon ménage. Mais sois patiente : quand tout ça sera fini, je t'emmènerai mille fois sous notre noisetier si ça peut te rendre ton beau sourire.

Son sourire, Aurélia eut cependant bien du mal à le conserver lorsque Julien repartit chez ses parents pour Noël. L'internat ayant rouvert, il fut décidé qu'il reprendrait ses études sans attendre. La nouvelle attrista fortement les deux sœurs aussi bien que les élèves du cours primaire, qui s'étaient habitués à la présence solaire du jeune homme. Si Marie se fit une raison et admit qu'avec la nomination d'un nouveau directeur l'école n'avait plus besoin des services de Julien, Aurélia, pour sa part, pleura longuement le départ de son ami.

— Allons, s'efforça de la consoler son père, le soir de Noël. C'est mieux pour lui qu'il puisse réintégrer les rangs de l'université, tu ne crois pas ?

La jeune fille renifla, indifférente à Louis, qui lui montrait le jeu de l'oie et le sabot en chocolat qu'il avait reçus en cadeaux.

— Je suis terrorisée de le savoir seul à Paris qui est pleine de Boches, protesta-t-elle d'une voix brisée.

Marie, qui se régalait d'une orange, se méprit sur le chagrin de sa sœur.

— Je te croyais amoureuse d'Antoine. Aurais-je raté quelque chose ?

Face à la perplexité de son aînée, Aurélia secoua la tête.

— L'unique sentiment qui me lie à Julien est l'amitié, et il n'y aura jamais rien d'autre entre nous, même si je l'avais voulu. Ne l'as-tu pas saisi, depuis tout ce temps ?

Aurélia n'avait eu aucune intention de trahir le secret de son ami, mais une lueur de compréhension passa sur les traits de Marie.

— Oh, mon Dieu ! souffla-t-elle. C'était pourtant évident, à la façon dont il regardait parfois Tomás. On aurait dit qu'il voulait...

Embarrassé, Léandre fit claquer ses bretelles tout en se raclant la gorge.

— Oui, bon, je compte sur votre discrétion, les filles. Ce n'est pas la peine qu'un scandale éclabousse les Carlier, surtout avec un gradé chez eux.

— C'est pour ça, que tu es si inquiète ? demanda Marie. Je ne répéterai rien, tu peux compter sur moi.

— Non, c'est les nazis qui me font peur, lui révéla la jeune fille. Dans leur folie, va savoir quel sort ils peuvent bien réserver aux garçons comme Julien... Ils ne se privent pas de les persécuter, en Allemagne !

Les craintes d'Aurélia s'apaisèrent toutefois lorsqu'elle put revoir le jeune homme, en février. Léandre s'étant engagé à donner un spectacle à Paris pour les enfants de prisonniers, elle choisit de l'accompagner, elle qui s'était pourtant juré de ne plus remettre un pied dans la capitale occupée. Le nouveau visage de sa ville l'affligea. Les drapeaux ornés d'une croix gammée claquaient au vent le long des bâtiments officiels, et les rues s'étaient vidées de leurs voitures. Partout l'on croisait des soldats qui arpentaient les avenues et les parcs tels des touristes, ou buvaient un verre en terrasse, se retournant sur les jolies jeunes filles qu'ils n'hésitaient pas à alpaguer. Le deuxième jour, Léandre ayant des rendez-vous dont il ne voulut rien lui dire, Aurélia en profita pour retrouver Julien autour d'un sirop à la fraise. Ainsi qu'elle le découvrit, le jeune homme fréquentait assidûment le Quartier latin, où se réunissaient des jeunes fort turbulents, qui écoutaient du jazz américain, prohibé par les nazis, dans les caves des bistrots. Ces étudiants insouciants, dont Julien lui expliqua qu'on les qualifiait de « zazous » étaient contre tout, contre Pétain, contre Londres, contre Hitler. Rebelles à l'autorité, ils s'habillaient et se coiffaient à l'encontre de ce que préconisait Vichy : les garçons portaient des pantalons larges, des vestons cintrés, arborant des cheveux mi-longs qui leur donnaient un aspect négligé, quand les filles se maquillaient à outrance et se coiffaient en relevant leurs cheveux en une haute coque au-dessus de leur front. Si Aurélia se sentait complètement décalée vis-à-vis de ces jeunes animés avant tout par l'esprit de jouissance, Julien, lui, semblait heureux, et Aurélia se réjouit de voir qu'il allait bien.

En revanche, elle déchanta lorsque, à la veille de leur départ, son père et elle furent conviés à dîner chez les parents de Madeleine. Ces derniers ne dissimulant plus leurs sympathies pour le régime nazi, un capitaine allemand se trouvait également autour de la table, pourvue de foie gras et autres mets que l'on ne pouvait en général se procurer qu'au marché noir. Serrant violemment les poings, Aurélia se contint pour ne pas cracher sur les bottes cirées de l'officier lorsque celui-ci voulut lui faire un baisemain. Le pire, c'était Françoise, la mère de Madeleine, qui ne cessait d'articuler son prénom, Ludwig, avec ce ton insupportable d'une première de la classe.

Leurs hôtes ayant présenté Léandre comme l'un des plus grands chansonniers du pays, le capitaine lui demanda :

— Envisagez-vous de vous produire dans le cabaret de Suzy Solidor ? Elle nous reçoit toujours chaleureusement, nous apprécions beaucoup son adaptation de *Lili Marleen* dans votre langue.

Ulcérée par le tour que prenait la soirée, Aurélia entendit son père répondre vaguement qu'en tant que maire d'une commune, il ne revenait que très rarement à Paris. Au moment du café, elle prit le bras de Madeleine pour l'entraîner à l'écart. Elle ne supportait plus de voir les hommes deviser en fumant de gros cigares, comme si la situation était normale. Elle ne blâmait pas son père, qui n'avait guère le choix, mais elle avait besoin de se changer les idées. Une fois dans l'ancienne chambre de son amie, de son ton le plus naturel et avec un sourire complice, elle lui demanda :

— Alors, es-tu heureuse avec ton mari ? Raconte !

Cela faisait dix mois que les deux jeunes filles ne s'étaient pas revues et, entre-temps, Madeleine avait convolé en justes noces avec ce cousin éloigné dont elles avaient parlé au Ritz.

— Oui, Pierre-Yves est incroyable... Oh ! Je ne suis pas censée te l'apprendre maintenant, mais nous allons avoir un bébé, n'est-ce pas merveilleux ?

Aurélia se força à accueillir la nouvelle avec joie.

— Magnifique ! lui dit-elle. Je suis heureuse pour toi. La naissance est prévue pour quand ?

— Probablement pas avant septembre. Pierre-Yves est devenu proche d'un sous-officier, nous envisageons de lui demander d'être le parrain.

— Vraiment ? grimaça Aurélia.

— Oui, c'est un garçon formidable. Et célibataire, tu sais... Je suppose que tu n'as pas revu ton artiste de cirque ?

Aurélia réprima son dégoût en comprenant le sous-entendu de son amie et opta pour un mensonge.

— Non, prétendit-elle en poussant un soupir digne des plus grandes tragédiennes. J'ignore ce qu'il est devenu.

— Ma pauvre, fit mine de compatir Madeleine. Dis-toi que ce garçon n'était sans doute qu'un vaurien, ça vaudra mieux. Papa ne s'était pas trompé, cette guerre aura vraiment été une bonne chose.

Aurélia prit une longue inspiration pour ne pas la gifler. À bout de nerfs, elle ne put néanmoins s'empêcher de riposter :

— Es-tu donc incapable de voir le monde autrement qu'à travers les yeux de ton père ?

Piquée au vif, Madeleine répliqua un peu fort :

— Je m'en doutais, que tu réagirais ainsi ! Ah ! Ne me dis pas que tu défends la racaille juive !

Incapable de refouler son mépris, Aurélia la fusilla du regard.

— Je ne défends rien ni personne, Madeleine. Encore moins ceux qui tuent des innocents.

Cette remarque jeta un tel froid entre elles qu'au cours de la nuit, en larmes, Aurélia prit la décision d'arrêter de lui écrire. Comme l'enfance était dure à quitter !

*

Le printemps revenu, Antoine remercia Marcelline de tout ce qu'elle avait fait pour lui. Même s'il ne partait pas très loin, la fermière écrasa une larme en affirmant qu'il allait lui manquer. Léandre lui avait procuré des papiers d'identité plus vrais que nature, lui donnant le patronyme d'Antoine Perrin, cousin germain des anciens propriétaires de la ferme abandonnée des Ormeaux, que les soldats français avaient investie lors de la bataille défensive de Châtillon. Désormais, Aurélia n'était plus qu'à quinze minutes à vélo. Pour retrouver Antoine, il lui suffisait de rouler jusqu'au cimetière, puis de prendre à gauche, sur la route qui partait en face, à travers la campagne, avant de bifurquer un peu plus haut, sur un chemin que seuls les gens du coin connaissaient. La masure n'était pas en bon état, mais elle faisait l'affaire. Antoine avait récupéré des draps et un édredon pour le matelas qui tenait lieu de lit, ainsi qu'un réchaud à gaz pour se nourrir. Ce confort somme toute rudimentaire lui suffisait amplement. Malgré cela, Aurélia ne le voyait que trop peu. Le jeune homme s'étant fait un devoir de venir en aide à des enfants juifs, il s'était procuré une bicyclette avec laquelle il se rendait souvent à Loches, d'où il prenait un train pour Chenonceaux. Là, dans la partie boisée du château qui se trouvait du bon côté de la ligne de démarcation, il récupérait les enfants qu'il menait ensuite à d'autres passeurs, chargés de les conduire plus au sud. Il pouvait ainsi s'absenter durant plusieurs jours, au cours desquels Aurélia tremblait à la perspective qu'il soit démasqué et arrêté. Elle savait qu'il transportait des tracts illégaux qui dénonçaient la barbarie nazie, et les distribuait dans les villages de la zone occupée. Bien qu'elle ait juré de garder le secret, par peur que son père ne lui interdise de revoir Antoine s'il venait à l'apprendre, elle redoutait le pire chaque fois qu'il repartait.

La jeune femme fêta ses vingt ans par une belle journée d'avril. Une légère bise chassait les quelques nuages suspendus dans le ciel bleu tandis que l'air exhalait les parfums de la nature revenue à la vie après le rude hiver qu'ils venaient de traverser. L'après-midi touchait à sa fin. Sitôt sortie de l'école, Aurélia avait enfourché son vélo rouge pour rejoindre Antoine, qui l'attendait à la ferme. Ils s'étaient aimés dans un bonheur un peu triste et mélancolique, celui de l'envie de croquer la vie à pleines dents contrariée par des lendemains incertains. Repue de plaisir, la jeune fille faisait courir ses doigts sur la peau blanche du torse d'Antoine. Rien ne la réconfortait davantage que rester des heures contre lui, à s'imprégner de son odeur et des battements réguliers de son cœur. Sans la guerre, auraient-ils connu ce bonheur ? Certains jours, Aurélia se persuadait qu'il ne serait jamais revenu ; d'autres, elle parvenait à se convaincre qu'ils auraient fini par se retrouver.

— Le cirque ne te manque pas, parfois ? l'interrogea-t-elle soudain.

— Je ne sais pas. J'ai trop à faire pour me poser la question, même si je me demande souvent ce que sont devenus Roger et Saskia. Tu te souviens d'eux ?

— Bien sûr. Ton comparse clown et la belle acrobate.

— Ils se sont mariés en catastrophe, à l'annonce de la guerre, lui révéla Antoine. Depuis, je n'ai hélas jamais eu de nouvelles. Je me plais à croire que Roger n'a pas été fait prisonnier et qu'ils vivent heureux... Enfin, j'évite d'y penser. Trop réfléchir empêche d'agir.

Le jeune homme devant se rendre à Loches le lendemain, Aurélia rebondit :

— J'aimerais t'accompagner et me rendre utile moi aussi. Dis-moi comment faire, je t'en prie, mon amour.

Antoine caressa tendrement le velouté de son épaule et lui déposa un baiser sur la tête.

— N'y pense même pas, répliqua-t-il. Ton père me tuerait, si je t'emmenais avec moi.

— Nous sommes sans cesse séparés, c'est injuste.

— Ce qui est injuste, c'est le sort que subissent certains. C'est terrible de voir des enfants terrorisés parce qu'on les emmène loin de leurs mères tout aussi effrayées par l'incertitude qu'elles doivent quotidiennement affronter.

— Je le sais, Antoine. L'an passé, Arielle m'a raconté ce que son peuple subissait en Pologne. Ça me tue de me sentir impuissante face à tout ça. Plus nous serons nombreux à agir, plus vite cette guerre prendra fin, non ?

Il la plaqua davantage contre lui.

— Ne pense pas à ces choses, mon cœur. Il est vrai que nous sommes encore trop peu à être entrés en résistance, mais je refuse de te faire prendre des risques.

— Oh, ce que je déteste t'entendre parler ainsi !

— Quand la guerre sera terminée, plus rien ne nous séparera. Nous voyagerons, nous lancerons un cirque, nous ferons l'amour autant que nous le désirerons... Nous vivrons, oui, nous vivrons ! décréta-t-il avec fougue.

— D'ici là, tu te seras lassé de moi, à me voir inerte alors que des gens comme toi se battent pour éradiquer le mal, rétorqua-t-elle, abattue.

— Me lasser de toi ? C'est impossible, je voudrai toujours de toi, idiote !

Un sourire aux lèvres, Antoine la renversa sous lui et commença à taquiner de sa langue la pointe rose de ses seins. Aurélia se cabra de désir et resserra ses jambes autour de lui, l'attirant contre son bas-ventre humide.

— Prouve-le, le défia-t-elle dans un gémissement.

Leurs deux corps s'enlacèrent fiévreusement.

*

Deux semaines plus tard, Léandre reçut un coup de téléphone qui changea de manière irrévocable le cours de leur destin. Aurélia se trouvait avec lui dans le jardin d'hiver où elle venait de disposer une brassée de jonquilles dans un vase, quand Arielle appela juste avant le dîner. Ils discutèrent une dizaine de minutes, puis Léandre annonça avec la plus grande fermeté :

— Je vais venir vous chercher. Ne bougez surtout pas.

En raccrochant, il était si pâle qu'Aurélia s'affola :

— Qu'y a-t-il, papa ? Arielle va bien ?

Atterré, il laissa passer une poignée de secondes avant de lui répondre :

— Les Allemands ont débarqué ce matin dans leur appartement pour arrêter Jacob. Par chance, Arielle et la petite étaient sorties faire des courses. Elles ne peuvent pas prendre le risque d'y retourner, ce serait une pure folie.

Les jambes coupées, la jeune fille se laissa tomber sur le canapé.

— Où sont-elles ? Qu'est devenu Jacob ?

— Elles se sont réfugiées chez une amie, rue de Rennes. Mais elles vont devoir quitter Paris immédiatement. Quant à Jacob... Il va être difficile d'obtenir des nouvelles, je le crains.

Aurélia se releva, furieuse.

— Mais pourquoi l'ont-ils arrêté ? Juste parce qu'il est juif ?

— Hélas oui, ils sont de plus en plus pourchassés. Bon sang ! ajouta-t-il d'un air sombre. S'ils s'en prennent à un homme comme Berenson, qui est pourtant l'un des banquiers les plus réputés, alors les juifs ne sont définitivement plus en sécurité.

— Quand pars-tu ? voulut-elle savoir, la voix obstruée par l'angoisse.

— Dès ce soir. Je dois être au plus vite à Paris.

Durant le souper, auquel Antoine était convié, il ne fut question que de ce triste événement. Les traits tirés, Léandre pria Marie d'aller trouver Marcelline dès le lendemain matin, afin de lui demander d'héberger Arielle et sa petite fille.

— Je sais qu'elle ne refusera pas, mais tu lui préciseras que je la dédommagerai pour ces deux bouches supplémentaires à nourrir. Elle a déjà tant fait pour Antoine !

— C'est vrai, approuva ce dernier. Elles ne seront pas malheureuses, à La Chemolière, si ça peut vous réconforter.

Marie questionna ensuite son père sur la manière dont il comptait s'organiser pour rapatrier Arielle en zone libre.

— Vous serez contrôlés, c'est sûr. Toi, ça ira avec ton *ausweis*, mais ils ne laisseront jamais passer une femme juive.

— J'y ai pensé. Je pourrais trouver un moyen de dissimuler Arielle, sous une couverture, par exemple, et croiser les doigts pour que ça fonctionne, mais la petite Dina... Si jamais... Pauvre, gosse, elle n'a que trois ans.

— Et en l'exfiltrant par Chenonceaux ? intervint Antoine. Je connais parfaitement le réseau et les chemins de traverse à emprunter.

Léandre secoua la tête, arguant qu'Arielle n'accepterait jamais de remettre sa fille entre des mains inconnues. Aurélia, qui jusque-là n'avait pas dit grand-chose tant la situation d'Arielle la tracassait, se manifesta alors :

— Écoutez, je crois que j'ai une idée. Si j'ai bien saisi, c'est dangereux de les faire voyager ensemble au cas où Arielle serait prise, c'est ça ?

Ne voyant pas où elle désirait en venir, son père acquiesça, dans l'expectative. Elle leur exposa donc son plan :

— Puisqu'il n'existe aucune alternative, je vais me rendre à Paris avec toi, papa, et rentrer par le train avec Dina.

Les yeux brillants d'admiration, Antoine lui pressa la main sous la table.

— Si la petite ne parle pas, ça me paraît jouable. Mais je peux le faire à ta place, tu sais.

— Non, ils se méfieront moins d'une jeune femme seule avec une enfant, d'autant plus que mes papiers sont parfaitement en règle.

— Tu parles trop vite, Aurélia, lui opposa Marie. Tu imagines les conséquences, si tu te fais attraper ?

Résolue, la jeune fille fixa sa sœur sans ciller. D'un coup, elle se sentait gonflée d'une force inconnue, poussée par le besoin de se battre pour sauver Arielle et Dina.

— Ce n'est pas la question. On doit les sortir de là, et je le ferai. Je n'en peux plus de rester les bras ballants à attendre que la guerre se termine. Je veux agir.

Son ton n'admettait aucune réplique.

— D'accord, soupira Léandre. J'ai bien compris que tu ne renonceras pas, ma petite tête de mule, mais tu ne dois pas perdre de vue que cela reste dangereux.

— Je préfère encore le danger au remords de ne pas avoir essayé.

Sitôt le repas terminé, Aurélia monta donc faire sa valise et embrassa bien fort sa sœur avant de rejoindre Antoine et son père dans la voiture. Marie renifla en la serrant entre ses bras.

— Tu es si forte, ma chérie ! Fais attention à toi, tu me le promets ?

— Ne t'inquiète pas, je suis débrouillarde. Tu diras à Louis que je reviens très vite, entendu ?

Après avoir déposé Antoine à la ferme – à la dernière minute, le jeune homme avait de nouveau proposé de prendre la place d'Aurélia, qui s'y était sans surprise fermement opposée –, père et fille entamèrent leur longue route jusqu'à la capitale. Ils passèrent la ligne de démarcation sans souci, prétextant être partis dans l'urgence pour accourir au chevet d'une vieille tante mourante. Le jeune Allemand qui gardait la guérite en fut ému et leur souhaita bon courage, ce qui les fit ensuite rire aux éclats. L'espace de quelques minutes, ils en oublièrent presque les terribles dangers qui pesaient sur eux, en cette nuit du printemps 1941.

*

— Mademoiselle ? *Ihre Papiere !*

Aurélia déglutit en tendant ses papiers et son *ausweis* au soldat chargé de contrôler le wagon. Le train était parti dans la matinée, l'emportant avec Dina vers un voyage dont l'issue restait incertaine. Comme convenu, elle avait récupéré la fillette rue de Rennes, et toutes les deux avaient ensuite emprunté le métro pour se rendre à Austerlitz. Par sécurité, son père et Arielle les avaient précédées d'une journée. Depuis, elle ignorait s'ils étaient parvenus à regagner Châtillon. Elle le saurait dans quelques heures, en arrivant à la gare, où son père devait l'attendre, si tout s'était déroulé sans encombre. Assise sur ses genoux, Dina ne bronchait pas, observant le paysage qui défilait sous leurs yeux. Même en cet instant crucial où les Boches fouillaient minutieusement le train, elle restait calme. Aurélia lui avait expliqué à plusieurs reprises que si les messieurs allemands montaient, elle devrait jouer à ne pas parler, lui promettant du chocolat en récompense. Résultat, la fillette avait attendu ce jeu avec impatience et prenait son rôle avec le plus grand sérieux.

Penché au-dessus d'Aurélia, le soldat la détailla pour vérifier que son visage correspondait bien à la photo sur sa carte d'identité.

— Merci, mademoiselle, dit-il en la lui rendant. Où allez-vous ?

Ses yeux gris et froids la toisaient, impénétrables. Aurélia sentit des gouttes de sueur lui couler le long de la nuque. Et s'il la soupçonnait ?

— Je vais rendre visite à ma grand-mère, dans le Berry, répondit-elle en se souvenant du discours qu'elle était censée tenir. La région est magnifique, au printemps.

Elle se demanda par quel miracle elle réussissait à ne pas trembler.

— *Ja,* je n'en doute pas. Montrez-moi votre sac à main.

Tendue, elle s'exécuta. Heureusement, avant de prendre la route, elle avait eu la présence d'esprit de se débarrasser d'un tract illégal qu'Antoine lui avait laissé lors de leur dernier rendez-vous à la ferme des Ormeaux.

Ne constatant rien de répréhensible, l'Allemand sourit en regardant Dina.

— Votre petite fille est très mignonne. Elle me rappelle la mienne.

La trace d'humanité qu'elle décela dans son regard troubla Aurélia. Non, elle n'avait pas le droit de le trouver sympathique ! Ce même homme n'hésiterait sans doute pas à la jeter en pâture à ses supérieurs s'il devinait qu'elle emmenait au nez et à la barbe de l'armée allemande une enfant juive vers la zone libre.

— Oh, Jeanne est ma nièce, précisa-t-elle. Ma sœur a décrété que le bon air de la campagne lui fera le plus grand bien.

Son interlocuteur plissa les yeux, méfiant.

— Et où est-elle, votre sœur ?

Le cœur d'Aurélia se mit à cogner de plus en plus fort dans sa poitrine.

— À Paris. Elle travaille dur pour subvenir aux besoins de la petite, alors elle ne pouvait pas nous accompagner, hélas.

Elle termina en adressant au soldat l'un de ses sourires qui lui creusait des fossettes, auquel nul ne résistait. Il allait ajouter quelque chose quand l'un de ses collègues, à l'autre bout du wagon, aboya :

— *Dieter ! Wenn Sie nichts gefunden haben, gehen wir !*

Ne comprenant pas un traître mot d'allemand, Aurélia déglutit. Est-ce que cet homme avait donné l'ordre de les arrêter ?

— Non, dit le soldat comme pour lui-même, je n'ai rien trouvé. Bonnes vacances, mademoiselle, salua-t-il Aurélia avant de rejoindre les autres militaires.

Le train redémarra, et Aurélia s'autorisa à relâcher son souffle. Dina se tortilla sur ses genoux et colla son visage malicieux au sien.

— Alors, *Auyéya*, j'ai gagné le chocolat ?

— Oui, ma puce, tu l'as bien mérité, dit-elle en embrassant affectueusement ses petites joues rondes.

Quelle frousse ! Jamais elle n'avait eu aussi peur de sa vie !

Trois heures plus tard, Aurélia sauta dans les bras de son père en constatant que celui-ci se trouvait sur le quai de la gare.

— Dieu soit loué, te voilà ! soupira-t-il de soulagement. Je me suis rongé les sangs toute la journée.

— Comment va Arielle ? s'enquit-elle nerveusement en s'engouffrant dans la voiture.

Léandre démarra aussitôt.

— Elle est à La Chemolière. Nous n'avons eu qu'un seul contrôle en route et par chance, ils n'ont pas fouillé la voiture. Arielle était sous une couverture, j'avais empilé des valises vides par-dessus.

— Parfait. Moi non plus je n'en menais pas large au moment du contrôle. Au final, le soldat a trouvé Dina adorable. Il l'a même comparée à sa propre fille, termina-t-elle avec un petit rire qui trahissait son incrédulité.

— Je suis fier de ce que tu as accompli, ma chérie, la félicita Léandre.

Quelques instants après, en voyant Dina se précipiter joyeusement vers Arielle, dont les joues étaient baignées de larmes de gratitude, Aurélia sut qu'elle avait fait le bon choix en risquant sa vie pour les réunir. Les Allemands pouvaient bien prétendre faire leur loi et semer la terreur, tant qu'il existerait une poignée de résistants pour les défier et sauver des existences, alors l'espoir d'un monde meilleur n'était pas mort.

24

Lisa, 2018.

L'alarme de mon portable me tire un grognement de frustration en m'arrachant à ma lecture. Je ne peux pas poursuivre, au risque d'être en retard à l'école. L'histoire d'Aurélia m'a captivée, au point d'avoir versé ma petite larme au moment de ses retrouvailles avec Antoine, mais pour être honnête, je ne comprends toujours pas ce qui a pu lui arriver pour qu'on enferme son journal et ses photos au fond d'un coffre. Et ce prénom, Dominique… Je sens qu'il revêtait une importance particulière pour Marie, mais pourquoi ? S'agissait-il d'un nom de code, comme semblait le penser Aurélia ? Marie aurait-elle donc participé aux missions d'espionnage de Léandre ? Que cachait-elle, derrière sa personnalité discrète ? Dire qu'il ne me reste plus que quelques pages à lire ! En les feuilletant rapidement, je constate qu'Aurélia semble avoir écrit de façon plus sporadique à partir de l'été 1941, ce qui m'intrigue encore plus. Tant pis, j'embarque son journal avec moi. Je ne pense pas que mon grand-père viendra vérifier si rien n'a été dérangé dans le coffret, que je replace avec précaution dans le placard de la bibliothèque. En quittant la pièce, je peux presque visualiser Marie, assise au coin du feu, épluchant son orange avec gourmandise, et Aurélia furetant dans le jardin d'hiver transformé en bureau.

— Le bruit ne vous a pas trop dérangée ? me demande l'un des ouvriers alors que je me dirige vers la cuisine pour signaler mon départ.

J'esquisse un sourire embarrassé.

— Non, j'en ai profité pour trier quelques affaires. Si vous pouviez éviter d'en parler à mon grand-père... Ça le gêne que je range à sa place.

Ouh, l'horrible menteuse !

— Pas de souci, ma petite dame ! Ma grand-mère était pareille avant son entrée en maison de retraite. Mais bon, à cet âge, faut bien leur filer un coup de main.

Je le remercie et me sauve sans attendre. L'esprit bouillonnant, je récupère Tim à l'école et nous remontons dans le bourg pour retrouver Loulou.

— Pourquoi tu dis rien, maman ? m'interroge soudain mon fils tandis que je gare ma voiture le long de la pharmacie.

Sa question me fait réaliser que je n'ai pas prononcé un mot depuis que nous avons quitté l'école.

— Oh, je suis juste... Rien d'important, mon chat, il me tarde d'être en vacances, c'est tout.

— Moi aussi ! rebondit-il. Plus qu'une semaine de classe, c'est trop cool !

Mon grand-père ne se trouvant pas comme convenu devant le bistrot, nous entrons dans l'établissement, où, sans surprise, il est en pleine partie de cartes.

— Tiens, v'là l'atout ! se rengorge-t-il auprès de ses copains en posant un valet de trèfle sur la table.

Un torchon sur l'épaule, Cui-Cui nous salue avec bonne humeur :

— Hello, vous deux ! Je crois bien que vous arrivez trop tôt, les anciens n'ont pas encore terminé. Je t'offre un Coca, Tim ?

Mon fils ne se le fait pas dire deux fois. Loulou se rend compte de notre présence en m'entendant commander un café.

— Déjà ? dit-il en levant le nez. Je n'ai pas vu l'heure passer. Tu veux que j'abrège ?

Il nous sourit, avec cette joie simple qui lui fait pétiller les yeux. Une boule se loge d'un coup dans ma gorge à l'idée de la peine que ça lui ferait s'il savait que j'ai encore fouiné dans ses secrets.

— Non, prends ton temps, lui dis-je alors que Tim s'installe sur une banquette avec un verre de Coca et son *Harry Potter*. Maman ne nous attend pas avant un quart d'heure.

Je passe les quinze minutes suivantes à l'observer, plongé dans sa partie de belote, tout en essayant d'imaginer l'enfant qu'il a pu être pendant la guerre. Centrée sur son histoire d'amour, Aurélia ne décrit que très peu le petit Louis dans son journal, l'évoquant seulement pour souligner sa bonne entente avec Antoine, dont il ne nous a pourtant jamais parlé non plus. Difficile de savoir comment il a vécu cette période, au fond de lui. Est-ce que son père lui manquait ? Gauthier étant prisonnier en Allemagne, Léandre faisait sans doute office de figure paternelle. D'ailleurs, j'ai le sentiment qu'il a beaucoup pris de ce dernier, tant physiquement que dans sa façon de s'exprimer. Enfin, pour l'heure, il ne sert à rien de ressasser tout ça, car je doute que Loulou m'apporte un jour des réponses.

Lorsque nous arrivons à la librairie, ma mère est en grande discussion avec une femme qui doit avoir à peu près son âge. Bien que toujours un peu sur la réserve, elle paraît apprécier son interlocutrice, que je me rappelle avoir croisée à plusieurs reprises, sans pour autant retrouver son nom. Nous restons un instant dehors, à les observer à travers la vitrine emplie de livres et de magazines.

— C'est Muriel, sa copine d'enfance qui travaille à la médiathèque, m'explique mon grand-père en me voyant me creuser les méninges.

— Ah, oui ! Je savais bien que je l'avais déjà vue quelque part.

À ma grande honte, je dois bien admettre que je me rends très peu à la médiathèque, puisque je préfère acheter des livres plutôt que les emprunter.

Ma mère tourne la tête et nous adresse un petit signe de la main en surprenant nos regards inquisiteurs.

— On est grillés ! pouffe Tim en se précipitant à l'intérieur du magasin.

Muriel sort de la librairie et s'arrête pour embrasser Loulou.

— Ça me fait plaisir que Cécile soit de retour, lui dit-elle. Je lui ai proposé qu'on aille boire un verre entre copines, un de ces soirs.

— Tu as bien fait, mais ça fait belle lurette que vous n'avez plus besoin de mon autorisation pour des virées nocturnes, plaisante mon grand-père. Tu connais Lisa, ma petite-fille ?

Muriel me salue d'une chaleureuse poignée de main.

— Évidemment que je la connais, on est à Châtillon ! fait-elle, amusée. Tu es le portrait craché de ta mère, Lisa ! Bon, ne le prenez pas contre vous, mais il faut que je file car mes enfants viennent dîner ce soir. À bientôt, j'espère !

Quand nous pénétrons dans la librairie, ma mère a disparu avec Tim dans l'arrière-boutique pour récupérer ses affaires. Rudy s'avance vers nous en me fixant d'un air ravi. Je me surprends à me féliciter intérieurement d'avoir mis un peu de mascara.

Ne sois pas idiote, il s'en fiche.

— Tout s'est bien passé ? s'enquiert mon grand-père en lui donnant une tape amicale dans le dos.

— Super, acquiesce Rudy. Les clients ont défilé tout l'après-midi en apprenant que j'avais embauché Cécile. Je ne pouvais pas rêver mieux, on dirait qu'elle a fait ça toute sa vie.

Au soulagement qui s'entend dans sa voix, je devine qu'il n'exagère pas. Ses yeux reviennent à moi, tandis que Loulou, satisfait, s'éloigne pour aller fureter dans les journaux, nous laissant face à face. Je ne peux m'empêcher d'admirer ses larges épaules mises en valeur par une chemise cintrée aux manches retroussées sur ses avant-bras musclés. Puis je réalise que, pendant que je le mate de la sorte, il attend probablement que j'engage la conversation. Un peu précipitamment, je bredouille :

— C'est une bonne nouvelle, si ma mère a déjà pris ses marques.

Ses yeux noisette se plantent dans les miens.

— Oui, je ne te cache pas qu'elle était un peu timide au départ, mais la glace a été brisée grâce à Annette, qui a débarqué avec ses copines en les forçant à dévaliser le rayon des magazines de tricot, me révèle-t-il en riant.

J'éclate de rire à mon tour en imaginant la scène. Je regrette presque de ne pas avoir été là pour voir ça.

— Sacrée Annette, elle n'en rate pas une !

— C'est ce qui fait son charme. Sinon, comment va Pierrette, depuis sa mésaventure ?

Nous échangeons un regard complice, et je souris devant son expression malicieuse.

— Pas trop mal, elle s'est remise de ses émotions. Merci encore de nous l'avoir ramenée, elle a eu de la chance de tomber sur toi.

Ma mère et Tim surgissent, interrompant notre tête-à-tête. Mon fils, qui n'est pas du genre à tourner autour du pot, veut absolument savoir si Millie sera à la piscine après-demain, pour le dernier cours de l'année.

— C'était trop bien, avec elle !

Amusé, Rudy réplique :

— Désolé, bonhomme, mais c'était juste un essai pour voir si on l'inscrit à la rentrée.

Me souvenant de la dyspraxie dont souffre sa fille, je lui demande ce que cette séance a donné. Une lueur de fierté éclaire son regard quand il me répond :

— Elle a encore un peu de mal à coordonner les mouvements des bras et des jambes, mais curieusement, elle est assez à l'aise dans l'eau.

— Ça, c'est vrai, confirme Tim. Il faudra qu'elle vienne à la pêche avec pépé et moi, un jour, je suis sûr qu'elle va aimer.

— Pourquoi pas ? Millie est plutôt branchée puzzles, en ce moment, mais je ne manquerai pas de lui transmettre ta proposition.

Rudy marque une pause et se tourne vers ma mère :

— Demain même heure, Cécile ? Je vais rédiger votre contrat ce soir, si vous êtes partante pour continuer.

Devant le visage à la fois rayonnant et agréablement surpris de ma mère, les larmes me montent aux yeux.

— Bien sûr, Rudy, souffle-t-elle. Merci.

Dehors, tandis que nous marchons en direction de la voiture, je la félicite.

— C'est génial, maman, bravo !

— On va acheter du champagne pour fêter ça, renchérit Loulou avec un grand sourire.

Ma mère fourre ses mains dans les poches de son pantalon en secouant la tête.

— Ne vous emballez pas, proteste-t-elle. Ce n'était que le premier jour, j'ai bien vu que tout le monde s'est efforcé d'être gentil avec moi.

— Je ne pense pas qu'ils aient fait d'effort, maman, ils ne savent pas ce que tu as traversé. Ils étaient juste contents de te revoir, Muriel elle-même nous l'a dit. J'espère que tu iras boire un verre avec elle.

— On verra, dit-elle d'un ton hésitant. J'apprécie sincèrement de revoir des visages de ma jeunesse, mais d'un coup, ça fait beaucoup. Je suis trop fatiguée pour y réfléchir ce soir.

J'opine sans la contredire. Après tout, elle a déjà fait un énorme bond en avant en acceptant de travailler au contact des gens, ce n'est pas la peine de la brusquer.

Le dîner desservi, je profite que Tim soit couché et mon grand-père installé devant une série policière pour entraîner ma mère à l'extérieur de la maison. Je n'ai pas encore trouvé une minute pour lui dévoiler ma lecture de l'après-midi, or je brûle d'avoir son avis. Nous nous asseyons sous le cerisier, à distance raisonnable du salon. De là, Loulou ne pourra pas nous entendre. J'aurais bien pris le journal d'Aurélia avec moi, mais il me paraît plus sage de m'en abstenir, au cas où mon grand-père déciderait subitement de se joindre à nous.

— Toi, quelque chose te tracasse…, devine-t-elle.

Ce n'est pas vraiment une question, aussi je lui adresse un maigre sourire.

— Je crois que j'ai fait une connerie. Après t'avoir laissée à la librairie, tout à l'heure, j'ai foncé chez Loulou.

Elle ne semble pas étonnée, plutôt embêtée.

— Je suppose que tu n'y es pas allée pour superviser les travaux…

Là encore, ce n'est pas une interrogation.

— Tu supposes bien. Je sais que ce n'est pas correct, de fouiller comme ça, mais j'ai fini par dénicher le coffret. J'avais besoin de savoir, tu comprends ?

— Bien entendu, je comprends, je ne peux pas te blâmer de vouloir connaître la vérité. Mais nous ne pouvons pas continuer à agir dans le dos de ton grand-père. Tu as vu l'état dans lequel ça l'a mis, la dernière fois ?

— J'en suis la première navrée. Seulement, il n'acceptera jamais de revenir sur cette histoire... C'est peut-être absurde que je m'acharne à vouloir découvrir ce qu'est devenue Aurélia, mais il y a un lourd secret là-dessous, c'est évident.

Ma mère me retourne un regard indulgent.

— Tu as trouvé quelque chose de nouveau ? me demande-t-elle.

— Eh bien, non, je ne suis guère plus avancée. Je n'ai pas eu le temps d'aller au bout du journal, à vrai dire.

En quelques mots, je lui raconte ce qu'Aurélia a consigné à propos de la bataille de Châtillon et de ces premières années de guerre. Le retour d'Antoine, la bienveillance de Marcelline, le rôle de Léandre dont les occupations restaient mystérieuses, puis celui d'Aurélia dans la fuite d'Arielle et de Dina. Je m'efforce de ne rien oublier. À la fin de mon récit, ma mère est aussi troublée que moi.

— C'est incompréhensible, m'accorde-t-elle. Bon, admettons qu'Aurélia et Léandre aient tenu un rôle dans la Résistance et que Marie soit tombée amoureuse d'un Allemand... Ça n'aurait rien eu d'impossible, puisqu'ils ont envahi la zone libre en 42.

— Certes, mais ce n'est pas une raison suffisante pour n'avoir jamais entendu parler d'Aurélia. Et je ne crois pas que les deux sœurs aient changé de camp du jour au lendemain, regarde comme elles semblaient impliquées dans la Résistance !

Décidément, cette énigme m'a tout l'air insoluble. En tournant la tête pour vérifier que Loulou ne se pointe pas, j'aperçois Pauline qui émerge du sous-bois. Je lui fais signe de nous rejoindre.

— Tout va bien ? s'enquiert ma mère quand mon amie arrive à notre hauteur.

Celle-ci s'assied sur la chaise libre entre nous.

— Oui, j'étais partie marcher, histoire de me dégourdir les jambes. Mehdi a fait des heures supplémentaires pour ne pas prendre de retard, vu qu'on part en week-end demain.

Je me rappelle en effet qu'ils ont prévu de passer quatre jours sur l'île de Ré.

— Ce petit séjour devrait vous faire du bien, lui dis-je. Qui sait, tu reviendras peut-être avec une heureuse surprise.

— Ce n'est pas gagné, grimace-t-elle. Il fuit toujours *la* grande discussion. Il me rend dingue, je vous jure.

Désolée pour elle, je lui suggère de profiter d'une balade en bord de mer pour faire part à Mehdi de ce qu'elle a sur le cœur.

— Un contexte qui sort du quotidien, ça peut faire toute la différence.

— De toute façon, me répond-elle tristement, s'il se débine encore, je vais devoir prendre une décision. Je ne vais pas attendre toute ma vie qu'il se décide. Et vous, alors, quoi de neuf ? Vous aviez des têtes de conspiratrices avant de vous rendre compte que je n'étais pas loin.

Dans un sourire, je lui explique le cruel dilemme auquel je dois faire face : continuer à lire le carnet en douce ou espérer que mon grand-père décide de lever le voile sur ces mystères.

— Attends, tu veux dire que tu as pris ce journal avec toi ? me questionne-t-elle, médusée.

— Je n'en suis pas fière, mais oui. Je l'ai planqué dans mon bureau. Je sais que je ferais mieux de le rapporter là où je l'ai trouvé, mais je ne parviens pas à m'y résoudre.

— Tu m'étonnes ! commente Pauline. Je n'en dormirais plus si j'avais déniché un secret pareil. Vous n'avez vraiment aucune idée de ce qu'a pu faire Aurélia ?

Ma mère et moi secouons la tête de concert.

— Non, nous avons beau chercher, nos hypothèses manquent de cohérence, déplore maman.

— Et si tout cela était lié aux ossements du chantier de construction ?

Pauline et ma mère me dévisagent, perplexes.

— Qu'est-ce qui te fait dire ça ? demande mon amie.

— L'attitude de Loulou. Il était un peu bizarre quand je lui ai montré l'article. J'ai mis ça sur le compte de son malaise, mais je me demande si, en réalité, il ne serait pas au courant de quelque chose.

— C'est possible, admet ma mère. Ils n'ont toujours pas identifié ces ossements ?

Je secoue la tête.

— Non, d'après le dernier entrefilet paru sur le sujet, l'insigne était trop abîmé. Les experts ont seulement pu établir que le squelette datait bien de la Seconde Guerre mondiale. A priori, il conservera son anonymat.

Aurélia aurait pu tuer cet officier pour une quelconque raison, et disparaître ensuite dans la nature. Le seul moyen de le savoir, c'est de continuer à lire son journal. Hélas, avec Loulou sans cesse dans les parages, je crains fort de devoir attendre sa prochaine partie de belote. C'est tellement frustrant !

25

Le lendemain, Rudy nous accueille tout sourire quand je dépose ma mère à la librairie. Nous demandant de l'attendre une seconde, il file dans la réserve, dont il ressort presque aussitôt, une boîte entre les mains et l'air content de lui.

— Qu'est-ce que c'est ? fais-je, intriguée.

— Le Polaroid, annonce-t-il en tendant le petit carton à ma mère. Il fonctionne à nouveau.

C'est bizarre, à ses lèvres pincées, on dirait qu'il se contient pour ne pas éclater de rire.

— Oh, vous avez réussi ! se réjouit ma mère. Ça n'a pas été trop compliqué, j'espère ?

— Non, il fallait juste changer la pile, rétorque-t-il, les yeux étincelants de malice. Elle a eu le temps de se décharger depuis les années soixante-dix.

Oh, les cruches !

Évidemment ! Je n'y avais pas pensé, s'excuse maman. Ce que je peux être bête !

— Mais non ! Regardez, ajoute-t-il en extirpant une photo de sa poche, je l'ai testé hier soir sur Millie.

Je souris en admirant le cliché sur lequel la fillette, vêtue d'une jupe de princesse, s'amuse à tirer la langue en louchant.

— Digne des meilleures grimaces de Tim ! dis-je en lui rendant l'instantané. Le rendu est nickel, c'est fou.

— Oui, l'appareil s'est incroyablement bien conservé, j'en suis épaté.

Maman laisse échapper un petit rire.

— Au risque de passer pour la réac de service, on avait du matériel solide, à l'époque. L'idée n'était pas de nous pousser à nous ruer tous les six mois sur de nouveaux appareils. En tout cas, merci beaucoup, Rudy. Vous me direz combien je vous dois pour la pile.

Il agite ses mains devant lui pour protester.

— Rien du tout, c'est cadeau. Pour vous remercier d'accepter de travailler pour moi.

— C'est plutôt moi qui vous remercie de votre confiance, bredouille-t-elle avant de se tourner vers moi. Tiens, Lisa, je te confie le Polaroid. Tim sera ravi.

J'acquiesce tout en prenant la boîte :

— Il pourra l'inaugurer dimanche, à l'étang. Du moment qu'il ne l'approche pas de l'eau, bien sûr.

Guillerette, ma mère se tourne vers Rudy.

— Vous connaissez l'étang de Bellebouche, je présume ?

Il secoue la tête pour nous indiquer que ce n'est pas le cas.

— J'en ai entendu parler, mais je n'ai jamais eu l'occasion d'y aller. Je n'ai pas vraiment grandi dans le coin, précise-t-il devant mon air étonné.

J'entreprends donc de lui expliquer :

— C'est un grand parc de loisirs, à une trentaine de kilomètres, du côté de Mézières. On peut s'y baigner et il y a pléthore d'activités pour les enfants. Tu peux te joindre à nous, si ça te dit d'amener Millie, on a prévu un pique-nique sur place.

OK. Je viens clairement de l'inviter à notre sortie familiale. Tout va bien.

M'efforçant de ne pas réagir au sourcil levé et un peu narquois de ma mère, j'assortis ma proposition d'un sourire que j'espère chaleureux. En fait, je crois que le bon qualificatif est plutôt « crispé ».

— C'est gentil, mais ce ne sera pas possible, décline-t-il, mettant fin à mon embarras. (Ouf.) Millie sera chez sa mère, dimanche. Cela dit, Lisa, si tu as des idées d'endroits à lui faire découvrir, je suis preneur.

— D'accord, j'y réfléchirai. Bon, je vais quand même vous laisser travailler, à plus tard !

Rudy m'adresse un dernier sourire, et je quitte le magasin, essayant en vain d'ignorer les tressautements anarchiques de mon cœur.

*

Les jours suivants s'écoulent à la vitesse de la lumière. L'amie d'enfance de ma mère étant revenue à la charge, celle-ci a finalement accepté d'aller boire un verre en sa compagnie samedi soir, chez Cui-Cui. J'en ai profité pour me faire une séance film et pop-corn avec Loulou et Tim, qui s'est soldée par de gros éclats de rire quand mon fils n'a pas hésité à s'emparer du Polaroid pour immortaliser mon grand-père piquant du nez devant *Retour vers le futur*. Ma mère est rentrée peu avant vingt-trois heures (je lui avais prêté ma voiture), ravie de sa soirée.

— J'ai un peu éludé quand Muriel m'a demandé les raisons de ma séparation, m'a-t-elle expliqué, mais nous avons passé un très bon moment. Je l'inviterai à déjeuner, un de ces quatre.

Elle m'a également confié que le père de Pauline s'est rendu à la librairie samedi matin pour acheter une revue sur les chevaux, et n'a pas manqué de papoter avec elle, réitérant sa proposition de lui faire visiter le centre équestre. J'ai décelé dans son regard une envie brûlante d'accepter, en dépit d'une petite appréhension, alors je lui ai promis d'en discuter avec Pauline dans la semaine pour organiser ça rapidement. Après un dimanche joyeux au parc de loisirs, le lundi est déjà de retour et je dois terminer ma traduction dans les prochaines quarante-huit heures, ce qui ne devrait me poser aucun problème étant donné qu'il ne me reste que la dernière relecture à effectuer. Égayée par la perspective d'être bientôt en vacances, je me surprends à siffloter sous la douche la chanson de Trois Cafés Gourmands, que Loulou écoute en boucle depuis qu'il l'a entendue à la radio.

— Payapapapa…

Contrairement à ce que je redoutais, l'été s'annonce serein. Ma mère semble enfin commencer à revivre, Loulou la soutient au-delà de ce que j'espérais et l'anniversaire de Tim, qui approche à grands pas, promet d'être joyeux. Reste juste le mystère Aurélia qui plane au-dessus de nos têtes ; je ne sais toujours pas si je dois l'élucider ou me faire une raison.

Mais ce matin, en sortant de la salle de bains pour aller boire mon café, ma belle assurance en l'avenir flanche quand je découvre ma mère livide. Plantée face à la table, elle tient son téléphone entre ses mains tremblantes, les yeux rivés sur l'écran dans une expression d'effroi. Les cheveux encore enroulés dans une serviette-éponge, je me précipite aussitôt vers elle, redoutant le pire.

— Maman ? Que se passe-t-il ?

— Florian m'a envoyé un SMS pour me menacer, me dit-elle, abattue. Il ne me laissera jamais tranquille…

La peur lui fait trembler la voix. Pour ma part, j'accuse le coup. Quel plaisir retire-t-on à pourrir la vie des autres, à la fin ? Le regard terrorisé de ma mère me donne envie de hurler. Je lui demande de me montrer ce message. Après une seconde d'hésitation, elle me tend son portable. Ce que je lis transpire la haine :

Ne remets jamais un pied à Mulhouse, salope, ou tu es morte. Je ne sais pas ce qui me retient de me déplacer pour te faire la peau, tu t'es bien foutue de ma gueule à jouer les victimes !

Un arrière-goût de bile m'envahit la bouche mais, et c'est une maigre consolation, au moins ma mère n'a pas répondu à ce taré. Désemparée, elle secoue la tête.

— Qu'est-ce que je vais faire, Lisa ?

— Tu vas appeler ton avocat. Florian n'est pas censé te contacter.

Pendant qu'elle s'éloigne pour parler au téléphone, j'incite mon fils à manger ses céréales dehors sous prétexte de profiter du soleil matinal. Il n'a pas besoin de subir notre stress. Loulou apparaît à son tour dans le salon, la mine perplexe.

— Ta mère est bizarre ce matin, relève-t-il. Elle fait les cent pas dans la chambre de Tim, pendue au téléphone. Tu sais ce qu'elle a ?

Inutile de lui cacher les raisons de cette agitation, il les connaîtra bien vite de toute façon. Le temps que je lui explique la situation, ma mère est de retour et ne semble pas plus rassurée qu'avant son coup de fil.

— Alors ? lui demandons-nous de concert.

Elle secoue la tête, dépitée.

— Il n'y a pas grand-chose à faire. D'après mon avocat, je ne risque rien, il ne bougera pas de Mulhouse.

Sa voix se brise à nouveau sous l'effet de l'angoisse, et je la prends dans mes bras pour essayer de l'apaiser.

— Il ne viendra pas, maman.

— Et s'il cherche à me faire payer ?

Les deux mains sur ses épaules, je me recule légèrement pour la regarder au fond des yeux.

— Je suis persuadée qu'il ne sera pas assez stupide pour se pointer ici, encore moins avec les accusations d'escroquerie qui pèsent sur lui, mais si jamais c'était le cas, tu peux compter sur nous pour faire front, maman. Et les gendarmes ne seraient pas longs à intervenir.

Elle inspire profondément, hochant la tête pour tenter de s'en convaincre.

— Oui, tu as sans doute raison.

— Si besoin, déclare alors Loulou de son air le plus sérieux, je peux récupérer ma carabine à la maison. Il doit me rester quelques cartouches de plomb, on ne va pas se laisser emmerder par un sale type, bon Dieu de merde !

Sa réflexion parvient presque à nous faire sourire, étant donné qu'il n'a jamais utilisé son fusil, hérité de son père. Il est si sensible, notre Loulou, qu'il a toujours détesté les armes à feu. Je lui assure donc que nous saurons nous en passer.

Quelques heures plus tard, lorsque je la laisse à la librairie, ma mère reste en proie à une vive inquiétude, ce qui me fait ruminer. En rentrant chez moi, mon changement d'humeur n'échappe pas à mon grand-père, que je retrouve dans le jardin, en train de bêcher une parcelle de terre.

— Tu as le sourire à l'envers, me fait-il remarquer dès qu'il me voit. Si tu te fais du mouron pour ta mère, elle ne craint rien.

— Oh, je ne m'en fais pas pour ça. L'autre connard ne mettra jamais les pieds à Châtillon, j'en suis certaine. En revanche, ça m'énerve de savoir qu'il a encore une telle emprise sur elle. Elle commençait à reprendre confiance, à sortir avec ses copines… Maintenant, je parie qu'elle va se renfermer dans sa coquille.

Les mains jointes sur le manche de sa pelle, Loulou lance avec conviction :

— Eh bien, on va faire en sorte de ne pas lui en laisser l'occasion. Travailler la force déjà à se lever le matin et à voir du monde. Rudy est-il au courant de sa situation ?

— Je n'en ai aucune idée. Il n'y a fait aucune allusion en ma présence, en tout cas. Tu penses qu'elle pourrait lâcher son poste ?

— J'espère que non, mais je l'ai trouvée si terrifiée ce matin… Ça me remue le poitrail de la voir comme ça, ma pauvre gamine.

Il ponctue sa phrase en secouant lentement la tête, comme pour chercher un sens à tout cela. Puis il se ressaisit aussi vite :

— Faut qu'on tâche de lui faire oublier ce qui la tourmente. Avec un emploi du temps bien chargé, ça devrait fonctionner.

— J'ai l'intention de voir avec Pauline si nous pouvons visiter le centre équestre de son père dimanche prochain. Peut-être que ça l'inciterait à renouer avec sa passion pour les chevaux ?

Loulou me renvoie une moue approbatrice.

— Je voulais faire un tour à la maison, demain matin. Elle pourrait venir aussi.

Ouh la, panique à bord !

Je l'imagine déjà se dirigeant d'un pas martial vers le salon d'hiver pour inspecter le contenu du coffret. Et se mettre en rogne en constatant que le journal d'Aurélia n'est plus dedans.

D'une toute petite voix, je lui demande :

— Ah bon ? Tu as des détails à régler avec les ouvriers ?

— Non, j'avais mis de côté des vieux vêtements qui n'ont pas été portés depuis des lustres, dont des robes. C'est un peu « vintage », comme vous dites, vous les jeunes, mais j'ai pensé que ça pourrait vous amuser de les trier ensemble.

— Pourquoi pas ? Le vintage revient à la mode, nous trouverons peut-être notre bonheur.

Content, mon grand-père retourne à son potager, enfin au mien, et je consacre les heures suivantes à avancer dans mon travail. Quand vient celle d'aller chercher ma mère, je suis accompagnée de Tim, qui se précipite joyeusement vers elle en brandissant son bulletin trimestriel validant son passage dans la classe supérieure. La dernière avant le collège, déjà ! Rudy le félicite en tapant sa paume contre la sienne, puis le laisse filer dans la réserve avec ma mère, avant de s'approcher de moi. Face à son air sérieux, je me hasarde :

— Alors, je présume que ma mère a encore assuré, aujourd'hui ?

Le sourire de Rudy est un peu moins large qu'à l'accoutumée. Et merde.

— Oui, elle gère comme une pro, me répond-il néanmoins. En revanche, aurais-tu un moment pour discuter, demain ? J'aimerais te parler de quelque chose qui la concerne.

Bon. Ce n'est pas tout à fait ce que j'espérais entendre.

— Euh, je… Rien de grave, au moins ?

— Non, non, ne t'inquiète pas. J'ai juste deux ou trois petites questions à te poser, rien de plus. Si tu as du temps après avoir laissé ta mère ici, on peut boire un café chez Cui-Cui.

Maman et Tim déboulent au même instant de l'arrière-boutique, aussi je fais signe à Rudy que c'est d'accord. Sur le chemin du retour, j'ai beau m'enjoindre de rester zen, je me demande ce que je vais bien pouvoir lui répondre s'il évoque le changement de comportement de ma mère, dont le visage est toujours aussi tourmenté.

26

Le lendemain matin, c'est sans aucune fougue que ma mère nous accompagne chez Loulou. Bien que, depuis la veille, elle s'efforce de faire bonne figure devant Tim, je vois bien que le cœur n'y est pas et que les menaces de Florian la préoccupent toujours. Elle parle peu, le sourire qu'elle avait retrouvé semble s'être évaporé et, alors qu'hier soir nous lui avons proposé de regarder *Les Tontons flingueurs,* qu'habituellement elle ne se lasse pas de revoir, elle a préféré aller se coucher en invoquant la fatigue liée à ses deux premières journées de travail. Je crains qu'il ne nous faille redoubler d'efforts pour que son moral revienne au beau fixe.

Tandis que mon grand-père inspecte les rénovations de la cuisine avec le chef de chantier, ma mère et moi avons élu domicile dans le salon, où nous prenons chacune un carton de vêtements pour démarrer notre tri. Son abattement me comprime la poitrine, je ne supporte plus ce mutisme dans lequel l'autre pourriture l'a replongée. Dépliant un improbable chemisier mauve fluo rescapé des années quatre-vingt, je lui pose une question, juste pour la forcer à me parler :

— C'était à toi, cette horreur ?

— Non, pas du tout, me répond-elle d'une voix atone.

En l'entendant déglutir, je repose le cutter avec lequel je m'apprêtais à ouvrir un carton et me retourne pour la regarder. À ses yeux cernés et voilés de larmes, je devine qu'elle ne nous a pas tout dit.

— Que se passe-t-il, maman ? C'est encore à cause de ce message ? Tu pourrais changer de numéro de téléphone, tu sais…

Sans prévenir, un sanglot s'échappe de sa gorge. Je me précipite à ses côtés, l'exhortant en douceur :

— Parle-moi. Tu sais bien que le silence ne résout pas les problèmes.

Elle prend une courte inspiration. Je vois combien il lui en coûte de me dévoiler ce qui la tracasse.

— C'est juste que… Je me sens tellement coupable de vous imposer tout ça, à ton grand-père et à toi.

— Allons, dis-je en passant ma main sur son épaule. Tout va s'arranger, j'en suis sûre.

Ce simple geste affectueux semble lui faire du bien.

— Peut-être, mais en attendant je vous cause bien du tracas.

Agacée de la voir s'excuser sans cesse, je lui réponds doucement, mais fermement :

— Ça suffit, maman. Ta culpabilité, tu vas la mettre à la porte avec un grand coup de pied aux fesses.

Je ne lui laisse pas le temps de répliquer :

— Tu as porté ce fardeau trop longtemps toute seule pour ne pas me laisser te tendre la main. Alors même si ta vie est partie de traviole, ces dernières années, on va la raccommoder, ensemble. Je sais que dans la situation inverse, tu en ferais autant pour moi.

Ses pupilles se mettent à briller. Je crois que les miennes aussi.

— Merci, ma Lisa, renifle-t-elle en ébauchant un sourire. L'espace d'un instant j'ai cru entendre ton grand-père. Il ne manquait plus qu'un « bon Dieu de merde » pour ponctuer ta tirade, et on y était.

Touchée et amusée à la fois, je ris en tapotant la larme qui perle au coin de mes yeux.

— En parlant de Loulou, on ferait bien de se remettre au travail avant qu'il se pose des questions.

Gagnées par la bonne humeur, durant une quinzaine de minutes nous passons en revue les anciens vêtements de ma grand-mère, dont nous décidons de faire don à Emmaüs. Ma mère récupère seulement un joli pull-over tricoté main, d'une teinte bleu pastel qui s'accordera joliment à ses yeux.

— Oh, viens voir ! s'exclame-t-elle tout à coup.

Je me retourne.

— Regarde ce que j'ai trouvé, me dit-elle, une housse entre les mains.

L'objet de son excitation, une magnifique robe jaune à pois, à la coupe fluide et ceinturée à la taille, me laisse bouche bée. Il ne me faut pas longtemps pour me souvenir que j'en ai déjà lu une description détaillée ! À mon tour, je m'écrie :

— Mais c'est la robe d'Aurélia !

Si ma mémoire ne me fait pas défaut, il s'agit de celle qu'elle avait revêtue le soir de son premier baiser avec Antoine, après la représentation du cirque.

— On dirait bien, admire ma mère en caressant l'étoffe du bout des doigts. Le tissu est incroyable, on sent la qualité des grands couturiers.

Contempler cette robe qui a traversé les décennies sans s'abîmer et a été portée voilà près de quatre-vingts ans par cette jeune fille intrépide me file la chair de poule.

— Elle est superbe ! On ne va quand même pas donner un tel trésor...

— Bien sûr que non, affirme ma mère. Une boutique spécialisée nous en offrirait sûrement un excellent prix, mais il me semble évident que nous ne pouvons pas nous en séparer.

La porte de la pièce s'ouvre soudain sur mon grand-père, qui vient s'enquérir des résultats de notre tri.

— Inutile de vous demander si vous vous amusez, on vous entend piaffer depuis la cuisine, rigole-t-il.

Je suis sur le point de lui dévoiler la raison de notre enthousiasme, quand je me souviens qu'il vaut mieux éviter de prononcer le prénom d'Aurélia. C'est pénible, à la fin, j'en ai ma claque de toutes ces précautions ! Me voyant proche de tout faire capoter, ma mère vole à mon secours :

— Nous avons déniché une robe rétro, lui explique-t-elle en lui désignant le vêtement. Elle devait être à Marie, non ? La coupe est assez typique des années trente.

Je lui coule un regard reconnaissant.

— Ah, c'est possible, oui, répond-il, évasif. Ta mère l'a peut-être portée une fois ou deux lors de mariages, cela dit. Je crois qu'elle avait rapiécé la fermeture, dans le dos.

Cela aurait été trop facile qu'il saisisse la perche pour nous parler d'Aurélia. Avec un sourire songeur, maman s'approche de moi et me plaque la robe le long du corps avant de se reculer pour mieux m'observer.

— Tu devrais la récupérer, Lisa. Elle t'irait à merveille.

Loulou reste impassible. Moi, un peu moins. D'un coup, cette robe m'intimide. Sa propriétaire était si admirable ! En quoi serais-je légitime pour prétendre en hériter ? Je m'empresse de protester :

— Non, je ne crois pas. Le jaune ne sera pas flatteur pour mon teint d'endive, et puis la taille est trop fine, je serais obligée de rentrer le ventre en permanence.

En bonne vivante je n'ai aucun complexe, mais force est de constater que, depuis ma grossesse, j'ai gagné des hanches et conservé un petit ventre qui n'est pas franchement compatible avec certains vêtements.

Ma mère lève les yeux au plafond.

— Ce n'est pas pour quelques rondeurs ! Je suis sûre qu'elle tombera très bien sur toi, et si besoin on pourra toujours l'ajuster.

— Décidez-vous, bougonne Loulou. On ne va pas passer la journée ici.

— C'est tout vu, s'empresse de répondre maman. On la prend.

Je capitule.

— OK. Mais je vous préviens, ce ne sera pas la peine de m'engueuler si je fais péter les coutures.

*

Au début de l'après-midi, je n'ai toujours pas osé essayer la robe d'Aurélia, mais ma mère a informé son avocat de son intention de changer de numéro de téléphone. Ce dernier lui a assuré que c'est une très bonne idée, qui l'aidera sans aucun doute à faire table rase du passé. Elle est donc d'humeur un peu plus légère lorsque je la laisse à la librairie, où la mère de Rudy se trouve derrière la caisse, en train de scanner des articles entrants.

— Bonjour ! lui lance maman, surprise de l'y trouver à la place du libraire.

L'ancienne propriétaire la salue à son tour et se présente.

— Mon fils doit s'absenter une petite heure, alors je le remplace. Ça nous permettra de faire connaissance.

Quand j'arrive au café, Rudy est assis sous un parasol, devisant avec Cui-Cui. La terrasse donnant pile sur la pharmacie, où Pauline est de service aujourd'hui, j'aurais préféré qu'il s'installe à l'intérieur. Si mon amie nous aperçoit à travers la vitrine, je vais avoir droit à un interrogatoire en règle !

— Salut, Lisa ! me hèle Cui-Cui alors que je prends place face à Rudy. Qu'est-ce que je te sers ?

Je commande un thé glacé et attends qu'il se soit éloigné pour reporter mon attention sur le libraire.

— Merci d'être venue, déclare celui-ci en versant un peu de Coca dans son verre. J'espère que je n'empiète pas trop sur ton temps de travail.

Tendue par son ton un peu trop formel, je réplique :

— J'ai une traduction à rendre demain, mais je peux te consacrer une demi-heure.

— Ce sera suffisant, ne t'inquiète pas.

Je laisse Cui-Cui m'apporter ma boisson, avant de reprendre :

— Bien, autant aller droit au but : quelque chose ne va pas avec ma mère ?

Rudy me sonde un instant, concentré. Après un silence, il avale une gorgée de Coca et me répond :

— Eh bien, pour être honnête, c'est la question que je me pose. Sa façon d'être sur la défensive, uniquement avec certains hommes… Au départ, j'ai cru que ta mère était simplement timide, mais ça s'est accentué, hier. On aurait dit un animal pris au piège, c'était un peu compliqué à gérer.

— Je vois. Je comprendrais que tu changes d'avis quant à son avenir à la librairie, mais elle a vraiment besoin de ce boulot.

Il esquisse un sourire compréhensif et se penche vers moi pour éviter les oreilles indiscrètes.

— J'ai juste besoin de savoir comment l'aider, Lisa. Elle a subi des violences de la part d'un homme, n'est-ce pas ?

Estomaquée par sa question qui tient davantage de l'affirmation, je me redresse aussitôt contre le dossier de la chaise.

— Comment es-tu au courant ? Elle s'est confiée à toi ?

Rudy secoue la tête.

— Non, elle n'a pas eu besoin de me le dire. Une amie de ma mère a vécu ça, nous l'avions hébergée quelques jours, à l'époque. L'effroi qui hantait en permanence son regard m'a marqué. Je n'ai pas tardé à faire le lien pour ta mère. Alors si je peux faire quoi que ce soit...

Rassurée, je lui explique ce qui a tant bouleversé ma mère hier. Il hoche la tête, guère étonné.

— Ces types-là se croient tout permis. Au moins, je sais à quoi m'en tenir, à présent, je resterai vigilant. Et puis, passer un peu de temps avec ma mère ne lui fera pas de mal, ajoute-t-il en souriant.

J'avale une gorgée de thé glacé et le remercie avec chaleur.

— Je n'en reviens pas de toute cette bienveillance, depuis le retour de maman. On dirait que tout le village fait corps pour la soutenir alors que personne ne sait exactement ce qui lui est arrivé.

Rudy me rend mon sourire.

— C'est l'esprit de Châtillon, me dit-il. C'est normal que tout le monde ou presque se sente concerné, ta famille est établie ici depuis des décennies.

— C'est vrai. J'ai même récemment appris que mon arrière-grand-père avait été maire de la commune pendant la guerre et qu'il était très estimé pour le soutien qu'il apportait à chacun.

J'ignore pourquoi je viens d'évoquer Léandre, mais tout d'un coup je réalise que ça me rend fière de savoir qu'il a hébergé Antoine, trouvé un travail à Tomás et rapatrié chez lui non seulement la métayère mais aussi les Espagnols lors des menaces de bombardement du village. Assurément c'était un grand homme, qui a su transmettre son courage et sa force à ses filles.

— Tu vois ! approuve Rudy. La proximité entraîne parfois de belles choses, et je me ferais un plaisir de contribuer au nouveau départ de ta mère.

Profondément touchée, je le remercie une fois encore.

— Si tu as besoin de quoi que ce soit en retour…

— Tu veux me vexer ? me coupe-t-il. Je n'attends rien en retour, enfin ! Quoique, j'étais sérieux, la dernière fois, en te demandant des idées de sortie à faire avec Millie.

— Je peux te préparer une liste, je connais plein d'endroits très sympa.

Il pose ses coudes devant lui et visse son regard, un brin effronté, au mien.

— J'entendais plutôt par là que tu me montres les coins en question, Lisa. Serais-tu libre, un de ces quatre ?

Mes joues s'échauffent. Il est sérieux ? Son regard insistant m'indique que oui et me contraint à baragouiner une réponse qui me vaudra certainement d'être la risée de Pauline quand elle l'apprendra :

— Euh, je ne sais pas, le mieux c'est que je te recontacte quand j'aurai moins de boulot.

À sa façon de baisser les yeux, je vois qu'il n'est pas dupe.

Et voilà comment adresser une fin de non-recevoir à ce qui ressemble à s'y méprendre à une proposition de rencard… Bravo, Lisa…

*

Mercredi soir. Assise sous le cerisier en compagnie de Pauline et de ma mère, je savoure un spritz préparé par mon amie. J'ai envoyé ma traduction à Alice cet après-midi, je suis donc officiellement en vacances. Pour fêter ça, j'ai improvisé un apéritif, auquel Annette n'a pas pu se joindre parce qu'elle assiste ce soir à son seizième concert de Yannick Noah, avec deux copines. En parfaites groupies, les trois mamies ont réservé des places au premier rang et je les imagine déjà pousser des cris suraigus quand leur idole montera sur scène.

— C'est le cocktail, qui te fait marrer ? s'enquiert Pauline en me regardant. Je l'ai peut-être un peu chargé en prosecco.

— Non, je pensais à Annette qui doit être en transe, à cette heure-ci. Alors, comment s'est passé ton week-end ? Raconte, avant qu'ils reviennent !

Dès que Pauline m'a confirmé qu'elle venait prendre l'apéro, j'ai expressément demandé à Loulou d'entraîner Mehdi dans le potager pour qu'on puisse parler tranquillement. Tim a filé avec eux, et je compte sur mon grand-père pour retenir le compagnon de Pauline un petit moment.

Sans joie aucune, elle me répond :

— Dans les faits, tout s'est très bien déroulé. Le restaurant en bord de mer, le coucher de soleil enlacés sur le sable, tous les trucs romantiques qu'on fait dans ces cas-là, quoi…

Ma mère la scrute par-dessus son cocktail.

— Mais ? l'incite-t-elle à poursuivre.

— Il n'est pas sûr de vouloir des enfants, voilà ce qu'il m'a sorti sur le chemin du retour. Il a besoin de temps pour y réfléchir. On n'est pas dans le pétrin s'il se réveille pour ma ménopause ! jette-t-elle avec un rire amer.

Bien que je ne comprenne pas ce qui peut bien traverser la tête de Mehdi, je tente d'apaiser mon amie :

— Ce n'est pas non plus un refus, tout n'est pas perdu. Est-ce qu'il t'a expliqué les raisons de son incertitude ?

— Non, comme d'habitude il a prétexté un trop-plein de travail, un trop-plein d'habitants sur la planète et pour finir, un trop-plein de pression. Bref, des excuses trop vagues pour être crédibles. J'envisage de l'envoyer dormir sur le canapé jusqu'à nouvel ordre.

J'approuve d'un signe de tête, puis lui annonce :

— Je crois que Loulou va essayer de lui tirer les vers du nez, l'air de rien.

Une grimace désespérée se peint sur le visage de Pauline.

— Sans vouloir te vexer, Lisa, ton grand-père et la discrétion, c'est plutôt antinomique.

— Il m'a juré de prendre des pincettes. De toute façon, tu ne vas pas rester malheureuse pendant des siècles, Mehdi et toi allez bien devoir trouver un terrain d'entente, un jour.

Nous buvons une nouvelle gorgée de spritz, puis Pauline darde sur moi un regard inquisiteur.

— En parlant de terrain d'entente, commence-t-elle avec une expression que je ne lui connais que trop bien, il semblerait que tu en aies trouvé un avec le beau libraire ! Comment as-tu osé boire un verre avec lui sans m'en informer ?

Je savais qu'elle nous espionnait !

— Tu as bu un verre avec Rudy ? s'exclame ma mère sans dissimuler sa surprise.

— Et je peux vous assurer que ça se regardait dans le fond des yeux, lui certifie Pauline. À l'évidence, on a du dossier en retard.

Reposant mon verre, je coupe court à leurs sous-entendus :

— Oui, c'est vrai, j'ai passé un moment avec Rudy. Il voulait des conseils sur des lieux à visiter avec Millie, rien de plus.

Pauline étouffe un rire.

— Rien de plus ! Alors toi, n'importe quel prétexte, tu marches ! Rudy te dévorait littéralement du regard, chérie. Quant à toi, tu n'étais pas loin de la lévitation.

Piquée d'avoir été ainsi démasquée, je réplique :

— La pharmacie était donc si vide, pour que tu aies eu le temps de décrypter notre langage corporel ? Il n'y a rien entre Rudy et moi. Il... Il m'a plus ou moins proposé un rencard, que j'ai décliné.

— Quoi ?! s'exclament ma mère et Pauline à l'unisson.

— Tu es folle ? complète Pauline. Une occasion pareille, ça ne se présentera pas deux fois !

Mal à l'aise, je gigote sur ma chaise.

— Je suis très bien sans homme.

C'est ce que je me répète depuis la mort de Bastien. N'empêche, une drôle d'émotion m'étreint la gorge. Je la fais passer avec la fin du spritz.

— Ton cœur mérite de vibrer à nouveau, pourtant, m'encourage ma mère.

Je hausse les épaules.

— Oh, j'ai essayé, faut pas croire. Je suis même allée sur les sites de rencontres. Résultat, entre un qui ne concevait pas que je ne veuille pas déménager dans une grande ville, et l'autre qui cherchait juste un plan cul parce qu'il était marié, j'en suis vite repartie.

— Rudy n'est ni marié ni désireux de retourner vivre en ville, fait valoir Pauline. Ajoutons à cela qu'il est très attirant et…

— Certainement pas fait pour moi. D'accord, j'ai le sentiment de m'embraser quand il me regarde un peu trop longuement, mais en se penchant bien sur la situation, une mère célibataire banale qui craque pour le père célibataire canon fraîchement installé dans le coin, c'est difficile de faire plus pathétique, non ?

Pauline secoue la tête en me versant une deuxième rasade de cocktail.

— N'importe quoi, Lisa. Tu lui plais, ça saute aux yeux. Il n'y a aucun risque à accepter de le revoir, si ce n'est celui de passer un bon moment. Autorise-toi à lâcher prise, pour une fois !

Le sourire espiègle de Rudy s'impose à moi, et je dois bien admettre que cette vision suffit à me réchauffer le cœur… À moins que ce ne soit les trois nouvelles gorgées de spritz que je viens de m'enfiler. Je serre de toutes mes forces les paupières en sentant mes certitudes vaciller malgré ma bonne volonté. Lorsque je les rouvre, ma mère m'observe avec un mélange d'indulgence et d'attendrissement. Elle ne m'a rien relaté de sa conversation avec la mère de Rudy hier, mais tandis qu'elle nous concoctait une salade de poulet, je l'ai surprise en train de se trémousser sur *Résiste*, l'hymne de France Gall repris par une candidate dans l'émission fétiche de mon grand-père. Oh, et puis zut ! Si elle parvient à aller de l'avant, je peux en être capable, moi aussi !

D'une toute petite voix, je me mets à plaider :

— Je n'ai pas pensé à prendre son numéro, je ne vais quand même pas débarquer à la librairie pour lui fixer un rencard.

Avant que Pauline n'ouvre la bouche pour me menacer de m'y déposer à la première heure demain, ma mère esquisse un sourire tranquille.

— Son numéro de téléphone est enregistré dans mon portable. Tu le trouveras dans mon sac à main.

OK, je n'ai plus aucune excuse pour me défiler. Cinq minutes plus tard, plantée au milieu du salon, j'envoie donc un message à Rudy (après m'être relue trois fois) pour lui proposer de nous retrouver vendredi, en début de soirée. En relevant la tête, j'aperçois par la fenêtre Loulou et Mehdi qui reviennent du jardin. Je ne sais pas ce qu'ils viennent de se raconter, mais tout à coup, mon grand-père envoie une grande tape amicale dans l'épaule de Mehdi en lui lançant :

— T'es un peu con, des fois, mais je t'aime bien quand même, va !

*

Le lendemain après-midi, je suis une véritable boule de nerfs. Après avoir laissé ma mère et Loulou en ville pour leurs activités respectives, je me retrouve seule et désœuvrée. Je pourrais faire un brin de ménage ou bouquiner un peu, mais mes pensées restent focalisées sur Rudy, qui a répondu favorablement à mon message quelques minutes après le départ de Pauline, hier soir. En apprenant que je sors avec lui demain, ma mère a décrété que la robe d'Aurélia constituera une tenue parfaite, à la fois légère et élégante, sans être trop habillée non plus. Quant à Loulou, c'est tout juste s'il n'a pas prévenu tous les journaux du coin. En tout cas, sitôt le concert de Yannick Noah terminé, il s'est empressé de téléphoner à Annette pour lui annoncer la nouvelle, ce qui revient au même. Je me demande dans quoi je me suis encore engagée, et j'envisage sérieusement de me débiner en prétextant une tuberculose fulgurante. Ce qui ne m'empêche pas de sourire bêtement en relisant pour la millième fois le message de Rudy.

Avec grand plaisir pour vendredi ! Je passerai te récupérer après le boulot. J'ai hâte :)

Il l'ignore, mais j'ai prévu de lui montrer l'un de mes endroits favoris sur cette terre. D'ici là, je vais essayer de ne pas succomber à une crise cardiaque. Désœuvrée, je me dirige vers mon bureau, où j'espère trouver un mail d'Alice. Cela me paraît trop tôt pour qu'elle ait eu le temps de lire mon travail, mais je vais devenir folle si je ne fais rien. Mes yeux se posent alors sur le tiroir dans lequel j'ai rangé le journal d'Aurélia. Je sais déjà que je ne vais pas pouvoir résister plus longtemps. Une petite voix moralisatrice me souffle que je devrais avoir honte de m'apprêter à trahir encore mon grand-père. Pour me donner bonne conscience, je me jure qu'une fois la lecture de ce carnet terminée, j'irai le remettre dans son coffret avant d'oublier toute cette histoire. Oui, c'est la meilleure solution, ne serait-ce que pour le bien de Loulou.

En ouvrant le journal, la délicate écriture d'Aurélia me replonge aussitôt dans le passé.

« 25 septembre 1942.

Voilà plusieurs semaines que je n'ai pas écrit. Par moments, le temps s'écoule à très grande vitesse, alors que d'autres fois, il est d'une lenteur insupportable. Dans l'époque que nous traversons, le quotidien me paraît parfois absurde. L'autre jour, je suis allée aux Grands Magasins, dans le bourg. Je n'avais besoin de rien, seulement envie de m'acheter quelque chose, de retrouver une certaine forme de frivolité. Mais ils n'ont plus beaucoup d'articles à vendre, alors je me suis contentée de prendre des crayons de couleur pour Loulou et du talc pour mes dessous de bras, parce qu'il fait encore chaud pour la saison. Sous l'auvent du magasin, j'ai entendu deux filles se plaindre de devoir tracer des traits sur leurs mollets pour donner l'illusion de porter des bas Nylon, et des robes à repriser sans cesse car les coupons de tissu manquent. J'aurais pu prononcer exactement les mêmes paroles qu'elles. Est-ce là notre avenir ? Serons-nous contraints de subir, éternellement ? Au moins, s'il y en a un qui reste optimiste, c'est Loulou. L'autre jour, je l'entendais dire à Dany, le facteur, que plus tard il exercera le même métier que lui rien que pour voir le sourire des femmes quand elles reçoivent des lettres de leur mari ou de leur fiancé. Il est drôle et tellement futé, ce gamin ! Même contrarié, il parvient à nous faire rire, quand il esquisse une lippe boudeuse, que Marcelline appelle « la babeugne », c'est du patois. Enfin ! Ces distractions nous font du bien.

J'écris ces mots vite fait, car je dois filer rejoindre Antoine à la gare avant de retrouver les autres au café. Apparemment, une nouvelle personne souhaite se joindre à notre groupe, je me demande de qui il s'agit... »

27

Aurélia, 1942.

LE CLOCHER DE L'ÉGLISE sonnait la demie de vingt et une heures quand Aurélia, essoufflée, descendit de son vélo, qu'elle appuya contre la façade du café. Antoine laissa le sien juste derrière.

— Nous sommes en retard, observa-t-elle, le front humide de sueur.

La soirée était exceptionnellement chaude pour une fin septembre. Il régnait encore une touffeur d'été qui commençait à peser sur les nerfs de chacun, et l'angoisse de ces dernières heures n'avait fait qu'exacerber cette sensation chez Aurélia. Le train d'Antoine était arrivé avec tant de retard qu'elle avait bien cru ne plus le revoir.

— On leur expliquera, répondit le jeune homme en frappant les quatre coups convenus à la porte.

Josette, l'épouse de Cui-Cui, leur ouvrit et les fit rapidement entrer dans l'établissement, fermé depuis dix-neuf heures. Elle tira le rideau derrière eux tout en maugréant :

— On a failli commencer sans vous, les jeunes. Où qu'c'est-y que vous étiez passés, à la fin ?

Aurélia n'eut pas le temps de lui relater la sacrée frayeur qu'Antoine venait de lui causer, car déjà Marie émergeait du fond de la salle, où elle s'était installée avec leur père. L'expression de son visage révélait un mélange d'inquiétude et de soulagement.

— Enfin, vous voilà ! s'exclama-t-elle. J'étais folle d'angoisse.

Aurélia prit la main de sa sœur pour la rassurer.

— Il y a eu un imprévu, mais tout est rentré dans l'ordre.

Malgré son sourire, la jeune fille eut toutes les peines du monde à réprimer un frisson en pensant au sort d'Antoine, si celui-ci avait été pris avec les journaux clandestins qu'il transportait.

— Venez vous asseoir, les invita Marie. Cui-Cui va vous servir à boire, on a rapporté de la terrine de chez Marcelline.

Aurélia s'arrêta une seconde sur le pas de la salle, séparée de l'entrée par le comptoir en bois du bar. Il y régnait une grande animation, la plupart des tables, aux nappes à carreaux rouges et blancs, étant occupées. Léandre se trouvait en pleine discussion avec le facteur et son épouse, Dany et Jacqueline. Un peu plus loin, les Espagnols, Josefa, Pablo et Tomás parlaient de Loulou, que Soledad gardait pour la soirée en plus de ses propres enfants, tandis que, de l'autre côté, Cui-Cui, entouré de Fernand Blanchard, un jeune gendarme, et de Raymond, l'épicier, dévisageait avec circonspection un nouveau venu, qui n'était autre que... Gros Bébert, le fils du boulanger !

— Qu'est-ce qu'il fiche ici, lui ? murmura Aurélia à sa sœur.

— D'après Dany, il a des informations à nous transmettre, lui souffla Marie.

— Des informations ? J'espère qu'il ne va pas nous trahir, oui, marmonna Antoine.

Tous se turent en les voyant s'avancer. Les sourcils froncés, Léandre s'enquit sans attendre :

— Vous arrivez bien tard, tous les deux. Que s'est-il passé ?

Aurélia et Antoine s'assirent près de lui tandis que Cui-Cui apportait deux verres de Pernod. Antoine sortit de sa poche son papier à cigarette et se saisit de la blague à tabac qui se trouvait sur la table. Ses doigts tremblaient encore de sa mésaventure, si bien qu'il avait du mal à ne pas faire tomber le tabac à côté de la feuille.

— J'ai eu un contretemps de taille, répondit-il. Les Allemands ont stoppé le train juste avant la ligne de démarcation pour le ratisser de fond en comble. J'ai cru être fait comme un rat, car je n'avais aucun endroit où me débarrasser des journaux. Par chance, ils n'ont pas eu le temps de fouiller ma sacoche, le pauvre type qu'ils recherchaient s'est fait poisser avant.

— Cré boudiou ! siffla le facteur. Il s'en est fallu de peu.

Aurélia tressaillit à nouveau. Ses ongles rongés jusqu'au sang témoignaient de l'angoisse qui ne l'avait pas quittée durant près d'une heure.

— J'ai failli devenir dingue, quand le chef de gare nous a annoncé les raisons du retard.

— Tu aurais dû nous rejoindre, la morigéna doucement son père en leur faisant passer le pâté de lapin et le pain. C'est la règle, en cas de pépin.

— Je ne pouvais pas m'y résoudre, protesta-t-elle. J'étais si terrifiée à l'idée qu'Antoine soit arrêté !

Celui-ci entoura de son bras les épaules d'Aurélia et reprit, à l'attention des autres :

— Le passeur pour la Suisse sera prêt dans dix jours, ce qui nous laisse le temps d'accueillir la famille dont je vous ai parlé hier.

Léandre approuva d'un signe de la tête.

— Si Marie est d'accord, il n'y a aucun problème pour moi, déclara-t-il.

— Je ne comprends même pas pourquoi tu soulèves la question, répliqua celle-ci, un sourire bienveillant aux lèvres.

Aurélia coula un regard vers sa sœur, qui avait fêté ses trente ans en février. Comme elle avait changé, la jeune institutrice de Châtillon ! Vêtue d'une robe en rayonne bleue et fumant une cigarette, la jeune femme avait gagné en détermination. Depuis qu'ils aidaient le réseau dans lequel s'impliquait Antoine, en hébergeant chez eux des familles juives, principalement des enfants, c'était elle qui supervisait les opérations. Galvanisée par le courage dont sa sœur avait fait preuve en participant au sauvetage d'Arielle et de Dina, Marie avait tenu à poursuivre dans cette voie. Ainsi, elle mettait régulièrement la chambre d'amis à disposition des réfugiés récupérés à Chenonceaux par Antoine, afin que ceux-ci puissent se reposer deux ou trois jours avant de reprendre leur route. Naturellement, Léandre, qui suivait sans relâche les messages diffusés sur Radio Londres, n'avait pas eu le cœur de s'y opposer. Aurélia était si fière de voir toute sa famille passer à l'action ! Peu à peu, son père avait formé un groupe composé de plusieurs villageois, qui n'acceptaient eux non plus ni la défaite, ni la collaboration avec l'Allemagne nazie. Ensemble, ils se réunissaient chaque mercredi soir chez Cui-Cui, dans la salle du fond, pour faire un point sur les différentes actions qui pouvaient être menées.

Assis en face de Marie, Pablo la contempla avec admiration.

— C'est très noble de votre part, Marie, lui dit-il.

— Je serais une bien mauvaise personne de refuser l'asile à ces pauvres gens trahis par Pétain, répondit-elle en reposant sa cigarette dans le cendrier. Les rafles nous ont démontré qu'ils ne sont plus en sécurité dans leur propre pays.

Les larmes aux yeux, Aurélia songea à ces milliers de juifs parisiens tirés du lit par une nuit de juillet, sur ordre du préfet de police. Plus de treize mille hommes, femmes et enfants avaient été embarqués, avec la complicité des policiers français, puis entassés dans des conditions déplorables au Vél' d'Hiv, avant d'être envoyés à l'Est, où, disait-on, une mort certaine les attendait. Quarante jours plus tard, les nazis jugeant qu'ils n'avaient pas assez de prisonniers, une autre rafle avait été organisée dans plusieurs communes de la zone libre, sonnant le glas des minces illusions qu'il leur restait. Grâce à Fernand, qui les avait prévenus de justesse, les Lévy, installés à Châtillon depuis plus de quarante ans, avaient abandonné leurs biens et trouvé refuge dans une ferme sur la route de Blois, chez le père de la veuve Rabier, l'épouse de l'ancien maire. Combien de temps encore de telles injustices perdureraient ?

Mordant rageusement dans sa tartine, Aurélia fit dévier son regard sur Gros Bébert, qui ne mouftait pas et louchait avec envie sur la bouteille de Pernod.

— En parlant de sécurité, ce n'est peut-être pas prudent d'évoquer certaines affaires devant lui, lança-t-elle sans rien cacher du dégoût qu'il lui inspirait.

L'œil mauvais, Gros Bébert redressa aussitôt sa grande carcasse molle.

C'est de moi que tu causes, gamine ? Tu veux une volée, ou quoi ?

— Dis donc, jeune merdaillon ! s'échauffa Léandre. Tu vas t'adresser mieux que ça à ma fille, ou c'est moi qui te la colle, la giroflée à cinq branches !

Fernand, le gendarme, leva la main pour calmer le jeu.

— Robert est fiable, vous avez ma parole, dit-il en haussant la voix pour couvrir celle des deux hommes. Il a vu au front de quoi les Boches sont capables, ce n'est pas lui qui nous trahira, vous pouvez me croire. Pas vrai, Bébert ?

Celui-ci se rassit, l'air défait.

— Pour sûr, j'aimerais pas qu'ils s'éternisent, les Bouffe-Saucisses. Je ne vais pas vous raconter comment j'ai déguerpi des Ardennes en me cachant dans des wagons à bestiaux, en mai 40, mais ces types-là n'ont aucune pitié. Je n'aurais pas voulu tomber entre leurs mains, après les combats. Alors si ça peut aider, il se pourrait que j'aie glané des renseignements qui pourraient vous être utiles.

Raymond, l'épicier, esquissa un mouvement du menton en direction de l'ivrogne.

— C'est par amitié pour ton père qu'on veut bien t'entendre, Bébert, mais un conseil, joue pas au con avec nous, compris ?

Le fils du boulanger acquiesça. Aurélia sourit en constatant qu'il ne faisait plus tellement le fier.

— On t'écoute, dit Léandre.

Sa casquette entre les mains, Bébert prit la parole :

— Comme vous le savez, j'ai été embauché à la tannerie l'année dernière. Je me contente de faire mon travail, rien de plus, mais l'autre matin, en passant devant le bureau des patrons, j'ai entendu que ça bardait sévère. Il était question de leur gars, le Charles, qui serait revenu de l'Allier.

Aurélia fronça les sourcils. Cette perspective ne l'enchantait guère. Cela faisait huit mois qu'elle se rendait tous les jeudis matin chez les Tardieu, afin de dispenser des leçons de piano à leur fille, désormais âgée de onze ans, ces derniers ne parvenant pas à trouver un professeur digne de ce nom dans les environs. Aurélia, qui n'avait pas envie de priver une enfant de sa passion, s'était résolue à accepter leur offre, qu'ils avaient réitérée à la soirée des vœux de nouvel an du maire organisée par Léandre. L'argent que les Tardieu lui donnaient en retour valait bien ce sacrifice, d'autant qu'en définitive, elle ne les croisait que rarement, étant donné qu'ils passaient le plus clair de leur temps à la tannerie. En revanche, elle n'avait aucune envie de rencontrer leur fils.

— Je croyais que Charles poursuivait ses études de droit à Vichy, intervint-elle.

Bébert secoua la tête.

— D'après ce que j'ai compris, il y a mis un terme pour fricoter avec les Fritz. C'est pour ça que la bourgeoise poussait les hauts cris.

Marie renifla, dubitative.

— Une pétainiste convaincue comme elle, qui demande chaque jour à sa fille si j'ai bien fait chanter *Maréchal nous voilà* à la classe, ce serait bien étonnant que ça la dérange !

— Surtout qu'aux dernières nouvelles, les Tardieu ne sont pas très regardants sur la destination de leurs meilleures peaux de mouton, précisa Cui-Cui.

— Moi, je ne fais que vous répéter ce que j'ai entendu, répondit Bébert. Ça vaut ce que ça vaut, mais elle fulminait drôlement, la bonne femme.

Songeur, Léandre tapotait le bout de son index contre son verre.

— Ça me paraît plausible, dit-il après quelques secondes de réflexion. Ce n'est pas parce que leurs valeurs bourgeoises les portent à respecter le pouvoir qu'ils soutiennent les Boches. Au fond, je ne serais pas surpris qu'ils soient déçus de Pétain, c'est le cas de beaucoup de monde depuis les rafles.

— Dans tous les cas, enchaîna l'épicier, s'il s'avère que Charles est aussi proche des Boches que sa mère semble le croire, nous allons devoir redoubler de vigilance.

— Peut-être devrais-tu renoncer aux leçons de piano de leur fille, suggéra Antoine à Aurélia. Il ne faudrait pas que ça tourne au vinaigre.

La jeune fille refusa net.

— Au contraire, ça paraîtrait suspect. Je dois justement me rendre chez eux demain, ce sera l'occasion de tâter le terrain.

— Fais attention à toi, ma jolie, grimaça le facteur. Le Charles se traîne une sale réputation de coureur de jupons.

Aurélia balaya bien vite sa remarque :

— Oh, il a déjà essayé de me séduire un an avant la guerre. C'était peine perdue ! Après tout ce temps, il serait ridicule s'il insistait.

La mine sombre et l'œil brûlant d'amour, Antoine repoussa son verre vide.

— À la différence qu'il ne t'a pas vue depuis longtemps et que tu es devenue une femme. Il faudrait être aveugle ou demeuré pour ne pas vouloir tenter sa chance.

Josefa se mit à couver les deux jeunes gens avec un regard attendri.

— *Qué lindos son los dos !* s'exclama-t-elle. Il faudra les marier, monsieur Léandre !

— Oui, euh… je présume que nous verrons cela après la guerre, bafouilla ce dernier.

La main d'Antoine lui pressant la cuisse, Aurélia rougit, mais ne se laissa pas distraire pour autant.

— Bien, rebondit-elle, je ne vous garantis rien, mais je vais interroger la petite Élisabeth dès demain pour essayer d'en savoir plus sur les activités de son frère.

— Sois prudente, quand même, lui recommanda Marie. Il ne faudrait pas qu'elle aille cafter.

— Rassure-toi, je procéderai le plus discrètement possible. Je n'ai pas l'intention d'attaquer bille en tête.

Le gendarme promit qu'il se renseignerait également de son côté. La discussion bifurqua ensuite sur les nouvelles des prisonniers de guerre. Quatre mois plus tôt, le gouvernement de Pierre Laval avait en effet entamé une grande campagne afin d'inciter de jeunes travailleurs à se rendre en Allemagne en tant que main-d'œuvre. En échange, cinquante mille prisonniers, principalement des pères de famille, devaient être libérés. Toutefois, malgré les affiches de propagande qui avaient fleuri aux quatre coins du pays, présentant la « Relève » comme une solidarité nationale qui apporterait confort et argent, cette mesure n'avait pas remporté le succès escompté. Cela ne faciliterait pas le retour de Gauthier, cependant Marie se réjouissait de constater qu'une large majorité de la jeunesse n'était pas dupe au point de se vendre à l'ennemi. La jeune femme avait même été la première à féliciter Antoine qui, un soir, en rentrant de Tours, leur avait confié avoir peint « À bas la Relève ! » sur une affiche à la gloire du soldat allemand luttant contre le bolchevisme. À l'inverse, Léandre s'était mis en colère, reprochant à Antoine son inconséquence ; s'il avait été pris, la Gestapo aurait pu remonter jusqu'à eux et démanteler une partie du réseau qui venait en aide aux juifs !

— Sais-tu si ton Gauthier fera partie des prochains libérés, Marie ? s'enquit la femme du facteur.

— Je n'en ai aucune idée, avoua Marie. Sa dernière lettre remonte à trois semaines, la mesure n'était pas encore totalement mise en place. Peut-être en saurai-je plus la prochaine fois.

Le facteur lui adressa un regard compatissant.

— Tu peux être sûre que je t'apporterai la nouvelle en personne.

La soirée s'acheva dans une humeur bon enfant. À la fin, lorsque Gros Bébert s'éloigna le premier pour rentrer chez lui, on se promit toutefois de le garder à l'œil tant qu'il n'aurait pas fait ses preuves.

*

— Cela me paraît très bien pour aujourd'hui, Élisabeth. Tu progresses vite.

Aurélia reposa sur le guéridon la délicate tasse en porcelaine dans laquelle la gouvernante des Tardieu lui avait servi un café, un vrai, aux arômes à la fois riches et subtils, dont elle avait savouré la moindre goutte. À deux mille francs le kilo, peu de personnes pouvaient s'octroyer un tel plaisir. Son père en avait certes les moyens, toutefois, par principe, il refusait d'abuser du marché noir.

— Merci, mademoiselle Moreau, répondit la fillette en se relevant de la banquette rouge sur laquelle elle s'était assise pour travailler une symphonie de Mozart. Je regrette que mon frère ne soit pas venu m'écouter.

Satisfaite, Aurélia esquissa un demi-sourire. C'était là l'occasion qu'elle guettait depuis son arrivée chez les Tardieu.

— Ton frère ? fit-elle semblant de s'étonner. Je croyais que Charles et Maurice se trouvaient à Vichy.

— Maurice est toujours au lycée, oui, mais Charles est rentré la semaine dernière. C'est dommage qu'il soit si occupé, nous le voyons peu. Il m'avait pourtant dit qu'il serait là ce matin.

Aurélia s'efforça d'ignorer l'air chagriné de la gamine. Aussi stupide que soit son frère, elle doutait sincèrement qu'il lui ait confié quoi que ce soit au sujet de ses activités, mais ça valait la peine d'être vérifié.

— Et que fait-il donc pour être si souvent absent ? lui demanda-t-elle d'un ton innocent.

Élisabeth ne put répondre, car la porte s'ouvrit sur la gouvernante. Comme chaque jeudi, celle-ci venait chercher Aurélia à la fin de la leçon pour la raccompagner à la porte. N'ayant aucun prétexte pour s'attarder, la jeune fille réprima un soupir en devant laisser son élève. Ce serait compliqué d'interroger Élisabeth à l'école, sans aucune raison valable. Résignée, elle sortit donc de la maison et traversa la cour pour se diriger vers la dépendance devant laquelle elle avait laissé sa bicyclette. La stupeur la stoppa net lorsqu'elle découvrit Charles Tardieu adossé au mur, fumant tranquillement une cigarette anglaise.

— Oh, tiens ! Aurélia ! s'exclama-t-il, visiblement tout heureux de la voir. Il me semblait bien que ce vélo t'appartenait.

Les bras croisés sur la poitrine, la jeune fille dissimula tant bien que mal sa contrariété de le trouver ici.

— Bonjour, Charles, dit-elle d'un ton sec. Quel bon vent t'amène à Châtillon ?

Il écrasa sa cigarette sous son talon et s'avança vers elle. Aurélia ne put s'empêcher de le toiser ; à vingt-trois ans, Charles avait gagné en carrure. Ses cheveux gominés avec le plus grand soin et ses vêtements bien coupés auraient pu faire de lui quelqu'un d'élégant, mais ses yeux, semblables à deux fentes sombres, son nez camus et son sourire de travers n'inspiraient aucune confiance.

— Tu n'es pas au courant ? Je m'ennuyais comme un rat mort, à Vichy, alors j'ai envoyé valser mes études. Mon grand-père a failli s'en étouffer avec son dentier.

Puisqu'il avait l'air d'humeur à bavasser, Aurélia entreprit de le questionner :

— Le droit ne te plaisait pas ? Je présume que tu vas seconder tes parents à la tannerie, maintenant ?

Charles se fendit d'un rictus mesquin.

— Oh, non ! Je la laisse à mon lèche-bottes de frère, cette fichue entreprise. Je suis certain qu'il en fera meilleur usage que moi. Pour ma part, je me lance dans les affaires, si tu vois ce que je veux dire.

Aurélia s'abstint de tout commentaire. Il y avait fort à parier que ce vaurien s'adonnait au marché noir, où il s'était probablement procuré ses cigarettes.

— Eh bien, je te souhaite du succès, répondit-elle en se dirigeant vers son vélo.

Si Charles était au service des Allemands, il ne s'en vanterait pas, c'était évident.

— Tu pars déjà ? protesta-t-il.

— Oui, ma famille m'attend. Nous devons aider notre métayère pour les récoltes du jardin.

En réalité, ils avaient prévu de déjeuner avec Arielle pour la tenir informée des actions du réseau, ce qu'elle n'allait évidemment pas préciser. La mine déçue, Charles répliqua :

— Dommage, j'aurais bien prolongé la conversation. Tu es toujours aussi mignonne, tu sais.

Aurélia pinça les lèvres en réalisant que son interlocuteur avait considérablement réduit l'espace entre eux. Elle se retrouvait presque acculée contre sa bicyclette.

— C'est gentil, Charles, mais je dois vraiment partir, à présent, sinon je vais être en retard.

— Très bien, capitula-t-il avec un sourire pernicieux. Dans ce cas, tu salueras ta famille pour moi. Comment vont-ils, d'ailleurs ? J'ai entendu dire que le mari de ta sœur était prisonnier en Allemagne.

Aurélia eut la désagréable impression qu'il la scrutait avec plus d'attention que la situation ne le requérait. Elle déglutit pour chasser le nœud logé dans sa gorge et se traita intérieurement de sotte. Ce n'était pas le moment de voir des complots partout ! Se faisant violence pour ne pas déguerpir, elle lui confirma :

— C'est vrai, Gauthier est malheureusement retenu au stalag. Mais à travers ses lettres, nous savons qu'il va bien.

Le regard de Charles s'intensifia.

— Il reviendra peut-être grâce à la Relève.

La Relève ! S'il savait ce qu'elle en pensait !

— Nous n'y comptons pas trop, hélas. Dix-sept mille volontaires sur les deux cent cinquante mille espérés, c'est peu.

— Les Français n'ont jamais été capables de reconnaître ce qui est bon pour leur avenir, persifla-t-il. Tu n'es pas comme ça, toi, n'est-ce pas ?

Un nouveau sentiment de malaise s'empara d'Aurélia.

— Je ne suis pas certaine de saisir le sens de ta question, Charles.

— Oh, il n'y a pas vraiment de sens... C'est juste qu'il faut faire attention, avec les ragots qui circulent. J'ai entendu des choses sur ton père, comme quoi vous receviez beaucoup de monde, par exemple.

Aurélia sentit son sang se figer. Elle parvint cependant à répondre :

— Tu me vois désolée de couper court aux potins, mais quiconque prétend cela se trompe. Les seules personnes venues nous rendre visite sont des cousins du côté de ma mère.

Les gens du coin n'ayant pas vraiment connu Zélie, c'était le discours qu'ils avaient convenu de tenir si par hasard on venait à se rendre compte de la présence d'étrangers chez eux.

Plantant ses yeux dans les siens, Charles rétorqua, avec une intonation menaçante :

— Je n'en doute pas, mais ce serait bête que les Boches prennent ces rumeurs au sérieux et viennent mettre leur nez là-dedans. Si tu n'es pas idiote, tu sauras que tu peux compter sur moi pour vous tirer d'embarras. En échange...

Il lui saisit vivement le poignet pour l'attirer à lui et posa sa deuxième main sur la hanche de la jeune fille. Le contact de ses doigts à travers le tissu de sa robe révulsa Aurélia, qui se dégagea d'un geste vif.

— Lâche-moi tout de suite ! N'as-tu pas honte de te ridiculiser ainsi ?

Alors qu'elle empoignait son vélo pour se sauver, Charles lui lança, dans un rire mauvais :

— Tu ne diras pas toujours ça, va ! J'adore les filles pleines de tempérament.

Sans plus l'écouter, Aurélia enfourcha son vélo et pédala aussi vite qu'elle le put en direction de La Chemolière. Dans sa hâte à prévenir sa famille du danger que Charles Tardieu pouvait représenter, elle dérapa sur un chemin, dont les cailloux lui écorchèrent les genoux. Passant outre la douleur, elle se redressa vaillamment et ne s'autorisa à souffler qu'à l'instant où elle atteignit la pente qui descendait à la petite ferme.

28

UN TABLIER PASSÉ PAR-DESSUS SA BLOUSE DE TRAVAIL, Marcelline déposait deux belles tourtes à la viande sur la table que l'on avait transportée sous un tilleul lorsque la jeune fille arriva et cala son vélo contre le tronc d'un arbre. Un peu plus loin, Louis et Annette s'amusaient à promener Dina dans une brouette, dont les grincements prononcés à chaque secousse arrachaient des éclats de rire à la fillette. En réalisant qu'un filet de sang coulait le long de son genou, Aurélia tira son mouchoir de sa poche. Marie et Antoine se précipitèrent vers elle en la voyant ainsi échevelée et blessée.

— Que t'est-il arrivé ? s'affola sa sœur.

— Juste une petite chute, ne t'en fais pas. Je dois absolument vous parler, papa est là ?

L'air soucieux, Antoine lui indiqua la bordure du champ, où Léandre s'entretenait avec Arielle. Vêtue d'un pantalon large et d'une chemise d'homme, un fichu noué sur ses cheveux bruns relevés en chignon, celle-ci effectuait les cent pas en portant nerveusement l'ongle de son pouce à sa bouche. Depuis un an et demi qu'elle était là, Arielle se révélait d'une aide précieuse pour Marcelline, n'hésitant pas à se salir les mains pour bêcher, planter, travailler la terre et le potager. Elle était infatigable. Puisqu'il n'était pas prudent pour elle de se montrer dans le bourg, elle s'obligeait à marcher tous les jours à travers les bois et la campagne, qu'elle avait appris à connaître à force de les arpenter. La ferme était si isolée qu'elle ne risquait pas d'y croiser quiconque. Si son quotidien était différent et bien plus calme qu'à Paris, où elle avait mené la grande vie, Arielle ne se plaignait jamais. Dina et elle avaient su se faire une place dans le cœur de Marcelline et Annette, qui ne s'imaginaient plus passer le reste de la guerre sans elles.

— Quelque chose ne va pas ? s'enquit Aurélia, les sourcils froncés.

Antoine l'attira contre lui.

— Ton père vient d'apprendre que le mari d'Arielle a été déporté à l'Est. Le camp de Chambaran, dans l'Isère, où il était détenu, a été évacué.

— Oh, non ! murmura la jeune fille. Pauvre Jacob… Est-il vrai que les prisonniers meurent, là-bas ?

— D'après papa, oui, hélas, répondit tristement Marie.

Éreintée d'avoir pédalé comme une folle sous un soleil de plomb et accablée par la nouvelle, Aurélia chancela dans les bras d'Antoine, qui la conduisit aussitôt sur l'un des bancs autour de la table.

— Tu es bouleversée, mon cœur, assieds-toi.

À la demande de Marie, Marcelline servit un peu de liqueur de prune à la jeune fille, qui grimaça quand le liquide lui réchauffa la gorge. Néanmoins, elle dut admettre que cela lui faisait du bien. Léandre et Arielle les rejoignirent. En dépit de son visage tendu et anxieux, l'ancienne danseuse paraissait déjà prête à affronter la suite des événements.

— Ce qu'ils font subir à Jacob et à notre peuple démontre bien que nous devons continuer à lutter, était-elle en train de répondre à une question de Léandre, qu'ils n'avaient pas entendue. Je ne baisserai pas les bras, sois-en sûr.

Elle s'assit à côté d'Aurélia pendant que Marcelline appelait les enfants à table. S'installant face à elles, Léandre demanda à sa fille ce qu'avait donné sa matinée chez les Tardieu. Aurélia poussa un soupir las.

— Gros Bébert ne s'était pas trompé à propos de Charles. Ce sale fouille-merde m'a fait comprendre qu'il n'est pas dupe concernant nos activités.

Léandre reposa vivement son verre de vin sur la table.

— Et merde ! pesta-t-il. Il va falloir assurer nos arrières.

— Comment a-t-il deviné ? voulut savoir Marie. Avec toutes les précautions que nous prenons, ce n'est pas normal !

Incapable de lui fournir une explication, Aurélia secoua la tête. Sa sœur avait raison : les juifs qu'ils accueillaient chez eux ne venaient qu'à la nuit largement tombée, par le portail arrière, et ne ressortaient de la maison que pour reprendre la route, toujours dans l'obscurité.

— Il prétend avoir entendu des ragots... Mais qui d'autre hormis nous pourrait être au courant ? À moins que des voisins ne se soient dissimulés sur un chemin au moment où Antoine y passait, je ne vois pas.

— J'ai toujours fait extrêmement attention, leur assura le jeune homme.

— Je ne doute pas de toi, mon garçon, dit Léandre. Mais du côté des champs, les herbes sont si hautes qu'on n'y verrait pas un ours en plein jour. C'est facile de s'y planquer, j'aurais dû y penser plus tôt. Que t'a dit le fils Tardieu, au juste, Aurélia ?

Embarrassée, celle-ci grimaça.

— Pour résumer, il ne nous dénoncera pas si je me donne à lui.

La mâchoire serrée et les joues rouges de fureur, Antoine bisqua aussitôt :

— Je vais le tuer de mes propres mains, ce salaud !

— Tu n'en feras rien du tout, lui dit fermement Léandre. Sauf si tu veux nous attirer des ennuis supplémentaires.

— Mais vous avez entendu Aurélia, non ? Il va nous livrer à la Gestapo.

— S'il en a l'intention, ce ne sera pas pour tout de suite, tu peux me croire. Il sait très bien qu'il n'aurait pas grand-chose à gagner en nous dénonçant, si ce n'est une balle entre les deux yeux de la part de l'un des nôtres.

— Mon père a raison, Antoine, intervint Aurélia. C'est une sorte de jeu, pour lui, il cherche sans doute à m'intimider en pensant qu'ainsi je finirai bien par lui tomber dans les bras. Ce qui n'arrivera pas, bien sûr, précisa-t-elle en voyant les doigts du jeune homme se crisper sur ses couverts.

— Je suggère tout de même que nous restions sur nos gardes, leur recommanda Léandre. L'un de nous surveillera le champ quand la prochaine famille viendra.

Ils se rangèrent tous à cette sage décision.

— Saleté d'opportuniste ! fulmina toutefois Arielle. Ce sont les petits cons de son espèce qui se diront résistants, le jour où le vent tournera ! Il faudrait les fusiller sur place.

— Les fusiller ? reprit Antoine. Ce serait une mort encore trop digne. Ils mériteraient un lynchage en bonne et due forme.

— Oh, assez ! implora Marie, excédée. J'aimerais bien que les trois enfants présents autour de cette table puissent manger sans entendre parler de la guerre et de tous les mots atroces qui accompagnent ce sujet, pour changer un peu.

Sa sortie les laissa stupéfaits. Aurélia observa sa sœur, qui ne cillait pas. Il émanait d'elle une autorité incontestable. Marie était si courageuse, si forte, malgré un époux prisonnier du stalag et tant de choses à gérer ! Prenant Dina sur ses genoux, Arielle, l'expression mélancolique, chuchota :

— Mes pauvres trésors, c'est vrai, quelle enfance on vous fait vivre...

Marie lui adressa un regard comme seules deux personnes ayant traversé ensemble de lourdes épreuves pouvaient en échanger, au grand étonnement d'Aurélia.

— Espérons qu'ils ne répètent pas nos erreurs, souffla-t-elle en reportant son attention sur Louis et Annette, qui repoussaient leur assiette vide.

Souriant à pleines dents, ces derniers demandèrent la permission d'aller jouer. Marcelline leur donna à chacun une poire, qu'ils emportèrent en sautillant avec insouciance vers le champ. Marie proposa d'amener Dina à la sieste. Aurélia tourna la tête vers son père en sentant son regard posé sur elle.

— Avec tout ça, je n'ai pas encore eu le temps de t'en parler, annonça-t-il en souriant, mais Julien arrivera demain soir par le train.

Des fossettes de plaisir apparurent sur les joues de la jeune fille, qui s'exclama :

— Oh ! Quelle bonne nouvelle ! Combien de temps restera-t-il ?

— Un bon moment, certainement. Ses parents préfèrent qu'il se mette au vert car il y a eu du grabuge à Paris.

La joie d'Aurélia fut aussitôt balayée par l'inquiétude.

— Comment ça, du grabuge ? Il n'est pas blessé, dis ?

— Non, il va bien. Ses copains et lui ont été ramassés par les Allemands après s'être pavanés avec une étoile jaune cousue sur leur veste.

— Pourquoi ont-ils fait une telle chose ? s'étonna-t-elle.

— Par solidarité envers les juifs. Ils ont été emmenés *manu militari* à Drancy. C'est grâce à l'intervention du gradé qui loge chez les Carlier qu'ils ont été libérés. Depuis, Blanche refuse qu'il retourne à Paris à cause des jeunes fascistes du Parti populaire, qui s'en prennent aux bandes du Quartier latin en menaçant de les scalper. Il vaut mieux pour lui qu'il vienne ici.

— Ce garçon est formidable, s'émut Arielle.

Antoine, lui, afficha une moue sceptique.

— Ils sont bien rigolos, ces *zazous*, mais ce n'est pas leur attitude désinvolte qui fera plier Hitler. C'est facile de se prétendre rebelle en dansant sur du jazz, mais je crains que leur maigre contribution soit insuffisante.

Agacée, Arielle leva les yeux au ciel.

— Évidemment, pour vous les communistes, rien ne compte davantage que le sang versé et la révolution !

En tant que gaulliste convaincue, Arielle avait tendance à se méfier du bolchevisme, dont elle ne partageait pas les convictions.

— C'est facile de nous faire la leçon, riposta Antoine, mais au moins nous, on agit. Pendant que votre Général est bien à l'abri en Angleterre, à faire des plans pour que ses copains capitalistes reprennent le contrôle, des camarades de la zone occupée harcèlent et tuent des Boches chaque jour...

— Quitte à faire exécuter des otages en représailles.

— ... Quant aux Soviétiques, poursuivit Antoine, il me semble qu'ils luttent avec brio aux abords de Stalingrad afin de repousser l'ennemi.

— Alors même qu'ils soutenaient le Troisième Reich il n'y a pas si longtemps ! s'offusqua Arielle.

Aurélia assista médusée à ce vif échange. Pourquoi ces deux êtres qu'elle chérissait tant se disputaient-ils ainsi, alors qu'ils poursuivaient un seul et unique but commun ?

— Allons, un peu de bon sens ! se fâcha Léandre. Ce n'est pas en vous chamaillant que vous arrangerez les choses. De Gaulle lui-même a appelé les communistes à unir leurs forces aux siennes. Peu importent nos divergences d'opinion, si nous voulons éradiquer le mal, nous devons conjuguer nos efforts et rester soudés.

— Ça, c'est bien causé, approuva Marcelline, restée silencieuse jusque-là. Faut pas croire qu'en 18 les poilus ont remporté la guerre en se jetant tous les torts à la figure.

Arielle se ressaisit la première.

— Pardonnez-moi, je suis stupide, dit-elle en essuyant une larme qui avait roulé le long de sa joue. Un instant de lassitude... Je suis encore sous le choc de la déportation de Jacob.

Aurélia se leva pour l'enlacer. Elle aurait aimé lui promettre qu'il reviendrait, son Jacob, mais elle en était hélas si peu certaine qu'elle préféra s'abstenir.

— Merci, ma chérie, chuchota Arielle en lui donnant un baiser sur la tempe.

À son tour, Antoine bredouilla des excuses.

— Je suis navré, je n'avais pas à m'emporter de la sorte. Entre cette chaleur qui n'en finit pas et cette fichue guerre, nous sommes tous sur les dents, en ce moment.

Avec un sourire, Arielle serra la main qu'il lui tendait en signe de paix. Une bouffée de tendresse envahit Aurélia, qui retourna près d'Antoine et se blottit contre lui. Avec une impatience contenue, elle songea à l'instant où il se glisserait par la fenêtre de sa chambre, une fois que toute la maisonnée serait endormie. Ils avaient pris l'habitude de se retrouver ainsi certaines nuits, tels deux amants clandestins profitant de la moindre minute passée ensemble. Souvent, ils s'endormaient dans les bras l'un de l'autre, réveillés par l'aube naissante. Aurélia le regardait ensuite s'éloigner par les champs, rêvant à des jours meilleurs qui leur permettraient de ne plus avoir à se séparer.

Marie revint avec un plateau chargé de tasses, annonçant que Dina s'était endormie. Ils burent leur ersatz de café sans plus prononcer un mot, savourant le vent léger qui agitait le feuillage du tilleul, au-dessus d'eux, et leur procurait un trop rare sentiment de calme. Puis Léandre se décida à rompre ce silence bienfaisant.

— Bien, j'ai encore quelque chose à vous annoncer. Je me suis engagé auprès de Londres à consolider notre groupe de Résistance. Des parachutages vont avoir lieu, dont un aux alentours du village. Nous sommes chargés de la logistique.

Cette annonce fut accueillie avec enthousiasme. Durant les dix minutes suivantes, ils discutèrent du terrain choisi pour l'occasion, passant en revue les détails à ne pas oublier pour que l'opération soit un succès. Léandre avait déjà prévenu les autres. Marcelline se porta volontaire pour cacher des armes dans la grange si cela s'avérait nécessaire, et Marie proposa de nettoyer l'ancienne chambre de bonne, sous les combles, afin de loger une nuit ou deux les agents anglais qui atterriraient.

— Que viennent-ils faire, au juste ? s'enquit Aurélia.

Léandre lui apprit qu'en plus de livrer des armes, ils seraient chargés d'effectuer la liaison entre les différents réseaux de Résistance des deux zones, dans le but de mieux coordonner les actions contre l'occupant. Comme il ne dévoila rien de plus, Antoine et Aurélia partagèrent un regard complice : vraisemblablement, Léandre était encore au courant d'un nombre d'éléments qui n'étaient pourtant pas à portée de n'importe qui.

*

Le parachutage eut lieu vingt jours plus tard, dans un champ. Ce soir-là, après plusieurs semaines d'une sécheresse préoccupante, de fines gouttes de pluie tombaient enfin sur la nature assoiffée. Aurélia sortit de la voiture de son père, où Marie avait également pris place, à côté d'Antoine. Dany, le facteur, conduisait une vieille Citroën Rosalie dans laquelle s'entassaient Pablo, Tomás, ainsi que l'épicier et Cui-Cui. Fernand attendait à quelques centaines de mètres, avec un cheval prêté par le curé. Les Carlier s'étant opposés à ce que Julien, arrivé à Châtillon au début du mois, prenne le moindre risque, celui-ci, frustré, s'était vu confier la garde de Louis pour la soirée.

— Minuit, c'est parfait, constata Aurélia en consultant sa montre.

Ils avaient une heure pour se répartir sur le terrain. Leurs tâches avaient été déterminées un peu plus tôt, en tirant à la courte paille. L'épicier se plaça donc à l'avant pour tenir la lampe rouge de tête, Antoine et Pablo étant chargés des deux autres. Munis de lampes de secours, Marie et Tomás, eux, avaient pour mission de repérer l'endroit où les Anglais atterriraient, tandis que le facteur, à qui on avait confié la lampe blanche, devait faire en morse le signal M, pour Marsh, le nom de code du pilote de l'avion. Cui-Cui rejoignit Fernand sur le chemin où il avait stoppé le cheval. Le gendarme leur avait assuré qu'aucune patrouille de gendarmerie ne passerait cette nuit, toutefois, avec Charles Tardieu qui rôdait dans les parages, aucune précaution n'était inutile. C'est pourquoi Aurélia et son père avaient été désignés pour faire le guet sur la route.

Une fois tout le monde en place, Léandre entraîna sa fille sous un gros arbre. D'où ils étaient, ils avaient une vue dégagée sur la route. Par chance, la pluie restait faible. Malgré tout, l'attente n'avait rien d'agréable, entre une température qui ne dépassait pas les huit degrés et le risque d'être arrêtés. Aurélia chassa son angoisse en fixant ses pensées sur le silence paisible de la nuit, seulement troublé par le hennissement du cheval et l'aboiement d'un chien, au loin.

— Est-ce que tu as peur ? demanda-t-elle à voix basse à son père.

Les yeux rivés tantôt sur le ciel, tantôt sur la route, Léandre haussa les épaules.

— La peur n'a jamais éloigné le danger. Envoyer des signaux peut s'avérer casse-gueule si c'est un avion allemand qui nous passe au-dessus de la tête, mais ça ne sert à rien de se torturer l'esprit, sinon on devient incapable d'agir.

Aurélia frémit à la seule perspective qu'ils soient découverts par la Luftwaffe. Son angoisse était telle qu'elle la sentait dégringoler le long de sa nuque. Le flegme apparent de son père la rasséréna cependant un peu. S'il maîtrisait ses émotions, c'est qu'il avait confiance dans l'aboutissement de leur mission. Elle se sentit soudain incapable de retenir davantage la question qui lui brûlait les lèvres depuis trois ans :

— Tu es un espion, n'est-ce pas ? lâcha-t-elle dans un souffle.

Pris de court, Léandre la considéra un bref moment, le regard hésitant.

— Tu peux tout me dire, insista-t-elle, je suis une adulte désormais. Je vois bien que tu détiens plus d'informations que la plupart des gens.

Il ne put s'empêcher de sourire.

— Ah, Aurélia ! Si tu savais combien je suis fier d'avoir des filles aussi intelligentes que ta sœur et toi ! J'ai été un espion, oui, mais tout cela est révolu depuis longtemps. Les services secrets m'ont recruté au début des années trente, à l'occasion d'une tournée d'un an en Allemagne.

La jeune fille hocha la tête. Elle se souvenait parfaitement de ces douze mois durant lesquels son père l'avait confiée aux bons soins d'une nourrice, revenant la voir quand il bénéficiait d'une semaine ou deux de repos.

— Pourquoi avaient-ils besoin de toi ? l'interrogea-t-elle. La guerre n'était pas encore une menace.

— Le parti nazi commençait à prendre une certaine ampleur. Il fallait des hommes capables de sympathiser avec certains membres pour essayer d'obtenir des renseignements. Les artistes étaient les mieux placés pour ça.

— Arielle et les parents de Julien ont été impliqués eux aussi, non ? hasarda-t-elle en se remémorant la façon dont ils avaient questionné la duchesse de Windsor.

— Dans une moindre mesure, lui affirma-t-il. C'était compliqué pour Arielle car les nazis ont très vite affiché leur haine envers les juifs. Quant aux Carlier, Georges profitait de son statut d'architecte pour proposer ses services dans les milieux mondains allemands. Il lui suffisait d'écouter discrètement certaines conversations... Mais nous avons très vite cessé, bien que j'aie gardé des contacts pour me tenir informé. Surtout, tu ne dois rien répéter de tout ça, pas un mot, même à Antoine, entendu ?

Encore sous le coup de ces révélations auxquelles elle s'attendait pourtant, Aurélia jura de les garder pour elle. Elle s'apprêtait à demander si Marie avait été au courant dès le départ et qui était ce Dominique dont le seul prénom semblait la bouleverser, quand un vrombissement, d'abord lointain, bourdonna dans le ciel. D'instinct, Aurélia et son père se raidirent. L'avion, dont le bruit indiquait qu'il volait bas, se rapprochait vite.

— Je crois que ce sont eux, murmura Léandre.

Aurélia l'espérait de tout son cœur. Le champ étant à découvert, leurs compagnons seraient forcément canardés s'il s'agissait d'un avion ennemi. Tout à coup, ils entendirent le coup de sifflet lancé par le facteur et tout s'accéléra : les lumières des lampes s'allumèrent et quatre parachutes blancs s'abattirent sur la campagne. Le container comportant des armes toucha le sol dans un grand bruit de ferraille. Un court silence emplit alors la plaine, puis des cris de joie. Soulagée, Aurélia inspira une longue bouffée d'air froid.

— Va prévenir Fernand et Cui-Cui qu'ils approchent le cheval, ordonna Léandre. Je continue de surveiller la route.

En bordure du champ, Aurélia eut un aperçu de la bonne humeur qui s'était emparée de chacun. Raymond, l'épicier, avait débouché une bouteille de rouge et chacun buvait au goulot. Antoine s'avança vers Aurélia et l'embrassa avant de la soulever pour la faire tournoyer dans les airs.

— On a réussi, mon cœur ! On a réussi !

En entendant le rire joyeux d'Aurélia, Pablo leur jeta un regard ému, mais il les rappela toutefois à l'ordre :

— Dépêchez-vous, il faut récupérer le cheval pour charger les armes et les parachutes.

Sitôt la besogne achevée, leur étrange convoi se mit en route. Ils avaient trois kilomètres à parcourir avant d'atteindre la grange de La Chemolière, où Marcelline avait débloqué une trappe pour leur permettre de cacher les armes. Les voitures roulèrent au pas, le cheval et son chargement au milieu. Il était plus de deux heures du matin quand la métayère les accueillit et les réchauffa avec une soupe au chou qui mijotait depuis le début de la soirée. Les Anglais lui octroyèrent un gros baiser sur les joues en remerciement des risques qu'elle prenait pour eux. Leur voyage n'était cependant pas terminé : munis de faux papiers, ils se remettraient en route dès le lendemain, en direction de Toulouse.

— Les armes vous seront bientôt utiles, assurèrent-ils à Léandre avant de partir. Il y a des fusils, des mitraillettes et des revolvers. Distribuez-les quand vous estimerez que vos hommes devront se défendre.

Aurélia et les siens ne surent jamais ce que devinrent ces deux agents, mais à partir de cette date les réseaux de Résistance s'activèrent plus largement. D'autres parachutages avaient eu lieu à des endroits stratégiques et, grâce à ces filières mises en place jusqu'à Alger, les Alliés débarquèrent en Afrique du Nord le 8 novembre.

Trois jours plus tard, les Allemands ripostaient en envahissant la zone libre.

— C'est la fin, prédit sombrement Julien quand la radio leur apprit la nouvelle.

Le visage défait, Léandre se versa une rasade d'armagnac qu'il avala cul sec, en dépit de l'heure matinale.

— Non, mon garçon, rectifia-t-il en secouant la tête. Ce n'est que le début.

29

En ce matin de décembre, l'air était blanc et froid. Chaudement vêtus, Aurélia, Marie, Léandre et Julien avaient entrepris une expédition dans la forêt, aux abords de La Chemolière, afin de rapporter du bois de chauffage pour Marcelline, qui n'en avait plus beaucoup à faire brûler. Des semaines plus tôt, Léandre en avait entassé dans un endroit isolé, que peu de monde connaissait. La tâche s'avérant ardue, Tomás et son père s'étaient joints à eux pour les aider, tandis que les enfants étaient chargés de ramasser des brindilles. Parti depuis une semaine pour faire passer des enfants dans le Sud, Antoine n'avait toujours pas donné signe de vie alors qu'il aurait dû être rentré la veille, si bien qu'Aurélia était d'une humeur ombrageuse et pestait toutes les deux minutes en dérapant sur le sol boueux.

— Salauds de Boches ! jura-t-elle en tombant les fesses dans la boue. Ils ont décidé de nous humilier jusqu'au bout.

— Chut, parle moins fort ! lui recommanda Marie. Tu ne voudrais pas que de mauvaises oreilles t'entendent.

À la suite de leur entrée dans la zone libre, une division allemande avait en effet installé sa Kommandantur dans le château d'un village voisin. Plusieurs demeures s'étaient retrouvées réquisitionnées, dont une à un kilomètre seulement de la ferme. Comme en 1940, les soldats avaient instauré un couvre-feu et n'hésitaient pas à bafouer les conventions de leur ravitaillement en se servant chez certains agriculteurs alors qu'en théorie, ils n'y étaient pas autorisés. Pendant ce temps, devant la boucherie et l'épicerie, la foule résignée formait de longues queues dans l'espoir d'obtenir une maigre ration de viande ou de beurre. Révoltée, Aurélia se demandait comment cela avait bien pu devenir leur normalité. Pourquoi la plupart des gens se contentaient-ils sans protester de cette vie faite de privations et de peur ? Les Allemands étaient à peine arrivés qu'une lettre de dénonciation, à l'encontre des Lévy, leur était parvenue. Le pauvre fermier qui les cachait avait été fusillé dans son champ et les deux vieillards embarqués. On ignorait qui les avait trahis, mais la jeune fille se méfiait encore plus de Charles Tardieu, qui s'était évaporé de Châtillon peu après ce triste événement. On murmurait qu'il travaillait désormais pour la Gestapo à Châteauroux, ce qui n'étonnait personne. C'était typiquement le genre de garçon à proposer ses services aux Boches, Gros Bébert avait vu juste.

— Et bon Dieu de merde ! C'est pas possible ! rouspéta tout à coup Léandre, tirant Aurélia de ses pensées.

La jeune fille ne mit pas longtemps à comprendre ce qui froissait son père. La charrette, qui ployait sous son chargement, s'était enfoncée dans la terre humide jusqu'à l'essieu et le cheval n'arrivait pas à l'en sortir.

— Nous voilà dans de beaux draps, soupira Marie. Qu'est-ce qu'on va faire ? On ne peut quand même pas abandonner tout ce bois ici.

— Attendez, il me semble avoir vu deux gros bœufs, l'autre jour, quand nous sommes passés vers le pré qui fait face à celui de Marcelline, crut se souvenir Aurélia.

— Mais oui ! tilta son père. C'est le champ du vieux Jeannot. Peut-être qu'il serait d'accord pour nous prêter ses bêtes.

Il envoya aussitôt Louis et Annette requérir l'aide du paysan.

— Si tout va bien, ils n'en auront que pour un quart d'heure, estima-t-il, alors que les deux gamins disparaissaient en courant.

Aurélia se laissa tomber sur une souche. Quinze minutes à ne rien faire, cela allait être terriblement long ! L'absence de nouvelles d'Antoine la plongeait dans un désarroi qui lui donnait envie de hurler. Quand il partait ainsi, elle n'avait aucun moyen de communiquer avec lui, ce qui avait déclenché une dispute entre eux quelques jours plus tôt. Aurélia aurait voulu qu'il renonce à ses missions, de plus en plus longues et périlleuses à présent que les Allemands contrôlaient l'ensemble du pays. Le danger était à son maximum, de nombreux passeurs avaient été pris, ces derniers temps. En dépit des larmes et des regards suppliants que lui avait jetés Aurélia, Antoine n'avait pas cédé. Il avait assuré la survie de dizaines d'enfants et n'avait pas l'intention de s'arrêter en si bon chemin. Avec le recul, Aurélia avait honte de lui avoir fait une telle scène. Et maintenant, elle tremblait qu'il ne lui soit arrivé quelque chose.

Marie vint s'asseoir à côté d'elle.

— Mon Dieu, tu es toute pâle. C'est à cause d'Antoine ?

D'un revers de la main, Aurélia essuya une larme sur sa joue.

— Je n'en peux plus, de cette situation, renifla-t-elle. Il passe son temps à sauver des vies au détriment de sa sécurité, et moi je suis là, à m'apitoyer sur mon sort parce que je le voudrais pour moi seule.

— Tu es juste humaine, tenta de la consoler Marie. Une humaine qui, à sa façon, agit également, il ne faut pas croire.

— Tu parles… J'ai l'impression de ne faire que le minimum, alors qu'Antoine et toi pensez toujours aux autres avant tout.

— Toi aussi, enfin ! s'exclama Marie. Regarde, sans toi il aurait été beaucoup plus compliqué de faire sortir Dina de Paris. Tu aurais pu être arrêtée, voire fusillée, pour ça. Tu as pris des risques en participant au parachutage, tu en prends d'autres quand nous hébergeons ces personnes qu'Antoine aide à fuir. Je ne comprends pas ce que tu te reproches.

— Je ne suis qu'une égoïste, Marie. Je ne pense qu'à la fin de cette foutue guerre et au moment où Antoine et moi pourrons nous marier. C'est uniquement ce qui me pousse à agir.

Julien, qui se tenait non loin d'elles, se rapprocha et s'accroupit à hauteur d'Aurélia.

— Toi, égoïste ? dit-il en lui souriant. À qui donc comptes-tu faire gober cela ? Je t'ai entendue, l'autre jour, quand tu disais à ton père que le monde était trop injuste pour qu'on le laisse tel quel, alors à d'autres ! Et puis, si à vingt ans tu ne penses pas à l'amour, tu n'y penseras jamais. Nous deviendrions fous, sans un brin de légèreté.

Vaincue, Aurélia lui rendit son sourire. Elle se fit la réflexion qu'avec ses cheveux blonds, longs sur le dessus, qui formaient comme des vagues, et son pantalon trop court qui laissait voir ses chaussettes, son allure détonnait sacrément, au beau milieu de cette forêt.

— Ce qui va me rendre folle, reprit-elle, ce serait qu'Antoine ne rentre pas aujourd'hui. Je redoute tellement qu'il soit démasqué !

Julien s'efforça une nouvelle fois de la rassurer :

— À ta place, je ne m'en ferais pas trop. Antoine m'a l'air tout à fait capable de s'extirper de n'importe quelle situation.

Devant leurs mines songeuses, Tomás s'avança et tira de la poche de son manteau une bouteille remplie d'eau-de-vie.

— Buvons, les amis, il n'y a rien de tel contre un coup de déprime !

Marie laissa échapper un petit rire.

— Parce que ça vous arrive de ne pas avoir le moral, Tomás ?

L'Espagnol prit une lampée d'alcool, puis tendit le flacon à la jeune femme.

— Bien sûr. Quand je pense à mon pays, ça me remue les tripes.

Marie avala une gorgée à son tour, fermant les yeux tant la gnôle était forte.

— C'était comment l'Espagne, avant la guerre ? demanda-t-elle avant de faire passer la bouteille à son père.

D'abord hésitant, Tomás s'assit à côté d'elle.

— C'était fabuleux, murmura-t-il. Je revois les champs d'oliviers à la terre craquelée par la sécheresse, les après-midi de canicule où tout était silencieux parce qu'on se claquemurait pour éviter la chaleur… Les soirées étaient joyeuses, elles se prolongeaient tard, tout le monde sortait, riait, dansait ! Oui, il était gai, mon pays, avant tout ça.

Bercés par les souvenirs de Tomás, ils ressentirent tous un accès de mélancolie en se remémorant le temps d'avant. Il y eut une seconde de flottement, puis Marie reprit la parole la première :

— Vous la retrouverez sûrement un jour, votre belle Espagne.

— Non, c'est en France que nous devons construire notre vie, à présent.

Il ne put en dire davantage, car Louis et Annette réapparurent, accompagnés du fermier et de ses deux bœufs.

— Ah ! Bien le bonjour, Jeannot ! le salua Léandre. Désolé du dérangement, mais je te laisse admirer la panade dans laquelle nous sommes fourrés.

Le paysan, de constitution robuste malgré ses soixante-dix ans bien sonnés, fit le tour de la charrette pour évaluer les dégâts.

— Je vois là rien d'impossible pour mes bêtes, dit-il lorsqu'il eut terminé son examen. En revanche, va falloir nous magner le derrière, parce que les Boches ratissent le coin. Je les ai vus s'enfoncer dans la partie ouest du bois.

Ils échangèrent tous un coup d'œil soucieux, se demandant ce que les nazis pouvaient bien chercher par ici.

— De l'or, peut-être, ricana Pablo en aidant à atteler les bœufs.

Les bovins parvinrent à dégager la charrette en quelques minutes. Au moment où ils s'apprêtaient à rebrousser chemin avec leur chargement, un coup de feu retentit au loin.

— Eh ben ! marmonna Jeannot. Quoi qu'ils cherchaient, ils l'ont sûrement trouvé, à c't'heure. On ferait mieux de lever le camp.

Leur connaissance des lieux leur permit de rejoindre La Chemolière en évitant de croiser les soldats. En revanche, la détonation de l'arme utilisée avait résonné jusqu'à la ferme, où ils trouvèrent Marcelline et Arielle en proie à une grande nervosité. Terrorisées, les deux femmes s'étaient barricadées dans la cuisine et n'acceptèrent d'en sortir qu'en reconnaissant la voix de Léandre. Si Marcelline ressentit un immense soulagement en réalisant que ce n'était pas après eux que les Allemands en avaient, Arielle ne parvenait pas à se calmer.

— Ça va pour cette fois, mais imaginez s'ils avaient débarqué ici et qu'ils m'avaient trouvée ? fit-elle, inquiète.

— Ils auraient pensé que tu fais partie de la famille de Marcelline, essaya de l'apaiser Aurélia. Tant que personne ne te dénoncera...

Arielle l'interrompit en agitant sa main.

— Tu es gentille, ma chérie, mais ils aiment traquer les nez busqués et le mien ne jouera pas en ma faveur. S'ils me découvrent, nous tomberons tous. Je vous mets en danger en restant chez Marcelline. Nous avons été tranquilles près de deux ans, c'est déjà beaucoup. Il faut que je parte.

Les bras croisés sur sa poitrine, la métayère lança d'un air furibond :

— Et vot' petiote, vous y avez pensé ? Vous allez quand même pas encore la déplacer !

Arielle lança un regard torturé vers Dina, qui s'amusait à empiler des cubes en bois.

— Avec vous, ma fille ne risque rien. Elle n'a que quatre ans, les papiers ne sont pas obligatoires à cet âge-là. Elle passera aisément pour votre nièce.

— Vous n'êtes pas sérieuse ! protesta Marcelline. M'sieur Moreau, dites quelque chose, je vous en prie !

Après quelques secondes de réflexion, Léandre proposa à Arielle d'attendre de voir de quelle façon les choses allaient évoluer avant de prendre une décision. Ensuite, ils pourraient toujours se mettre en quête d'un endroit plus sûr. Le ventre noué, Aurélia regarda Arielle acquiescer sans conviction. Marcelline leur proposa de manger un morceau avant de rentrer chez eux, mais la jeune fille se sentait trop angoissée pour avaler quoi que ce soit. La seule chose qui aurait peut-être pu l'aider aurait été de se réfugier dans les bras d'Antoine afin d'oublier, l'espace de quelques minutes, les sombres menaces qui pesaient sur ceux qu'elle aimait...

*

Antoine refit surface quatre jours plus tard, à quelques minutes du couvre-feu, fixé à vingt-trois heures. Le givre craquait sous ses pas quand il passa la grille du jardin et se faufila jusqu'à la maison, où il fut accueilli par la cendre rougeoyante de la cigarette que Léandre était en train de fumer sur le seuil. Emmitouflée sous une pelisse de fourrure qui avait appartenu à sa mère, Aurélia patientait à côté de son père. Elle s'élança d'un bond en le voyant arriver vers eux.

— Dieu soit loué, te voilà enfin ! J'ai eu si peur !

Antoine lui rendit rapidement son baiser, puis chuchota, étonné :

— Vous saviez que je rentrerais ce soir ?

Léandre écrasa sa cigarette et entraîna les deux jeunes gens à l'intérieur de la maison. Une fois la porte refermée derrière eux et le rideau tiré, il leur fit signe de ne pas parler trop fort afin de ne pas réveiller Marie, Julien et Louis, qui dormaient à l'étage. Sans un bruit, ils se dirigèrent vers la cuisine. À la lueur des bougies, Léandre répondit à Antoine :

— Je n'avais aucune certitude, mais dès l'instant où les flics m'ont interrogé sur ton compte hier matin, j'ai bien pensé que tu aurais l'idée de te réfugier ici.

En réalité, Aurélia et lui avaient déjà veillé une bonne partie de la nuit précédente dans l'espoir de le voir revenir. Fernand leur avait appris que, si le coup de feu qu'ils avaient entendu dans les bois était parti par erreur, la fouille avait été effectuée dans le but de dénicher Antoine, que les Allemands soupçonnaient de se cacher dans l'une des forêts autour de Châtillon, après avoir tué un officier.

— Alors vous êtes au courant, soupira Antoine, d'un ton où se mêlaient la crainte et le soulagement.

— Plus ou moins. Je compte sur toi pour tout nous expliquer.

Épuisé, Antoine s'assit en face de Léandre.

— Je n'imaginais pas qu'ils iraient vous importuner, s'excusa-t-il.

— Ce n'était qu'un interrogatoire de routine. Ils ont ramassé tes papiers sur une scène de crime, et comme ils ne t'ont pas trouvé à l'adresse indiquée dessus, c'est à moi, le maire, qu'ils ont posé leurs questions pour savoir si je te connaissais. Naturellement, j'ai prétendu que je ne t'avais qu'à peine rencontré. Ils ont eu l'air de me croire.

Antoine opina, agitant son visage pâle et amaigri. Aurélia rassembla du pain, de la terrine, du fromage, et une part de gâteau aux châtaignes qu'elle déposa devant lui.

— Alors, que s'est-il passé ? le pressa-t-elle. Tu as vraiment tué cet officier ?

— Ce n'est pas exactement comme ça que les faits se sont déroulés... Un camarade et moi étions sur le chemin du retour après avoir confié un bébé à des membres de l'OSE[1], quand une voiture avec deux Boches a déboulé et s'est arrêtée pas loin de nous... L'officier avait envie de pisser, c'est con, quand même, non ?

Les mains jointes devant sa bouche, Léandre lui fit signe de continuer.

— Bref, c'est là que Michel a déconné. Plusieurs des communistes liquidés à Châteaubriant l'an passé faisaient partie de ses amis. En voyant ce type gras comme un cochon dans son uniforme bien propre, il a eu envie de les venger.

1. L'OSE, Œuvre de secours aux enfants, créée en 1912 à Saint-Pétersbourg par des médecins pour aider les populations juives défavorisées, réfugiée en France à partir de 1933 pour fuir le nazisme, a sauvé des milliers d'enfants juifs pendant la Seconde Guerre mondiale.

— Nom de Dieu ! souffla Léandre. Tu l'as laissé faire ?

— J'ai tenté de l'en dissuader, se défendit Antoine. Mais il n'a que dix-huit ans, il n'a pas réfléchi... Avant que j'aie le temps de comprendre ce qui arrivait, il a sorti un flingue et a tiré à bout portant sur l'officier. Celui qui conduisait a immédiatement riposté. Nous avons pris la fuite. Dans la panique, je n'ai pas vu que mon portefeuille avait glissé de ma poche.

Lorsqu'il s'en était rendu compte, au bout de vingt minutes de course effrénée, il était évidemment trop tard pour faire demi-tour et tenter de le récupérer. Se doutant qu'il serait recherché, Antoine avait renoncé à prendre le train pour rentrer. Michel étant parti se cacher de son côté, il s'était dissimulé deux jours dans une cave, puis dans des granges, marchant la nuit sur des sentiers de traverse pour éviter d'être repéré par les patrouilles.

— J'ai eu l'impression de revivre mon évasion d'Allemagne, termina-t-il en regardant Aurélia.

— Par miracle, cette fois tu n'es pas malade, releva-t-elle. Mais tu te retrouves à nouveau dans la clandestinité. Tu ne peux plus retourner à la ferme des Perrin, ils vont la surveiller, d'autant plus que les flics ont sûrement mis la main sur tes tracts.

— Je sais, soupira-t-il. Je suis prêt à rejoindre une planque communiste, s'il le faut. Elles ne manquent pas.

À ces mots, Aurélia se redressa sur sa chaise et répliqua vivement :

— Pour que tu te fasses tuer ? Non merci ! Ton Michel a parfaitement démontré toute l'imprudence dont lui et ses copains font preuve à cause de leur impulsivité.

Léandre abonda dans le sens de sa fille. Il n'était pas question qu'Antoine se compromette davantage.

— La chambre de bonne n'a plus servi depuis le parachutage, lui dit-il. C'est désormais là-haut que tu logeras.

Bien entendu, tu ne devras pas te montrer dehors en pleine journée.

— Je ne peux pas laisser tomber le réseau ! protesta Antoine.

— Il le faudra, pourtant, au moins le temps de te faire pousser la barbe et que je t'obtienne de nouveaux papiers. Je peux me débrouiller pour leur passer un message, si tu veux, ajouta-t-il d'un ton conciliant en le voyant accablé.

— Je veux bien, merci. C'est très simple de les contacter.

Sidérée, Aurélia écouta Antoine indiquer à son père qu'il communiquait avec d'autres membres par le biais d'un vieil arbre du cimetière, dont le tronc comportait un trou.

— C'est là qu'on glisse nos instructions, en général.

Léandre dut admettre que le procédé était astucieux. On se méfiait rarement des personnes qui se rendaient au cimetière.

— Bien, voilà qui est réglé, approuva-t-il. Maintenant, je vais te montrer ta chambre, tu as besoin de repos. En revanche, je te préviens, mon garçon : que je te trouve une seule fois dans celle de ma fille, et je te fous à la porte.

Devant son expression dépitée, Aurélia se mordit la lèvre pour ne pas rire, puis lui monta des draps propres et un édredon. L'agitation réveilla Marie et Julien, qui apparurent tour à tour, hébétés, sur le seuil du grenier. Rassurés de savoir Antoine sain et sauf, ils se firent expliquer la mésaventure dont il venait de réchapper et ce qu'il avait été convenu de faire. Avec toute la bonne humeur dont il était coutumier, Julien trouva le moyen de s'en amuser.

— Je peux toujours te prêter mes vêtements, Antoine, plaisanta-t-il en sachant combien ce dernier détestait ces fripes à la mode. Au moins, personne ne te reconnaîtra.

Antoine lui renvoya une grande bourrade dans l'épaule qui les déséquilibra tous les deux. Ils roulèrent au sol dans de grands éclats de rire.

— Regarde-les ! pouffa Marie, à côté d'Aurélia. Ils ne sont jamais d'accord sur rien, sauf pour faire les grands gamins.

*

Une heure plus tard, lorsque tout le monde fut endormi, Aurélia gravit discrètement les marches qui menaient au grenier. Enhardie de savoir qu'Antoine se trouvait à l'étage au-dessus, elle ne pouvait se résoudre à rester dans sa chambre. Elle frappa un coup léger contre la porte de la mansarde, qui s'ouvrit aussitôt. Une chandelle à la main, Antoine lui jeta un regard brûlant en la découvrant face à lui, vêtue de sa simple chemise de nuit. Sans lui laisser prononcer le moindre mot, Aurélia plaqua ses lèvres contre les siennes. Antoine lui attrapa la nuque pour la tenir contre lui. Grisée, elle approfondit leur baiser jusqu'à ce que le souffle vienne à leur manquer.

— Aurélia, murmura-t-il en effleurant sa peau à travers le mince tissu de sa chemise de nuit. Tu devrais redescendre, je n'ai pas envie que ton père me flanque à la porte.

La jeune femme étouffa un rire.

— Il n'a jamais dit que je n'avais pas le droit de monter te rejoindre, juste qu'il ne voulait pas te retrouver dans ma chambre.

Incapable de résister, Antoine l'attira de nouveau à lui.

— Alors c'est notre nuit, déclara-t-il d'une voix rauque.

Il l'embrassa à nouveau et leurs langues s'entrelacèrent dans un ballet sensuel. Dominer leurs gémissements exacerba leur désir. Dans l'urgence, leurs vêtements volèrent tandis qu'ils se jetaient sur le lit pour s'abandonner au tourbillon de plaisir qui déferla sur eux.

Peu après, la tête reposant contre l'épaule d'Antoine, Aurélia soupira d'aise en songeant que finalement, le bonheur tenait à peu de chose. L'amour de sa vie était là, avec elle, sain et sauf. La guerre ne les aurait pas. Relevant son visage pour déposer un baiser sur la mâchoire d'Antoine, elle remarqua le pli soucieux qui lui barrait le front.

— Tu penses au Boche que ton camarade a tué ? voulut-elle savoir.

— Oui… Non… Enfin, pas particulièrement et un peu en même temps, dit-il d'une voix presque absente. Je me sens pieds et poings liés, à ne plus pouvoir agir, je déteste ça.

— Ce n'est que temporaire. Est ce que tu regrettes ce que Michel a fait ?

— Non, certainement pas, lui avoua-t-il. Plus nous en tuerons, plus ils prendront conscience que nous ne nous laisserons pas écraser par eux.

Aurélia ne put réprimer un frisson.

— Ce n'est pas une raison pour être pire qu'eux, quand même, chuchota-t-elle. Ce type ne vous avait rien fait.

Antoine se redressa et plongea ses yeux ardents dans les siens.

— Nous ne pourrons jamais être pires qu'eux. C'est bien pour ça que nous les combattons.

Aurélia esquissa un sourire, mais la détermination qu'elle lut dans le regard d'Antoine lui fit peur. En cet instant, elle comprit qu'il n'hésiterait pas à aller au-devant de la mort pour défendre sa liberté si c'était le prix à payer. Son Antoine était de la trempe des véritables héros. Morose, elle se fit la brève mais douloureuse réflexion qu'ils étaient trop différents pour que leur amour perdure réellement. Et pourtant, depuis ce soir de juillet 1939 où elle l'avait surpris se baignant dans la rivière, il y avait entre elle et lui un lien puissant, qui les dépassait. Ce qu'il s'appliqua à lui démontrer durant l'heure suivante, avec toute la tendresse et la passion dont il était capable.

30

EN DÉPIT DU DANGER qui pesait sur leurs épaules depuis qu'Antoine était recherché, l'hiver 1943 s'écoula lentement et sans événement notable. Aurélia apprit par son père que Charles Tardieu travaillait bel et bien pour la Gestapo à Châteauroux, où les agents français et allemands s'évertuaient à identifier les réseaux de Résistance qui s'étaient formés. Nul ne savait s'il avait été pistonné par son père ou par son grand-père pour être intégré si rapidement à la police nazie, mais il ne faisait aucun doute que le jeune homme plein de zèle finirait par s'intéresser à ce qui se passait à Châtillon dès que les Allemands lui confieraient davantage de responsabilités.

De son côté, Léandre mit à profit une série de concerts à Paris pour porter à la librairie de la rue de la Pompe un paquet de lettres destinées à une filière locale de la Résistance. Il avait eu pour consigne plutôt ironique de glisser l'enveloppe dans un livre de Robert Brasillach, connu pour son admiration du Troisième Reich. Le soir-même, comme si de rien n'était, il monta sur scène à l'occasion d'un gala de charité auquel participaient les plus grandes vedettes du moment. À son retour, Marie et Aurélia voulurent absolument savoir si Édith Piaf, dont elles appréciaient beaucoup les chansons, avait basculé du côté de l'ennemi ainsi qu'on le murmurait un peu partout.

— Est-il vrai qu'elle a emménagé dans une maison close fréquentée par les plus haut gradés allemands ? s'enquit Aurélia.

— J'ai entendu dire à la radio qu'ils se bâfrent ensemble de caviar et de foie gras, renchérit Marie, dégoûtée.

Assis dans son fauteuil, face à la cheminée, Léandre jugea bon de les mettre au fait de l'ambivalence dont faisaient preuve certains artistes.

— J'en connais qui chantent régulièrement en Allemagne pour distraire les soldats, alors qu'ils cachent des juifs chez eux. Pour Piaf, je ne sais pas trop ce qu'il en est, mais on m'a dit qu'elle se servirait de ses relations pour fournir de faux papiers. Tout est possible, des Boches se trouvaient bien dans la salle quand j'ai chanté… D'ailleurs, les parents de Madeleine étaient également présents.

À l'évocation de son ancienne amie, Aurélia ressentit un léger pincement au cœur, comme seuls les heureux souvenirs de l'enfance révolue peuvent en déclencher.

— Je suppose qu'ils savent toujours aussi bien s'entourer, lâcha-t-elle, acerbe.

— Hélas, oui. Ils se sont carrément réjouis de l'arrestation de Jacob. J'ai même eu l'impression qu'ils cherchaient à m'extirper des informations au sujet d'Arielle. Heureusement, j'ai pu leur faire gober que je n'ai aucune idée de l'endroit où elle se trouve.

— Je ne vois pas en quoi ça les concerne, de toute façon, maugréa Aurélia.

Léandre se pencha vers l'âtre pour attiser le feu.

— La Gestapo verse deux mille francs par mois aux mouchards, révéla-t-il à ses filles. J'imagine que les parents de Madeleine ne sont pas les derniers à en profiter.

— Les fumiers ! jura Marie entre ses dents. Ils n'ont donc aucun honneur ?

— Que veux-tu ! soupira Léandre en ouvrant son exemplaire du *Comte de Monte-Cristo*. La guerre révèle les personnalités.

Le laissant à sa lecture, Aurélia s'éloigna pour surveiller un plat qui mijotait dans la cuisine. Toutefois, elle se figea au beau milieu du couloir en entendant sa sœur chuchoter d'un ton préoccupé :

— Du nouveau, pour Rolf ?

Léandre lui répondit à voix basse :

— Je n'ai rien déniché de très précis, si ce n'est qu'il occupe un poste important au sein de la police secrète allemande. Mais cesse de t'en faire, il ne se trouve pas en France.

— Comment veux-tu que je ne m'inquiète pas ? Dominique reste malgré tout mon enfant.

Aurélia se couvrit la bouche, retenant un cri de stupeur. Elle se précipita dans la cuisine, où elle ferma la porte afin de mieux réfléchir. Les propos de Marie n'avaient aucun sens ! Sa sœur n'avait qu'un seul enfant, et c'était Louis. À moins que… Et si Gauthier n'était pas le père du garçon ? Non, c'était impossible, puisque Louis était né plus de neuf mois après leur mariage. Dans ce cas, cela ne pouvait signifier qu'une seule chose : Marie avait connu un autre homme avant son époux. Quel était le lien avec ce Rolf qu'elle semblait tant redouter ? Et surtout, où était passé Dominique ?

*

En février, tandis que les Allemands essuyaient une lourde défaite à Stalingrad, les contrôles et les rafles s'intensifièrent. Tous les soirs, Aurélia et les autres s'installaient dans le jardin d'hiver, à la lueur de la lampe verte de bibliothèque, pour écouter les nouvelles venues de Londres. Les Boches s'arrangeaient pour brouiller les ondes, mais ils parvenaient à saisir les messages codés diffusés après vingt et une heures. « L'étoile filante repassera », pouvait-on entendre, ou encore : « L'abbé est nerveux ». Ces phrases annonçaient en réalité des parachutages d'hommes ou de matériel, des informations sur des agents ou des mises en garde à propos d'arrestations. Dans les villes, les pénuries alimentaires faisaient rage et le marché noir battait son plein. Lorsqu'elle feuilletait de vieux albums photos, Aurélia regrettait parfois son ancienne vie, si riche en divertissements et en essayages chez les grands couturiers. Que cette insouciance était loin ! Toutefois, elle se consolait en reconnaissant sa chance d'avoir à manger dans son assiette grâce au potager abondant et aux volailles de Marcelline. Ils n'étaient pas les plus malheureux, c'était certain. Et puis, au moins, Antoine était là, lui rendant plus douce cette époque si aberrante et monstrueuse. Le jeune homme n'avait toujours pas ses papiers à cause des surveillances accrues des fonctionnaires, mais Aurélia et lui s'autorisaient cependant quelques balades au clair de lune, le long des berges ou à travers les champs.

Dans ce quotidien bien rodé, fait de craintes et de petites joies, Cui-Cui décida, par un soir de début mars, de donner un bal à l'issue d'une de leurs réunions. Bien que Vichy eût formellement interdit ce genre de réjouissances, il tenait absolument à fêter les dix ans de mariage de Tomás et Soledad. On avait donc descendu le gramophone du grenier et poussé les chaises. Les fils de Cui-Cui, âgés de dix-neuf et vingt ans, s'étaient placés en sentinelle au bout de la rue pour surveiller une éventuelle patrouille allemande. Avides de s'amuser, une douzaine d'entre eux étaient restés au café. Ne voulant pas priver ses filles de danser, Léandre était reparti avec Louis afin que celui-ci ne se couche pas trop tard. Dans la salle, l'ambiance était guillerette. Le facteur avait soulevé l'hilarité générale en reprenant *La Chanson du maçon*, de Maurice Chevalier, et Julien avait ensuite mis un disque de jazz des Andrews Sisters, qu'il s'était procuré Dieu seul savait où. Les joues rouges et les yeux brillants, Antoine et Aurélia sautillaient avec leurs amis sur le titre en question, *Don't Sit Under the Apple Tree*. Les chaussures à semelles de bois des filles claquaient sur les dalles en pierre de la salle, alors que Josette virevoltait entre les tables avec un pichet de Pernod. Les rires ronflaient dans les poitrines comme du feu dans un poêle, avec force et chaleur. Dans cette évasion d'un soir, chacun se plaisait à ne plus songer aux risques encourus, aux amoureux séparés, aux amitiés perdues, aux familles dispersées. Seul le bonheur de l'instant présent comptait. À bout de souffle, Aurélia retourna s'asseoir près de sa sœur, qui discutait depuis plus d'une heure avec Soledad et Tomás.

— Tu ne danses pas ? lui demanda-t-elle.

Pas une seule fois Marie ne s'était mêlée au groupe de danseurs. Elle se contentait de les regarder, sans être vraiment là. Son attitude la déconcertait ; Aurélia aurait tant voulu qu'elle lui ouvre son cœur et lui parle, qu'elle lui explique les zones troubles de son passé et ce voile de mélancolie posé en permanence sur ses beaux yeux pâles.

« Dominique reste malgré tout mon enfant. »

Cette phrase, qu'elle ne parvenait plus à se sortir de l'esprit depuis un mois, lui rappela qu'au fond, elle connaissait trop peu sa propre sœur.

— Je suis fatiguée, lui répondit Marie, je ne vais pas tarder à partir. Mais tu peux rester, du moment que tu ne rentres pas seule.

— La consigne vaut pour vous aussi, fit valoir Tomás. Ma femme et moi allons vous raccompagner, ce sera plus prudent.

Confuse, Marie protesta :

— Vous n'êtes pas obligés. Cette soirée est donnée en votre honneur, je m'en voudrais de l'interrompre.

— Les autres s'amuseront très bien sans nous, la rassura Soledad. Nous n'allons quand même pas vous laisser à la merci du premier venu…

Soudain, la porte du café s'ouvrit à toute volée sur Mimile et Basile, les fils de Cui-Cui. Hors d'haleine, l'aîné cria :

— Y a des Boches qui arrivent, ils sont trois !

Instantanément, tout le monde s'arrêta de danser et se pétrifia. Josette, la mère des deux garçons, fut la plus prompte à réagir :

— Faut planquer le gramophone et les disques dans le grenier, ouste ! Qu'est-ce que vous avez vu, au juste ?

— Ils ont déboulé par la route du Blanc, répondit Mimile. Au lieu de redescendre par le champ de foire, comme d'habitude, ils se sont arrêtés pour parler à quelqu'un, mais sans lumière on n'a pas reconnu qui. Et maintenant, ils se dirigent vers ici.

— Tout le monde a ses papiers ? s'enquit Fernand.

Les regards se tournèrent aussitôt vers Antoine, qui blêmit.

— Merde, merde, merde ! paniqua-t-il.

Cui-Cui le calma en lui indiquant d'aller se cacher dans les toilettes au fond de la cour.

— Si nous restons naturels, ils n'iront pas fouiller là-bas. C'est pas encore interdit de célébrer un anniversaire de mariage, que je sache. Attablez-vous et faites semblant de causer.

Josette rapporta à la hâte une marmite de civet de lièvre et en servit dans des assiettes. Elle termina juste au moment où des voix allemandes se firent entendre à hauteur des fenêtres calfeutrées. Le cœur en suspens, Aurélia sentit une sueur froide et poisseuse lui couler le long du dos jusqu'au bas des reins. Les soldats frappèrent trois coups à la porte.

— Ouvrez ! Police allemande !

Marie pressa les doigts de sa sœur alors que Cui-Cui obtempérait. Trois Allemands méfiants, dont un sous-officier qui avait la main sur son revolver à la ceinture, entrèrent dans la salle.

— Cartes d'identité ! exigèrent-ils à la vue de toutes ces personnes réunies. Que faites-vous ici ?

Pendant que les deux soldats contrôlaient les papiers de chacun, Cui-Cui expliqua avec un sang-froid admirable qu'ils fêtaient des noces de coton. D'un œil inquiet, Aurélia guetta la réaction du sous-officier, qui ne broncha pas. Chacun s'efforçait de ne pas regarder vers la cour. Leur vérification terminée, le chef demanda un verre de vin pour lui et ses soldats. Ces deux derniers observaient Marie, Aurélia, la fiancée de Fernand et celle de Gros Bébert avec des regards particulièrement appuyés. N'allaient-ils donc jamais partir ? Cui-Cui s'exécuta. Lorsqu'ils eurent vidé leurs verres, le sous-officier les remercia pour leur accueil et sourit à l'assemblée.

— Ne tardez pas trop, c'est bientôt l'heure du couvre-feu.

Puis il se dirigea vers la porte, non sans se retourner sur Aurélia, qui gardait la tête haute et des yeux bravaches malgré sa trouille qu'Antoine soit découvert.

— Jolie, mademoiselle, la complimenta-t-il, avant de quitter l'établissement.

La tension était telle qu'Aurélia faillit s'évanouir une fois la porte refermée. Cui-Cui fonça libérer Antoine, tandis que Josette envoyait son plus grand filer au train des Allemands pour s'assurer qu'ils étaient bien partis. Ce qui s'avéra être le cas. L'atmosphère se détendit d'un coup.

— Quelqu'un nous a balancés, déclara toutefois Fernand. J'ai du mal à croire qu'ils passaient juste pour un verre de vin.

— Mais qui aurait fait ça ? s'inquiéta Gros Bébert, le front moite de transpiration. Personne n'est au courant, pour les réunions.

Antoine lui rappela que les fils de Cui-Cui avaient pourtant vu quelqu'un s'adresser aux soldats.

— J'ai la nette impression qu'un indic surveille les moindres faits et gestes du village.

Aurélia le regarda. Elle savait qu'Antoine se méfiait toujours de Gros Bébert. Il n'avait pas oublié les circonstances dans lesquelles celui-ci avait menacé d'incendier le cirque... Même s'il buvait moins depuis qu'il était fiancé, l'alcool le rendait toujours mauvais et bagarreur. Bien que les autres ne partagent pas son opinion, Antoine le pensait tout à fait capable de les balancer aux Boches si ces derniers venaient l'interroger de façon un peu pressante.

— C'est étonnant qu'ils n'aient pas fouillé le café de fond en comble, fit remarquer Tomás.

Fernand lui expliqua que ce n'était pas automatique, selon ce qui avait été rapporté à sa brigade.

— Si on leur a seulement parlé d'une réunion clandestine, ils auront constaté par eux-mêmes que nous ne faisions rien d'autre qu'un bon repas en ton honneur et celui de Soledad.

— C'est une chance que mes gamins soient de bonnes sentinelles, soupira Cui-Cui, sinon c'en était fait de nous. Faites gaffe à vos miches en rentrant chez vous.

Marie et Julien acceptèrent de prendre place à bord de la Citroën du facteur, qui raccompagnerait également Fernand et sa fiancée. Les autres se dispersèrent à pied. Aurélia et Antoine, quant à eux, préférèrent repartir à bicyclette. Dehors, il n'y avait pas un bruit. Les rideaux étaient tirés, les lumières éteintes. Le silence devint encore plus profond quand la voiture de Dany disparut au loin. Les bras repliés sur sa poitrine, Aurélia frissonna. Elle avait la désagréable impression qu'on les épiait.

— Tu viens ? la pressa Antoine. Ce n'est pas le moment de se faire poisser par une autre patrouille.

— Oui, j'arrive, souffla-t-elle avec nervosité. J'ai cru qu'il y avait quelqu'un.

Antoine se rapprocha et la serra contre lui.

— C'est normal d'être sur le qui-vive, après une telle frayeur. Mais tu as entendu le gamin de Cui-Cui, ils sont partis. En revanche, ce n'est pas une raison pour traîner.

Non sans avoir jeté un dernier regard derrière elle, Aurélia enjamba la selle de son vélo. Ils redescendirent à vive allure la rue en pente de l'église et prirent la direction des ponts. Un vent froid s'était levé et leur cinglait le visage lorsque, un peu plus loin, ils bifurquèrent à gauche, par les chemins de campagne que la lune éclairait doucement. Ils auraient mis moins de temps en passant par la grande route, mais cette option était beaucoup plus risquée pour Antoine. Ils terminèrent le trajet en longeant la rivière, marchant à côté de leurs bicyclettes qui émettaient des cliquetis trop bruyants pour qu'ils continuent de rouler.

Alors qu'ils remontaient en direction du champ, en amont des berges, Antoine prit la parole sans quitter Aurélia des yeux.

— Ton père a décidé de répartir les armes. Marie et toi allez devoir apprendre à tirer.

Aurélia s'arrêta net.

— Je ne vois pas en quoi ce sera nécessaire.

Antoine soupira.

— Les jeunes du coin qui refusent de partir travailler en Allemagne commencent à se regrouper pour constituer un maquis. Et…

Il se tut, hésitant manifestement à poursuivre.

— Quoi ? le pressa Aurélia.

— Julien a l'intention de les rallier.

La jeune femme accusa le coup. Réfractaire au STO, son ami se cachait, mais pour autant, devait-il entrer lui aussi dans la clandestinité ?

— Il n'est pas fait pour ce genre de vie, murmura-t-elle. Il n'a pas été élevé ainsi.

— Nous allons lui apprendre comment se défendre, lui assura-t-il. La surveillance des Boches s'intensifie, Aurélia, nous ne pouvons plus rester sans armes.

— Tu me demandes d'apprendre à tuer ? articula-t-elle péniblement.

Antoine haussa les épaules d'un air fataliste.

— Je te demande de te tenir prête à riposter s'ils venaient à nous démasquer. La violence est parfois inéluctable, mon cœur.

En proie à un soudain sentiment de colère, Aurélia secoua la tête. Elle pouvait héberger des enfants, réceptionner des parachutages, mais s'ériger en combattante, elle n'en était pas capable.

— Non, je refuse la violence ! C'est facile de reprocher aux Boches de se conduire en brutes, mais nous, que faisons-nous en décidant de tuer aussi ? Que font tes camarades, avec leurs expéditions punitives ? Je n'accepterai jamais de devenir comme les Allemands, Antoine ! Si nous basculons dans la haine, c'en sera fini de l'honnête et du beau, et alors notre combat n'aura servi à rien. Tu m'entends ? À rien !

Les larmes ruisselaient sur son visage. Antoine la prit dans ses bras pour lui murmurer des mots apaisants.

— Si tu savais comme je t'aime, ma belle idéaliste, dit-il en semant une pluie de baisers sur ses joues trempées. Tu es une jeune femme extraordinaire. La plus courageuse. La plus douce. La plus sensuelle.

Ivres de leur jeunesse, de leur amour, ils titubèrent en s'embrassant et se caressant, tout en essayant de ne pas faire tomber leurs vélos.

— Ne me force jamais à tuer, Antoine, murmura-t-elle contre sa bouche. Jamais.

*

Trois jours plus tard, la leçon de piano d'Élisabeth Tardieu venait de s'achever quand Aurélia quitta le salon, précédée de la gouvernante. En découvrant Charles qui semblait l'attendre, planté dans le vestibule, elle eut un mouvement de recul instinctif. Depuis quand était-il de retour ?

— Aurélia ! Bonjour ! lui lança-t-il avec son habituel sourire arrogant.

Les yeux baissés sur ses pieds, la gouvernante fila dans la cuisine, les laissant seuls. Aurélia déglutit. Dans son costume trois pièces surmonté d'une cravate, son chapeau feutre à la main et sa petite moustache noire parfaitement entretenue, il avait tout du parfait gestapiste prétentieux et imbu de lui-même.

— Bonjour, Charles. Je te croyais à Châteauroux.

— J'y étais en effet, mais les ordres m'envoient ici. On m'a demandé de surveiller l'éventuelle constitution d'un maquis. Tu n'aurais rien à m'apprendre à ce sujet, par hasard ?

Ses yeux plissés balayèrent le visage d'Aurélia, qui s'efforça de rester naturelle. Priant pour que son angoisse ne transparaisse pas dans sa voix, elle s'esclaffa :

— Un maquis à Châtillon ? Je voudrais bien voir ça, tiens !

— C'est drôle, je reviens à l'instant de la mairie et ton père m'a répondu exactement la même chose.

Bon sang ! Ce salopard était vraiment décidé à fourrer son nez dans leurs affaires.

— Ton travail m'a l'air des plus passionnants, dis-moi, répliqua-t-elle de façon ironique. J'imagine que la rétribution en vaut la peine.

— Je ne suis pas à plaindre, pourquoi ? Tu es intéressée ?

Il l'observait comme un chat prêt à bondir sur sa proie. Mal à l'aise, Aurélia se conjura de ne pas laisser la panique l'envahir.

— Je dois te laisser, fit-elle. J'ai une poésie à préparer pour demain. À bientôt, peut-être.

Elle commença à se diriger vers la porte lorsque Charles l'interpella :

— Au fait, tu es sortie bien tard du café, l'autre soir. Tu n'as pas eu d'ennuis, j'espère ?

La question claqua avec un tel sarcasme qu'Aurélia se figea. Charles se rapprocha dangereusement. Elle pivota pour le dévisager d'un air méprisant.

— J'aurais dû me douter que c'était toi, leur indic ! siffla-t-elle entre ses dents. Tu m'as suivie, n'est-ce pas ?

Elle se raidit quand Charles pencha son visage sur le sien.

— Il faut bien que j'assure tes arrières, puisque tu n'es pas capable de le faire toi-même, lui souffla-t-il. Je peux te protéger, Aurélia, je te l'ai déjà dit.

Son haleine exhalait un mélange de tabac et de relent de nourriture. Écœurée, Aurélia détourna la tête.

— Je ne coucherai jamais avec un traître de ton espèce ! riposta-t-elle avec hargne alors qu'il réduisait encore l'écart entre eux.

Charles lâcha un rire sardonique.

— Tu préfères sans doute rester la putain de ton communiste !

— Sale ordure ! éructa-t-elle, les narines gonflées de colère et la poitrine haletante.

— Dis-moi où vous le cachez, gronda-t-il en effleurant ses lèvres du bout de son pouce. Chez Marcelline ? Ça m'ennuierait de devoir lui faire du mal, à cette brave femme.

Folle de rage, Aurélia lui assena une gifle retentissante. Isabelle Tardieu, qui rentrait de la tannerie, apparut à cet instant sur le seuil. Elle demeura une seconde interdite en contemplant la joue rouge de son fils et la mine furieuse d'Aurélia.

— Mais enfin, que se passe-t-il ? s'écria-t-elle.

Sans un mot, Charles adressa un dernier rictus mauvais à Aurélia et disparut dans le salon en claquant la porte. La jeune femme prit une inspiration avant d'annoncer sèchement à Isabelle Tardieu :

— Il se passe que vous pouvez vous mettre en quête d'un nouveau professeur de piano pour Élisabeth.

Sur ce, elle tourna les talons sous le regard médusé de son interlocutrice.

Le lendemain, Isabelle Tardieu vint la trouver à la sortie de l'école. La jeune femme s'agaça de la voir s'avancer à sa rencontre, un sourire factice collé au visage. La journée avait été assez pénible : au beau milieu de l'après-midi, un sanglier avait fait irruption dans la cour, blessant le directeur à la main et provoquant la crise d'hystérie d'une gamine. Pablo avait finalement réglé son compte à la pauvre bête par un coup de fusil. La détention d'armes étant interdite, ils avaient ensuite redouté de voir les gendarmes débarquer ce qui, par chance, ne s'était pas produit. Pour autant, ce n'était pas le moment que la mère Tardieu s'autorise un scandale à propos de la scène de la vieille !

— Madame Tardieu, que puis-je pour vous ? Si vous cherchez votre fille, elle joue avec Louis sous le préau.

Le visage ouvert et le regard assuré, la visiteuse décida d'aller droit au but :

— Je sais très bien où se trouve Élisabeth, merci. Je tenais à vous dire que je suis désolée si mon fils s'est montré inconvenant à votre égard.

— Inconvenant ? répéta Aurélia, incrédule. Votre fils a menacé ma famille, madame. Je qualifierais plutôt son comportement d'inadmissible.

Le sourire d'Isabelle Tardieu s'évanouit aussitôt, et quelque chose vacilla dans son regard.

— Je crains que Charles ne soit plus tout à fait lui-même depuis qu'il a de nouvelles fréquentations, déplora-t-elle. Néanmoins, je vous garantis que cela ne se reproduira pas, vous avez ma parole. Élisabeth aimerait beaucoup poursuivre ses leçons de piano avec vous.

Aurélia secoua la tête. Plus jamais elle ne remettrait un pied dans cette maison. Son père avait beau prétendre que les Tardieu n'étaient pas si pourris, puisqu'ils donnaient en douce de l'argent à la Résistance, elle se méfiait d'eux comme de la peste. Si leurs affaires florissaient, c'était bien parce qu'ils réalisaient des transactions avec les Allemands. C'était facile d'amadouer le camp adverse avec des dons pour ne pas avoir à répondre de leurs actes le moment venu !

— Je suis navrée pour Élisabeth, madame, répliqua Aurélia, mais je ne reviendrai pas sur ma décision.

— Je comprends, répondit Isabelle Tardieu avant de se diriger vers sa fille.

Aurélia regarda la fillette chuchoter quelque chose à l'oreille de Louis, qui devint rouge comme une groseille. Ces deux-là semblaient s'apprécier depuis qu'Annette l'avait incluse dans leurs jeux, après qu'Élisabeth lui avait fait remarquer qu'elles étaient nées le même mois de la même année. Louis avait beau être plus jeune de deux ans, il en pinçait visiblement pour la jolie petite brune aux yeux marron. Le cœur serré, Aurélia songea que l'innocence était ce qu'il y avait de plus précieux dans ce monde absurde. En cet instant, elle aurait donné n'importe quoi pour pouvoir retrouver la sienne.

31

L'ALTERCATION ENTRE CHARLES TARDIEU et Aurélia incita Léandre à éloigner Arielle de Châtillon. Si ce jeune imbécile était persuadé que Marcelline hébergeait Antoine, la Gestapo risquait de débarquer à tout instant. Grâce au réseau avec lequel Antoine était resté en contact, ils trouvèrent un couple de vieillards, dont le fils unique avait été tué en 1940, qui acceptèrent d'accueillir Arielle. À l'aube du 17 mars, les yeux boursouflés de chagrin, celle-ci partit donc accompagnée de Léandre. La petite Dina, qui n'avait jamais été séparée de sa mère en cinq ans d'existence, excepté la fois où elle avait quitté Paris, était inconsolable. Ses sanglots déchirants déclenchèrent les larmes de Marcelline et Aurélia, qui passa la journée entière et la nuit à La Chemolière. Seules les cajoleries d'Annette réussirent à apaiser Dina. Épuisée d'avoir tant pleuré, elle finit par s'endormir en début de soirée.

— Elle sait y faire, avec les petits, ma Nénette, s'enorgueillit Marcelline.

— Vous n'avez jamais pensé avoir d'autres enfants ? lui demanda gentiment Aurélia.

La métayère eut un petit sourire triste.

— La nature ne nous donne pas toujours ce qu'on voudrait, vous savez.

Regrettant de s'être montrée indiscrète, Aurélia changea vite de sujet :

— Espérons que Dina pourra rapidement retrouver Arielle. Ce doit être atroce pour toutes les deux.

— D'après vot' père, c'est pas trop envahi de Fritz, là où il l'a emmenée. Avec un peu de chance, sa p'tiote la rejoindra d'ici quelque temps.

Aurélia le souhaitait de tout son cœur. Cette séparation forcée entre la mère et la fille lui avait retourné les sangs. Comment cette situation injuste avait-elle pu arriver ? Pourquoi personne n'avait arrêté Hitler avant qu'il ne soit trop tard ?

Le lendemain matin, alors que Marcelline achevait de passer un coup de balai, la jeune femme guettait fébrilement le retour de son père. Afin de les protéger, Léandre n'avait pas voulu leur révéler l'endroit exact où se cachait Arielle, mais elle redoutait que Charles Tardieu n'ait trouvé un moyen de les suivre. Pour la troisième fois depuis qu'elle était levée, Marcelline s'efforça de lui assurer que tout allait bien se passer.

— M'sieur Moreau sera bientôt là, j'en suis sûre.

Comme pour lui donner raison, moins de cinq minutes plus tard un bruit de moteur se faisait entendre à l'entrée du chemin menant à la ferme.

— Vous voyez ! se réjouit la métayère. Ça doit être lui qui revient.

Avant qu'Aurélia ne puisse réagir, Dina, qui s'était juchée sur le tabouret près de la fenêtre, s'exclama alors :

— Elle fait peur, la voiture noire !

Les deux femmes écarquillèrent les yeux d'effroi en réalisant que le véhicule qui se rapprochait de la cour n'était pas la Bugatti de Léandre, mais une traction avant d'un noir luisant de propreté.

— La Gestapo ! défaillit Aurélia. Cette pourriture de Tardieu nous a donnés !

Les lèvres serrées par la peur, la métayère reprit néanmoins ses esprits en une seconde. Elle attrapa Dina et la flanqua dans les bras de la jeune femme.

— Sortez par la porte arrière et cachez-vous dans la grange, là où on stocke le foin. Vite !

Les jambes flageolantes, Aurélia déguerpit en courant au moment même où le conducteur de la Citroën coupait le moteur. Dina toujours accrochée à son cou, elle se faufila entre le mur et un tracteur rouillé, et trouva la remise à foin, derrière une petite porte en bois.

— Pourquoi on doit rester là ? gémit Dina. Je veux ma maman !

Aurélia lui posa son index sur la bouche pour la faire taire.

— C'est un jeu, lui chuchota-t-elle. Comme le jour où nous avons pris le train. Tu te rappelles ?

Comment aurait-elle pu s'en souvenir ? Dina n'avait que trois ans, à l'époque. Résignée, la fillette acquiesça cependant et s'assit sur le sol, duquel montaient des effluves de paille et de crottin. Aurélia s'accroupit à côté d'elle, le cœur battant à se rompre. L'attente était interminable. Les minutes s'étiolaient en lui broyant les entrailles. Pas un son ne provenait de la maison. Allaient-ils torturer Marcelline pour qu'elle leur dise où était Antoine ? N'y tenant plus, elle se releva en ordonnant à Dina de ne pas bouger.

— Glisse-toi derrière les bottes de foin, je vais garder l'entrée de la grange. Je compte sur toi pour ne faire aucun bruit, d'accord ?

La petite obéit courageusement. Aurélia s'en voulait de la laisser seule alors qu'elle devait être terrorisée elle aussi, mais l'angoisse lui nouait trop les tripes pour ne pas tenter de savoir ce que subissait Marcelline. Avançant à pas de loup, Aurélia se dirigea au coin du hangar, qui lui permettait de voir la maison sans être remarquée. Dans sa fuite, elle avait laissé la porte de la cuisine ouverte. Assise sur une chaise, Marcelline faisait face à deux hommes qui l'interrogeaient tandis qu'un gendarme inspectait l'habitat. Paniquée, Aurélia comprit que la fouille ne s'arrêterait probablement pas à la maison. Elle était sur le point de retourner dans la remise à foin pour récupérer Dina et se sauver avec elle à travers les champs lorsqu'une deuxième voiture pénétra dans la cour. Des renforts ? Allaient-ils embarquer cette pauvre Marcelline ? Une portière claqua, puis il y eut un silence. Deux minutes passèrent. Alors, la voix familière de son père s'éleva :

— C'est une honte, messieurs ! Vous n'avez pas à importuner ma métayère.

Aurélia n'entendit pas la réponse des hommes, mais Léandre protesta vivement :

— Ces terres m'appartiennent, oui ! Pensez-vous réellement que le maire logerait un communiste ? Vous êtes ridicules. Je vais en référer à vos supérieurs, croyez-moi !

Avec un soulagement intense, Aurélia vit les trois hommes présenter leurs excuses à son père et s'en aller sans demander leur reste. Une fois encore, ils n'étaient pas passés loin de la catastrophe ! Les jambes coupées, le cœur peinant à reprendre un rythme normal, elle se laissa glisser sur le sol et se jura d'apprendre finalement à se servir d'une arme, juste pour le plaisir de tenir en joue cette ordure de Charles Tardieu lorsque ce cauchemar serait terminé.

*

Ainsi qu'il s'y attendait, Julien reçut sa convocation pour le STO au moment où le maquis de Châtillon se constituait. Les fils de Cui-Cui, celui du facteur, le cousin de Fernand, l'aîné de l'épicier et deux de ses neveux, un jeune pompier, le frère cadet du boucher, et une dizaine d'autres garçons des communes voisines se regroupèrent pour se réfugier dans les forêts environnantes. La mort dans l'âme, Julien abandonna le confort auquel il était habitué depuis toujours et rejoignit le rang des maquisards. Après que Léandre eut affirmé aux autorités qu'il ne l'avait plus revu après l'avoir déposé à la gare – ils avaient même acheté un billet de train pour laisser une trace de leur passage –, ses parents furent interrogés avec rudesse, mais ils ne faiblirent pas et prétendirent sans se démonter ignorer malheureusement où il se trouvait.

Très vite, Antoine décida de prendre lui aussi le maquis. Il estimait faire courir assez de danger à la famille d'Aurélia et refusait de rester planqué dans le grenier à ne rien faire.

— Mais enfin ! tenta de protester Aurélia quand il leur annonça la nouvelle. Quitte à être caché, tu seras mieux avec nous que dans les bois.

Antoine s'obstina. Il serait plus utile auprès des garçons. Sachant qu'au fond c'était la meilleure solution, Aurélia ravala son désespoir et se fit une raison. Elle décida de les aider en transportant des messages au cimetière et, à la nuit tombée, des vivres dans un endroit de la forêt où Antoine et elle se retrouvaient de temps en temps. Les bois étant étendus, les maquisards parvinrent à demeurer sur le même site de juin à septembre, puis, avec la complicité de Fernand qui jouait double jeu sans éveiller les soupçons de ses collègues, ils prirent l'habitude de rester en moyenne un mois et demi au même endroit avant de bouger. Leur campement consistait en des cabanes semi-enterrées en cercle, et ils s'entraînaient durement à manier les armes et à combattre. Tous les six jours, soutenus par une grande partie de la population locale, les garçons effectuaient de nouvelles actions, entrant par effraction dans les mairies pour dérober des cartes d'identité vierges et de l'argent, ou sabotant les lignes électriques. Tardieu les traquait dès qu'il revenait, mais le maquis de Châtillon n'étant pas le plus développé, la Gestapo n'en faisait pas une priorité.

Par un lourd après-midi d'août, après s'être exercée au maniement d'un pistolet en tirant sur des boîtes de conserve, Aurélia fila au bord du ruisseau qui coulait paisiblement en bas du campement. La chaleur rendant ses jambes lourdes, elle ôta ses chaussures et posa son pied à la surface de l'eau, laissant le doux courant filer entre ses orteils. Antoine la rejoignit et s'assit près d'elle, jouant avec le nœud fixé sur le côté de sa robe.

— Tu es toujours si belle, malgré ce que nous vivons, constata-t-il, une pointe d'admiration dans le regard.

Ce jour-là, Aurélia portait en effet une ravissante robe couleur lavande, que Marie l'avait aidée à rapiécer. Malgré ses préoccupations, son goût certain en matière de toilettes ne s'était pas étiolé, et elle mettait un point d'honneur à rester coquette. C'était sa façon de s'accorder ce brin de légèreté dont la jeunesse était privée depuis trois longues années. Avec ses beaux cheveux dorés rassemblés en chignon, son port de tête altier, ses tenues si féminines et ses rêveries romantiques, qui aurait pu deviner que, cinq minutes plus tôt, elle s'amusait à dégommer des boîtes au pistolet en se figurant Charles Tardieu à leur place ?

— La guerre me semble parfois presque irréelle, souffla-t-elle. Regarde cet endroit, ce ruisseau si calme, cette nature qui suit son cours… Le monde est bouleversé alors que toute sa beauté réside là, juste devant nous.

Un sourire éclaira le visage d'Antoine.

— C'est ce qui me plaît, ici. Cet air d'éternité.

Sans même s'en rendre compte, Aurélia poussa un soupir désabusé.

— L'éternité… Ça ne signifie plus grand-chose, en ce moment.

Antoine lui souleva doucement le menton. Puis, arrimant son regard au sien, il lui murmura la plus tendre des promesses :

— L'éternité, c'est toi et moi, mon ange.

Aurélia resta un instant les yeux plongés dans les siens, si sombres et lumineux à la fois. L'éternité n'était rien comparée à l'amour qu'elle ressentait pour lui.

L'écho d'une course mit fin à ce moment suspendu. Antoine se redressa aussitôt, sur la défensive. Il relâcha ses épaules tendues quand, les joues en feu et les yeux brillants, Marie apparut en brandissant une lettre.

— Il va rentrer ! s'écria-t-elle. Gauthier va rentrer !

Oubliant ses pieds nus et mouillés, Aurélia se releva et courut vers sa sœur, partageant son bonheur contagieux.

— C'est vrai ? s'exclama-t-elle en manquant de déraper sur l'herbe. Oh, Marie ! C'est formidable !

La bonne nouvelle se confirma rapidement. Au cours d'une fraîche journée d'octobre, Gauthier arriva en gare de Châteauroux, là même où le maréchal Pétain avait été acclamé lors de sa visite cinq mois plus tôt. Nestor, l'époux de Marcelline, faisait lui aussi partie du convoi de prisonniers libérés. Marqués par leurs rudes conditions de détention et les travaux exténuants auxquels ils avaient été contraints, les deux hommes furent accueillis à Châtillon avec les effusions de joie de leurs enfants. Ses boucles blondes tressautant d'excitation, Marie avait revêtu sa plus belle toilette pour retrouver son époux bien-aimé, tandis que Louis, fier comme jamais, racontait partout que son père était un héros, un gars fort qui avait survécu à l'Allemagne. Gauthier n'en revenait pas de voir à quel point son fiston avait grandi ! Il avait laissé un bambin de sept ans et retrouvait un grand et beau garçon qui en avait dix. À La Chemolière, Nestor s'émut lui aussi de découvrir qu'après trois ans et demi d'absence, sa petite Annette était devenue une belle jeune fille de douze ans. Ses cheveux lui arrivaient désormais à la taille et ses yeux bleus brillaient d'intelligence. Il ne broncha pas quand Marcelline lui expliqua la présence de Dina, mais il refusa qu'ils continuent à stocker des armes pour le maquis. Réveillé presque toutes les nuits par d'horribles cauchemars, il n'aspirait plus qu'à retrouver le travail de sa terre et profiter de sa famille, ce dont personne ne lui tint rigueur.

Gauthier, lui, reprit son emploi de postier. Sans aucune hésitation, il s'engagea aux côtés des siens dans la Résistance. Ses missions consistaient notamment à intercepter les courriers de dénonciation. La personne dénoncée était ainsi prévenue et cachée, et la lettre reprenait ensuite son chemin, afin de ne pas trahir le réseau. Marie semblait transfigurée. Son visage avait retrouvé un éclat de jeune fille, elle rayonnait littéralement. Aurélia sentait parfois un étau de fer lui enserrer le cœur, surtout le soir, quand elle surprenait sa sœur et Gauthier enlacés sur le canapé du salon, où ils lisaient ensemble *Autant en emporte le vent.* Elle aurait tant aimé pouvoir vivre aussi librement son amour avec Antoine ! Depuis qu'il était chargé d'assurer la liaison entre les différents maquis de la région, ses absences se répétaient, et elle tremblait à nouveau de le savoir loin d'elle, risquant d'être tué. Sa présence autour de la table lors de la veillée de Noël lui apporta cependant le plus doux des réconforts et lui donna la force de croire que, en dépit des lendemains incertains, de la guerre et de ses atrocités, un avenir fait de cette éternité qu'il lui avait promise restait possible.

32

Mars 1944.

— Tu es encore fiévreux, constata Aurélia en posant la main sur le front de son père. Avec ce temps, ce n'est pas étonnant.

Léandre eut un geste d'impatience. Lui qui d'ordinaire n'était jamais malade, cela faisait cinq jours qu'il était grippé et cloué au lit, alors qu'il était censé se rendre à Paris. La chute brutale des températures, à la mi-février, et le vent du nord, qui s'était mêlé à la neige durant deux semaines, avaient eu raison de sa bonne santé.

— Tu en donneras d'autres, des concerts, essaya-t-elle de le consoler. Le public comprendra.

— Ce n'est pas pour ça que je m'inquiète, lui répondit-il d'une voix enrouée. J'avais promis de porter une enveloppe pour… tu sais quoi. Ils ne vont pas comprendre.

Aurélia hocha la tête. Elle n'ignorait pas que son père continuait de fournir son aide aux réseaux parisiens quand il se rendait à la capitale. Pour sa part, elle n'y était plus retournée après ce jour où elle avait récupéré Dina dans l'appartement de la rue de Rennes. Cela ferait bientôt trois ans, déjà ! Comme il lui manquait, son Paris d'avant-guerre où l'on se pressait aux terrasses des cafés avec ses amis, où l'on faisait la fête dans les dancings de Montparnasse, où l'on vivait sans se soucier du lendemain !

— Je vais y aller à ta place, décréta-t-elle soudain. Je crois que j'ai envie de revoir la ville, ça me changera un peu.

Depuis que le directeur de l'école avait réduit ses heures, Aurélia tuait le temps en lisant ou en cousant, mais elle se lassait vite de rester inactive. En raison de la neige et du gel, le maquis était peu accessible, si bien qu'elle n'avait pas pu s'y rendre une seule fois en quinze jours. Elle avait besoin d'aventure et de mouvement.

Léandre soupira d'un air navré.

— J'étais certain que tu me proposerais ça. J'aurais mieux fait de tenir ma langue.

— Allons, papa, tu sais que je serai prudente. Je ferai seulement l'aller-retour, si ça peut te rassurer.

À contrecœur, son père accepta. Ce ne fut pas une mince affaire de convaincre Antoine de la laisser partir, mais sa décision étant prise, elle ne reviendrait pas dessus. Une enveloppe pleine de cartes d'identité vierges dissimulée dans la doublure de sa valise, Aurélia se mit donc en route pour Paris le 5 mars. Arrivée à la gare d'Austerlitz, elle emprunta le métro bondé d'ouvriers et de soldats pour se rendre dans le quartier de l'Opéra. Retrouver son ancien appartement de la rue de la Chaussée-d'Antin lui fit une drôle d'impression, elle avait presque la sensation de pénétrer chez des inconnus. Son père ne revenant que trois à quatre fois par an, la plupart des meubles étaient recouverts de grands draps blancs, et tout était silencieux. Fatiguée par le voyage qui avait duré deux heures de plus que prévu en raison des menaces de bombardements alliés, elle se traîna lourdement jusqu'à sa chambre, où elle s'écroula tout habillée sur son lit d'adolescente et s'endormit aussitôt.

Le lendemain, un samedi, le soleil était revenu et réchauffait délicatement les rues quand Aurélia s'engagea dans les allées du jardin du Luxembourg. L'effervescence qui régnait dans le parc ne manqua pas de la surprendre. Les flâneurs étaient au rendez-vous sous les arbres et autour du bassin sur lequel des enfants faisaient onduler des bateaux à voile. En dépit des soldats nazis qui gardaient farouchement le Sénat tout proche, derrière des fils de fer barbelés, le manège affichait complet. D'un pas qu'elle espérait léger et confiant, Aurélia se pressa vers la loueuse de voitures à ânes, dont les charrettes stationnaient près du bassin. Se répétant une dernière fois le texte que son père lui avait fait apprendre, elle salua la propriétaire des animaux, lui donna les soixante-quinze centimes requis pour un tour et lui dit, sur le ton de la conversation :

— On dirait que l'éclaircie va durer.

Emmitouflée sous un manteau sans âge et un chapeau cloche posé sur ses cheveux gris, la femme plissa les yeux pour la détailler, avant de lui répondre :

— Je ne crois pas, ils annoncent de l'orage.

— Ce n'est pas grave, j'ai un solide parapluie.

Jetant un rapide coup d'œil à la ronde, son interlocutrice fit signe à Aurélia de la suivre derrière la plus haute carriole. La jeune femme sortit alors l'enveloppe qu'elle transportait, à l'intérieur du journal collaborationniste *Je suis partout*, acheté la veille pour deux francs cinquante, et la lui remit.

— Merci, souffla la femme, ça nous aidera beaucoup. Partez vite avant qu'on nous remarque.

Aurélia s'éloigna et tourna prestement dans une allée tranquille. Dans sa hâte, elle se heurta à un officier allemand qui paradait au bras d'une blonde tirée à quatre épingles et enveloppée dans une luxueuse fourrure. Le cœur battant à tout rompre, elle se confondit en excuses, mais l'officier lui sourit d'un air charmeur en lui assurant qu'il y avait pire que de se retrouver avec une si jolie fille entre les bras.

Une fois sortie du jardin, elle jeta le journal dans une poubelle et se força à marcher d'un pas plus calme pour effectuer le trajet du retour à pied, histoire de s'imprégner de la capitale avant de rentrer dans le Berry. Après la rue de Tournon et celle de la Seine, elle prit le temps de flâner sur le quai Malaquais et remonta lentement en direction du Louvre, puis de l'Opéra. Paris lui semblait défigurée, avec ces soldats, ces drapeaux nazis, la circulation quasi inexistante et les gens qui marchaient en prenant soin de baisser la tête pour ne pas se faire remarquer.

De retour à l'appartement, elle s'aperçut qu'une enveloppe sans nom de destinataire avait été glissée sous la porte. Étrange… Était-ce une erreur ? Intriguée, elle la décacheta pour en avoir le cœur net et en sortit une photo, qui la laissa sans voix : sur le cliché, souriante dans une belle robe de soirée, sa sœur posait en compagnie d'un homme en tenue militaire, qui la tenait par la taille. Celui-ci était grand, blond, et son regard clair. En retournant la photo, Aurélia découvrit une inscription rédigée en allemand : *Meine wünderschone Marie.* Dans un cri sourd, elle laissa échapper la photo, qui retomba sur le sol. Marie, avec un Boche ! C'était inconcevable ! Alors elle repensa à ces messes basses qu'elle avait surprises un an plus tôt entre sa sœur et son père. L'intonation angoissée de Marie, redoutant l'affectation en France d'un certain… Comment l'avait-elle appelé, déjà ? Wolf ? Non, Rolf. Aurélia se pencha pour ramasser la photo et l'étudier avec attention. Sa sœur paraissait si jeune, si insouciante ! Qu'avait-il bien pu lui arriver ? Il était plus que temps qu'elles aient toutes les deux une conversation.

La pendule sonna midi. Réalisant qu'elle risquait de rater son train, Aurélia remit le cliché dans l'enveloppe, qu'elle rangea dans sa valise. Un frémissement la secoua quand elle comprit que la personne ayant déposé cette photo guettait sans doute le moment propice pour le faire. Il était fort probable que, à l'approche du concert de Léandre dont l'annulation avait été annoncée à la dernière minute, l'immeuble ait été placé sous surveillance. À la fois horrifiée et sonnée, la jeune femme quitta l'appartement sans se retourner.

*

Ce ne fut que deux soirs après son retour qu'Aurélia trouva le courage de parler à Marie. Elle attendit patiemment que Gauthier et Léandre aillent se coucher, et retint sa sœur, sous prétexte de discuter avec elle d'affaires relatives à l'école.

— J'aimerais que tu valides deux dernières poésies, insista Aurélia tandis que Marie lui retournait un regard perplexe.

— Bon, comme tu veux. Je monte dans cinq minutes, Gauthier, lança-t-elle à son mari.

Elles s'enfermèrent dans le jardin d'hiver. Aurélia alluma la lampe de bibliothèque et sortit de sa poche la photo trouvée dans l'enveloppe. Marie devint livide. Ses doigts se mirent à trembler lorsqu'elle se saisit du cliché et lut ce qui avait été écrit au dos.

— Mon Dieu… Alors ça y est, il est en France, murmura-t-elle avant d'éclater en sanglots.

Aurélia resta confuse un instant. Elle ne pensait pas déclencher une telle réaction. Prenant sa sœur par un bras, elle la guida jusqu'au divan, où elle la força à s'asseoir.

— Parle-moi, l'implora-t-elle. Explique-moi qui est cet homme.

Sans un mot, Marie se releva et ouvrit la carafe à whisky que leur père conservait dans son bureau. Elle s'en servit un verre, dont elle avala une grande rasade avant de retourner à côté d'Aurélia. Alors elle lui raconta tout : cette tournée en Allemagne, au cours de laquelle elle avait accompagné Léandre, à partir du mois de novembre 1930. À dix-huit ans, Marie avait envie de voyager, et son père l'avait jugée assez mature pour l'emmener avec lui. À l'occasion d'une soirée donnée par un haut dignitaire, elle avait fait la connaissance de Rolf, un séduisant trentenaire qui ambitionnait une grande carrière dans l'armée. Il était drôle et cultivé, Marie était aussitôt tombée sous son charme. Son père, cependant, ne voyait pas cette idylle d'un bon œil, et pour cause : Rolf était marié.

— J'étais jeune, innocente et persuadée qu'il quitterait sa femme, lui confia Marie en terminant son verre. On se fréquentait en cachette, quand papa était sur scène, le soir. La plupart du temps, nous étions basés à Berlin, mais Rolf me rejoignait aussi à Munich ou dans les autres villes dans lesquelles nous nous déplacions.

Ce qui devait arriver arriva, elle s'était retrouvée enceinte. En apprenant la nouvelle, Léandre était entré dans une colère noire, mais la grossesse de Marie était déjà à un stade très avancé, puisqu'elle avait réussi à la dissimuler durant sept mois.

— Papa a donné rendez-vous à Rolf dans un café et lui a demandé de prendre ses responsabilités. Il m'a fait emménager dans un petit appartement à Stuttgart, près de la vallée du Neckar où il possédait une maison, et m'a promis qu'il viendrait vivre avec nous à la naissance du bébé.

Marie avait accouché en septembre 1931. Rolf n'ayant pas encore reconnu l'enfant, elle avait décidé de lui donner un prénom français, Dominique. Cela avait causé une dispute entre eux, et l'Allemand était reparti en claquant la porte. Elle ne l'avait plus revu pendant une semaine.

— Après quelques jours de silence, il s'est pointé avec des fleurs, du champagne et du chocolat. J'ai cru qu'il allait me demander en mariage. Quelle sotte ! Nous avons bu et… ensuite, c'est le trou noir ; il avait sûrement glissé des somnifères dans ma coupe. Quand je me suis réveillée, mon bébé avait disparu.

Effondrée, Marie avait appelé son père, qui était intervenu immédiatement.

— C'est à ce moment-là qu'il m'a avoué avoir infiltré les milieux nazis à la demande des services de renseignement. Il a établi sans attendre un plan pour récupérer Dominique, mais il fallait la jouer finement. Rolf et son épouse étaient un couple très en vue et vouaient une admiration sans bornes à Hitler, dont ils espéraient l'accession au pouvoir. En se renseignant, papa a appris qu'ils n'arrivaient pas à avoir d'enfant, ce qui obsédait l'épouse de Rolf.

Celle-ci avait convaincu son mari de séduire une jeune beauté correspondant au type aryen et de se débrouiller pour la mettre enceinte.

— Dès le départ, ils avaient prévu de me voler mon enfant.

— Comment l'as-tu su ?

Marie essuya une larme qui perlait au coin de sa paupière.

— Papa et ses collègues sont entrés chez eux un soir, après avoir neutralisé les domestiques. Une femme de chambre leur a tout avoué. Ils ont ligoté Rolf et sa femme, avant de récupérer Dominique. Mais pour sa sécurité, je ne pouvais pas l'élever ; Rolf nous aurait traqués. Cela me brisait le cœur, mais nous n'avions pas le choix. Alors j'ai confié mon bébé à une famille dont nous étions sûrs, et j'ai refait ma vie.

Aurélia accusa le choc. Elle se doutait que sa sœur avait traversé des épreuves difficiles, mais désormais, elle saisissait toute l'horreur de la situation. Pauvre Marie, contrainte de renoncer à cet enfant qui devait avoir douze ans, à présent... Elle n'osait imaginer comme son cœur de mère avait dû souffrir et souffrait certainement encore. Et pourtant, en dépit de cette profonde blessure, elle avait retrouvé l'amour.

— Tu as rencontré Gauthier peu de temps après, en définitive, observa-t-elle.

La mention de son époux redonna le sourire à Marie.

— Dix mois plus tard, environ, acquiesça-t-elle. J'étais pourtant persuadée que je ne pourrais plus jamais faire confiance à un homme. Gauthier s'est mis au défi de me faire changer d'avis... et il a réussi.

— Il est au courant de ton passé ?

— En partie, seulement. Il ignore où se trouve Dominique, et ça vaut mieux.

— Pourquoi ? Il n'est pas à Paris ?

Marie baissa les yeux sur ses mains toujours parcourues de tremblements. Sidérée, Aurélia l'écouta lui confier à mi-voix :

— Non. Dominique vit tout près d'ici, sous un autre prénom. Et... c'est une fille, elle n'est pas au courant que je suis sa mère.

La suite, Aurélia promit de ne pas l'écrire dans son journal. Trop de vies risquaient de voler en éclats si ce secret s'ébruitait d'une façon ou d'une autre.

Le lendemain, Léandre passa plusieurs coups de téléphone qui leur confirmèrent ce que Marie pressentait : nommé colonel à l'*Abwehr*, les services de contre-espionnage, Rolf Karlinger avait été affecté à Paris et logeait au Lutetia. Désormais, ils allaient devoir redoubler de prudence s'ils ne voulaient pas que leurs noms remontent jusqu'à ce redoutable chef SS.

— Et s'il entreprend par lui-même de retrouver notre trace ? s'inquiéta Marie.

— J'en doute, car il a fort à faire avec les maquis du Limousin et du Vercors, qui leur donnent du fil à retordre. Mais si cela arrive, nous saurons nous défendre.

*

Trois mois plus tard, Aurélia filait bon train sur sa bicyclette en direction du cimetière, où elle devait vérifier si un nouveau message attendait dans la cavité de l'arbre. Lâchant le guidon d'une main, elle essuya la sueur collée à son front. La chaleur de ce début juin était harassante. Antoine et Julien avaient prévu de la rejoindre pour qu'elle leur transmette les dernières informations en provenance de Londres, ce qui l'angoissait au plus haut point. Un message codé avait été diffusé à l'attention de tous les groupes de Résistance, annonçant l'imminence d'un débarquement sur les côtes françaises. Les garçons sauraient-ils réprimer leurs éclats de joie ? Aucun enterrement n'était prévu cet après-midi-là, mais si quelqu'un les surprenait... Aurélia arrivait au croisement qui débouchait sur la route du cimetière, quand une silhouette s'élança vers elle et la désarçonna de sa selle, l'envoyant rouler sur le bas-côté poussiéreux. La roue arrière de son vélo couché dans l'herbe tournait encore quand son assaillant, une main plaquée sur sa bouche, lui conjura de ne pas hurler.

— C'est moi, Julien, lui précisa-t-il bien qu'elle ait reconnu ses intonations.

Aurélia hocha la tête et il desserra son emprise. Tous deux rampèrent dans le champ de maïs situé derrière le cimetière, d'où émanaient des cris.

— Que se passe-t-il ? demanda-t-elle, le cœur au bord de l'implosion. Où est Antoine ?

— Il n'a pas pu se libérer car on avait besoin de lui au maquis. Mimile est venu à sa place, mais on nous a tendu un piège. Une voiture de la Gestapo est arrivée en même temps que nous. Comme j'étais à une quinzaine de mètres derrière Mimile, j'ai eu le temps de m'enfuir, mais pas lui.

— Quoi ? Mais il faut le récupérer ! s'affola Aurélia tandis qu'un hurlement s'élevait du cimetière.

— On ne peut plus rien pour lui, il est cerné.

Soudain, un coup de feu claqua. Une boule de chagrin étreignit la gorge d'Aurélia. Non ! Le fils de Cui-Cui était trop jeune pour mourir ! De l'autre côté, des cris ordonnèrent une fouille complète du secteur.

— D'autres petits salopards sont sûrement planqués !

— Vite, on ne peut pas rester là ! la pressa Julien.

Aurélia réfléchit à la hâte. Son ami courait un plus grand danger qu'elle. Il serait arrêté immédiatement s'il était pris, alors que pour sa part, elle pouvait toujours simuler une promenade qui tombait au mauvais moment.

— Prends mon vélo et sauve-toi ! lui dit-elle de son ton le plus autoritaire.

— Et toi ? fit Julien, hésitant. Antoine va me tuer s'il t'arrive malheur.

— C'est ta seule planche de salut, insista-t-elle. Moi, personne ne me recherche. Allez, fonce !

Sans plus attendre, le jeune homme acquiesça et empoigna la bicyclette avant de s'éloigner à vive allure. Dévastée, Aurélia remonta en courant un sentier qui partait à l'opposé du cimetière. Des larmes roulaient sur ses joues, elle n'entendait plus rien ni ne voyait si elle était suivie. La Gestapo pouvait bien lui tirer dans le dos, elle ne s'en rendrait même pas compte. Un poids terrible lui oppressait la poitrine. Comment avaient-ils su ? Qui leur avait indiqué le rendez-vous prévu aujourd'hui ? À bout de souffle, Aurélia déboucha sur la route de Saint-Cyran, qui rejoignait celle de Blois. Les agents ne viendraient pas jusque-là, mais elle avait encore cinq bons kilomètres à parcourir pour rentrer chez elle. Soudain, une voiture s'arrêta à sa hauteur. Au volant, elle reconnut Isabelle Tardieu, qui la scrutait d'un air soucieux.

— Montez, lui proposa-t-elle. Je peux vous déposer chez votre père.

Les yeux brillants d'un mélange de chagrin et de colère, Aurélia cracha plus qu'elle ne répondit :

— Pour que vous me conduisiez tout droit dans les griffes de votre fils ? Non, merci !

Seul Charles pouvait être responsable de ce qui venait d'arriver. Il avait dû la suivre chez Cui-Cui et espionner ce qu'ils se disaient.

— Charles est à Châteauroux jusqu'à la fin de la semaine, répondit son interlocutrice. Je vous assure que vous ne risquez rien. Ne faites pas l'enfant, venez.

Isabelle Tardieu se pencha pour ouvrir la portière du côté passager. Épuisée, Aurélia se laissa tomber sur le siège et fondit à nouveau en larmes.

— Ils viennent d'assassiner le fils de Cui-Cui, hoqueta-t-elle.

— Je sais, murmura la conductrice d'une voix étranglée. J'étais chez la coiffeuse, en face, quand on a vu la voiture freiner devant le cimetière. Le pauvre garçon, ils étaient quatre contre lui.

— C'est insensé… Si votre fils n'était pas dans le coup, qui a bien pu vendre la mèche ? Les flics ne pouvaient pas deviner que nous avions…

Aurélia s'interrompit en comprenant qu'elle était en train de trop en dévoiler.

Ne craignez rien, lui dit doucement Isabelle. Je sais que je n'en ai pas l'air, comme ça, mais je suis de votre côté.

Ne pas tomber dans le panneau. En dépit de ses dons à la Résistance, Isabelle Tardieu faisait commerce avec les Allemands et restait avant tout la mère d'un gestapiste brutal. Les exploits de Charles leur avaient été rapportés par Fernand, qui avait assisté malgré lui à des interrogatoires musclés dans lesquels le garçon était impliqué.

— Je ne vois pas de quoi vous parlez, se borna à répondre Aurélia.

Isabelle soupira avec affliction.

— Je n'approuve pas les activités de mon fils, vous savez. C'est terrible pour une mère de voir son propre enfant basculer dans le mauvais camp.

Aurélia ne put se retenir de lancer une pique :

— Votre second fils vous a rejoints à la tannerie, ça doit vous consoler, non ?

— Ne soyez pas si acerbe, je vous en prie.

Aurélia maintint ses bras croisés sur sa poitrine. Mimile ayant payé de sa vie, les autres maquisards devraient changer de lieu au plus vite, il n'était pas question de prendre davantage de risques en se confiant à son interlocutrice, même si celle-ci paraissait honnête. Le reste du trajet se poursuivit dans le silence le plus complet. Isabelle Tardieu coula un dernier regard vers Aurélia en ralentissant devant la maison de Léandre.

— Autre chose : vous devriez éviter de parler devant votre neveu, la prévint-elle. Louis a un béguin pour ma fille, et il n'a rien trouvé de mieux pour l'épater que de lui révéler quelques-uns de vos petits secrets, comme les visites régulières d'un certain Antoine ou des enfants que vous auriez hébergés.

La bouche d'Aurélia s'arrondit d'horreur. Isabelle poursuivit :

— Vous avez de la chance que ce soit à moi et non à Charles qu'elle les ait répétés. Mais soyez tranquille, je ne dirai rien.

Ses yeux froids demeuraient insondables. Comment savoir si ses paroles étaient sincères ou menaçantes ?

Ce soir-là, alors que Cui-Cui et sa femme pleuraient la mort de leur fils, Aurélia relut son journal pour la dernière fois. Comme elle avait grandi, depuis l'été 1939, cette jeune fille qui ne rêvait alors qu'aux paillettes du music-hall et au grand amour ! Les traits tirés et la volonté d'en finir une bonne fois pour toutes avec cette guerre qui leur gâchait la vie depuis bien trop longtemps, elle rangea l'épais carnet dans le coffret qu'Arielle lui avait offert à l'occasion de ses dix ans. Au fil des années, elle avait glissé à l'intérieur plusieurs de ses souvenirs préférés, principalement des photos et ses chaussons de danse classique. Elle ajouta le cliché représentant Marie et Rolf, qu'elle n'avait pas voulu déchirer afin de se souvenir du visage de l'Allemand si par malheur elle venait à croiser sa route. Toutefois, elle devait trouver un endroit sûr pour dissimuler le coffre, afin que personne ne découvre ses écrits si Tardieu ou un autre venait l'arrêter. Son journal comportait des passages compromettants pour les siens, mais le détruire était impensable. Aurélia était persuadée qu'un jour, Antoine et elle, entourés de leurs enfants, reliraient ensemble le fil de leur histoire et de ces aventures qu'ils avaient vécues ensemble en ces temps particulièrement troublés. Émus, ils se souriraient en se rappelant que l'amour triomphait toujours.

33

Lisa, 2018.

VENDREDI. Il est bientôt dix-neuf heures et, à l'issue du match de Coupe du monde France-Uruguay que Mehdi et Annette sont venus suivre à la maison avec Loulou, j'ai eu la mauvaise idée de m'enfermer dans la salle de bains avec Pauline, qui, sitôt rentrée du travail, m'a proposé son aide pour me préparer. Alors que je suis penchée sur le miroir, à essayer d'appliquer correctement mon mascara, mon amie s'agite en poussant des exclamations exagérées :

— Waouh ! Tu as un rencard ! Je n'en reviens pas !

Bien que j'aie très envie de pouffer parce que ses bonds dans tous les sens m'évoquent une chèvre en pleine crise de folie, je rétorque sur un ton d'avertissement :

— Prononce encore une fois le mot « rencard » et je te fiche dehors. Si ça se trouve, Rudy veut réellement visiter les environs, rien de plus.

— Tu te dévalorises, ma grande ! Tu vas voir que ta robe ne va pas faire long feu, ricane-t-elle.

— En parlant de ça, dis-je en reculant pour mieux juger de son effet, tu ne trouves pas que je ressemble à une paysanne ? Je suis ridicule, non ?

Si la robe jaune d'Aurélia était tout à fait adaptée à son style et à son époque, elle me donne un air un peu trop champêtre. Le point positif, c'est que je suis rentrée dedans sans forcer, ma mère avait raison.

Face à mes jérémiades, Pauline écarquille les yeux.

— Une paysanne ? s'écrie-t-elle. Dans une merveille d'avant-guerre signée Jacques Fath ? Bon sang, je te filerais des claques, parfois !

Sa voix est tellement aiguë que je m'éloigne avant qu'elle ne me perce un tympan. Je m'assieds sur le rebord de la baignoire en me demandant si je ne ferais pas mieux d'annuler mon rendez-vous avec Rudy. Devinant mes pensées, Pauline se pose près de moi.

— Tu devrais être heureuse de sortir, Lisa, déclare-t-elle un peu plus doucement. Qu'est-ce qui te tracasse ? Ce n'est quand même pas Rudy, si ?

Je pousse un gros soupir, avant d'admettre :

— Non, ce n'est pas Rudy. Enfin, j'ai quand même un peu les chocottes, mais je crains de ne pas avoir la tête à cette balade.

Pauline me dévisage, un peu perdue. J'ai le sentiment qu'il s'est écoulé mille ans depuis que j'ai refermé le journal d'Aurélia, hier, et pourtant je n'arrête pas d'y penser. Cette lecture m'a laissée sur ma faim. J'aurais aimé connaître la vérité sur Dominique et surtout, savoir comment se sont ensuite déroulés les événements, puisque Aurélia n'a plus jamais écrit une seule ligne dans ce carnet. Ma mère, à qui j'ai tout raconté ce matin pendant que Loulou prenait sa douche, reste aussi circonspecte que moi. Et si Dominique était la petite Élisabeth Tardieu ? Cette question nous a traversé l'esprit, car l'âge semble correspondre. De plus, elle avait un certain écart avec ses frères. Mais pourquoi Marie aurait-elle confié son enfant aux Tardieu, qu'elle n'appréciait guère ?

Pauline me fixant, toujours dans l'expectative, j'ébauche un sourire pour la rassurer.

— C'est cette histoire de carnet, finis-je par lui avouer. Je l'ai terminé hier et je n'ai pas obtenu les réponses que j'espérais.

— Oh, je comprends mieux. Tu as choisi ton moment, dis donc...

Je hausse les épaules et rajuste machinalement la ceinture de ma robe.

— J'ai renvoyé ma traduction, il fallait bien que je m'occupe.

— Est-ce que tu vas en parler à ton grand-père ?

— J'imagine qu'il le faudrait, mais il va encore se mettre dans tous ses états. Je déteste cette sensation d'être coincée... Enfin, je présume qu'il y a pire. Comment ça va, avec Mehdi ?

— Merci pour cette transition pleine de délicatesse ! s'esclaffe-t-elle. Tu seras ravie d'apprendre que depuis son petit tour dans le jardin avec ton grand-père, avant-hier soir, il est un peu plus attentionné envers moi. À moins que j'en vienne à croire ce qui m'arrange.

Je souris en me remémorant le court dialogue que j'ai surpris entre eux, alors que je venais d'envoyer mon texto à Rudy.

— En fait, je suis quasi certaine qu'ils ont discuté, tous les deux. J'ai entendu Loulou sortir à Mehdi qu'il l'aimait bien, même s'il était parfois un peu con. Je sais que ça peut paraître saugrenu, mais venant de lui, c'est un compliment.

Pauline réagit au quart de tour.

— Et tu ne me dis ça que maintenant ? Bon, on va mettre ça sur le compte de tes préoccupations. La remarque de ton grand-père est plutôt étrange... Mehdi a dû lui avouer un truc, mais quoi ?

On frappe à la porte avant que je puisse lui répondre.

— Tu es prête, Lisa ? s'enquiert ma mère. Rudy est là !

Mon cœur cale dans ma poitrine, avant de repartir sur un rythme endiablé. D'une voix nerveuse, je demande à Pauline :

— Tu es sûre que je suis présentable ?

S'emparant vite fait de mon flacon d'eau de toilette à la fleur d'oranger, elle entreprend de m'en asperger copieusement le cou et le décolleté.

— Tu es parfaite, commente-t-elle en m'admirant une dernière fois. S'il ne succombe pas, je jure de lui offrir une paire de lunettes.

En sortant de la salle de bains, je tombe nez à nez avec Loulou, qui bloque un instant sur ma robe. Je parie qu'il se souvient parfaitement qu'elle appartenait à sa tante. J'espère qu'il ne va pas me prier de l'enlever et d'enfiler autre chose !

— Tu es magnifique, ma Lisa, déclare-t-il les yeux légèrement embués.

— Merci, Loulou.

Cinq minutes plus tard, alors que je suis tout juste installée sur le siège passager de la voiture de Rudy, Annette nous fait signe en agitant la main comme la reine d'Angleterre, tandis que Pauline et ma mère arborent un sourire un peu trop large pour être naturel. J'adore les avoir dans ma vie, mais là, tout de suite, elles me donnent l'impression d'être une lycéenne partant pour son bal de promo. Heureusement, Rudy ne tarde pas à démarrer, et je souffle de soulagement alors que nous quittons la cour, au son du groupe de rock The Offspring qui envahit l'habitacle.

— Alors, où dois-je nous conduire ? s'enquiert Rudy en baissant un peu la musique.

— À l'étang de la mer Rouge. C'est au hameau du Bouchet, à Rosnay.

— Super, c'est parti ! me répond-il, enthousiaste.

Je glisse un léger coup d'œil à sa tenue, histoire de vérifier que je ne détonne pas trop avec ma robe vintage et mes sandales à talons compensés. Rudy porte une chemise en lin beige sur un jean. Sobre, mais efficace. À ses cheveux légèrement humides, je remarque qu'il a eu le temps de retourner chez lui prendre une douche avant de venir me récupérer. Cette pensée me laisse rêveuse et mon estomac se met à faire des pirouettes. En espérant ne pas rougir, je lui demande :

— Tu as passé une bonne journée ?

— Oui, acquiesce-t-il tout en s'engageant sur la route qui mène à celles, plus étroites et cahoteuses, de la Brenne. Le magasin était désert pendant le match, donc j'ai fermé après le départ de ta mère. Elle me semble aller mieux qu'en début de semaine, d'ailleurs.

— Je trouve aussi. Ça lui fait du bien de voir du monde. L'heure passée en compagnie de ta mère a sûrement porté ses fruits aussi.

— C'est possible. Elles ne se connaissent évidemment pas assez pour en être venues au stade des confidences, mais quand je les ai retrouvées à la librairie, elles étaient en train de se marrer en feuilletant un magazine people, c'est bon signe. Je prends à gauche ?

Étonnée qu'il méconnaisse à ce point la région, je lui indique que oui.

— C'est bizarre que tu n'aies jamais exploré le coin, non ?

Après tout, il a quand même passé son adolescence à Châtillon, puisque ses parents se sont installés là dans les années quatre-vingt-dix. À moins d'être un geek reclus dans sa chambre, je ne vois pas ce qui l'a empêché de s'intéresser aux différents sites alentour.

Rudy reste concentré sur la route, mais je devine un sourire.

— Je détestais la campagne, me révèle-t-il. Quand mes parents ont choisi de reprendre la librairie, ici, c'était l'angoisse, je me sentais trop à l'étroit après avoir passé mon enfance dans une grande ville. Ils ont donc accepté de m'envoyer en internat, à Tours. Pendant les vacances, je bossais au magasin pour me faire un peu d'argent de poche, et je passais mes dimanches à roupiller ou à regarder des films. Les sorties dans la nature ne m'intéressaient absolument pas... L'adolescent dans toute sa splendeur, quoi !

Je pouffe en tentant de l'imaginer à cette époque.

— Donc, finalement, tu as vécu en ville jusqu'à la retraite de tes parents.

— C'est ça, opine-t-il. J'ai rencontré Estelle au cours de ma dernière année d'internat. Elle aussi en avait marre de la campagne, alors une fois nos BTS en poche, nous avons posé nos valises à Blois. Sans la bonne crise existentielle qui a entraîné notre séparation et son envie de voir Millie grandir en plein air, je n'aurais jamais franchi le cap de revenir, ce qui aurait été bien dommage.

Il termine sa phrase en me jetant un rapide coup d'œil, puis ses prunelles malicieuses se fixent à nouveau sur la route. Merde, ce type a un charme indéniable, quand même ! Après avoir traversé plusieurs villages assoupis, nous abordons la partie du trajet que je préfère, celle qui longe les étangs. Et il y a de quoi faire ! Qu'ils soient naturels ou artificiels, ils s'étendent à perte de vue, au milieu d'une végétation d'une richesse exceptionnelle. Des centaines de visiteurs et naturalistes viennent régulièrement observer les oiseaux, les insectes ou la flore qui évoluent dans ce cadre préservé et authentique. Si je me fie au long sifflement qu'il émet, Rudy paraît apprécier le paysage.

— C'est vrai que c'est beau, admire-t-il.

— Et tu n'as pas tout vu ! Nous arrivons, tu peux te garer ici, dis-je en lui indiquant un chemin de terre, derrière lequel l'étang se profile à l'horizon.

Il coupe le moteur et nous sortons de la voiture. Le sac à dos qu'il prend sur le siège arrière ne manque pas de m'intriguer.

— Qu'est-ce que c'est ? Un équipement de randonnée ?

— Tu verras, fait-il mystérieusement en me gratifiant d'un clin d'œil. On y va ?

Nous nous engageons sans attendre sur le chemin qui borde l'étang. À cette heure-ci, nous croisons de rares flâneurs qui le remontent en sens inverse, à pied ou à vélo. Le chaud soleil du soir brille à travers les feuilles, conférant au site et à la forêt qui l'entoure une sérénité presque magique. Après quelques mètres, je m'arrête face à un vieux chêne dont les racines qui percent le sol sont impressionnantes. C'est l'attraction incontournable du site. Rudy ne résiste pas à l'envie de le photographier.

— Tu viens souvent là ? me demande-t-il.

— C'est l'un des endroits que je préfère, oui. La balade idéale pour me ressourcer, entre deux traductions à rendre.

Rudy poursuit alors que nous reprenons notre marche sur le sentier.

— Tu as terminé celle dont tu m'avais parlé ?

Ma réponse positive entraîne tout un tas de questions de sa part au sujet de mon travail. Je ne peux pas lui en vouloir, mon métier est assez méconnu.

— Tu n'as jamais voulu devenir écrivain, pour proposer tes propres histoires ? veut-il savoir, la curiosité piquée.

— Non, j'adore ce que je fais. C'est un nouveau défi à chaque fois : m'imprégner d'une intrigue, la traduire en respectant le style de l'auteur et les émotions qu'il veut faire passer… C'est parfois ardu, mais j'en tire une telle fierté quand je vois le roman en français dans une librairie !

Rudy m'adresse un large sourire.

— Tu en parles avec passion, en tout cas.

Nous empruntons un léger dénivelé, qui débouche sur un petit promontoire. La vue sur la campagne environnante et les étangs me laisse chaque fois sans voix.

— C'est un château, que je vois au loin ? m'interroge Rudy, les yeux rivés sur la forteresse médiévale qui émerge de la forêt depuis un « button », ces collines typiques de la Brenne.

J'acquiesce, ravie de pouvoir enfin partager la légende qui entoure ce lieu.

— Oui ! Si on se réfère au folklore, il serait l'œuvre des fées, par la volonté du seigneur local. L'une d'elles, vexée qu'on l'ait oubliée, aurait jeté un sort : si la construction n'était pas terminée avant l'aube, alors le château ne serait jamais fini.

— Susceptible, la p'tite dame ! rigole Rudy. Ses copines ont-elles réussi, au moins ?

— Eh bien, non. Juste au moment où l'aube se levait, une fée a accouru en transportant la dernière pierre dans son tablier. Le coq a chanté, le tablier s'est déchiré, et la pierre a roulé au loin. Selon la légende, on la voit encore, à quelques kilomètres de là. Pour ma part, je ne l'ai toujours pas trouvée.

— Millie va adorer, j'en suis certain ! s'enthousiasme-t-il.

Comme il fait glisser son sac à dos de son épaule, je lui retourne un regard interrogateur.

— L'endroit me semble parfait, répond-il à ma question muette. Vu l'heure, j'ai demandé à Cui-Cui de nous préparer un repas froid.

Ignorant mon air abasourdi, Rudy sort une petite couverture du sac et l'étend sur l'herbe. Suivent deux belles salades estivales composées d'avocat, de nectarine, de jambon sec et de feta, puis une bouteille de…

— De la limonade ? fais-je, amusée.

— Faite maison par Cui-Cui ! se défend-il. J'avais bien pensé à du champagne, mais ce n'est pas très prudent avec la route.

— Bien sûr.

Est-ce que cette ridicule intonation de petite souris est la mienne ? Apparemment. Je me demande si un burger chez Cui-Cui n'aurait pas été plus rassurant que cette balade quasi romantique et intimiste dans ce lieu enchanteur. Je ne suis pas prête, c'est trop tôt. Incapable de savoir quel comportement adopter, je me détourne légèrement en faisant mine d'être absorbée par le paysage.

Mon éternelle confiance en moi me perdra.

Nous commençons à manger dans un de ces silences qui font rougir, où chacun évite de croiser le regard de l'autre. Puis Rudy s'éclaircit la voix et me sert un peu de limonade.

— Alors, si j'ai bien saisi, tu as passé toute ta vie dans la région ? me demande-t-il pour relancer la conversation.

— Oh, non. Cela ne fait que dix ans que je suis installée à Châtillon. J'ai passé mon enfance à Tours et suivi mes études à Angers.

— Qu'est-ce qui t'a poussée à revenir ?

Il fallait bien que la question finisse par tomber… Bien que cet épisode de ma vie soit encore difficile à évoquer, lui mentir n'aurait aucun sens. Prenant une courte inspiration, je lui explique :

— Bastien, le père de Tim, est décédé quand j'étais enceinte. Le chauffard qui l'a fauché a grillé un feu rouge au moment où il traversait.

Rudy lève les yeux vers moi et m'écoute avec la plus grande attention. C'est la première fois que je m'ouvre de ce drame à un autre homme, un homme qui m'attire, de surcroît. Je lui parle de ces amis qui se sont éloignés parce que mon chagrin et ma grossesse les mettaient mal à l'aise alors qu'ils avaient tout l'avenir devant eux, je lui raconte la façon dont Loulou m'a aidée à surmonter tout cela, quand j'ai trouvé refuge chez lui.

— Grâce à lui, j'ai réussi à me focaliser sur ce bébé qui allait naître et non sur ma peine. Tim était inattendu, mais il a été la plus salvatrice des surprises.

Rudy me sourit, et mon cœur chavire un peu.

— Après un tel coup du sort, il faut une sacrée dose de résilience pour puiser au fond de soi la force de continuer à vivre. Tu es admirable, Lisa.

L'intonation chaude de sa voix donne une dimension particulière à la façon dont il prononce mon prénom.

— Il n'y a rien d'extraordinaire, dis-je en sentant mon visage s'enflammer.

Sans rien dire, il recouvre ma main de la sienne, et nous regardons le soleil qui se couche au loin, nimbant le ciel d'incroyables tons rouges et orangés. La féerie incandescente de ce crépuscule est bouleversante de beauté.

— C'est magnifique, commente Rudy.

Alors que je n'avais plus pensé à Aurélia depuis que je suis en sa compagnie, un passage de son journal me revient en mémoire.

— Oui… Cet instant a comme un air d'éternité, je murmure lentement.

Rudy se rapproche de moi. Son parfum ambré est une invitation à se blottir contre lui.

— Un air d'éternité… J'aime beaucoup cette idée, approuve-t-il.

— Pour tout t'avouer, elle n'est pas de moi. Mais c'est une longue histoire, et il se fait tard.

Je me relève, consciente de rompre le charme, mais cette proximité soudaine entre nous me trouble trop. Rudy, en revanche, ne se laisse pas démonter par mon attitude. Repliant la couverture, il me balance un regard espiègle comme lui seul a le secret.

— Une demi-heure de trajet, ça devrait suffire pour que tu me la racontes cette histoire, non ?

C'est ainsi que durant le chemin du retour, je lui confie la manière dont je me suis retrouvée à fouiller le passé familial, si précieusement enfoui sous une couche de non-dits par mon grand-père. En m'écoutant parler, je dois bien admettre que je suis bourrelée de remords et que j'ai honte. Rudy ne dit rien, mais j'imagine qu'il n'en pense pas moins. Il doit me prendre pour une vraie foldingue, aussi j'essaie de nuancer mes propos :

— Ce n'est pas dans mes habitudes, de fouiner ainsi dans les affaires des autres, je ne voudrais pas que tu croies que je suis indiscrète de nature ou quelque chose comme ça. Mais là, évidemment, c'était difficile de résister parce que depuis le temps que je me posais des questions et... et euh, je vais me taire, je m'enfonce, là.

Concentré sur la route, Rudy reste impassible. Enfin, pas tant que ça, si je me fie au coin de sa bouche, qui se redresse dans un mouvement presque imperceptible.

— Si ça peut te rassurer, j'en aurais fait autant à ta place, me répond-il. Le passé, c'est important pour comprendre ce qui forge les liens d'une famille. Maintenant que tu m'en as parlé, je suis curieux de savoir ce qui a pu arriver à Aurélia. C'est très intrigant. Tu penches donc pour un lien avec les ossements retrouvés aux Ormeaux ?

— C'est ce qui me semble le plus plausible, oui. Aurélia a peut-être tué cet homme, qui sait ?

— J'espère que tu arriveras à connaître l'issue de cette histoire.

Nous arrivons déjà en vue de ma maison. Rudy se gare un peu avant la cour et descend de la voiture pour m'accompagner à la barrière. Nous marchons en silence, sous un ciel splendide et constellé d'étoiles.

— Merci pour cette soirée, me dit-il en s'arrêtant pour me faire face. C'était très sympa, même quand tu as fait semblant de trouver normal que je dégaine des salades et une bouteille de limonade.

J'éclate de rire, et une boucle de cheveux glisse sur ma joue. Je retiens mon souffle quand Rudy tend la main pour la replacer. Ses doigts effleurent ma peau, le contact est bref mais il suffit à me déstabiliser.

— Tu es si lumineuse, quand tu ris, remarque-t-il.

Je reste paralysée, incapable de bouger. Ses doigts se posent cette fois sur ma nuque pour m'attirer à lui. Ses yeux plantés dans les miens, il avance ses lèvres si près des miennes que son souffle me caresse. Je meurs d'envie de l'embrasser. Pourtant, en réalisant que c'est bien ce qui est sur le point de se produire, je m'écarte doucement, ce qui me vaut un regard chargé d'incompréhension. Je me mets à bafouiller.

— Désolée, Rudy, je... Je suis très attirée par toi, là n'est pas le problème... Mais ça ne fait même pas un mois que nous nous connaissons, ça va trop vite, je ne suis pas prête.

Dans ma tête, la voix de Pauline me traite de cruche idiote et imbécile. Rudy, lui, tente de masquer sa moue dépitée et son embarras en se frottant l'arrière de la tête.

— Je comprends, affirme-t-il, d'un ton cependant dérouté. Je ne voulais pas te brusquer, évidemment. On... On se revoit plus tard ?

Les joues rouges, j'acquiesce en silence et le regarde s'éloigner sans trouver le courage de le retenir.

Pauline va vraiment m'insulter.

34

Au réveil, il m'est facile d'éluder les questions de ma mère. Celle-ci ayant accepté d'effectuer quelques heures le samedi matin pour soulager un peu Rudy, elle n'a pas trop le temps d'insister quand je lui raconte que oui, lui et moi avons passé un très bon moment ensemble, et que non, je n'ai aucun scoop particulier à annoncer.

— On en reparle ce soir, sourit-elle, pas dupe, avant de rejoindre Pauline, qui a proposé de la conduire à la librairie puisque c'est son trajet.

Par chance, mon amie est conviée après le travail par la boîte de Mehdi à un pot de départ à la retraite, elle ne pourra donc pas venir me tirer les vers du nez. De son côté, Loulou, aidé par Annette, a prévu de remettre sa cuisine en ordre car les ouvriers en ont terminé avec cette pièce. Heureusement que j'ai eu le temps de redéposer le journal d'Aurélia à sa place après en avoir achevé la lecture ! Afin de fêter le début des vacances d'été, Tim et moi filons retrouver mon père et ma belle-mère à Tours pour une séance de cinéma. Ces derniers ne pouvant être présents pour l'anniversaire de mon fils, dans huit jours, ils souhaitent se rattraper en passant un peu de temps avec lui avant leur séjour à la montagne le mois prochain. J'avoue que je ne suis pas mécontente de me changer un peu les idées. À l'issue du film, nous allons partager une glace. Tandis que Séverine et Tim commentent avec passion le dernier opus de la saga *Jurassic Park*, que nous venons de voir, mon père se tourne vers moi pour me demander des nouvelles de ma mère et de Loulou.

— Maman reprend du poil de la bête, lui dis-je en plongeant allègrement ma cuiller dans ma dame blanche. Ça n'a pas été simple, car l'autre connard lui a envoyé un message pour la menacer, mais elle s'éclate dans son nouveau travail et a renoué avec des amis d'enfance. Je suis sûre qu'elle va surmonter tout ça peu à peu.

Séverine m'adresse un sourire compatissant. Dieu merci, elle n'est pas ce genre de belle-mère à prendre en grippe par principe la famille du premier lit et a toujours su faire preuve de soutien en restant à sa place.

— Ta mère se relèvera, je n'en doute pas, me répond papa. Elle est forte, c'est de famille. Regarde ton grand-père, un vrai roc !

— En parlant de lui, rebondis-je, il n'aurait pas évoqué son enfance avec toi, par hasard ?

Ma question paraît le surprendre, puisqu'il penche légèrement la tête sur le côté pour mieux m'observer.

— Son enfance ? Non... Tu sais qu'il n'a jamais été loquace sur le passé.

— Je le sais, oui, c'est pour ça que je m'interroge pas mal, en ce moment. Est-ce que le prénom Aurélia te dit quelque chose ?

— Il me semble qu'un livre de Gérard de Nerval s'intitule ainsi, mais je ne vois rien d'autre. Pourquoi ?

Devant Tim, je choisis de ne rien dévoiler de plus.

— Je t'expliquerai plus tard, au téléphone.

Je ne m'attendais pas vraiment à ce que Loulou se soit confié à mon père plus qu'à nous, mais vu qu'ils s'entendaient bien et sont restés en bons termes après le divorce, j'avais toutefois un mince espoir. Parfois, les confidences peuvent surgir quand on s'y attend le moins. À l'évidence, mon grand-père conserve jalousement ses secrets. Je ne sais même pas s'il a appris l'existence de Dominique, s'il a connu cette demi-sœur dont Marie a dû se séparer. Je n'ai pas non plus fait de lien avec cette casquette nazie présente dans le coffre. Il demeure beaucoup de zones d'ombre. Si je veux avoir le fin mot de cette histoire, je ne vais plus avoir le choix : il faut que je lui en parle, que je lui avoue ne pas avoir résisté à la tentation de lire la suite du carnet.

*

— Tu plaisantes ! Non, sérieusement, tu n'as pas sorti à Rudy que c'était trop tôt ?

Le lendemain, alors que le père de Pauline nous a chaleureusement accueillis au centre équestre, mon amie et moi patientons près de la carrière où ma mère encourage Gaïa, la jument de la dernière fois, pendant son exercice de dressage. Olivier, le père de Pauline, est allé la chercher exprès à l'écurie, où Loulou, Mehdi et Tim sont restés avec le soigneur afin d'admirer les autres chevaux. Bien entendu, Pauline ne m'a pas laissée m'en tirer à si bon compte et a exigé un compte rendu de ma soirée avec Rudy.

— Nous avons fait connaissance il y a seulement trois semaines. C'est peu.

— Et alors ? riposte Pauline. Vous vous plaisez, on s'en fiche du reste.

D'un haussement d'épaules, je lui fais comprendre que ma réponse se suffit à elle-même. De toute façon, je crois que Rudy m'évite depuis notre soirée vendredi. Je ne l'ai pas croisé en allant chercher ma mère hier (elle m'attendait dehors, mais quand même, ce n'est pas une raison), et il ne m'a pas envoyé un seul message. Certes, moi non plus. Je suis à moitié mortifiée de lui avoir avoué qu'il me plaisait.

— Tu veux que je te dise ce que j'en pense réellement ? reprend Pauline.

— Non, mais tu ne vas pas t'en priver, même si je proteste. Alors vas-y, je t'écoute.

Son regard énergique se rive au mien.

— Tu as la trouille, voilà ce que je crois. Après la mort de Bastien, tu as mis une si grande application à te verrouiller à double tour par peur de revivre une telle épreuve que tu ne sais plus comment t'y prendre pour t'ouvrir à une nouvelle histoire sans culpabiliser. Mais ça fait dix ans, maintenant, tu as le droit de t'autoriser à être heureuse.

Je soupire, agacée qu'elle lise en moi comme dans un livre ouvert.

— Ce n'est pas si simple, Pauline. J'ai tant de choses à gérer en ce moment ! Je ne suis pas certaine que la période soit propice à une rencontre amoureuse. Et puis, c'est le patron de ma mère, en plus, tu imagines si ça tournait mal entre nous ?

Mon amie lève les yeux au ciel.

— Tu me désespères ! Des excuses pour ne pas te lancer, si tu cherches bien, il y en aura toujours. En attendant, ce serait dommage que tu laisses passer ta chance.

— On verra quand la situation sera revenue au calme.

— Si d'ici là il n'a pas rencontré une nana qui sait ce qu'elle veut, elle ! Et puis, je la trouve parfaitement calme, ta situation. Certes, ta mère et ton grand-père vivent chez toi, mais ce n'est que temporaire.

Je secoue la tête.

— Non, il ne s'agit pas de ça. J'ai… J'ai besoin de démêler les fils du passé.

Elle lève un sourcil.

— Encore ce journal ?

— Oui. Il se pourrait que j'aie découvert quelque chose ; d'après ce qu'Aurélia a écrit, mon grand-père aurait révélé leurs activités à une fillette dont il s'était amouraché, à l'époque. Je me demande si ça n'a pas eu des conséquences néfastes.

— Merde, tu crois que la gamine aurait cafté ?

— Elle, ou bien sa mère.

En quelques mots, je lui résume qu'Isabelle Tardieu étant au courant, rien ne l'empêchait d'informer son fils, Charles, de ce qui se passait.

— J'ai l'intention d'en avoir le cœur net en interrogeant mon grand-père dès demain. Les mystères ont assez duré.

Les yeux tournés vers la carrière, où ma mère est à présent en train de flatter l'encolure de la jument, Pauline glisse un bras complice sous le mien.

— Je suis d'accord avec toi sur ce point. Vous êtes suffisamment proches l'un de l'autre pour te permettre de le bousculer un peu. En revanche, en ce qui concerne Rudy, je reste convaincue que tu es…

— Une pauvre cruche idiote et imbécile, je sais.

— Voilà, tout à fait, glousse-t-elle. Regarde ta mère, en dépit de ce qu'elle a vécu, j'ai l'impression qu'elle ne se pose pas autant de questions que toi.

En effet, je ne sais pas ce qu'Olivier est en train de lui raconter, mais maman sourit jusqu'aux deux oreilles. Je me doute qu'il lui faudra du temps pour mettre à nouveau son cœur et sa confiance entre les mains d'un homme, peut-être même que le père de Pauline et elle sont juste aux prémices d'une belle amitié, mais à la voir si gaie au milieu de ce centre équestre, en compagnie de cet homme aux gestes bienveillants et de cette jument qu'elle couve d'un doux regard, je réalise qu'elle commence à se sentir à sa place parmi nous. C'est le plus merveilleux des cadeaux.

*

Lundi. Dire que mon courage s'amenuise est un euphémisme. L'après-midi est bien entamé et j'ignore encore de quelle manière je vais pouvoir parler à mon grand-père. Il gueulera, c'est certain, mais j'ose espérer que, malgré tout, il finira par accepter de se délester de ce poids si lourd qui le met encore en colère après tant d'années. Alors que Pierrette me file entre les jambes, effrayée du bruit créé par les bouts de carton que Loulou s'est amusé à coincer dans les rayons du VTT de Tim pour les faire « chanter », mon grand-père fait son apparition sur le seuil, l'air ravi.

— J'ai changé la chaîne de ton vélo et le pneu qui était crevé, m'annonce-t-il tout sourire. Ta mère pourra l'utiliser à sa guise.

Ce matin, j'ai eu du mal à dissimuler mon étonnement quand ma mère m'a affirmé ne plus vouloir dépendre de Pauline ou de moi pour se rendre au travail. Mais après tout, pourquoi pas ? C'est une nouvelle étape à franchir, et je suis certaine qu'elle y parviendra avec brio. Comme elle n'a pas assez d'argent pour s'offrir une voiture, mon grand-père lui a proposé de retaper mon vélo. Il a acheté tout le nécessaire dans la foulée et s'est mis à la tâche sans attendre. Il tient à me montrer lui-même le résultat, je le suis donc dans la cour. Appuyé contre le mur, mon vieux vélo semble effectivement comme neuf.

— Bravo, tu as fait du bon boulot, Loulou. On va se boire un truc frais dans le jardin ?

Avec le boucan que Tim fait en pédalant, nous serons mieux au calme. Je vais donc chercher deux verres et un pichet de thé glacé, avant de nous installer autour de la petite table en fer forgé, sous le cerisier. Nous avalons quelques gorgées en silence. Le regard cramponné aux gouttelettes de condensation du pichet, c'est pratiquement en prenant mon élan que je lance :

— Bon, Loulou, j'ai quelque chose à te dire.

Mon grand-père relève les yeux de son verre et esquisse un sourire réjoui.

— C'est à propos de Rudy et toi ? croit-il deviner.

Miséricorde ! Il ne me facilite pas les choses, là.

— Euh, non, rien à voir. Écoute, ce n'est pas facile, je sais que tu vas t'énerver, mais voilà : je suis allée au bout du journal d'Aurélia.

— J'aurais dû m'en douter, soupire-t-il au bout d'un court silence.

Reposant son verre, il se pince l'arête du nez et ferme les yeux. Ce n'est pas bon signe. Faire profil bas serait sans doute la meilleure option pour éviter d'aggraver l'ambiance, seulement, je ne peux plus me taire.

— Mets-toi à ma place, Loulou. Tu fais tant de mystères sur ton enfance !

— Ah oui ? Et pourquoi, selon toi ? me rétorque-t-il sèchement.

— Je l'ignore, c'est bien ça, le problème. Je ne comprends pas ce qui te met à ce point en rogne.

Il ne dit rien, mais je vois que la colère commence à monter. Déterminée à ne pas me laisser abattre, je tente le tout pour le tout :

— Il me manque tant de réponses, à commencer sur Aurélia ! Pourquoi l'avoir effacée de la mémoire familiale ?

Loulou abat soudain son poing sur la table. Ses yeux embués me lancent des éclairs quand il s'exclame :

— Mais parce qu'elle est morte à cause de moi, bon Dieu ! Voilà pourquoi je n'en ai jamais parlé ! Tu es contente, maintenant ?

Puis, sans me laisser le temps de répondre quoi que ce soit, il se relève et se précipite d'un pas vif dans la cour, où il empoigne mon vélo avant de l'enfourcher et de s'éloigner, sous le regard hébété de Tim que je n'avais pas vu se rapprocher de nous. Ainsi, Aurélia a été tuée. J'aurais dû me douter qu'elle avait subi un sort tragique. Que s'est-il passé ? L'hypothèse dont j'ai fait part à Pauline semble hélas se confirmer. Pour que Loulou se considère comme responsable du drame, c'est que les secrets qu'il a confiés à la petite Tardieu ont dû être divulgués. Et cela fait plus de soixante-dix ans qu'il est contraint de vivre avec ce terrible fardeau sur les épaules. Il a beau dissimuler ses failles, un puits de tristesse et de culpabilité demeure sous la surface. L'envie de prendre ma voiture pour le rattraper me démange, mais après cet aveu, il a besoin de se calmer, c'est évident. Moi aussi, d'ailleurs. Je m'essuie vite fait en réalisant que de grosses larmes roulent le long de mes joues. Les bras de Tim viennent entourer les miens, qu'il serre très fort. Le menton sur mon épaule, il me chuchote :

— Tu crois qu'on peut lui faire un pansement au cœur, à pépé ?

— On va essayer, mon chat.

Quelques minutes plus tard, nous voici attelés à la confection de rochers coco, l'un des péchés mignons de mon grand-père. Il faudra au moins ça pour me faire pardonner ! Je suis à peine remise de mes émotions que mon téléphone sonne. Je tique en voyant le nom de Cui-Cui s'afficher sur l'écran. Pourvu que la soirée d'anniversaire de Tim ne soit pas annulée ! À une semaine du jour J, ça m'embêterait de devoir trouver un plan de secours.

Je décroche, me préparant déjà à essuyer une déception :

— Salut, Cui-Cui, tout va bien ?

— Pas vraiment, non, me répond-il d'une voix étrangement essoufflée. Ton grand-père vient d'être conduit à l'hôpital, il a fait un malaise dans mon café.

— Quoi ?

Mon cri alarme Tim, qui délaisse aussitôt notre atelier pâtisserie. Cui-Cui m'explique alors que Loulou venait à peine d'arriver au bar quand, voulant se jucher sur un tabouret, il s'est affalé d'un coup contre le siège.

— Des clients se sont occupés de lui pendant que j'appelais les pompiers. Ils ont dit que ce n'était pas le cœur, juste un malaise peut-être lié à la chaleur, mais ils ont préféré le transporter à l'hôpital pour passer des examens. Comme il n'a pas de portable, j'ai jugé utile de te prévenir moi-même.

— Merci, je pars immédiatement.

En raccrochant, je coupe le four (tant pis pour les rochers coco), me saisis de mes clés de voiture et m'efforce d'expliquer la situation à Tim sans paniquer.

— Il faut qu'on prévienne mamie, me dit-il en enfilant ses chaussures.

— Tu as raison, passons d'abord la récupérer à la librairie. Rudy comprendra.

Environ deux heures plus tard, le médecin qui vient d'examiner Loulou se dirige vers ma mère et moi. J'ai l'impression de patienter depuis mille ans. Maman se lève d'un bond.

— Alors ? Comment va-t-il ?

Souriante, la docteure nous rassure en quelques mots :

— Il est un peu fatigué, mais c'est normal. Tout rentrera rapidement dans l'ordre, ne vous inquiétez pas. En revanche, comme il s'agit de son deuxième malaise vagal en un mois, vu son âge nous préférons le garder en observation pour la nuit.

— Il pourra rentrer demain ? demandons-nous en chœur.

— Oui, vous pourrez le récupérer en fin de matinée. J'ai établi une ordonnance, un médicament pour sa tension ne lui fera pas de mal. Si c'est possible, ménagez-le et évitez-lui toute forme de stress. Vous pouvez aller le voir, il vous attend, termine-t-elle avant de prendre congé pour ausculter d'autres patients.

Soulagées, ma mère et moi nous pressons en direction du box où mon grand-père est allongé. En nous voyant entrer, il grimace, gêné.

— J'imagine que c'est maintenant que je me prends l'engueulade du siècle.

— Pour avoir fait du vélo en plein soleil ou pour ton refus obstiné de t'acheter un portable, qui te serait pourtant bien utile dans ce genre de cas ?

Ma mère s'efforce de prendre son ton le plus sévère, mais je vois bien qu'elle est émue. Malgré la situation, Loulou fait une tentative d'humour :

— La bonne chose dans tout ça, c'est que vous n'aurez pas à subir ma compagnie ce soir.

L'esprit encore malmené par l'enchaînement des événements, je ne sais plus si je dois en rire ou en pleurer. Tout ce que je trouve à faire, c'est attraper la main de mon grand-père pour m'excuser :

— C'est ma faute, ce qui t'est arrivé. Je n'aurais pas dû remuer le passé ainsi.

— Allons, n'en parlons plus, me répond-il, la gorge nouée. Je suis fatigué. Où est passé Tim ? Je ne le vois pas.

— Il est à la librairie, lui apprend ma mère. Quand Lisa est venue me prévenir, Rudy a proposé de s'occuper de lui, il le garde pour la nuit. Millie sera là, en plus.

— Bien, je constate que je ne suis pas le seul à découcher, plaisante Loulou. Je ne sais pas vous, mais moi je le trouve très chouette, ce Rudy.

Curieusement, leurs deux paires d'yeux se braquent sur moi. Faisant mine de ne pas m'en apercevoir, je rappelle à ma mère que nous devons nous remettre en route afin d'aller rassurer Annette, qui m'a téléphoné dès que les rumeurs du malaise de Loulou ont franchi les portes de chez Cui-Cui.

La vieille dame vient à notre rencontre à peine ma voiture garée dans la cour de sa ferme, à La Chemolière, où elle a continué à vivre une fois adulte. D'après maman, ne pas s'être mariée ne l'a pas empêchée de fréquenter des hommes, mais la vie de couple ne l'a jamais vraiment tentée.

Une fois que je lui ai répété les paroles apaisantes du médecin, elle insiste pour que nous partagions avec elle un verre de rosé et une part de galette au fromage de chèvre, une autre spécialité de la région.

— Qu'est-ce qui lui a pris de partir à vélo comme ça ? me demande-t-elle, intriguée. Ça ne lui ressemble pas.

J'échange un regard avec ma mère, à qui j'ai tout raconté durant notre trajet pour l'hôpital. Annette et Loulou étant proches depuis leur plus tendre enfance, j'estime ne pas prendre de gros risque en lui expliquant la vérité.

— En fait, il s'est mis en colère parce que j'ai découvert le journal intime de sa tante, Aurélia. Ça a soulevé des secrets de famille dont nous ignorions tout, et Loulou l'a très mal pris.

Exaspérée, Annette pousse un gros soupir.

— Bon sang, il est aussi obstiné qu'une vieille mule ! Le problème avec les secrets, c'est que plus longtemps on les dissimule, plus il devient compliqué de les révéler.

— C'est fou, réagit ma mère. Il n'était qu'un enfant, à l'époque, j'imagine que ce n'est pas lui qui a dénoncé Aurélia.

Annette nous renvoie un sourire à la fois triste et bienveillant.

— Bien sûr qu'il n'a dénoncé personne. En vérité, le soir du drame, les adultes nous ont fait jurer de ne plus jamais en reparler. Il a pris cette directive au pied de la lettre.

J'attends un court instant, avant de demander à Annette :

— Si tu étais là… tu sais ce qui est arrivé à Aurélia ? Et qui est Dominique ?

— Oui, mais ce n'est pas à moi de vous dire la vérité, les filles. Tout ce que je peux faire, c'est vous promettre d'essayer de convaincre Louis de rompre son silence. Se taire ne rime plus à rien, après toutes ces années.

*

Les jours suivants passent avec une rapidité ahurissante compte tenu de la situation. Loulou est rentré à la maison, et la seule activité que je lui autorise est de passer du canapé à une chaise longue avec vue sur le potager, dont Pauline s'occupe durant ses heures libres. Bien qu'il bougonne, il n'a pas perdu son humour. Quand mon amie lui fait remarquer que ses tomates sont bien rouges, il se fend d'un mémorable :

— C'est parce que je leur ai montré mes fesses !

Cette remarque n'a pas échappé à Tim, qui se fait une joie de la ressortir à Millie, venue passer la journée du jeudi avec nous. C'était la moindre des choses pour remercier Rudy de s'être occupé de mon fils quand Loulou était à l'hôpital. Si mon cœur bat toujours un peu fort en sa présence, nous ne sommes pas revenus sur notre baiser avorté par mes soins. À vrai dire, entre ma nouvelle fonction de garde-malade et son travail à la librairie, je ne vois pas où nous trouverions le temps de discuter en tête à tête. Il récupère Millie en coup de vent, car ils sont attendus chez ses parents pour dîner. Toutefois, le clin d'œil que Rudy me lance en partant m'encourage à lui envoyer un SMS pour l'inviter avec sa fille à la soirée d'anniversaire de Tim. Il s'empresse de me répondre :

Ce sera une grande joie pour nous, merci ! Je me réjouis de te revoir 😀

Mon sourire s'élargit autant que celui de l'émoji avec lequel il a ponctué son message.

De son côté, ma mère n'a plus une minute à elle également, mais c'est une très bonne chose. Mercredi soir, elle revoit Muriel, sa copine d'enfance, autour d'un verre, et vendredi je l'accompagne au centre équestre, où Olivier l'a conviée à monter Gaïa, qui semble l'avoir adoptée. Rayonnante après quelques tours de piste dans le manège, elle me confie ensuite qu'elle ne s'était jamais sentie aussi libre et heureuse.

— Tu sais, j'ai bien envie de demander à Loulou de laisser tomber son projet de viager.

— Il ne voudra pas. Avec les travaux qu'il a engagés, il a besoin de renflouer son compte en banque.

Maman me sourit.

— Rudy espère m'employer à plein temps. Je pourrais m'installer chez ton grand-père et lui payer un loyer. La maison est bien assez grande, après tout.

Évidemment, cette décision me met en joie, moi qui redoutais tant de voir cette demeure familiale nous échapper !

Le dimanche, tout le monde se réunit dans mon salon pour suivre la finale de la Coupe du monde de foot. Tim et mon grand-père ont enfilé chacun leur maillot de l'équipe de France, tandis que Pauline, Mehdi et Annette, serrés sur le canapé, les joues maquillées de drapeaux tricolores, encouragent les Bleus à grands cris. Les larmes aux yeux, Loulou chante *La Marseillaise* comme si sa vie en dépendait et, l'espace d'un instant, je redoute que le trop-plein d'émotions ne lui provoque un autre malaise, d'autant plus que nous l'avons emmené voir le feu d'artifice, hier soir, pour la fête nationale. Mais il tient et ne cille pas, il exulte avec les autres quand un joueur croate marque contre son camp, il hurle de joie quand Griezmann, Pogba et Mbappé emmènent la France à la victoire, il en pleure, il en rit, et nous en faisons tous autant. Puis nous fêtons cette deuxième étoile autour des pizzas que Pauline a cuisinées pour l'occasion, avec les fameuses tomates qui auraient vu le postérieur de Loulou.

Plus tard, une fois mon amie et Mehdi rentrés chez eux, Tim s'est endormi avec un sourire bienheureux aux lèvres, rêvant probablement à ses nouveaux héros et à ses dix ans qu'il fêtera demain. Autour de la table du jardin, sous le ciel d'un bleu nuit velouté, il ne reste plus qu'Annette, ma mère, mon grand-père et moi. Je m'apprête à annoncer que je vais bientôt rejoindre les bras de Morphée moi aussi quand Loulou me retient le bras.

— Attends, Lisa. Je ne veux pas que tu ailles te coucher avant d'avoir entendu ce que Nénette et moi avons à te dire. C'est valable pour toi aussi, Cécile, ajoute-t-il en regardant ma mère.

Oh. À son air grave, je devine qu'Annette et lui ont eu *la* petite conversation. Comme si elle lisait dans mes pensées, la vieille dame se penche pour soulever l'étrange sac en toile qu'elle a sorti de sa voiture en arrivant, et elle en extirpe… le coffret d'Aurélia ! Je demeure sans voix.

— J'ai demandé à Annette de le récupérer chez moi avant de venir ici, précise Loulou face à mon interrogation muette.

— Ce n'était pas obligé, proteste doucement ma mère. C'est encore douloureux, alors…

Il l'interrompt d'un geste de la main.

— Alors, il est temps que je regarde le passé droit dans les yeux, déclare-t-il d'un ton déterminé. Mon comportement vous a fait souffrir, et j'ai réalisé que continuer ainsi ferait de moi le dernier des lâches, quand ma famille a été et est encore si courageuse. Vous méritez de connaître la vérité.

Je déglutis, touchée par sa démarche. Je sais que c'est sans doute loin d'être facile pour lui, c'est pourquoi je m'enquiers, avec le plus de tact possible :

— Aurélia a été arrêtée, c'est ça ?

Annette l'encourage d'un regard. Mon grand-père ouvre donc le coffre et en sort le paquet de photos.

— Oui, me répond-il, la voix enrouée. Le drame s'est joué un triste jeudi de juin 44. Tout a commencé avec cette photographie…

Le cliché qu'il fait alors glisser jusqu'à nous représente Aurélia entourée des maquisards.

35

22 juin 1944.

— Aurélia ! Antoine arrive, je viens de le voir par la fenêtre !

La jeune femme se figea en entendant l'exclamation de Louis. Les sourcils froncés, elle sauta au bas de l'escabeau sur lequel elle était grimpée, dévala l'escalier d'un pas vif et sortit sur le seuil de la maison. La chaleur de ce milieu d'après-midi était accablante. Aurélia transpirait sous son corsage et son pantalon, qu'elle avait enfilés pour éviter de salir une robe en dépoussiérant les lustres et le haut des armoires. Non sans inquiétude, elle se demanda ce qu'Antoine venait faire ici. Pourvu qu'il ne s'agisse pas d'une mauvaise nouvelle ! Depuis que Mimile avait été abattu devant le cimetière, le jeune homme ne se risquait plus à apparaître chez Léandre, trop conscient que, ce jour-là, c'était lui qui était visé et non le fils de Cui-Cui. Après le drame, Léandre avait par ailleurs insisté pour qu'Aurélia ne se rende plus dans le maquis ; si Tardieu était à leurs trousses, alors il leur fallait faire profil bas, du moins pour quelque temps. Avec le Débarquement qui avait eu lieu en Normandie deux semaines plus tôt et les combats qui faisaient rage, la répression envers les résistants, qui multipliaient les actions contre l'ennemi, s'était accentuée. Un maquisard avait-il été blessé ?

L'angoisse d'Aurélia fut vite balayée par un élan de joie lorsque Antoine émergea du jardin. En la voyant se précipiter vers lui, il lui ouvrit ses bras et la souleva de terre, avant de l'embrasser et de la serrer contre lui.

— Mon amour, tu m'as tellement manqué !

— Toi aussi, murmura-t-elle quand il la reposa au sol. Mais rentrons, ce n'est pas prudent de rester dehors.

Un bras passé autour de sa taille, Antoine la suivit docilement à l'intérieur. Une fois la porte refermée, il la plaqua contre le mur du vestibule pour la couvrir de baisers. Ses doigts avides de la douceur de sa peau cherchaient à s'immiscer sous son corsage.

— Arrête ! gloussa-t-elle. Louis et Annette pourraient nous surprendre.

Le souffle court, Antoine suspendit ses gestes.

— Annette ? répéta-t-il, dubitatif.

Remettant de l'ordre dans sa coiffure, Aurélia l'entraîna dans le salon.

— Dina est partie retrouver Arielle ! lui annonça-t-elle, folle de bonheur pour la fillette. Ils se sont mis en route ce matin, papa, Marie, Marcelline et Nestor. Ils m'ont laissé Annette, par sécurité.

Au cas où les choses tourneraient mal. Ce qu'elle ne pouvait se résoudre à envisager.

— Attends, tu es seule avec les enfants ?

Cette idée semblait froisser Antoine.

— Oui. Gauthier travaille, et les autres seront de retour pour dîner. Il ne va rien nous arriver.

— Espérons-le ! D'après les informations de Fernand, qui était présent à notre réunion hier soir, un SS serait arrivé à la Kommandantur il y a deux jours. Ils ne savent pas trop quelles sont ses fonctions, mais on le dit brutal et n'hésitant pas à défigurer ses victimes au nerf de bœuf. Ce type n'est sûrement pas là pour une promenade de santé.

Aurélia tressaillit.

— Seigneur, s'il en a après le maquis, vous feriez bien de changer de planque ! Quant à cette réunion, ce n'était pas très avisé, sachant que Tardieu est prêt à tout...

— Ne t'en fais pas, elles ont lieu chez le curé, désormais. Cui-Cui est venu lui aussi, c'est pour ça que je suis là ; les gars et moi lui avons rendu les affaires de Mimile, mais il a tenu à ce que ceci te revienne. Je lui ai promis de te l'apporter aujourd'hui.

Antoine tira une photo de sa poche et la lui tendit. Les larmes emperlèrent aussitôt les yeux bleus d'Aurélia. Le cliché avait été réalisé un an plus tôt, dans la forêt où les maquisards avaient établi leur premier campement. Le béret de Mimile enfoncé sur ses cheveux d'or, la jeune fille posait fièrement parmi la bande des petits gars courageux du coin, comme on les appelait au village.

— Pourquoi veut-il me la donner ? Je n'ai rien fait pour sauver son fils, se reprocha-t-elle durement.

— Tu n'aurais rien pu faire, mon amour, tu le sais. En outre, tu as probablement épargné la vie de Julien, en lui donnant ton vélo. Cui-Cui en a conscience, à ses yeux tu es une véritable héroïne.

Aurélia baissa son visage bouleversé sur la photographie. Elle avait su par le biais du facteur que, grâce à sa bicyclette, Julien avait réussi à rejoindre le maquis sans encombre.

— Tout de même, tu prends des risques inconsidérés en m'apportant cette photo.

Il lui retourna un sourire à peine contrit.

— Je n'ai pas été suivi, je m'en suis assuré.

— Bon… J'imagine que vous avez décidé de nouvelles opérations, à l'issue de cette réunion ?

Antoine acquiesça d'un signe de la tête.

— Oui, nous avons convenu hier soir de saboter des lignes téléphoniques pour retarder l'arrivée des informations du front normand. Gauthier nous a fourni un plan détaillé des installations électriques. Nous agirons de nuit, Dany et Gros Bébert nous accompagneront, histoire de surveiller les alentours.

Aurélia soupira, horrifiée à l'idée du danger que cela représentait.

— La nuit devrait être faite pour s'aimer, Antoine, pas pour courir autant de risques.

Il l'attira à lui pour l'embrasser, puis poussa un grognement frustré quand Aurélia lui rappela la présence des enfants à l'étage.

— Ne bouge pas, je vais les envoyer jouer dehors, lui dit-elle d'un air complice.

La jeune femme fit d'abord un détour par sa chambre pour prendre son coffret. Elle comptait y ranger précieusement la photo qu'Antoine venait de lui apporter. Trouvant Louis et Annette en train de s'amuser dans le grenier – son neveu en avait fait son nouveau terrain de jeu favori depuis que la mansarde n'abritait plus personne –, elle leur annonça qu'ils pouvaient descendre à la rivière s'ils voulaient se rafraîchir. Les enfants ne se firent pas prier. Satisfaite, Aurélia rejoignit Antoine.

— Qu'est-ce que c'est ? lui demanda-t-il en désignant le coffret qu'elle tenait entre ses mains.

— Une sorte de boîte à souvenirs, répondit-elle en glissant la photo à l'intérieur. En fait, j'ai besoin de ton aide pour la cacher.

Antoine leva un sourcil intrigué.

— Pourquoi voudrais-tu la cacher si ce ne sont que des babioles ?

Elle lui expliqua que son journal intime contenait des informations qui pourraient bien leur nuire s'il tombait entre de mauvaises mains.

— La chambre de bonne me paraît être l'endroit le plus sûr. Il nous suffira de pousser la vieille armoire contre la porte, de cette façon personne n'imaginera qu'une pièce se trouve derrière.

Antoine s'apprêtait à acquiescer lorsque Aurélia se figea, les yeux fixés sur la fenêtre qui donnait sur la rue. Suivant son regard, il vit avec horreur les deux Citroën qui venaient de se garer le long de la maison.

— C'est la Gestapo ! souffla-t-il. On doit filer !

Aurélia secoua vivement la tête.

— Non, je ne peux pas partir en abandonnant Annette et Loulou !

Quatre hommes, dont deux gendarmes, sortirent des voitures. Leurs chapeaux dissimulaient en partie leur visage, mais Aurélia aurait pu jurer que Charles Tardieu était parmi eux.

— Sauve-toi par la rivière, Antoine, et préviens les enfants de ne pas rentrer tant que je ne viendrai pas les chercher !

— Mais enfin, je ne vais pas te laisser à leur merci !

Elle l'embrassa très vite, avant de le repousser.

— Dépêche-toi, ils arrivent !

L'expression torturée, Antoine lui obéit à contrecœur et quitta la maison par la porte de la cuisine à l'instant où la sonnette de l'entrée retentissait. Prenant une longue inspiration pour s'exhorter au calme, Aurélia reposa son coffret sur la table et alla ouvrir la porte. Sans surprise, elle se retrouva nez à nez avec Tardieu, qui ne s'embarrassa d'aucune politesse :

— Où est-il ? aboya t il.

— Qui ça ? lui demanda la jeune femme d'un ton qu'elle espérait innocent. Mon père ?

Sans ménagement, Charles la bouscula et entra de force dans la maison. Son collègue habillé lui aussi à la mode des gestapistes et les deux gendarmes le suivirent.

— On fouille les lieux ! lança Tardieu.

L'un des gendarmes, qu'Aurélia reconnut pour être Marcel Legrand, le chef de brigade, protesta :

— Ce ne sont pas les ordres que nous avons reçus, gamin !

Les yeux brillants de haine, Tardieu riposta :

— Faites votre travail, je fais le mien ! Et ne m'appelez pas « gamin » si vous tenez à votre poste.

— Pourrais-je savoir ce qu'on me reproche ? s'enquit Aurélia, qui regrettait déjà de ne pas avoir fui avec Antoine.

Le sang battait à ses tempes tandis que Tardieu s'engouffrait dans chaque pièce de la maison comme s'il était chez lui. Legrand lui adressa un regard désolé.

— Nous devons vous emmener à la Kommandantur pour un interrogatoire, l'informa-t-il.

Aurélia déglutit. C'était pire que tout. Cinq longues minutes s'écoulèrent avant que Tardieu et son collègue ne redescendent de l'étage. Le premier semblait fou furieux. Il s'approcha d'Aurélia et lui tordit violemment le bras.

— Tu vas nous dire où il se planque, ton Antoine ? éructa-t-il si vivement qu'elle crut qu'il allait la gifler.

— Tardieu ! tonna le chef de brigade. Dois-je vous rappeler que l'*Oberst* Karlinger nous a bien précisé de ne pas blesser Mlle Moreau ?

Aurélia se sentit blêmir en entendant le nom du colonel, qui portait le même patronyme que l'homme responsable du malheur de Marie. Ce ne pouvait pas être une coïncidence. Lisant la peur sur les traits de la jeune femme, Charles approcha son visage tout près du sien et articula avec soin :

— On fait moins la maligne, hein !

Le second gendarme intervint en faisant remarquer à Tardieu qu'ils n'avaient pas fouillé dehors.

— C'est vrai, si ça se trouve ce petit communiste de mes deux se dissimule dans le jardin. Suivez-moi, ordonna-t-il aux autres. Pendant ce temps, Legrand, embarquez la salope.

Pendant que les trois jeunes hommes disparaissaient dans la cour, Aurélia, sidérée, regarda le chef de brigade qui lui adressait un sourire contrit.

— Fernand n'a pas eu le temps de vous prévenir, lui expliqua-t-il rapidement, mais vous avez été trahis. Lui-même va rejoindre le maquis, sinon il est foutu.

Sonnée, la jeune femme se mit à bafouiller :

— Quoi ? Mais, je... Comment...

— Je suis de votre côté, mais ne dites rien et pressons-nous avant que les autres rappliquent. Je vais devoir vous menotter, c'est la procédure. Je suis désolé de ce qui vous arrive. Restez forte.

Deux minutes plus tard, Aurélia était assise à l'arrière de la Citroën de la Gestapo. Les gendarmes s'éloignèrent tandis que Tardieu la livrait à la Kommandantur. Le trajet ne leur prit que quinze minutes. Au château qui abritait le commandement militaire, Charles la conduisit dans un bureau où elle reconnut aussitôt l'officier qui se leva de son siège pour l'accueillir. Grand, carré d'épaules et le bas du visage paraissant avoir été taillé à la serpe, il était en tout point semblable à l'homme qui enlaçait Marie une douzaine d'années plus tôt à l'occasion d'une photo.

— Mademoiselle Moreau ! prononça-t-il dans un français des plus corrects. Vous ressemblez beaucoup à votre sœur.

Alors que Tardieu la forçait à s'asseoir sur une chaise, Aurélia dévisagea Rolf Karlinger en faisant celle qui ne comprenait pas.

— Vous connaissez Marie ? C'est étrange, il me semble pourtant ne vous avoir jamais croisé.

L'autre esquissa un sourire entendu en direction de Charles.

— Bien, visiblement, vous aviez raison : elle va nous donner du fil à retordre.

Aurélia n'aurait su dire comment, durant l'heure qui suivit, elle résista. Karlinger répéta dix fois les mêmes questions : où se trouvait Marie ? Où se cachait Antoine ? Depuis combien de temps le réseau était-il actif ? Combien de juifs avaient-ils hébergés ? Combien d'armes parachutées ? Les dents serrées, la jeune femme retenait ses larmes à chaque nouvelle gifle qui tombait, toujours plus forte, et se bornait à prétendre ignorer ce dont il lui parlait. Dans une volonté probable de la déstabiliser, il se radoucit d'un coup et lui enleva ses menottes.

— Allons, Aurélia... Permettez-vous que je vous appelle par votre prénom ? Nous avons commencé sur de mauvaises bases, vous et moi. Peut-être accepterez-vous de parler en étant plus à l'aise. L'agent Tardieu va vous apporter un verre d'eau.

Aurélia n'était pas dupe. Elle voyait bien que l'Allemand tentait de gagner sa confiance. Devait-elle jouer le jeu ? À présent que ses mains étaient détachées, elle se sentait plus libre de ses mouvements. Pourrait-elle s'enfuir ? Trouver un moyen d'attaquer Karlinger ? Il lui suffisait de guetter la bonne occasion, mais quand ? Comment s'échapper de cette Kommandantur envahie de soldats et d'officiers ?

— Je vous sens tendue, reprit l'Allemand tandis que Charles refermait la porte derrière lui. Il ne faut pas, vous savez. Entre vous et moi, je me fiche bien de savoir où se trouve votre communiste. La guerre, nous l'avons déjà perdue, ce n'est qu'une question de semaines.

— Que voulez-vous, alors ? demanda-t-elle avec hargne.

La réponse était évidente, mais elle avait besoin de gagner du temps pour réfléchir.

— Vous le savez parfaitement, ce que je veux, jeune fille, dit-il en lui redressant le menton pour l'obliger à le regarder dans les yeux. Je veux récupérer ma fille, Dominique. Dites-moi où elle est, et vous serez libre.

— J'ignore de qui vous parlez.

Irrité par son obstination, Karlinger serra le poing. Allait-il se remettre à la frapper ? Cela n'allait plus tarder, elle en était certaine. Elle apercevait sur un coin de son bureau le nerf de bœuf évoqué par Fernand. Elle souffla quand le chef SS se contenta de secouer la tête et de regagner son fauteuil.

— Tu veux jouer, petite ? Très bien, fit-il en saisissant un dossier contenant plusieurs feuilles. J'ai ici la liste complète des noms de tous ceux que je pourrais faire arrêter si l'envie m'en prenait. Veux-tu que je te la lise ? Ils y sont tous : ta famille, un épicier du nom de Raymond Pigois, le gendarme Fernand Blanchard, le curé Bernard Bruneau, Daniel Charbonnier, facteur de son état, et bien d'autres encore. Une de vos connaissances n'a pas hésité à se mettre à table quand j'ai envoyé Tardieu poser quelques questions. Alors je te conseille d'en faire autant si tu ne veux pas que cette liste me serve à vous faire tous fusiller.

Qui ? Qui avait osé les vendre ? La mère de Charles ? Aurélia devait trouver un moyen de prévenir son père !

Tardieu revint avec le verre d'eau et l'interrogatoire reprit. Aurélia campait sur ses positions, mais la fatigue commençait à prendre le dessus sur ses nerfs.

— Fichez-moi la paix ! hurla-t-elle. Je vous dis que je ne sais rien !

Si l'Allemand se montrait désormais patient, Tardieu s'énerva et se rua sur elle.

— Mais tu vas cracher le morceau, salope ? s'écria-t-il en lui envoyant un coup de poing en plein visage.

Quelques mèches s'échappèrent du chignon d'Aurélia et vinrent se coller sur le sang qui commençait à s'écouler de l'éraflure causée par la lourde chevalière de Tardieu.

— Espèce de petit nazi de pacotille ! fulmina-t-elle. J'espère que tu fais honte à ta famille !

Tardieu esquissa un rictus menaçant.

— En parlant de famille, ton neveu est un enfant très mignon, à ce qu'il paraît. Peut-être bien qu'il nous parlerait, lui...

Karlinger eut un regard d'assentiment. Les salauds ! Ils allaient vraiment s'en prendre à Loulou !

— Remettez-lui les menottes, puisque notre *invitée* ne semble pas réceptive à la manière amicale, ordonna-t-il à Charles tout en se saisissant du nerf de bœuf.

Aurélia sut qu'elle n'avait plus le choix. Elle n'en réchapperait pas, elle en avait conscience, mais son sacrifice était une moindre peine s'il permettait de protéger deux innocents. Louis. Et Dominique. Soudain, elle eut une vision nette de ce qu'elle devait faire. D'un geste vif, elle se leva et s'empara du presse-papiers en marbre posé sur le bureau. Étonnée elle-même par son sang-froid, la jeune femme ne trembla pas en le lançant à la tête de Karlinger, qui se recula vivement quand l'objet lui érafla la tempe.

— Arrêtez-la ! s'écria-t-il.

Prise dans le feu de l'action, Aurélia ne vit pas Charles Tardieu dégainer son arme et la viser. Karlinger hurla un retentissant « *Nein !* », mais la jeune femme n'eut pas le temps de réaliser pourquoi, car une douleur abominable lui transperça l'abdomen.

Elle s'affala sans un bruit, dans une mare de sang. Il faisait froid, terriblement, pour un mois de juin. Mais elle sourit quand une douce lumière l'enveloppa tout entière et que le visage d'Antoine, lors de leur premier baiser au bord de la rivière, se superposa à ceux penchés au-dessus d'elle. Tout irait bien, maintenant. Alors, elle ferma les yeux et rendit son dernier souffle, se laissant emporter vers les profondeurs d'un monde paisible et insoupçonné.

*

Assis sur la berge bordant le lit paresseux de l'Indre, Louis tendit le cou vers le chemin qui menait à la maison. Cela faisait deux heures qu'Antoine leur avait dit qu'Aurélia viendrait les chercher, or il était plus de dix-huit heures et elle n'était toujours pas là.

— Qu'est-ce qu'on fait ? soupira Nénette en s'étirant. On va quand même pas dormir ici !

Le garçon se releva et frotta la terre collée à ses jambes.

— T'as raison, tes parents et ma mère vont bientôt rentrer, en plus. J'en ai marre de me baigner, viens.

Ils se rhabillèrent et remontèrent le talus avant de traverser le champ en sautillant. Soudain, Annette s'immobilisa dans un hoquet de stupeur. Elle serra la main de Louis, qui devint livide. Vêtu d'une veste bardée d'insignes, la tête coiffée d'une casquette noire ornée d'un aigle et d'une tête de mort, un officier nazi venait de passer la grille du jardin et s'avançait à leur rencontre, d'une allure décidée. Effrayés, les enfants comprirent qu'ils n'avaient aucune solution de repli. Dans un élan protecteur, Louis se plaça devant Annette. L'Allemand s'arrêta et le dévisagea avec un sourire qui se voulait rassurant.

— Bonjour, Louis, le salua-t-il comme s'ils étaient de vieilles connaissances. Voilà donc le fils de Marie.

Par réflexe, Louis voulut lui demander comment il le connaissait, mais il se ravisa. Il émanait de cet homme quelque chose d'inquiétant, qui ne lui inspirait aucune confiance.

— Ma mère n'est pas là, répondit-il à la place. Elle est partie faire des courses à Châteauroux.

C'était la version que l'on avait racontée à tout le monde afin de justifier l'absence simultanée de Léandre, de Marie et des métayers.

— Eh bien, dans ce cas, nous allons patienter ensemble, décréta l'Allemand.

— Ils vont sûrement rentrer tard, vous savez.

Sans se départir de son sourire, le militaire répliqua :

— Ce n'est pas grave, c'est l'occasion de faire plus ample connaissance. Je m'appelle Rolf Karlinger. Qui est ton amie ? ajouta-t-il en désignant Annette qui se tenait toujours derrière Louis.

Le visage baissé sur ses chaussures, la fillette murmura :

— Je m'appelle Annette, monsieur.

— Quel âge as-tu ?

— Douze ans.

Karlinger l'observa un instant, troublé. Il tendit la main vers ses cheveux blonds, puis lui intima :

— Regarde-moi, Annette. Je ne te veux aucun mal.

Sous le regard interloqué de Louis, le militaire ôta sa casquette, révélant un pansement à sa tempe, et la posa dans l'herbe. Il s'agenouilla ensuite à la hauteur de Nénette, terrorisée par cet homme qui la toisait avec autant d'attention.

— C'est toi, souffla-t-il avec émotion quand leurs yeux, si semblables, se rencontrèrent. Mon Dieu, ma si belle petite fille ! Tu es Dominique.

— Lâche cette enfant tout de suite, Karlinger !

L'intonation cinglante de Léandre les fit pivoter tous les trois. Louis soupira de soulagement en découvrant son grand-père à quelques mètres d'eux. D'un même élan, Annette et lui contournèrent l'Allemand et se précipitèrent aux côtés de Léandre. Karlinger, qui avait machinalement porté la main à son pistolet, choisit cependant de le laisser en place en constatant que Léandre n'était pas armé. Inutile de prendre le risque de blesser sa fille. Les deux hommes se toisèrent avec animosité.

— Alors tu nous as retrouvés, constata Léandre, le visage dur. Je présume que c'est toi qui as glissé la photo sous la porte de mon appartement, à Paris.

— Évidemment, répondit Karlinger. Je désirais me rappeler à votre bon souvenir. Quand j'ai appris que tu t'étais réfugié ici, je me suis douté que tu ne pourrais pas t'empêcher de frayer avec la Résistance. Vous faire surveiller par ce petit con de gestapiste français s'est avéré un jeu d'enfant. Le rapport qu'il m'a transmis était le prétexte parfait pour justifier ma venue.

Louis vit son grand-père déglutir.

— J'aurais dû me douter que tu ne renoncerais pas. Mais il est trop tard, Rolf, cette enfant n'a plus été la tienne dès l'instant où ta femme et toi avez trahi Marie, avec vos manigances !

— Des manigances ! s'esclaffa l'autre. As-tu la moindre idée des souffrances endurées par Ilse à chaque nouvelle fausse couche ? Du coup de grâce, porté ce soir-là, quand vous nous avez ligotés pour vous enfuir avec le bébé ? Elle en est devenue folle, j'ai dû la faire interner !

Léandre secoua la tête, ulcéré.

— Dominique était le bébé de Marie, pas celui de ta femme, Rolf. La folie vous a fait sombrer tous les deux. Regarde-la bien, cette enfant, aujourd'hui si belle et en pleine santé. Je suis fier de l'avoir protégée en la confiant à un couple qui n'avait aucune autre ambition que de l'aimer véritablement pour ce qu'elle était, et non pour consolider leur statut social.

Abasourdi par ce qu'il lui semblait saisir de cette conversation, Louis coula un regard vers Annette, qui demeurait tétanisée par le choc. Les sourcils froncés, Karlinger serrait la mâchoire, prêt à attaquer.

— Où est Aurélia ? osa lui demander Léandre.

Une lueur de jubilation passa dans les yeux du SS.

— Oh, bien sûr, tu n'es pas encore au courant,puisque tu n'étais pas là. Ta pauvre fille ! Je suis admiratif, elle aurait fait un bon soldat. Hélas, son cœur de femme l'a perdue. Cet idiot de Tardieu a manqué de sang froid et l'a abattue.

D'un ton froid et détaché, il leur détailla les circonstances du décès d'Aurélia. *Non, pas ça !* pensa Louis en essayant de retenir ses larmes tandis que son grand-père pâlissait au fur et à mesure du récit de l'Allemand.

— Espèce d'ordure, tu vas nous le payer !

Effarés, ils découvrirent Marie qui s'était embusquée au coin du jardin et tenait un fusil braqué sur Karlinger. D'autorité, Léandre écarta les enfants. Le front couvert de sueur, l'Allemand eut un rire incrédule.

— Seigneur, Marie, comme tu es époustouflante quand tu es en colère ! Toi qui étais autrefois la douceur incarnée…

— Tais-toi ! s'exclama-t-elle en s'avançant d'un air menaçant. Tu as gâché nos vies, tu as pris celle de ma sœur ! Comment as-tu osé ? Salaud ! Tu mérites de mourir !

— Voyons, tu ne tirerais tout de même pas sur le père de ta…

Il ne termina pas sa phrase. Une déflagration déchira l'air, et il s'écroula, atteint en plein cœur.

Marie jeta le fusil et, la bouche arrondie d'horreur, regarda ses mains tremblantes, puis le corps de Karlinger gisant dans l'herbe.

— Non, non…, gémit-elle en se laissant tomber à genoux sur le chemin.

Alors, dans un cri déchirant, elle hurla le prénom de sa sœur. Léandre, titubant de chagrin, accourut pour la serrer contre lui pendant que Louis et Annette sanglotaient dans les bras l'un de l'autre.

36

Lisa, 2018.

LES MAINS JOINTES SUR LES GENOUX, mon grand-père a les yeux à moitié fermés, replongé dans le récit tragique qu'il vient de nous livrer. J'ai du mal à croire ce que nous venons d'entendre. Ainsi, Annette est en réalité Dominique. Dans un sens, cela explique la proximité qui les unit depuis toujours, mais c'est fou qu'ils ne nous aient jamais révélé qu'ils sont frère et sœur. Bien sûr, Loulou a probablement choisi de laisser derrière lui les pièces de ce passé dramatique. Faire passer Annette pour son amie d'enfance évitait de soulever d'inévitables questions peu confortables.

— Que s'est-il passé, après ça ? demande ma mère, sonnée elle aussi par ces révélations. Qu'avez-vous fait du corps de Karlinger ?

Pour ma part, j'ai déjà la réponse :

— Ils l'ont enterré aux Ormeaux, derrière l'ancienne ferme. Là où ses ossements ont été retrouvés, le mois dernier. C'est l'article paru dans le journal qui a déclenché ton premier malaise, n'est-ce pas ?

Loulou acquiesce.

— Cet article m'a fait l'effet d'un cataclysme en faisant tout remonter à la surface. Cette vieille ferme était le lieu idéal, puisque depuis le bref passage d'Antoine elle était de nouveau abandonnée. Ce soir-là, Léandre, mon père et celui de Nénette ont attendu que la nuit soit tombée pour y transporter le cadavre de Karlinger. Marcelline a passé la soirée au chevet d'Annette et de ma mère. Toutes les deux s'étaient endormies sous l'effet du laudanum que Léandre leur avait donné pour les calmer. Pendant ce temps, j'errais comme une âme en peine dans la maison, ressassant les événements de la journée. C'est alors que je me suis aperçu que nous avions oublié un détail crucial : la casquette de Karlinger était restée dans l'herbe, il l'avait posée un peu plus loin que l'endroit où il se tenait au moment de sa mort. Si quelqu'un la trouvait, c'était fini pour nous. Je suis donc ressorti pour la récupérer.

— Et tu l'as placée dans le coffret d'Aurélia, devine ma mère.

— Oui. Il était posé sur la table du salon, alors je n'ai pas réfléchi et j'ai fourré cette casquette dedans. La dépouille d'Aurélia nous a été restituée deux jours après, et nous l'avons inhumée en pleine nuit. Antoine était si effondré que mon grand-père n'a pas voulu qu'il retourne dans le maquis avant le lendemain. En passant dans le salon, il s'est immobilisé à la vue du coffret. Ma mère lui a proposé de l'emporter avec lui, mais Antoine s'est souvenu qu'Aurélia souhaitait le cacher dans le grenier afin de les protéger. Léandre a convenu que c'était la meilleure solution, et dès l'instant où ils ont placé cette vieille armoire devant, la porte de la mansarde n'a plus jamais été ouverte. Jusqu'à ce que tu la trouves, Lisa.

J'opine lentement. Une farandole de questions se bousculent dans mon cerveau.

— La disparition de Karlinger n'a pas dû passer inaperçue ; vous n'avez pas été inquiétés ?

Cette fois, c'est Annette qui me répond :

— Mon père le redoutait aussi mais, par chance, en quittant la Kommandantur, Karlinger n'avait pas précisé où il se rendait. Le dossier comportant tous les noms de ceux impliqués dans le réseau était dans sa voiture, alors Léandre l'a récupéré et l'a brûlé. Quant à la voiture elle-même, ils l'ont abandonnée vers la forêt de Loches, après avoir enterré le corps. Les autorités militaires ont sans doute supposé qu'il avait été attaqué par le maquis.

— Tardieu n'a rien dit ? s'étonne ma mère.

— Il n'en a pas eu le temps, lui répond Loulou. Après le meurtre d'Aurélia, il s'est planqué à la tannerie. Tomás l'a aperçu, un soir, et a prévenu les autres. Ils l'ont kidnappé et entraîné dans la forêt, où Antoine lui a réglé son compte.

Il s'arrête, de nouveau en proie à une vive émotion. Une larme roule sur sa joue, et dans ses yeux embués, je le vois redevenir cet enfant qu'il était alors. La gorge serrée, je passe un bras autour de ses épaules, que je frictionne doucement pour l'apaiser.

— Tu comprends pourquoi je ne vous ai jamais rien dit ? hoquette-t-il. Si je n'étais pas allé fanfaronner auprès de la petite Tardieu en espérant lui plaire, son frère n'aurait pas réuni autant d'informations contre nous. Aurélia méritait de vivre tellement plus que vingt-trois ans ! Elle n'était qu'au tout début de sa vie.

La culpabilité qui se peint sur son visage me transperce le cœur. Annette se redresse soudain sur sa chaise et se penche vers lui.

— Mais enfin, Louis, ce n'était pas ta faute. Tu n'y étais pour rien, Élisabeth Tardieu non plus.

Loulou relève le menton, perdu.

— Je t'assure qu'avec tout ce que je lui avais dévoilé...

— Elle n'a jamais rien dit à son frère, persiste Annette. C'était Gros Bébert la balance, le fils Tardieu l'a avoué avant de se prendre une balle dans la tête. Moyennant rétribution, il lui rapportait pas mal de choses pour l'aider à coincer Antoine, tu sais bien qu'il pouvait pas le blairer. C'est lui qui a cafardé le rendez-vous du cimetière, lui encore qui a averti Charles pour la photo qu'Antoine devait apporter à Aurélia. J'ai entendu Léandre expliquer ça à mes parents, un matin, parce que Gros Bébert s'était évidemment volatilisé. Tu n'as donc jamais su la vérité, Louis ?

Hébété, mon grand-père se frotte la mâchoire.

— Bon Dieu de merde, non, souffle-t-il. C'est vrai qu'on n'a plus jamais revu Gros Bébert après ça, mais je n'avais pas fait le lien. Un enfant, ça n'intellectualise pas ce genre de chose.

— Et tu t'es donc trimballé soixante-quatorze ans de culpabilité pour rien..., réalise tristement ma mère.

— Je ne pouvais pas remuer le couteau dans la plaie, comprends-moi. Le soir du drame, les adultes nous ont fait jurer de ne plus jamais en reparler. Ma mère avait tellement de mal à se remettre de la mort d'Aurélia que Léandre a vendu l'appartement à Paris et mis un terme à sa carrière pour rester auprès d'elle. Lui aussi était dévasté de chagrin, heureusement que mon père était là pour les soutenir.

Je le regarde déglutir avec difficulté.

— Et donc ensuite, malgré toutes ces révélations, vous avez fait comme si de rien n'était ?

Annette soupire.

— Je ne dirais pas que ça a été facile pour moi, d'avaler d'un coup que j'étais en réalité la fille de Marie et d'un nazi. J'ai passé de longs mois à cogiter, à regarder Marie de travers pour un oui ou un non, à répondre de manière agressive à Nestor et Marcelline quand ils me parlaient. Je leur en ai fait baver, ça oui ! Ils m'ont confié davantage de tâches à la ferme pour m'occuper l'esprit, c'était leur façon de m'aider... À cette époque, on ne se disait pas les choses, on ne prenait pas en compte l'impact psychologique des drames familiaux, mais je crois qu'ils avaient compris la tempête que je traversais. Et un jour, environ un an après, mon père est tombé gravement malade. Il s'en est remis, mais ça m'a fait réaliser à quel point je les aimais, mes parents, même sans les liens du sang. Si bien que je ne les ai plus quittés ! Évidemment, si j'avais su que tu te sentais coupable, Loulou, je t'aurais raconté ce que je savais.

— Je ne t'en veux pas, tu ne pouvais pas deviner, puisque je ne disais rien.

Je rebondis avec une autre question :

— Qu'est-il arrivé aux autres ? Ils s'en sont sortis ?

— La plupart de la bande de chez Cui-Cui, oui, mais Antoine a été tué en août lors des affrontements entre les maquisards et les Allemands, me révèle Loulou. On l'a enterré auprès d'Aurélia, puisque sa famille ne s'est jamais manifestée, alors que Léandre les a contactés pour leur annoncer son décès.

— Je ne t'ai pourtant jamais vu fleurir aucune autre tombe que celles de tes parents et de maman, relève ma mère.

— C'est normal. À la décision de Léandre et de Marie, et avec l'accord du curé, leurs deux cercueils ont été ensevelis là où ils se sont rencontrés, sous le noisetier, près de la rivière.

La beauté tragique de cette histoire d'amour m'émeut aux larmes. À présent, je comprends mieux pourquoi ce coin est redevenu sauvage. Il ne pouvait plus être question de fouler cette terre sous laquelle Aurélia et Antoine étaient réunis, dans cette éternité qu'ils s'étaient promise.

— Et les Espagnols ? le questionne maman. Ils avaient l'air si gentils.

— Pablo et Josefa sont restés à Châtillon jusqu'à leur dernier souffle, lui apprend-il. Tu ne les as pas connus, car ils étaient déjà très âgés quand tu es née. Quant à Tomás et Soledad, ils sont retournés en région parisienne à la fin de la guerre. Tomás est devenu ouvrier dans le bâtiment, le travail ne manquait pas avec tout ce qu'il y avait à reconstruire.

Mon grand-père poursuit avec Julien. À la Libération, celui-ci est rentré chez ses parents, à Rambouillet. Le manoir avait miraculeusement échappé aux bombardements.

— L'Amérique ne l'intéressait plus, alors il s'est finalement installé à Paris, où il a mené une brillante carrière de professeur à la Sorbonne. Il y a d'ailleurs rencontré l'homme de sa vie, et ses parents se sont résignés.

Comme je l'interroge ensuite sur le sort d'Arielle et de Dina, il me répond qu'elles ont trouvé refuge aux États-Unis dès 1946, quand le décès de Jacob, au camp de Buchenwald, leur a été confirmé.

— Nous avons perdu le contact, comme ça arrive souvent, mais à l'aube des années quatre-vingt, j'ai reçu une lettre de la part de Dina, dans laquelle elle nous remerciait de tout ce que nous avions fait pour elles durant la guerre. Arielle venait de s'éteindre, après avoir refait sa vie avec un photographe.

Si le village a retrouvé un rythme paisible dès 1945 – les Tardieu sont partis peu après la mort de Charles, et la tannerie a totalement cessé de fonctionner –, Marie et Léandre n'ont survécu que vingt ans à la fin de la guerre, l'une emportée par un cancer à cinquante-deux ans, le second par une crise cardiaque alors qu'il en avait soixante-quinze. À la retraite, Gauthier a décidé de s'éloigner de Châtillon et de voyager.

— Il en avait besoin, nous aurions été idiots de l'en dissuader. Finalement, il s'est éteint au Kenya après avoir attrapé la fièvre jaune. Marcelline et Nestor, eux, sont partis octogénaires, peu avant ta naissance, Lisa.

— Je suis tellement désolée de tout ce que vous avez enduré. Je ne sais pas comment vous avez pu vous relever de tout cela.

Nénette me sourit.

— Nous nous aimions. L'amour, ça aide à tout surmonter.

Épuisés, nous gardons un instant le silence. Puis maman se lève pour serrer mon grand-père dans ses bras. Je me joins à eux, et Annette ne tarde pas à se mêler à notre étreinte.

— La vie s'est quand même bien rattrapée, dit Loulou, la voix enrouée. J'ai la chance d'être entouré de la plus merveilleuse des familles.

*

— Maman, regarde ! On a fait un selfie avec le Polaroid !

Le lendemain soir, la fête d'anniversaire de Tim bat son plein chez Cui-Cui quand mon fils me tend la photo qu'il vient de prendre avec Millie. Hilare, je manque de renverser mon verre de vin en constatant que Loulou s'est incrusté dessus avec sa meilleure grimace.

— Attention à ta robe ! se précipite Pauline en m'arrachant le verre des mains. Ce serait dommage de l'abîmer.

Je crois n'avoir jamais mis autant de temps à choisir une tenue. Après une grasse matinée bien méritée pour tout le monde, j'ai passé plus d'une heure à contempler les différents hauts et jupes que j'avais étalés sur mon lit. Au bout du compte, ce sont Loulou et ma mère qui ont tranché : la robe d'Aurélia serait parfaite. J'ai appris que c'est grâce à ma grand-mère que ce trésor est resté dans notre famille. Le décès d'Aurélia avait été un tel bouleversement que Léandre et Marie n'ont jamais pu se résoudre à se séparer de ses vêtements, qui sont restés dans son armoire jusqu'à ce que ma grand-mère décide d'y mettre le nez. Certaines tenues étaient très abîmées, elle en a donné d'autres, mais cette robe lui plaisant particulièrement, elle l'a gardée, en accord avec le reste de la famille.

— C'est vrai qu'elle te va à ravir, admire maman, assise à ma droite. Tu es resplendissante, Rudy n'a d'yeux que pour toi.

En tournant la tête vers l'autre extrémité de notre tablée, je vois celui-ci éclater de rire à une réplique de mon grand-père. Se sentant sans doute observé, il se détourne légèrement et m'adresse un sourire lumineux lorsque nos regards se croisent.

— *Mamma mia !* lance Pauline en faisant mine de s'éventer. À ce rythme, tu vas te retrouver enceinte avant moi !

Sa réflexion me rappelle alors qu'elle m'a envoyé un SMS dans la matinée, pour m'informer que Mehdi et elle ont enfin eu une conversation à cœur ouvert, et qu'elle m'expliquerait tout ce soir.

— D'ailleurs, je crois que tu as quelque chose à me dire, non ?

Ses prunelles pétillent de joie, quand elle m'annonce :

— Tu te souviens de mes craintes parce que Mehdi s'absentait souvent après le travail ? Eh bien, en réalité, il n'allait pas du tout retrouver ses potes, ni une maîtresse, mais un thérapeute. Il a toujours eu une relation conflictuelle avec son père, qui est quelqu'un de très exigeant, si bien qu'il a la trouille de ne pas être à la hauteur si nous avons un enfant. Mais il y travaille.

Réjouie par la nouvelle, je m'exclame :

— Waouh, je suis contente que la situation entre vous soit débloquée ! Maintenant je peux te le dire, votre séparation m'aurait peinée. Vous êtes un couple tellement formidable !

— C'est ton grand-père qui est formidable, Lisa. Le fameux soir où ils ont discuté tous les deux dans le jardin, c'était à propos de ça. Sans lui, je ne sais pas si Mehdi aurait osé me parler à cœur ouvert.

Les conversations s'interrompent alors que Cui-Cui revient avec un énorme gâteau surmonté de dix bougies. Ébahi, Tim se presse entre ma mère et moi tandis que toute la salle entonne un tonitruant « Joyeux anniversaire ! ». Mon fils souffle, fait un vœu, me chuchote à l'oreille qu'il a demandé que je trouve un amoureux (ce faisant, il glisse un regard peu discret vers Rudy), puis il commence à déballer la montagne de cadeaux que chacun a apportés : une paire de rollers et deux tomes illustrés de *Harry Potter*, un micro spécial karaoké pour chanter avec Loulou devant leur émission favorite, deux jeux de société, des rouleaux pour son Polaroid et un ballon au logo de l'équipe de France. Mon grand-père a également retrouvé son vieil exemplaire de *Buffalo Bill*, qu'il a ajouté à cette impressionnante pile de présents. La vie d'un enfant de dix ans est une succession de petites joies et de plaisirs simples. Peu après, Cui-Cui lance son blind-test musical, ajoutant à la bonne ambiance générale. Loulou démarre au quart de tour sur presque toutes les chansons, Annette réclame du Yannick Noah à cor et à cri, nous chantons et nous dansons joyeusement, la soirée file au rythme des rires et de la musique. Dans ce lieu chargé de souvenirs, où se réunissaient Aurélia, Marie, Léandre et les autres, je me sens heureuse, confiante en l'avenir. Je suis tellement fière de descendre de personnes si courageuses que, dans la matinée, je suis allée déposer une rose sous le noisetier en promettant à Aurélia et Antoine que leur histoire ne retomberait plus jamais dans l'oubli.

Il est plus de minuit quand, ivres de bonheur et de chansons, nous quittons le bistrot. Pompette, Annette est passée de Yannick Noah à Plastic Bertrand, et, de sa voix éraillée, elle s'égosille dans la rue endormie :

— *Ça plane pour moi... Ouhouhouhouh !*

À défaut de réussir à la faire taire, nous étouffons nos rires et, tant bien que mal, Loulou l'installe à l'arrière de ma voiture.

— Fais moins de bruit ! l'implore-t-il.

— Bah quoi ? proteste-t-elle. Une vie, ça sert à rien si c'est pour la vivre qu'à moitié !

Amusé, Rudy s'apprête à prendre congé, lorsque sur une impulsion Tim nous demande si Millie peut dormir chez nous. Prise au dépourvu, je me retrouve plantée sur le trottoir à ne pas savoir quoi répondre. Comme Rudy me consulte du regard, j'acquiesce d'un hochement de la tête.

— Euh, oui, bien sûr, avec plaisir. Millie est la bienvenue à la maison.

— Bon, alors c'est d'accord pour moi aussi. Je vais juste chercher son sac dans la voiture, vu que j'ai récupéré Millie chez sa mère avant de venir. J'en ai pour deux minutes.

Tandis que je le regarde s'éloigner, Pauline m'assène un grand coup de coude dans les côtes.

— Qu'est-ce que tu attends ? Va le rejoindre !

Drapée dans ma pudeur, je décline d'un geste de la main.

— Tu l'as entendu, il sera vite de retour. Je vais me ridiculiser à lui courir après maintenant, alors qu'il est pressé. Nous aurons d'autres occasions.

Renonçant à convaincre Annette de remonter la vitre arrière, qu'elle a baissée pour continuer à nous faire don de ses vocalises, Loulou se rapproche de moi et pose sa main sur mon épaule.

— Tu ne crois pas que la vie est trop courte pour s'embarrasser de prétextes, Lisa ? Rudy n'attend qu'un signe de ta part, ça crève les yeux. Le bonheur, faut aller le cueillir toi-même au lieu d'espérer qu'il vienne tout seul comme par magie, sinon dans mille ans tu es encore là.

Un court silence retombe sur notre groupe. Ses paroles font mouche.

— Bah dis donc, souffle Tim, mille ans, c'est beaucoup, quand même.

Sans plus réfléchir, je fonce vers la place du marché, où Rudy a laissé sa voiture. En arrivant, je le trouve en train de refermer le coffre, le sac de Millie à la main. Il se retourne en entendant le bruit de mes talons. Sans un mot, je m'avance vers lui.

— Salut, articule-t-il doucement en rivant son regard au mien.

— Salut. Je me disais que…

Seuls quelques millimètres nous séparent. Ses yeux fouillent mon visage avec intensité, le coin de ses lèvres s'étire, formant ce sourire auquel je ne vais plus résister très longtemps.

— Tu te disais quoi ? m'interroge-t-il.

Que je veux t'embrasser, là, tout de suite, maintenant.

— Que nous devrions peut-être… euh… discuter.

Consciente de la stupidité affligeante de ma réponse, je me détourne une seconde pour qu'il ne voie pas mes joues s'enflammer. Peine perdue, puisque la tour, illuminée pour la nuit, projette sa douce lumière sur nous.

— C'est drôle, me répond-il, espiègle. Moi je pensais à ce jour où je t'ai vue pour la première fois. Tu sais, à la pharmacie, je te revois en train de demander…

Je le coupe, avant qu'il puisse finir sa phrase :

— Pourquoi est-ce que j'hésite entre l'envie de te tuer et celle de t'embrasser ?

Rudy s'approche doucement et passe une main sur ma nuque, faisant naître une délicieuse tension dans mon ventre.

— Je préférerais la seconde option, si tu estimes que ce n'est plus trop tôt à ton goût.

Mon cœur danse à mille à l'heure lorsque je pose mes lèvres sur les siennes. Grisée par l'instant, je ferme les yeux, appréciant la chaleur de cette alchimie intense qui s'empare de nous, timidement, d'abord, puis fiévreusement, rendant nos respirations saccadées.

— Alors, qu'est-ce qui se passe, maintenant ? me demande-t-il. C'est peut-être absurde, et je n'ai pas envie de te brusquer, mais je crois que je suis en train de tomber amoureux de la femme merveilleuse que tu es, Lisa.

— Hum… Ça tombe bien, car j'ai récemment appris qu'il n'est jamais absurde de donner son cœur. Comme le disait une grande philosophe il y a quelques minutes, une vie, ça ne sert à rien si c'est pour la vivre à moitié. Ce serait dommage de gaspiller la moindre seconde, alors tu ferais bien de m'embra…

Ses lèvres sur les miennes, Rudy me fait taire. Ce second baiser, plus tendre, plus lent, est interrompu par le doux vrombissement d'un moteur de New Beetle qui s'éloigne par-delà les rues pavées. Incrédule, j'éclate de rire en réalisant :

— OK, ils sont carrément partis sans moi, là.

Souriant contre mes lèvres, Rudy resserre son étreinte.

— J'ai l'impression que tu vas devoir venir chez moi, Lisa, murmure-t-il.

— C'est une invitation ?

— À entrer dans ma vie ? Oui.

L'intense regard qu'il me renvoie est une lumière qui me touche au plus profond de mon âme.

ÉPILOGUE

Dix mois plus tard.

Assise au bord de l'inconfortable banquette sur laquelle on nous a tous placés au début de l'émission, Pauline se tortille, en proie à un nouveau caprice de sa vessie.

— Je savais que je n'aurais pas dû vous accompagner, me chuchote-t-elle alors que l'animatrice lance le décompte des points. Ce bébé n'est pas encore né qu'il est déjà insortable. J'espère que ton grand-père a perdu, qu'on puisse filer fissa.

Un bras passé autour de mes épaules, Rudy se retient pour ne pas éclater de rire. Il faut dire que, depuis que les hormones de grossesse ont presque entièrement pris le contrôle de son corps, Pauline, enceinte de sept mois, a tendance à balancer encore plus souvent ce qui lui passe par la tête. La plupart du temps, c'est Mehdi qui en fait les frais, mais il n'a pas pu se libérer pour nous accompagner à Paris. Ma mère n'est pas là non plus, d'ailleurs, c'est elle qui gère la librairie (avant de rejoindre Olivier au centre équestre pour une balade à cheval), puisque Rudy a tenu à vivre avec nous cette journée complètement folle.

Le verdict tombe, Loulou a remporté la troisième manche. Il n'a laissé aucune chance à sa pauvre concurrente, qui repart dépitée tandis que nous ovationnons mon grand-père. Celui-ci semble ne pas y croire. Il est sur son petit nuage depuis que la production de son jeu télévisé favori lui a téléphoné pour le convier à passer un casting. Oh, bien sûr, ils n'ont pas trouvé son numéro par hasard : avec la complicité d'Annette, je l'ai un jour filmé à son insu en train de chanter, puis sa sœur a envoyé la vidéo sur le site Internet de l'émission pour l'inscrire. Mis devant le fait accompli, il n'a pas pu refuser et, vu comme il s'amuse, nous ne regrettons absolument pas !

Le sourire avenant, Laurence, l'animatrice, se tourne vers lui.

— Alors, Louis, avant de nous dévoiler la chanson que vous avez choisie pour tenter de remporter les trente mille euros mis en jeu, je crois que vous vouliez nous parler un peu de votre passion pour la musique. Elle vous a été transmise par votre grand-père, c'est bien ça ?

Loulou opine du chef.

— Oui, bien qu'il soit retombé dans l'oubli, Léandre Moreau était un chansonnier assez célèbre en son temps. Je n'ai pas osé me lancer dans une carrière similaire, mais, plus jeune, j'ai chanté dans des orchestres. Je n'ai jamais été doué pour parler, alors que la chanson, c'est l'art de l'instant, c'est l'âme qui se met à nu pour partager mille émotions : la tendresse, la colère, la tristesse, et l'amour, bien sûr. On peut raconter tant de choses, rien qu'en chantant.

Les spectateurs l'applaudissent chaleureusement. Mes yeux commencent à picoter.

— C'est joliment dit, le complimente l'animatrice. Votre grand-père doit être fier de vous, de là où il est. Quel titre avez-vous choisi pour la dernière étape ?

Sans surprise, Loulou annonce qu'il va chanter *À nos souvenirs*, de Trois Cafés Gourmands.

— Je tiens à dédier cette chanson à ma famille, présente dans le public.

Les larmes me dévalent les joues tandis qu'il entonne, d'une voix émue, cet hymne aux racines et aux terres de l'enfance. Rudy me tend discrètement un mouchoir.

— Quand je pense que tu avais promis de ne pas pleurer, murmure-t-il d'un air à la fois tendre et amusé.

Soudain, c'est l'incompréhension. Alors qu'il attaque les trois dernières phrases de la chanson, Loulou se trompe, commettant un lapsus :

— *J'ai le cœur qui pétille. Cui-Cui, sers-nous à boire. On a les yeux qui brillent.*

Le gong retentit pour annoncer l'erreur. L'animatrice paraît déçue, je crois qu'elle s'est attachée à Loulou.

— Eh bien, Louis, que s'est-il passé ? Il fallait chanter « Mimi » et non « Cui-Cui ».

Mon grand-père lui adresse un grand sourire.

— À vrai dire je l'ai fait exprès, Laurence. J'avais parié que j'arriverais à placer le nom de Cui-Cui à la télé. C'est le café de notre village.

— En attendant, vous ne repartez qu'avec dix mille euros. C'est une belle somme, bien sûr, mais c'est dommage de ne pas être allé jusqu'au bout !

— Ce n'est pas grave, j'ai déjà tout, vous savez. Cet argent va me permettre d'amortir les travaux que j'ai faits dans ma maison, je ne désire rien de plus. Je voulais en profiter pour passer un message, si c'est possible.

— Mais bien sûr, on vous écoute ! l'encourage l'animatrice.

— Je voulais dire aux gens qu'il est important de s'aimer. De s'aimer et de se le dire. J'ai été long à le comprendre, et pourtant, rien ne compte plus dans la vie. Il faut s'aimer avec la complicité simple et spontanée des enfants, précise-t-il en désignant Tim et Millie, assis devant nous, sages comme des images.

Son regard croise ensuite le mien, et je sens que je ne vais pas tarder à me remettre à pleurer.

— Il faut s'aimer comme ma Lisa s'est autorisée à aimer son Rudy et se laisser porter par le vertige de la vie. Si on m'avait dit, il y a seulement un an, que ma fille aurait décidé de venir vivre avec moi, que ma petite-fille aurait racheté la résidence secondaire de ses voisins pour la transformer en une seule maison destinée à abriter sa magnifique famille recomposée, j'en aurais été le premier sidéré. Et pourtant, c'est ça, la magie de la vie : en savourer chaque miette, même s'il faut parfois la raccommoder et la réapprendre pour mieux l'apprécier.

Un tonnerre d'applaudissements suit sa déclaration. Émue, l'animatrice s'essuie furtivement le coin des yeux. Annette se lève alors de son siège et descend tranquillement les deux marches qui mènent au centre du plateau.

— C'est Nénette, ma sœur, explique Loulou à l'animatrice, un peu dépassée par la situation.

Laurence reprend ses esprits.

— Ah, oui ! C'est vous qui avez inscrit Louis à l'émission.

— C'est ça, confirme Annette. Bon, je vous rassure, je n'ai pas l'intention de faire pleurer tout le monde moi aussi, je voulais juste vous poser une question, à titre de renseignement : vous n'auriez pas le numéro de Yannick Noah, par hasard ?

Pendant qu'une salve de rires secoue le public et que Laurence, sans se dégonfler, sort son téléphone pour appeler le chanteur préféré de Nénette, Rudy et moi échangeons le plus doux des regards. Si j'ai encore parfois du mal à mesurer la chance qui est la mienne de l'avoir dans ma vie et dans mon cœur, en cet instant, dans ses yeux qui pétillent, je lis la certitude que l'avenir nous réserve encore de belles surprises et de doux moments d'éternité.

NOTE DE L'AUTRICE

Par une froide et triste matinée d'hiver 2021, mes cousines et moi nous trouvions dans le Berry, chez ma grand-mère, à regarder de vieux portraits d'ancêtres endimanchés fixant l'objectif d'un air très sérieux, comme cela se faisait au début du XXe siècle, quand un rayon de soleil a percé les nuages, baignant le champ en face de la maison d'une incroyable lumière que j'ai aussitôt immortalisée en prenant une photo avec mon téléphone. C'est dans ce même champ qu'un homme avait été fusillé durant la guerre, pour avoir caché des réfugiés. À cet instant, une sorte de déclic s'est produit en moi : ma grand-mère a toujours partagé avec moi ses souvenirs d'enfance durant l'Occupation et, tout à coup, il m'a paru évident d'écrire un roman qui se déroulerait dans notre fief familial, afin de rendre hommage à ces racines dont je suis fière.

Si la commune de Châtillon-sur-Indre existe bel et bien, vous l'aurez compris, j'ai en revanche pris quelques libertés concernant certains lieux. Ainsi, les maisons de Lisa et de Loulou relèvent de mon invention, tout comme le terrain sur lequel sont retrouvés les ossements (en revanche, l'histoire du menhir est véridique !). Quant à la ferme de La Chemolière, là où sont nées ma grand-mère et ses sœurs, elle se situe en réalité sur le bourg de Cléré-du-Bois, à sept kilomètres de Châtillon, et est désormais un gîte de vacances.

J'espère que les Châtillonnais ne m'en voudront pas d'avoir modifié quelques aspects de notre beau village pour les besoins de ce roman. Si j'ai essayé de rester fidèle aux événements historiques, les personnages évoqués sont cependant le fruit de mon imagination, bien que, durant tout le processus d'écriture, j'aie parfois eu l'impression qu'ils existaient réellement.

Enfin, si vous n'avez jamais visité la Brenne et ses étangs, je ne peux que vous inciter à y remédier. En tout cas, je me plais à penser que mon roman vous aura donné envie de découvrir ces lieux enchanteurs par vous-même !

REMERCIEMENTS

Merci une fois de plus à toute l'équipe des éditions Charleston pour sa confiance et son amitié depuis maintenant douze romans. À Karine Bailly de Robien, qui y a cru dès que j'ai prononcé le mot « Berry », et à Pierre-Benoît de Veron pour son enthousiasme. À Lisa Labbe, à Françoise Delivet, à Danaé Tourrand-Viciana pour leurs regards croisés et bienveillants sur mon texte, dont elles ont su tirer le meilleur afin de m'aider à le perfectionner. À Laury-Anne Frut, pour sa complicité et ses remarques avisées (que je devine avant même qu'elle ne me les donne), pour ses réponses patientes à mes interminables messages vocaux sur Messenger quand j'ai envie d'étriper mes personnages. Quel que soit le problème, la solution réside dans le spritz !

Merci infiniment à Caroline, Stefania, Emeline, Corentin et Laure pour votre travail commun, qui consiste à faire connaître mes romans au plus grand nombre, grâce à vos actions auprès des libraires, des médias et des réseaux sociaux. Je ne vous le dis pas assez alors que nous échangeons beaucoup, mais c'est une chance formidable de travailler avec vous. Merci également à Virginie Lancia et Anne-Sophie Corre, grâce à qui mes romans connaissent une vie au-delà de Charleston, ainsi qu'à Alice, pour ses dernières relectures et les projets de couverture qui correspondent toujours à ce que j'ai en tête.

Merci à Julie Cartier, à Perrine Brehon et à toute la belle équipe de Pocket.

Mille mercis aux lectrices et au lecteur Charleston, qui ont attendu ce roman avec impatience (j'ai mes sources !). C'est toujours pour moi un mélange d'émotions de savoir que vous serez les premiers à le lire, à en parler, à me donner un avis sur ces personnages que je remets entre vos mains en espérant qu'ils trouvent une place dans votre cœur.

Merci au Berry de m'inspirer et de me permettre de me ressourcer, à Gérard Nicaud, maire de Châtillon-sur-Indre, et à son conseil municipal, pour m'avoir faite citoyenne d'honneur de la ville le 12 août 2022. Une date qui restera à jamais gravée dans ma mémoire. Un merci particulier à celles et ceux qui ont répondu à mes questions et témoigné, à travers des livres ou des documents, sur le Châtillon et le Berry d'antan.

Merci à Stan et Clara pour vos relectures attentives et vos mille hypothèses qui me font souvent hurler de rire.

Merci au groupe Trois Cafés Gourmands pour leurs chansons pleines de vie et leurs textes poétiques, qui m'ont accompagnée durant l'écriture de ce roman.

Un clin d'œil chaleureux aux représentants de Dilisco et à ces libraires qui me soutiennent sans faiblir, conseillent mes livres avec passion, me reçoivent à l'occasion de merveilleuses séances de dédicaces et mettent mes romans en avant : vous êtes si précieux !

Merci à mes amis, à Marine, à Sandra, à mes joyeux copains Julien Rampin (alias Dju-Dju) et Isabelle Artus, et surtout à Aurélia : il fallait bien une héroïne portant ton prénom pour fêter nos dix-sept ans d'amitié.

Du fond du cœur, merci à ma famille. À Steeve et son enthousiasme permanent à chaque nouveau projet d'écriture, à mon fils, Armaël, et ses improbables idées de titre, à mon père pour ses anecdotes sur les bals du samedi soir, à ma grand-mère, Raymonde, et à sa sœur, Ginette, pour leurs souvenirs d'enfance (mention spéciale à ma grand-mère qui, le soir du 24 décembre, entre le fromage et la bûche, s'efforçait de se rappeler la date à partir de laquelle les soldats allemands ont investi les alentours de Châtillon), ainsi qu'à mes cousines et mes cousins, les meilleurs VRP au monde !

Enfin, aux instagrameurs et instagrameuses, à vous, lectrices et lecteurs qui poursuivez votre lecture jusqu'à ces toutes dernières lignes, qui m'écrivez et qui m'encouragez, merci pour votre fidélité qui ne cesse de me toucher !

La communauté Charleston a aimé !

Chez Charleston, nous sommes convaincus que, loin d'être une aventure solitaire, la lecture est une invitation au partage. Nous échangeons constamment avec nos lecteurs et lectrices, et nous sommes fiers de la belle communauté d'amoureux des livres que nous formons tous ensemble. Chaque année, nous choisissons au sein de cette communauté vingt lectrices et lecteurs qui nous accompagnent tout au long de l'année, et découvrent nos romans en avant-première. Voici leurs avis !

« Bouleversant ! Ce roman m'a énormément émue. Une histoire lumineuse, celle d'un amour fort, d'une famille prête à tout pour se protéger les uns les autres. »

@alice_au_pays_des_livres

« La plume de Clarisse est fluide et efficace, elle parvient à nous transporter à une époque que nous n'avons pas connue et à dépeindre des scènes du quotidien avec justesse et précision. »

@the_pumpkin_library

« Ce roman est une pure merveille qui m'a totalement conquise. Clarisse a un talent incroyable pour nous embarquer dans l'Histoire et nous faire vibrer avec ses personnages profondément humains. »

@les_lectures_de_maman_plume

« Le contexte est passionnant et on sent tout l'amour de l'autrice pour sa région natale, le Berry, où se déroule l'intrigue. Un roman où se mêlent mystère, romance et histoire avec sensibilité et émotion ! »

@aufil.despages

« Il y a une richesse et une vraie complexité maîtrisée dans la description des personnages, que j'ai pris un vrai plaisir à découvrir. »

@monprochainlivre

« Un roman parfait dans lequel on retrouve la plume si singulière et sensible de Clarisse Sabard. Merci à l'autrice pour ce livre dont je me souviendrai longtemps. »

@sobookiful

DE LA MÊME AUTRICE

Retrouvez bientôt le premier roman de Clarisse Sabard dans une édition collector !

Lola a été adoptée à l'âge de trois mois. Près de trente ans plus tard, elle travaille dans le salon de thé de ses parents en attendant de réaliser son rêve : devenir libraire.

Sa vie bascule lorsqu'elle apprend que sa grand-mère biologique, qui vient de décéder, lui a légué une maison dans le petit village d'Aubéry. Grâce aux lettres et aux objets qu'elle découvre dans cette demeure, Lola se plonge dans les mystères qui entourent ses origines.

Mais tous les habitants ne voient pas d'un bon œil l'arrivée de cette étrangère, notamment Vincent, son cousin. Et il y a également le beau Jim, qui éveille en elle plus de sentiments qu'elle ne le voudrait…

Réveiller les secrets du passé lui permettra-t-il de se tourner vers son avenir ?

Édition limitée
512 pages - 9,90 €
Parution le 10 mai 2023

Zoé est en pleine dispute avec sa conseillère Pôle emploi lorsque sa vie bascule. Ses parents viennent d'avoir un grave accident de moto et son père est décédé sur le coup. Dans un dernier souffle, sa mère lui avoue son plus grand secret : l'homme qui l'a élevée n'est pas son père biologique.

Avec pour seul indice « la plage de la mariée », Zoé arrive dans le village breton de Saoz. Elle y décroche un emploi de serveuse dans un salon de thé, où touristes et habitués se croisent sous le regard bienveillant d'Alice, une ancienne psychologue franco-américaine. Avec l'aide des habitants du village, Zoé se lance alors à la recherche d'une vérité qui bouleversera toutes ses certitudes…

576 pages
8,90 €

1910. La jeune Agathe, repasseuse, fait la connaissance de la belle Otero, célèbre danseuse, dans la villa dans laquelle elle est employée. Une rencontre qui va bouleverser sa vie, deux destins liés à jamais par le poids d'un secret.

Un siècle plus tard, Faustine, journaliste qui se remet tout juste d'une dépression, se rend dans l'arrière-pays-niçois afin d'écrire un article sur la Belle Époque. Sa grand-tante va lui révéler l'histoire d'Agathe, leur aïeule hors du commun. En plongeant dans les secrets de sa famille, la jeune femme va remettre en question son avenir. Et la présence du ténébreux, mais très secret Sébastien y est également pour quelque chose…

528 pages
8,90 €

Découvrez aussi les romans de Noël de Clarisse Sabard !

336 pages
8,50 €

336 pages
8,50 €

400 pages
8,50 €

384 pages
19 €

Dans le petit village de Vallenot, les fêtes de fin d'année sont toujours mouvementées ! Secrets de famille et révélations inattendues s'enchaînent pour des personnages hauts en couleur, au cœur d'une ambiance de Noël irrésistible !

Cet ouvrage a été imprimé en utilisant des papiers composés de fibres naturelles, renouvelables, recyclables et fabriquées à partir de bois issus de forêts qui adoptent un système d'aménagement durable. En outre, les fournisseurs de papier s'inscrivent dans une démarche de certification environnementale reconnue.

Achevé d'imprimer en mars 2023
par CPI Bussière
À Saint-Amand-Montrond (18)
Dépôt légal : avril 2023
N° d'impression : 2068906
Imprimé en France